山西大学建校110周年学术文库

20世纪新故事文体的衍变及其特征研究

20SHI JI XIN GU SHI WEN TI DE YAN BIAN JI QI TE ZHENG YAN JIU

侯姝慧 著

中国社会科学出版社

图书在版编目（CIP）数据

20 世纪新故事文体的衍变及其特征研究 / 侯姝慧著 . —北京：中国社会科学出版社，2013. 6

ISBN 978 – 7 – 5161 – 0796 – 6

Ⅰ. ①2… Ⅱ. ①侯… Ⅲ. ①故事—文体—文学研究—中国—20 世纪 Ⅳ. ①I207. 427

中国版本图书馆 CIP 数据核字(2012)第 079284 号

出 版 人 赵剑英
责任编辑 刘 艳
责任校对 王静静
责任印制 戴 宽

出 版 中国社会科学出版社
社 址 北京鼓楼西大街甲 158 号（邮编 100720）
网 址 http://www.csspw.cn
中文域名:中国社科网 010 – 64070619
发 行 部 010 – 84083685
门 市 部 010 – 84029450
经 销 新华书店及其他书店

印刷装订 三河市君旺印装厂
版 次 2013 年 6 月第 1 版
印 次 2013 年 6 月第 1 次印刷

开 本 710 × 1000 1/16
印 张 19. 25
插 页 2
字 数 306 千字
定 价 58. 00 元

凡购买中国社会科学出版社图书,如有质量问题请与本社联系调换
电话:010 – 64009791

《山西大学建校110周年学术文库》

序　言

2012 年 5 月 8 日，山西大学将迎来 110 年校庆。为了隆重纪念母校 110 年华诞，系统展现近年来山西大学创造的优秀学术成果，我们决定出版这套《山西大学建校 110 周年学术文库》。

山西大学诞生于“三千年未有之变局”的晚清时代，在“西学东渐，革故鼎新”中应运而生，开创了近代山西乃至中国高等教育的先河。百年沧桑，历史巨变，山西大学始终与时代同呼吸，与祖国共命运，进行了可歌可泣的学术实践，创造了令人瞩目的办学业绩。百年校庆以来，学校顺应高等教育发展潮流，以科学的发展理念引领改革创新，实现了新的跨越和腾飞，逐步成长为一所学科门类齐全、科研实力雄厚的具有地方示范作用的研究型大学，谱写了兴学育人的崭新篇章，赢得了社会各界的广泛赞誉。

大学因学术而兴，因文化而繁荣。山西大学素有“中西会通”的文化传统，始终流淌着“求真至善”的学术血脉。不论是草创之初的中西两斋，还是新时期的多学科并行交融，无不展现着山大人特有的文化风格和学术气派。今天，我们出版这套丛书，正是传承山大百年文脉，弘扬不朽学术精神的身体力行之举。

《山西大学建校 110 周年学术文库》的编撰由科技处、社科处组织，将我校近 10 年来的优秀科研成果辑以成书，予以出版。我们相信，

《山西大学建校110周年学术文库》对于继承与发扬山西大学学术精神，对于深化相关学科领域的研究，对于促进山西高校的学术繁荣，必将起到积极的推动作用。

谨以此丛书献给历经岁月沧桑，培育桃李芬芳的山大母校，祝愿母校在新的征程中继往开来，永续鸿猷。

郭贵春

二〇一一年十一月十日

目　录

序　一

刘守华

侯姝慧在华中师范大学攻读民间文艺学专业的博士学位论文，经认真修订之后由中国社会科学出版社付梓印行，我有幸作为它的首位读者在这里写下读后感，不胜欣喜。

我和民间故事结缘长达半个世纪。在有关民间故事的诸多评语中，我最赞赏编撰《意大利童话》的著名作家伊·卡尔维诺为此书的中文版题词时道出的这样一句话："民间故事是最通俗的艺术形式，同时它也是一个国家或民族的灵魂，我热爱中国民间故事，对它们一向百读不厌。"我几十年在中外民间故事汇流的大海里游走，也常有乐而忘倦之感。我主要研读的是传统故事，也喜爱新故事，不但发表过《新旧故事我都爱》之类的文章，还在20世纪七八十年代出版过《谈革命故事的编写》和《略谈故事创作》的小册子。直到近年赴日访问，向日本故事学界介绍中国故事学进展时，我仍然提到，"以上海出版的《故事会》为中心，新故事活动仍处于持续发展之中。"乃至认为，以《故事会》为标志，遍及中国城乡的新故事，是推进古老故事文学传统的一项伟大文化试验。正由于怀有对新故事的浓厚兴趣，所以我对侯姝慧选定新故事研究作博士论文，一直给予积极支持，并对其最终成果感到十分亲切。

这篇关于新故事的研究论文，在故事学的探求上给我们留下了怎样的印象呢？

首先是选题具有鲜明的开拓性。民间故事本来是和人类语言的历史一样古老悠远并紧密伴随大众生活的一种文学样式，但人们所熟悉的主要是传统故事，至于中国五四新文化运动之后特别是新中国成立以来涌现的新故事，则常为人们所漠视。尽管上海出版的《故事会》，20世纪80年代每月的发行量就达到700多万份，现今则增至800余万份，大约超越了全国文学期刊的总和，几乎在中国所有的车船码头，乡野闹市，都有它的足迹，广泛影响着社会大众的生活。可是评论研究者却寥寥无几，实足令人费解。侯姝慧独具慧眼地选定这个看似冷僻的课题，用几年心血苦心钻研，终于收获到这份别开生面的学术成果，不能不令人赞叹。

其次是构思立意的新颖和资料的充实。本文研究对象是新故事，却不是简单地堆砌罗列若干新故事代表作，以浮泛评述其内容与艺术手法来结构成篇，而是就其文体特征、历史演变来做文章。其间既有从五四时期的“白话文学”、抗战时期的“通俗故事”、20世纪60年代的“革命故事”、“文化大革命”时期的“地下故事”，直到80年代的“新故事”这样纵深的历史演变叙说，也有穿插其间的有关新故事代表作（如《三百元的故事》）和故事讲述家及创作者（如吴文昶、张功升、张道余）等个案的具体评述；还有通过深入发掘“文化大革命”期间罕见的手抄本，对“地下故事”生存状况的追忆等。这样就使得这篇学术论文资料翔实丰富，全面而有力地展现了20世纪中国新故事活动的历史风貌。

在这里还应特别指出，作者对新故事虽着眼于它的“文体特征”考察，却并非抓住新故事单篇文本的情节、结构、叙述技巧等枝节进行评述，而是将新故事这种文体，置于五四以来由中国社会急剧转型所带来的文化激荡与文学变革，追求“言文一致”，文学面向大众的历史大背景之上进行宏观考察，接着叙说新故事的几个发展阶段，也是贴近中国从抗日战争、新中国建立、“文化大革命”直到改革开放跨入历史新时期这几次社会变革浪潮来探求其来龙去脉，因而显得纲举目张，脉络清晰。这样，它在揭示“新故事文体的产生实际上就是对传统民间故事文体的创造性转化”这一特质时就显得论述厚实有力，学理更加充分了。

最后我还要说一说姝慧撰写这篇学术论文时的良好学风。从上海《故事会》创刊以来，我就搜求和保存着它在30多年中的全部刊本，装满了两个纸箱，都被姝慧借去认真翻检；可她并不以此为满足，又从各处搜求到一批“文化大革命”时期的故事手抄本如《梅花党》之类，从而拥有充足的研究素材；她在攻读华中师大民间文学专业时对中外故事学本已有了较为厚实的根基，又涉足五四以来中国现当代文学发展史以扩充自己的学术视野；除认真听取黄永林教授的指导意见外，又积极主动地向本专业的刘守华、陈建宪教授等虚心求教，以集思广益。研究写作过程中勤奋刻苦，殚精竭虑，并反复修订，力臻完满。我以为，关于中国新故事的这部具有独创性的学术论著，不论是对民间文艺学中的故事学分支，还是对中国现当代文学中的通俗文学创作，都是大有裨益，将会受到读者欢迎的。

是为序。

（刘守华，华中师范大学文学院教授，博导，《中国民间文艺学年鉴》主编）

2013 年 2 月 25 日

序　二

黄永林

侯姝慧是由我指导的中国民间文学专业毕业的博士研究生，入学之初，她就选定以新故事作为研究对象，并经过三年的努力完成了博士毕业论文《20 世纪新故事文体的演变及其特征研究》。随后又进行修改补充，到现在付梓出版，我作为她的指导老师和她一路走来，非常高兴，衷心祝贺这部书的出版。

新故事是在中国民间故事等传统叙事文学基础上发展形成的具有民族特色的新型故事文学样式，经过半个多世纪的发展，已经成为中国群众生活中喜闻乐见的一种群众性文学样式。新故事文体主要有三个方面的特征：在语言方面，是一种以群众口语为蓝本，以精练通俗、明白如话、形象生动为特征的“口头—书面”结合型语体；在情节、结构形式方面，以口头性为基本特征，在传统民间故事、现代民间故事的基础上，借鉴我国古代小说艺术、传统说唱艺术、西方小说叙事艺术，形成了以易讲、易记、易传为目标的“一过性”结构特征；在主题方面，始终反映着每个历史时期政治主流意识与群众价值观体系的交融、碰撞和同构。新故事与传统民间故事一起成为具有中国特色的故事文学体系的重要组成部分。在文体学意义上沟通新故事与传统民间故事，重建二者比较的平台，并通过比较的方法，更加清晰地阐释新故事和民间故事在文体学意义上的相关性和独立性，不仅对新故事文体的独立发展具有参考价值，同时还对传统民间故事文体学研究的深入具有促进作用。

侯姝慧这部著作是系统梳理 20 世纪新故事文体发展史并论证其文体独立性的专门研究。该书以 20 世纪新故事文体的衍变历程及其特征作为研究对象，把这一历史进程大体分为上半叶、中叶、“文化大革命”、改革开放后四个阶段，将新故事文体的发生与中国现代社会、现代语言文学的发展进程联系起来，并对其文体发展历史进行追溯和整理，同时对新故事的主要文体特征分阶段逐一整理，分析了新故事文体在萌芽期、发展初期、蛰伏期和繁荣期各阶段特征，探求了整个20世纪新故事发展的脉络及衍化规律，剖析了新故事的生存状态。又结合分析不同时期新故事文体的形态特点，力求在历史线索和共时特征上充分地论证其文体的独立性，资料翔实，内容丰富，历史感强。此外，新故事与民间文学关系的研究是通俗文学与民间文学的交叉研究，这种交叉研究使作者能够在更开阔的视野下解读新故事文学与民间故事文学的关系，更能见出中国传统民间故事文学在现当代中国文学系统建构中的转变与价值所在。本书的研究不仅为新故事文体的独立发展提供了一定的理论依据，而且对民间故事在文学意义上拓展研究空间提供新的资源和视角，因此，这是一部具有较强的现实意义和较高的学术价值的著作。

新故事的研究在20世纪90年代之后沉寂了很多年，近年来，从学术论文的发表和国家级课题申请等方面可以看到相关研究正在兴起，说明国家和学术界对新故事的价值开始给予关注。值得高兴的是，她在本书的基础上，2012年又申请获批教育部人文社会科学青年基金项目“新故事出版机制的变迁与社会意识形态的构建”，这个项目是在本书文体研究基础上的拓展性研究，我希望她在故事学研究道路上不断进取，再接再厉，取得新的成绩，对中国故事学研究作出新贡献。

（黄永林，华中师范大学副校长、教授、博士生导师，中国新文学学会会长、中国民俗学会副会长）

2013年3月16日

导　论

第一节　问题的缘起与研究现状

一　问题的缘起和新故事文体发展史的分期

新故事是在中国民间故事的基础上发展形成的，具有民族特色的新型故事文学样式，它与传统民间故事一起构成具有中国特色的故事文学体系。刘守华在建构中国故事学体系时曾经说过："关于新故事，当下虽在文化市场上占有较为重要的位置，但尚未引起文艺评论家和学术研究者的关注，迫切需要进行积极引导。我们在这里从故事学的视角去考察，把它作为中国源远流长的口传故事的支脉来看待，肯定其社会与文化价值。以引人入胜并震撼人心的故事情节来满足人们的审美和娱乐需求，是故事文学古今一体的根脉所在。"① 民间故事与新故事同属故事家族，1979 年新故事界更明确了"在民间故事的基础上发展新故事"的指导思想，在新故事刊物上集中登载了一大批个人书面创作的新故事，在口承故事基础上整理或再创作的新民间传说故事、传统民间故事等，可以说新故事与民间故事之间关系十分密切。笔者在研究之初希望通过对二者关系的研究来探讨"民间故事的现代流变"问题。

但是，当笔者系统地对 20 世纪新故事理论研究的历史进行梳理后发现，问题集中在对新故事文体的性质、独立性以及在文学发展史

---

① 刘守华：《故事学纲要》，华中师范大学出版社 2006 年版，第 166 页。

上的根源脉络研究等方面。也就是说，如果我们能够回答“新故事是什么，它从何而来，已经走过了一段怎样的路程?”等问题，我们对新故事与民间故事的关系研究自然可以有一个较清晰的答案。因此，本书系统地梳理了20世纪新故事文体的发展史，并对其文本特征进行了初步总结。

对新故事文体发展史的梳理，是笔者在对文体性质特征的经验式理解和对前辈学者提出的关键性特征进行总结的基础上着手的，梳理的依据是新故事文体在创作上“口头与书面相结合”、流传中“书面传播与转化为口头传播相结合”的特征。本书据此特征梳理新故事文体发展的历史，认为“口头—书面结合型”新故事文体在抗日战争时期出现，其语体、文体的形成来源于“五四”时期“言文一致”、“文学的国语、国语的文学”的建构理念，并在严峻的抗战形势与《在延安文艺座谈会上的讲话》精神的共同作用下形成文体雏形。新中国成立后文体逐渐定型，发展至今。纵览20世纪新故事之发展，从“研究主体”本身的渊源、发展阶段与社会运动发展史相结合进行考虑，本书将新故事的发展历史分为三个时期：第一个时期是新故事文体的萌芽时期，从20世纪二三十年代至解放战争结束；第二个时期是新故事文体的确立时期，从新中国成立之后至“文化大革命”结束，这个时期分为两个阶段，以“文化大革命”开始为分割点，前一个阶段是文体初步确立阶段，后一个阶段是文体的异化与蛰伏的阶段；第三个时期从改革开放至21世纪初，是新故事文体对民间故事叙事传统的回归与发展的时期。

二 新故事发展过程中文体性质研究的述评

新故事经历了一个由自发到自觉，由无意为文体到有意立文体的发生、发展过程，其间对它性质的研究也经历了由初期含混的、梗概式描述逐渐发展到后来渐趋明确的阐述研究等阶段。本研究的学术史述评主要从20世纪新故事文体性质研究的批评与反思入手，寻找理解和阐释新故事文体性质的理论研究基点，以期进一步深化新故事的文体性质研究。

（一）新故事文体性质研究的历史与现状

新故事文体的衍进同中国现代社会的构想与实现过程紧密相关。抗日战争时期，为发动民众，文艺界倡导并开展了从民间来、到民间去的通俗故事创作活动，这样的活动在实质上成为了以民间文学为主体改造现代文学的路径之一，也正是在这样的意义上，决定了通俗故事在社会和文学双重意义上的价值基点。抗战时期由作家们编创的通俗故事在报刊、杂志、书籍等纸质媒介上公开发表，成为文艺通俗化、大众化理论指导下的一次文学实验，标志着故事由口头文学向书面化即口头与书面相结合的文学型式迈进。

1. 新故事文体萌芽期的性质研究

抗日战争时期，最主要的创作主体是大后方、抗日根据地的作家和知识分子们。严峻的战争形势要求各种文艺形式必须首先通俗易懂，让农民群众能够接受，因此，作家们借用群众喜闻乐见的旧形式进行文艺创作成为一时之急需。正是在这样的背景下，“通俗故事”应运而生。作家们将手中的笔作为战斗的号角，他们希望通过故事召唤工农兵群众联合抗日，起到鼓舞士气、配合民族独立斗争的作用。在文学通俗化、大众化的实践过程中，“五四”时期启蒙民众的思想得到落实，现代文学在“言文合一”和“平民文学”的进程中迈进了一大步。当时大后方作家如老向、艾芜等创作了一些表现群众抗日、颂扬抗日英雄的通俗故事，这些作品大都语言通俗易懂，情节完整，线索清晰，故事性强。据钟敬文先生查考，这些故事产生后在群众中迅速流传开来。[①] 但当时并没有人对这种特性作更多的专门研究。这个时期大后方对通俗故事的研究重点集中在其通俗性和政治意义方面，对其文体性质的研究含混于“通俗性”研究之中。

明确提到“通俗故事”这个概念的是赵树理，他的成名作《小二黑结婚》在发表时被标示为“通俗故事”。“通俗故事”是赵树理对自己创作的以群众的习惯性语言和结构故事的方式（来源于群众对传统

---

① 钟敬文先生在他主编的《大后方通俗文学》中作序，明确提到通俗故事在当时的流传状况。

民间说唱叙事艺术的欣赏习惯）创作的作品范畴的定义。他在延安时期和新中国成立后都谈到过他的创作意图和具体的表现手法，核心思想是按照“群众爱听”的标准进行创作。他曾解释说：“群众爱听故事，咱就增强故事性，爱听连贯的，咱就不要因为讲求剪裁而常把故事割断了。”[①] 再如对群众语言的吸纳，在结构上保持故事的完整性，提出“从头上说，接着说”等看法。这些是从创作理论的角度总结通俗故事文体特征的早期研究成果。《在延安文艺座谈会上的讲话》提出了文艺为工农兵服务的方针，这为通俗故事在语体发展和艺术形式的借鉴等多个方面提供了理论支持。赵树理的通俗故事作品和创作理论在《讲话》后得到推行[②]，此后，“通俗故事”成为一种无须宣传的样板形式被解放区知识分子自觉实践。同属山药蛋派的马烽、西戎在树立英雄典型的运动中，又创作了英雄传奇故事。大众化、通俗化的创作理论和利用“旧形式”等创作思想都成为促使通俗故事形成的理论来源。特别是《讲话》中指出向群众学习、学习他们的语言，爱他们的萌芽状态的文艺，以及在群众的基础上提高等文艺指导思想，影响了中国的新文学观念，奠定了之后新故事文学发展的思想基础和实践基础。此后，知识分子通过对民间故事的整理、改编创作出版了一批新故事作品。

总体来看，这一阶段对通俗故事文体性质方面的研究被笼统地归在文艺通俗化、大众化理论之中，研究角度多集中于文学艺术特征方面，得出通俗故事文体应做到“群众喜闻乐见”这一艺术归旨的结论。对通俗故事文体独立性的研究并没有引起关注，多数情况下通俗故事被归入小说类。这一时期“通俗故事”的创作经验成为新故事萌芽时期关于文体特征研究的第一批理论成果。这些成果在六七十年代的新故事创作理论研究中被引经据典，是中国“新故事运动”中故事脚本编创的思想指导和理论参照。

2. 新故事文体确立时期的性质研究

从新中国成立后到“文化大革命”结束的这段时间是新故事文体

---

① 赵树理：《也算经验》，见《赵树理全集》第4卷，北岳文艺出版社1990年版，第187页。

② 陈荒煤作《向赵树理方向迈进》一文。

特征初步确立、形成的时期。解放后，政府积极鼓励普通群众掌握文字，学习文化知识，进行书面创作。在随后的几次群众性文艺运动中，尤其是1958年新民歌运动中，涌现出了大批的群众书面创作，展现了群众创作的活力和热情。对这些艺术形式属性的判断，对这批艺术成果艺术成就的衡量成为文艺界当时面对的新问题。其中，故事的创作、传播方面出现了以群众为编创主体的口头编讲与书面创作、文本发行和口头讲说相结合的新形式。这种形式迅速引起了研究者的关注，并引发了对其属性的讨论。从创作主体政治身份的角度出发，周扬提出这种结合是民间文学与作家文学合流的观点。这一观点迅速引起民间文学界对新民歌和新故事等群众文艺的属性的讨论。60年代初，民间文艺家协会连续召开了两次会议，集中讨论“社会主义时期民间文学范围界限问题”。讨论中形成两种看法，一种认为群众由口头创作到书面创作的变化是由社会主义性质的优越性所决定的，群众的书面创作属于民间文学。姜彬提出社会主义的民间文艺应该包括两个部分：一个是旧时代的劳动人民的传统创作；另一个是解放后的已为群众普遍掌握、运用和接受的群众创作。不但新民歌可以包括在民间文学的范围内，群众创作中的新故事和小小说，也可以包括在民间文学的范围内。

另一种认为判定是否属于民间文学的标准既要考虑创作主体的因素，同时还要注重文学艺术样式本身的性质特征。这种看法又一分为二，其一是站在对传统民间文学的继承与发展的角度来看待社会主义时期民间文学的范围界限，认为应坚持民间文学的“四性”标准来判断是否为民间文学；其二认为传统民间文学判定原则本身存在问题，跟不上发展的要求，尤其是不能用集体性和口头性去硬性要求新产生的社会主义民间文学。吴开晋在《试论社会主义民间文学》中认为社会主义民间文学不仅继承了传统民间文学固有的形式和表现方法，同时，也根据时代的不同和作品内容的变化，出现了若干革新与发展。……新传说、新故事也基本继承了传统民间故事的艺术形式和特点，不管人物塑造、讲述特点、语言结构皆如是。……但由于现实生活的丰富多彩和迅速变化，这些固有的东西往往不能完善地表现新的内容，最后必将被新内容所突破，从而创造出新的形式。因此，对社会主义民间文学的认识也应包括对新形式的研究。新形式的主要表现有：创作流传过程中集体性的变化，口头性向书面性的发展，以及与此紧密相关的对流传性、变异性的理解。两次会议集中讨论了新故事的范畴问题，随后学者们进一步将新故事作为一种文学样式，对它本身的艺术特征予以关注。

60年代，新故事处于借鉴相关文艺形式摸索发展自身的阶段，实践着以群众为编创、传播主体，口头与书面创作、传播相结合，内容、主旨上紧密配合中心任务的运行机制。文艺评论家以群曾撰文《浅谈新故事》[①] 讨论新故事的性质、特点等问题，通过新故事与小说的比较，从传播方式的角度提出新故事作为“口语”艺术具有体裁的独特性。他指出“新故事是近年来从工农群众的业余文艺创作中涌现出来的文艺体裁的一种，是工农群众适应新时代、新形势的需要，发扬了在群众之中有深厚基础的民间故事和说书的优良传统，而创造出来的一种讲述新人新事、表现新思想新生活的文艺形式。”[②] 谈到新故事和新小说的区别时，他说：“主要的只能从它的传播方式，从它如何为群众服务、如何被群众接受的方面来着眼。新故事是以口头讲述、口头流传为主要的传播方式，……因此，口语化和形象化的结合，用口语塑造形象，表现主题，就是新故事的特点。……新故事和新小说由于为群众服务的方式不同，在表现方法上自然各有特色，决不能强求一律，更不应扬此抑彼。”[③]

研究者们对新故事的关注点集中在“口头传讲”的效果方面，集中讨论在写作过程中如何安排故事的情节、结构、人物塑造、思想表达，从讲演活动中如何寻找适合新故事的语言、结构、主题，以利于口头讲述，并提高讲述效果；从小说等艺术中吸取如何塑造故事中的英雄人物形象的方法，在不影响情节进展的情况下如何加强新故事的心理描写和环境描写，为口头讲述添彩等问题。对这些创作理论的讨论切实地推动了新故事文体的形成。

“文化大革命”时期，《革命故事会》上的研究文章多是针对“大

---

① 《以群文艺论文集》中《浅谈新故事》一文并没有标明写作时间，但大体时期还是清楚的，后记中说明这些论文集都是在1966年之前写作的，从文章在第一辑中按照时间顺序排列来看大致在1962年以后到1966年。

② 以群：《浅谈新故事》，《以群文艺论文集》，上海文艺出版社1983年版，第191页。

③ 同上书，第192—193页。

讲革命故事”和“组织革命故事活动”谈经验，少数几篇谈及“革命故事”的创作体会，新故事的性质研究基本停顿。即使在这样的情况下，由于新故事要讲给群众听，编创人员仍坚持重视“把自己的初稿讲给群众听，征求群众意见，反复修改”，以做到“不脱离政治斗争、不脱离群众、不脱离劳动”。“革命故事”虽然在主题和结构方式上受到阶级斗争、“三突出”等形式主义、概念化的影响，但是在艺术追求上，如语言、生活事件的选择、提炼仍然“顽强”地保持着它作为群众喜闻乐见的文体形式所应有的品质。正是有这样的“群众性”基础，刘守华先生在《谈革命故事的写作》中以新故事“文本”为研究对象，通过与民间传统故事、小说、评书等艺术形式的对比，系统地分析了新故事在语言、结构、艺术形式等方面的特征，明确指出“虽然现在的故事不像旧时代的民间故事那样完全在口头流传，常常书面发表和出版，但它首先要讲得上口，否则，就不成其为故事了。”[①] 明确指出具有书面创作、传播形式的新故事同时应具备能够“上口”的品质。

从1976年开始，以蒋成瑀为代表的学者们对“革命故事”的语言、结构、主题等方面作了进一步的研究。蒋成瑀认为“革命故事是口头文学”，而且口语化是革命故事语言的基本特色。[②] 指出口语化要充分注意群众的艺术爱好和习惯，对过去的艺术形式和语言形式应加以批判吸收，加强语言的民族化和大众化。“文化大革命”结束后，在“文化大革命”期间几乎禁谈的革命故事与传统民间故事等艺术形式的关系研究方面有了新的突破。研究者们开始为新故事的发展寻找可靠的立足点和发展方向。1978年之后，探讨新故事从何处而来，向何方发展的成果逐渐多了起来。蒋成瑀发表《民间口头故事与古代说唱文学——略谈革命故事的艺术源流》[③]，刘守华发表《包藏祸心的“彻底革命论”——批判姚文元关于故事创作的谬论》等，这些文章为革命故事溯源，使新故事从源头上“认祖归宗”，为新故事的发展奠定了理

---

① 刘守华：《谈革命故事的写作》，湖北人民出版社1974年版，第52页。

② 蒋成瑀：《谈革命故事的口语化艺术》，《革命故事会》1976年第1期，第63页。

③ 蒋成瑀：《民间口头故事与古代说唱文学——略谈革命故事的艺术源流》，《革命故事会》（双月刊）1978年第3期总第36期，第85页。

论基础。

3. 新故事文体发展期的性质研究

从20世纪70年代末至20世纪90年代末是新故事文体大发展的时期，文体性质的讨论也步入繁荣期。在改革开放的新形势下，新故事面临着新的发展机遇和挑战。由于它是新生事物，在流传方式上又表现出多样性特征，对文体性质的讨论成为求发展的关键问题。理论界在70年代末和80年代对新故事的属性问题展开了热烈的讨论。1978年在上海召开八省市新故事工作者座谈会，会议确立了“要在民间故事的基础上发展新故事”的指导思想。参与讨论的多为民间文学研究者和新故事编创研究人员，这两个团队由于对新故事属性研究的目的不同，思考的角度也各不相同。民间文学界以潜明滋为代表，认为新故事正在发展当中，还没有稳定下来，对它属性的判断还不能下定论。新故事界面临让新故事发展下去的问题，他们受“文化大革命”时期“地下”手抄本故事（流传故事）的启发并依据之前理论研究成果的分析，确立了“在民间故事的基础上发展新故事”的指导思想。1983年，何承伟发表《应该明确新故事的属性》，提出“新故事是社会主义时期的民间文学”的观点，认为“社会主义民间文学主要是口头语言艺术，它靠口头语言进行传播，以起到它的社会效果；而书面文学主要是靠书面语言进行传播，以起到它的社会效果的。尽管一些故事用文字固定下来后，也可供人阅读，但它主要还是供人讲述的，而阅读是第二位的，次要的。”① 明确指出新故事应保持口头性这一基本特征，真正的新故事应该具有易讲、易记、易传的特点。以上对新故事文体性质的分析宏观地厘清了新故事的发展方向。根据新故事在当时讲说实践活动的情况，研究者们仍较为关注它在创作和流传过程中作为口头文学的一面。

从70年代中期至80年代初，蒋成瑀对“革命故事”语言上的口语化和结构形式上对传统民间故事的继承、发展等问题进行了一系列的探讨。在此基础上，1979年他出版了“文化大革命”以来第一本关于

---

① 何承伟:《应该明确新故事的属性》，选自中国民间文艺研究会上海分会编《民间文艺集刊》第4辑，1983年版，第148页。

新故事创作的理论专著《故事创作漫谈》[1]。书中提出“新故事在内容和形式两个方面，保持和发展了民间故事的特点……但它并不等于民间故事，而是一种独立的艺术形式，是新型、独特的口头文学。”[2] 并阐述了新故事对民间故事和传统说唱艺术的继承与发展的关系，以纠正新故事发展过程中出现的“能看不能讲”或“能讲不中听”的问题。

1984 年新故事学会成立。学会的成立加强了新故事研究人员和新故事编创人员的联系，对新故事的发展起到了推动作用。当时学术界对“新故事是立足于民间文艺的”和“新故事是继承民间故事传统而发展起来的一个品种”的观点基本上是一致的。1984 年王国全的故事创作理论著作《谈新故事创作》作为内部刊物出版，全书紧紧围绕新故事“在民间故事基础上发展”的论点，指出新故事创作应以实现“易记、易讲、易传”为目标的问题。与此同时，其他研究者们从新故事的创作、流传情况出发，论述了创作中口语与书面语的转化关系，口头传播与书面流传的关系。乌丙安在 1987 年 6 月 12 日辽宁省新故事学会成立大会上作了题为《论新故事系统》的报告，从系统论的角度将新故事分为三个系统，第一是新故事的文学系统，主要是指新故事的创作，属于这个系统的包括口头创作和笔头创作；第二是新故事的表演系统，故事员属于这个系统；第三是传通系统。新故事活动的组织工作者、编辑工作者、办刊人、电台和电视台属于这个系统。[3] 在谈到新故事的书面创作时说：“文学系统最突出的特征就是语言，文学语言的创作，来源于说话的口语，现在是用笔来写成本子，这是语言的发展，或者说是语言的第二性，是由口语转化成文字。写故事实际是用笔头说故事。”[4] 金洪汉认为“反映现实生活的、有组织的讲故事活动”[5] 中讲的故事叫新故事，它的书面文本是“它在原有口头传播的渠道之外，又开辟了

---

① 蒋成瑀：《故事创作漫谈》，上海文艺出版社 1979 年版。

② 同上书，第 17 页。

③ 乌丙安：《论新故事系统》，见辽宁省新故事学会故事报社编《辽宁新故事论集》，1988 年版，第 1—2 页。

④ 同上书，第 4 页。

⑤ 金洪汉：《现代中国的讲故事和新故事》，辽宁省故事学会、故事报社编：《辽宁新故事论集》，1988 年内部刊物，第 41 页。

一条书面流传的渠道。”① 何承伟主编的《故事基本理论及其写作技巧》是对 80 年代新故事理论研究的一次总结。他在书中认为新故事是社会主义时期的民间文学，“个人创作的新故事中一部分能够与人民群众中口头创作和口头流传的作品会聚到一起，形成了整个新故事的主流。”② 同时指出“新故事这种文学体裁的口头性特征，具体的表现在它的艺术形式以及它所反映的内容上，从艺术形式上来看，它采用了一系列具有口头性特点的语言、结构和表现手法；从内容上看，它则选择了适合口耳相传的题材、主题和情节。”③ 强调了新故事作为口头语言艺术应有的品质。80 年代初新故事人关于新故事性质的讨论进一步推动了 70 年代末确立的“在民间故事的基础上发展”的指导方针的落实，这与之前论述新故事作为口头文学重点集中于故事语言口语化特征的观点相比又迈出了一步。

80 年代初，人们阅读故事文本的需求大增，书市上涌现出了以《故事会》为代表的 20 多种新故事刊物。新故事传播的主渠道发生了以书面为主的变化。作为书面形式创作、传播的新故事的性质讨论成为新的关注点。日本学者敏锐地观察到了这个问题，并对新故事的未来发展进行了预测。加藤千代从 80 年代开始关注中国新故事活动，他认为“现在的新故事，已经远远超过了研究者讨论的界限，它面临着各种各样的可能性，在自由地发展。可能之一，就是‘文革’以后的新故事，都是写出来供人阅读的大众读物，或者说是在这样发展着。这使我预感到，一种新的故事文学将要到来。”④ 加藤千代所反映的正是 80 年代由个人创作的新故事书面文本开始占据新故事传播渠道的实际情况。80 年代中期新故事刊物的发行量达到高潮，故事也表现出多种品质，

① 金洪汉：《现代中国的讲故事和新故事》，辽宁省新故事学会、故事报社编：《辽宁新故事论集》，1988 年内部刊物，第 50 页。

② 何承伟：“新故事的创作”，选自《故事基本理论及其写作技巧》，大众文艺出版社 1993 年版，第 47 页。该书最初是新故事创作函授班的教材，后来结集出版。

③ 何承伟：“新故事的创作”，选自《故事基本理论及其写作技巧》，大众文艺出版社 1993 年版，第 58 页。

④ ［日］加藤千代：《中国现代的新故事——“民间”的创作空间》，贾海一、郭安平等译，见《辽宁新故事论集》，辽宁省新故事学会，故事报社编，1988 年，第 217 页。

最突出的是出现了只能阅读不能传讲的新故事。他将这部分列入大众读物，并大胆预测一种新的故事文学样式将在此基础上形成。

王永生是较早探讨新故事口头性与书面性之间关系的学者，他在《民间文学的口传性与新故事的传播问题》一文中对新故事的书面流传情况进行了分析，关注在20世纪六七十年代一直被看作新故事传播的辅助载体①的故事脚本，认为应将新故事脚本的称谓改为“故事读物”，并追溯其源头，提到“五四”时期曾存在于知识分子们中间的“故事读物”。1987年，商鹏蓉在《试论新故事与话本小说的相同特征》一文中从新故事具有阅读性的特征入手探究新故事的特征，这篇文章选题的角度在同时代中特色鲜明。作者在比较的基础上提出新故事与小说话本语言特点的相似性：“新故事与话本小说都既是给人听的又是供人阅读的，因此，新故事与小说话本里的语言，又往往掺有一些书面语言，是口头语与书面语的艺术结合。这种语言形成了一种特殊风格：既有口语通俗、自然、泼辣、生动、清新活泼等特点；又有书面语言准确、鲜明、精炼之特色。”② 文章将新故事中富有特色的语言定义为“普通话口头语与现代书面语的结合”③。他提出：“目前对我们的新故事创作来说，深刻认识新故事中的‘话本性’是一个不容轻视而又未得到广泛承认的问题。提出这个问题以引起有关创作界和研究界的注意，正是本文主旨所在。”④ 文章从新故事作为书面创作和口头传讲相结合的语体特征入手来探讨新故事的性质是很有意义的，是学术界对新故事口头与书面相结合型文体性质研究的先锋。

---

① “故事员讲故事，都先有脚本。这个脚本的作用，不是让故事员以此为依据，倒背如流，而是作为故事员和听众之间的桥梁或共同创造的基础。在讲述过程中，根据听众的反应，不断修改，精益求精。经过多次反复，才可能基本定型为比较完善的作品。一个优秀的新故事在产生和形成过程中，广大听众事实上都直接参与了修改和再创造。在这个过程中，广大听众的意见和要求，往往直接影响到故事情节的取舍和故事员讲述风格的形成。”摘自潜明滋《新故事的属性》，选自中国民间文艺研究会上海分会编《民间文艺集刊》第4辑，1983年版，第138页。

② 商鹏蓉：《试论新故事与话本小说的相同特征》，选自商鹏蓉、余强主编《新故事研究文集》，华岳文艺出版社1987年版，第27页。

③ 同上书，第28页。

④ 同上书，第32页。

从20世纪70年代末到21世纪初，学者们对新故事性质研究的贡献是明确提出“口头性”是新故事的基本特征，即使它作为书面创作也要坚持故事的“口头性”。这对于新故事创作中出现的既非故事又非小说的创作趋势起到了引导和规训的作用。在故事创作理论方面，学者们围绕新故事的“口头性”特征发表了一批研究成果。金洪汉通过文体对比，进一步提出“新故事不仅同样具有可读性，同时它还具有可讲性，既能读又能讲，比通俗小说多了一条口耳相传的流传渠道。”① 新故事“不仅仅作为通俗文学作品，供读者阅读欣赏，同时它还具有付诸听觉的功能，活在人们的口头上，成为立体化的综合艺术。”② 郑乃臧、唐再兴主编的《文学理论词典》中提出新故事是作为一种独立艺术形式的“趋于口头创作与书面创作相结合”的作品的看法。这些理论不仅成为指导新故事发展的重要依据，推动了新故事文体特征的独立发展，同时也成为学术界深化新故事文体性质特征研究的基础。

针对新故事发展的趋势和民间文学特征研究的深入，民间文学研究者们开始反思，多数学者认为新故事与民间文学有联系但不等同，刘守华在《中国民间故事史》中专设“新故事与《故事会》”一节，总结了从20世纪60年代初至20世纪90年代末新故事的发展历程和理论研究的概况。认为“新故事的构成及其形式，都具有复杂多样的特点。总的来说，它属于通俗叙事文学的范围，能够称作新民间故事的只是其中的一部分。”③ 这种将新故事一分为二的观点事实上推动了新故事作为一种新的、独立的文艺品种的理论思考。

4. 新故事文体拓展期的性质研究

进入21世纪之后，新故事理论研究也进入了一个新的历史时期。杨初、黄宣林所著《新故事十论》在前人研究的基础上，又迈出了可喜的一步。该书第一次以新故事文体的独立性立论，提出“新故事和传统故事虽同属于口头文学创作，但经过书面写作并通过纸质媒体的传

---

① 金洪汉：《新故事在通俗文学中的地位与作用》，选自《古今中外故事论》，香港新世纪出版社1993年版，第98页，文章写于1990年7月。

② 同上书，第100页。

③ 刘守华：《中国民间故事史》，湖北教育出版社1999年版，第795页。

播之后，新故事和传统故事之间出现了明显的不同。”[①] 编纂者认同“‘新故事是一种独立的艺术形式’，是‘口头创作与书面创作相结合’的产物，虽不是纯口头文学，但保持民间故事的特色——口传性。”[②]“新故事创作不能无视民间故事固有的口耳相传的特性，即使它已成为完全书面阅读的通俗文学作品。为此，我们必须重视新故事的理论研究，必须使理论研究为新故事的创作提供相应的美学观念和价值标准，并努力使之成为一门新的学科。”[③] 作者强调新故事的文体发展首先应坚持口头性，其次应该而且必须借鉴、吸收其他叙事文学的长处，以丰富自己的艺术风格和内涵。

总而言之，从抗战以来，新故事的创作、传讲和理论研究渗透了几代新故事人的心血，现在，新故事这种新型文体样式已经在文学园地上扎下根来。几代新故事人创作、传讲的活动和积累的经验是我们整体性地认识、研究新故事文体性质的宝贵财富。中国在真正学理意义上对新故事文体性质的研究是从20世纪70年代末开始的。这些研究针对新故事发展的不同阶段，多角度、多侧面地探讨了新故事的文体特征，是我们进一步深化新故事文体性质研究的基础。

（二）新故事文体性质研究的批评和反思

理论建设对新故事的发展无疑是非常重要的，它是指导新故事整体系统发展的灵魂所在。新世纪的到来使新故事面临着新的挑战和机遇，它从何而来，立足何地，将往何方，如何才能最大限度地发挥其作为群众性文学样式的效能，成为必须尽快解决的问题。对新故事定义的考查能够反映学者们对这些问题的思考，从20世纪50年代到21世纪初，学者们对新故事概念、性质的认识主要有四种倾向。

第一种倾向是从创作主体的角度关注新故事的性质，是学者们在50年代提出的。认为群众之前只能口头创作、传讲民间故事的情况在新的社会历史条件下有了新发展，群众掌握了文字，从传讲口头形式的

① 杨初、黄宣林：《新故事十论》，中国文史出版社2004年版，第20页。

② 同上书，第25页。

③ 同上书，第6页。

民间故事到创作书面形式的新故事是社会发展的必然，是民间文学与作家文学合流的一种表现。实践证明这种仅从创作主体出发提出的“合流论”站不住脚。

第二种倾向是强调传统故事与新故事之间在口头讲述方面的一致性，学者们对新故事之“新”的认识多从题材、思想的角度进行思考。多使用政治时段的概念解释新故事，如：有的认为是中国共产党成立以来产生的故事；有的认为是社会主义时代产生的故事；也有的认为是中华人民共和国成立以后所产生的故事。这种划分方法没有从本体出发，事实上不能起到准确认识本体特征的作用。

第三种倾向仍是从口头讲述的角度入手，但学者们根据每个阶段新故事发生的一些变化，如口头讲述的情境、组织形式、流传方式、表演采用的技艺等方面，将新故事与传统民间故事、传统说唱艺术进行比较研究，引起大家将新故事作为一种新型口头文学来看待，提出新故事是20世纪50年代产生的观点。判定的出发点是1958年开始的新故事运动中的新故事活动是有组织的、有领导的、社会性的群众文艺活动，与之前传统民间故事自发的、私人情境的活动形式截然不同。实质上，这样的论述是将新故事作为一种讲说艺术活动的系统性的研究，这类观点的提出与50年代至80年代新故事讲演活动的蓬勃开展有着紧密的联系。这个阶段对新故事特征的认识是重讲述而轻文本的，具有时代的局限性。

第四种倾向是研究者看到新故事作为书面文学形式存在、发展、繁荣并逐渐占据新故事创作、传播活动中的主体地位的情况，引发了对新故事性质特征的新思考。有学者从新故事创作坚持口头性等角度认定新故事是社会主义时期的民间文学，有学者提出应将它作为故事文学，还有学者认为它是将口头文学书面化的试验，是口头创作与书面创作相结合的产物。进入21世纪，黄宣林、杨初在《新故事十论》中曾总结：“新故事是新时代的产物。从新中国成立初期的萌芽、到粉粹‘四人帮’后的迅速崛起，作为一种新问题，其存在、发展、继承、革新，一直到今天，也才走过了半个世纪的历程。”① 时至今日，这个问题仍

① 杨初、黄宣林：《新故事十论》，中国文史出版社2004年版，第6页。

然在懵懂中继续。

新故事性质研究伴随着新故事的发展体现出明显的阶段性特征。20世纪五六十年代新故事讲演活动兴盛，学者们对讲演系统的研究较为集中；七八十年代新故事多以文本形式发行，新故事文本的特征研究又成了中心。相应地对新故事性质的理解和定义也出现了新故事是新出现的独立的艺术品种，是社会主义新型口头文学；新故事是社会主义时期的民间文学；新故事是通俗文学或大众文学的一部分等不同的认识。还有学者认为新故事分两部分，一部分属于新民间故事，一部分属于通俗文学或大众文学。这些结论基本都由新故事与传统民间故事比较而得出，或者认为是民间文学；或者认为不是民间文学；或者认为有的是民间文学，有的不是民间文学。对新故事的性质研究囿于探讨其属性，将新故事划到俗文学、通俗文学等范畴，虽然以是否满足能够口头流传为基准，根据当时新故事的发展情况客观地区分了新故事与民间故事的异同，但"俗文学"、"通俗文学"本身涵盖的对象种类众多，将新故事笼统地划归"通俗文学"，只是粗略地定位，在科学地分析新故事独立的文体性质和特征，从文学样式本身理解新故事与民间故事、其他叙事文学样式的关系等诸多问题上仍然捉襟见肘。时至今日，从新故事发展历史的角度整体观照新故事文体的形成并认识其本质的研究仍比较薄弱。

由于大家对新故事作为一种新型独立文体的性质特征的认识不够清晰，所以对新故事真正从何而来的回答只能在勾勒式的简述中一笔带过。至此，梳理新故事文体本身的发展历史，总结新故事文体的性质特征成为文体独立性研究的关键性问题。对于一种新型的文体样式，要论证它的独立性，必须首先，对构成文体的各个层面的发生，包括社会的、文化的、文学的种种背景进行探讨。其次，对它文体本身的发展历史进行梳理和总结。通过溯源工作和历史的整理凸显其作为独立文体在性质特征方面具备的稳定性和可发展性，呈现出文体发展的脉络，明确它与民间故事及其他相关文体之间的关系，帮助它在现当代文学发展史上找准位置。也只有这样，才能为它在新世纪的发展决策提供理论参考。

第二节 选题意义、特色与创新

一 选题的意义

首先，新世纪的到来面临着新的挑战和机遇，故事、故事文学的发展还是一个未完成的现代性计划。新世纪面临的挑战越来越多，对理论研究，尤其是对其文体性质的研究与定位关系到新故事文学的长久发展。聆听历史，有助于我们认识新故事多元化纷繁复杂的现状，了解故事发展的脉络。本书尝试在梳理新故事的发展史，总结新故事文体特征的基础上，解决“新故事从何而来?”，“新故事是什么，是独立的文体吗?”等问题，为回答“新故事将往何方”提供理论依据，促进新故事文体的发展和繁荣。其次，在整理新故事文体特征的基础上，再次讨论“新故事与民间故事”的关系问题，明确二者在文体性质上的异同，从故事文学发展史的角度为新故事定位，并重新解释二者之关系，同时为民间故事在文学意义上拓展研究思路提供参考。第三，传统文体学研究的范畴包括古代文学文体学和现代精英文学文体学研究两个部分，对由20世纪三四十年代兴起的新故事等新文学样式少有论及，本论文对新故事文体特征研究将充实这部分文学样式的研究。第四，新故事作为典型的“口头—书面”结合型语体文，是我国自“五四”以来，“言文一致”的语言、文学发展思路的实现形式之一，也是以“文学的国语，国语的文学”为理念而引发形成的新文艺样式。这种文艺形式将群众生活中的口语不断地融入他们的作品，构成“口头—书面”结合型语体特征。同时，一些与群众紧密相关的富含思想意义的新书面词语在这样的互动中，丰富着“口语”和群众思想。明确新故事的这一“语体”特征，可以为我国“白话”文学史的研究扩展空间。

二 研究的特色与创新

关于新故事文体性质的研究前人已经披荆斩棘，但从文体发展史的角度系统论述新故事作为一种新型文体的成立却是一个新的开始。

本书在解决新故事文体性质研究的思路和方法上尝试寻求突破。在我国传统文论和西方传统文论中，文体研究一直被认为是一种形式的研究，陆机的《文赋》、刘勰的《文心雕龙》等莫不以一种形式的风格来定义文体，用感性来区分文体的特征。现代语言学、语言哲学宣告了以往文学理论将内容与形式、思想与语言截然剥离的二分法的失败，综合语言、内容、形式与思想进行理论探讨被认为是对文学完整阐释的乌托邦。而本文也在为寻找完整阐释的最佳途径而亦步亦趋。文体研究不仅是感觉层面的风格意义，更是从语言体式、篇章结构到主题思想、文化内涵、功能诸层面相结合进行整体观照的理论研究。这可以说是思路上的第一点创新。

新故事的产生、发展、定型与传统民间故事等文体有着密切的关系。只是从20世纪八九十年代开始，民间文学界从集体性、口头性、传承性、变异性等特征出发讨论新故事与民间故事的关系，才将新故事置于民间文学研究的边缘，之后民间文学界习惯于区分二者，仅认可能够转化为口头传承的部分新故事作品。本书推开这种模式化的思路，试图在文体学意义上沟通新故事与传统民间故事，重建二者关系研究的平台，并通过比较的方法，更加清晰阐释新故事和民间故事在文体学意义上的相关性和独立性。这不仅对新故事文体特征的研究有一定的意义，也可促进对传统民间故事文体学研究的深入。这是思路上的第二点创新。

本书在文体研究上重视新故事文体“口头与书面”的转换性特征研究，因此使用较为系统、成熟的经典叙事理论和民间叙事学理论相结合进行研究，这是本文在解决问题方法上的特色。此外，在研究中始终坚持以前人的研究成果为基础，力求在微观上突破陈规，得出新的见解。

第三节　研究方法和资料来源

一　研究方法

法国史学家安多旺·莱昂认为“历史学家通常不仅关心再现真正

发生的事件，而且也关注方法的重新创造。"[①] 本文重点之一是梳理新故事文体的发展史，因此一方面要本着历史学家严谨的工作态度去整理新故事文体的发展历史，力求真实地反映过去。同时，应根据具体的研究对象决定方法的使用，注意研究方法的创新和综合运用。本书在撰写过程中主要采用了以下三种方法，力求将新故事文体的发展历史，文体特征的组成，文体要实现的本体意义、社会价值梳理并总结出来。

1. 文体对比分析法

本书研究的文体是就叙事文学体裁或者叙事文学样式而言的，不同于西方修辞学或美学体系中的文章或著作的语言风格。[②] 韦勒克认为文学作品应被视为"是一个为某种特别的审美目的服务的完整的符号体系或者符号结构。"[③] 对作品文本的文体分析可有两个方法："第一个方法就是对作品的语言作系统的分析，从一件作品的审美角度出发，把它的特征解释为'全部的意义'，这样，文体就好像是一件或一组作品的具有个性的语言系统。第二个方法与此并不矛盾，它研究这一系统区别于另一个系统的个性特征的总和。这里使用的是对比的方法。"[④] 他认为"文体分析的第一步是观察语音的重复、词序的颠倒、各种级别的子句的结构，找出它们必然会有的审美功能，譬如，强调或者明晰，或者相反——审美上允许的掩抑与朦胧。"[⑤] 新故事文体作为现代新型文体样式，不仅继承了我国传统文言、白话小说和传统民间口承叙事文学的叙事传统，而且借鉴了西方小说叙事文学样式的表现手法，在新性质的社会和历史条件下，孕育脱胎成为独立的新文体样式。因此，可以通过新故事与已经具有明确特征的相关文体，如小说、评话、通讯报道等

① ［法］安多旺·莱昂：《当代教育史》，樊慧英、张斌贤译，光明日报出版社1989年版，第49页。

② 我国古代文论中，"体"的内涵有文章体式和体性（风格）两种，以古希腊修辞学和美学为源头的西方文论中，文体的含义主要是指语言风格。本文"文体"的含义主要是指文章的体式，也就是体裁和样式而言。

③ ［美］韦勒克·沃伦：《文学理论》，刘象愚等译，三联书店1984年版，第147页。

④ 同上书，第193页。

⑤ 同上书，第194页。

进行比较，从微观的具体语言、句式到宏观的结构形式、主题等方面进行比对，从这一个系统区别于另一个系统的种种个性特征以及个性特征的总和来考察新故事的文体特征。

2. 历时与共时相结合的研究方法

本书的研究借鉴了索绪尔历时与共时的结构主义研究方法。所谓历时结构主义，就是动态地、历史地看待结构，把共时的结构看作历史发生的结果，在其共时关系中寻觅历史的足迹。同时，通过对不同时代的结构进行比较，把握结构之间的各种历史联系，包括继承与转换、突变与渐变、交叉与渗透、量变和质变等。任何结构都是历史发展的结果，都在经历变化。历史上的结构是不再变化的已成之物，当它们被置于之前之后的文体结构中加以比较的时候，其历史性及特征便一目了然。历时的、历史的研究新故事文体的发展和衍化，可以找出其衍变规律；共时的研究又可归纳每一个时代的文体特征。因此，本书试图完整地将20世纪新故事文体发展史呈现在读者的面前。

3. 民间叙事学与经典叙事学相结合的研究方法

书中在具体分析文本时借鉴了叙事学研究方法，既包括民间叙事研究中的母题研究和类型研究方法，也包括经典叙事学对叙事时间、叙事结构、人物功能、叙事语法和叙事意识等研究方法。由于新故事是书面与口头两种文体的结合形态，是一种转化型文体，所以二者的结合运用有助于新故事文体特征的清晰化。

二　研究资料的来源

第一阶段的资料包括三四十年代抗日战争爆发前后刊发的通俗故事、抗日英雄传奇、“民间文学”（改编创作后的书面形态）等几部分组成。作品选择的标准是在语体上能够符合吸收群众的口语与书面语相结合的特征，在文体上能够广泛吸取或借鉴包括口头文学、中西叙事文学、中国传统说唱叙事艺术的结构特征。其中，在当时已经转化为“新民间故事”，在群众中以口头形式流传的部分作品，可以说是这一时期的代表作。

资料的来源主要是三四十年代发表在报刊杂志上的通俗故事。包括

1946 年至 1948 年的《人民日报》，1942 年至 1946 年《解放日报》中发表的抗日英雄传奇系列，钟敬文主编《中国抗日战争时期大后方书系 · 第九编 · 通俗文学》[①] 中“通俗故事”部分，胡孟祥主编的《解放区说唱文学作品选》[②]（下）中“通俗故事”部分。此外，还包括发表过零星代表作的部分抗战文艺杂志，如《文艺战线》发表的通俗故事作品《陈二石头》，1938 年《抗战文艺》第十一、十二期合刊登载的何荣的“抗日通俗故事”《义训报国》，1939 年至 1940 年期间广东文学会文学大众化委员会办的《人人看》上发表的洒家的《渔夫杀敌》、《三个兽兵的下场》等作品。解放区赵树理创作的明确以“通俗故事”命名的作品《小二黑结婚》，以及后来者研习和继承他的创作理念创作的一系列通俗故事，如 1944 年马烽创作的《张初元的故事》。在民间故事基础上整理创作的作品有董均伦、束为、马烽等搜集整理的故事集。延安时期，董均伦调到部队文艺社，他先后在延安《解放日报》发表《刘志丹的故事》，又结集出版《小小故事》、《半弯镰刀》。束为等编写了故事集《水推长城》。

第二阶段是新中国成立后至“文化大革命”前这段时期。新故事资料来源主要是 1963 年至 1966 年间上海文艺出版社出版的《故事会》丛书，共 24 辑，以及与之配套的“故事会小丛书”。进入 80 年代，中国社会科学院文学研究所各民族民间文学室对新中国成立后创作的具有代表性的新故事进行了系统整理并结集出版《建国以来新故事选》（1949—1979 年），祁连休作“前言”，书中共收集了从 1949 年至 1979 年 30 年间编创的 43 篇新故事，包括新中国成立初期流传的新民间故事，新故事和“文化大革命”时期的新民间故事。从该书可以看到新中国成立以来新故事从产生到发展的变化过程。此外，主要面向农村的代表性故事集有农村读物出版社出版的农村版《新故事选》。能够充分体现“在党委领导下业余工农作者同专业编辑三结合写作”[③] 的

① 钟敬文主编：《中国抗日战争时期大后方书系 · 第九编 · 通俗文学》，重庆出版社 1989 年版。该书编选了当时已得到流传的通俗故事代表作。

② 胡孟祥主编：《解放区说唱文学作品选》（下），中国民间文艺出版社 1989 年版。

③ 昔阳县革命故事编写组：《昔阳新故事》，人民文学出版社 1976 年版，第 19 页。

由昔阳县革命故事编写组编写，人民文学出版社出版的反映昔阳人民农业学大寨的《昔阳新故事》。以上新故事是本书叙事分析研究的主要文本库。

第三个阶段是“文化大革命”时期：“文化大革命”期间的文本资料来源包括“革命故事”和“手抄本”故事（流传故事）这两部分。“革命故事”的资料来源是1974年至1978年共39期《革命故事会》，《建国以来新故事选》（1949—1979年）。“手抄本”故事的资料来源有白士弘的《暗流——“文化大革命”手抄文存》，张宝瑞“文化大革命”手抄文存系列《一只绣花鞋》、《绿色尸体》、《梅花党案》，橙实等编写的《文革笑料集》等。

第四个阶段是改革开放至21世纪初。文本资料包括1979年之后的新故事刊物如《故事会》、《故事报》、《山海经》、《采风》、《今古传奇·故事版》、《故事精选》、《民间文学》、《山西民间文学》等发表的新故事。具有代表性的故事专集有：王国全编选的《惊心的一夜》[①]。这本“全国新故事选”编选了从1979年到1984年具有代表性的61篇新故事，反映了三中全会以来，新故事从“革命故事”脱胎换骨之后的新局面。王玉凤、李叔和选编的《全国新故事佳作选》，任嘉禾在序言中谈道：“编者从全国13种新故事报刊上，精选了22篇新故事，是费了一番心血的。这些作品反映了今天社会主义现实生活，从总体上讲是有质量有代表性的”[②]。此外，还有上海文艺出版社选编的新故事集《恐怖的脚步声》，《杭州故事报》故事选专辑《抢财神》，《故事报》编辑部编的《〈故事报〉选萃》等。

改革开放后涌现出一批新故事家，具有代表性的新故事家故事集有：《故事大王张功升》、《张功升故事集》、《吴文昶故事集》、《狗尾巴的故事——吴文昶新故事》、《吴伦故事集》、《黄宣林故事集》、《肖士太故事集》、《崔陟故事集》、《夏元寿故事集》、《故事大王的故事》等。新民间故事的专集有《耿村一千零一夜》（新故事）。

① 王国全编选：《惊心的一夜》，中原农民出版社1985年版。

② 王玉凤、李叔和选编：《全国新故事佳作选》，海燕出版社1991年版，序第1页。

第四节 相关学术概念

一 民间故事、新故事、新民间故事

民间故事：关于民间故事的概念，学术界往往是在民间文学的大概念下，突出它作为叙事散文作品的体裁特征，认为它是与民间歌谣、神话等并列的一种体裁。民间文学又被称为“口头文学”或“人民口头创作”、“口承文艺”。《民间文学导论》中认为“民间文学是人民大众（主要是劳动人民）口头创作、口耳相传的语言艺术。它既是人民生活、思想与感情的自发表露，又是他们关于科学、宗教及其他人生知识的总结，也是他们的审美观念和艺术情趣的表现形式。”[①] 刘守华在这一基础上界定了民间故事：“广义的理解，把民众所有口头讲述的散文故事都叫做民间故事……狭义的理解，则指神话、传说以外的那部分口头叙事散文故事。”[②] 民间故事是口头创作、口头流传，以活的口语作为表情达意工具的叙事文学体裁，最基本的特征是集体性、口头性、传承性、变异性。由于它是集体创作、集体加工，口头创作、口头流传，因而在流传过程中容易产生异文，李惠芳据此特征提出民间文学是“永不凝冻的优质载体”。变异性是民间文学作为口头文学在发展过程中形成的客观现象，与整理、再创作、改旧编新等不同。作为口头文学的民间故事被搜集记录后成为“文本”形式的研究资料，并非完整意义的民间故事。

新故事：从广义上来讲，大致有三种看法，一是认为新故事是民间文学。其代表是《故事会》主编何承伟的观点，认为：“新故事是指当代产生的反映现实生活的故事作品。从创作方式上来看，包括个人创作的适合口耳相传的故事和沿用传统民间故事创作方式形成的新的民间传

---

① 刘守华、巫瑞书等对“民间文学”的定义，刘守华、巫瑞书主编《民间文学导论》，长江文艺出版社1997年版，第3—5页。

② 刘守华：《故事学纲要》，华中师范大学出版社2006年版，第1页。

说故事这两部分。新故事是在传统民间故事基础上发展起来的新时期的民间口头文学。"①

二是提出新故事不完全等同于民间故事，刘守华认为新故事"是一个包容很广的概念"，包括了四种情况不同的故事，第一"口头创作的新故事"；第二"书面创作的新故事"；第三"根据其他文艺作品改编的故事"；第四"依据革命史实创作的传说故事"。② 从分类可以看出这一概念含有对不同风格的故事进行整合的意思，从实质上认可新故事包括新民间故事和个人书面创作的两分法。又指出新故事中除新民间故事之外的个人创作的具有口头性的书面故事是"一种继承和发扬了传统故事的艺术特色，而又适当吸收小说、评书等体裁的优点，适于口头讲述，深受群众欢迎的故事体裁，已经被人们创作出来，并且在新故事中占了主导地位。"③ 祁连休也提出新故事是 50 年代末新故事运动以来产生的新型口头文学，但不等同于民间故事。

三是提出新故事仅指反映党成立以来新气象的民间故事。20 世纪六七十年代，我国民间文学工作者中有赞成以"党成立以来所领导的各个革命时期流传在群众口头上的故事、传说"，作为"新故事、新传说"的含义。④ "这里所说的'新'与'旧'，主要是依据作品所反映的社会生活内容来划分的。新故事反映的是我党成立后半个多世纪以来我国人民进行民主革命、社会主义革命与建设的新生活，旧故事所反映的则是劳动人民在旧时代的苦难与抗争。"⑤

本书主要从文体学的角度关注新故事，认为新故事是指与我国社会变革紧密联系的文学大众化、民族化进程中，逐渐形成的以"口头性"为基本特征的"口头—书面"结合型故事文体样式。通过系统整理新故事文体的发展历史，发现它的书面性不仅是辅助传播的工具，而且还是造就口头与书面相结合型文体的基本条件。新故事在创作方式上坚持口头创作和书面创作相结合；在传播方式上以书面和书面转化为口头两

---

① 何承伟主编：《故事基本理论及其写作技巧》，大众文艺出版社，第 22 页。

② 刘守华：《故事学纲要》，华中师范大学出版社 2006 年版，第 160 页。

③ 刘守华：《略谈故事创作》，长江文艺出版社 1980 年版，第 36 页。

④ 《民间文艺通讯》第 10 期，1959 年 11 月。

⑤ 刘守华：《略谈故事创作》，长江文艺出版社 1980 年版，第 27 页。

种形式进行流传播布为特点；在语言方面以群众口语为蓝本，吸取方言土语、民谣俗谚，同时引入与群众生活密切相关的部分外来语、科学用语等，形成了精练通俗、明白如话、形象生动、具有时代感和一定思想性的“口头—书面”结合型语体；在结构形式和情节组织方面，形成以口头性为基本特征和要求，坚持在民间故事的基础上，借鉴我国古代小说艺术、传统说唱艺术、西方小说叙事艺术，形成既能满足群众的阅读需求，又能满足向口头文学转化的新型文体特征。该文体具备以易讲、易记、易传为目标的“一过性”特征。所谓“一过性”就是指读者看一次、听众听一次就能够在脑海中留下深刻印象，并实现再次传播的特征。在主题方面，反映了20世纪上半叶民主革命时期以来，群众迫切关注、与他们生活最为密切的内容，新故事是能够反映群众生活、表达群众意愿、寄托他们审美理想的群众性文学样式。新故事的公开发行，使它的主题直接或间接地接受政治主流意识形态的规训，成为群众日常生活与国家文化主导权实现沟通融合的重要桥梁。

纵览20世纪新故事之发展，在不同的历史时期新故事拥有不同的称谓：三四十年代处于萌芽期的新故事最为流行的称谓是“通俗故事”，同时，这一称谓也能够代表当时其他几类故事文体的基本特征。本书借此概念统称三四十年代新故事文体的四种类型，包括讲演文学、通俗故事、抗日英雄传奇、改编创作的新民间故事；新中国成立后十七年间学术界认同的称谓是“新故事”；“文化大革命”时期本文以“文化大革命”时期的新故事统而言之，包括“革命故事”和“手抄本”故事（流传故事）；改革开放后重新称为“新故事”。

通俗故事：通俗故事是民主革命时期由知识分子作为群众代言人创作的新型群众性文学样式，包括讲演文学、通俗故事和抗日英雄传奇等文体样式。新文体注重对群众语言的吸收和采纳，讲究通俗易懂和形象性；注重对我国传统小说、说唱、民间口承叙事等艺术形式的语言、结构等文体特征的借鉴和吸收；注重选取能够鼓舞抗战士气，发动全民抗日、促进群众觉醒、树立英雄典型的主题。部分作品为群众喜闻乐见，具有在一定范围内传讲开来的文体品质。“讲演文学”是徐懋庸对胡考的作品《陈二石头》所给定的称谓，基本特征是“可供朗读的小说，往往还是‘看的小说’……为讲而写的一篇故事脚本。——或‘讲的小说'"。"通俗故事"的概念首先由赵树理提出，是指在语言和结构形式方面注重吸纳群众口语，采取我国民众喜闻乐见的、习以为常的传统说唱叙事艺术的表现方法，按照他们的习惯进行表述，情节曲折、结构完整，行文通俗易懂。三四十年代还产生了大量"抗日英雄传奇"，主要是在边区树立英雄典型运动中为宣传前线和后方的战斗、生产英雄而创作的通俗故事。"抗日英雄传奇"的创作和民间故事的改编都是知识分子贯彻《在延安文艺座谈会上的讲话》精神——有意识地吸取群众的语言，爱他们（群众）萌芽状态的文艺、在群众的基础上提高的创作实践。

通俗故事作为群众文学样式，曾经在战争时期起到团结、鼓舞军民一致对外的作用，为民族的独立解放作出过贡献，同时它的创作实践、理论建设以及与之相关的文化论争等活动在实质上促进了中国新文艺民族形式的形成。《讲话》后，作家、知识分子们走出书斋，走进民众。一方面，他们在生活中获得思想和灵感，从民众的群体艺术中获得新形式，新的表现手法；另一方面，寄托在知识分子身上的现代文艺思想也改变着传统民间文艺的面貌。在沟通融合的基础上，孕育了通俗故事这种具有民族文化特色与新文化内涵的新文体样式。从这个意义上说，新故事是在五四运动中受孕，民族解放战争的伟大时代怀胎、生产的娇儿。

新中国十七年间的新故事：20世纪五六十年代是新故事文体的初步确立时期。"新故事"这个概念常常是指讲故事活动中的口头文学，而它的"书面载体"部分被称为"脚本"。这种理解与新故事文体在当时的实际存在状况紧密相关。1958年前后，以上海为中心开展了配合农村社会主义教育的群众性新故事讲演运动，运动中产生了"基本上可以直接供给故事员口头讲述的故事脚本"。这些脚本在当时还有一个定位，它也是同时供群众阅读的通俗读物。这样的读物以1963年创刊的《故事会》为代表。它在编创初期，往往是由小说、电影剧本、通讯报道、家史、村史、回忆录等改编形成故事内容，以后才逐渐出现了群众根据现实生活和讲演经验编创的作品。本书的研究对象正是这些兼具通俗读物功能的故事脚本。

革命故事：广义上革命故事是一个宽泛的概念，它的时间界限应从中国共产党成立以来算起，以历次革命斗争历史、事件、英雄人物为主要内容的故事文学样式，既包括群众自发创作流传的民间口头故事，也包括以书面形式创作发表的革命历史故事。本书所指“革命故事”[①]特指“文化大革命”期间，为实现“在上层建筑包括文化领域实现全面的无产阶级专政”而组织创作、刊发、讲演的，围绕两个阶级、两条道路、两种路线的“革命”斗争，以塑造“三突出”、“三陪衬”等模式化无产阶级英雄人物为根本任务的故事。

“手抄本”故事：又称为“流传故事”。“手抄本”故事属于“文化大革命”时期“地下文学”的范畴。“地下文学”是指“文化大革命”时期不能公开创作、发表的所有文学创作，既包括作家在下放期间暗自创作的小说、诗歌等作品，也包括知识分子、青年工人、知识青年创作、流传的“手抄本”文学。本书所论述的对象是从属于地下“手抄本”文学的“手抄本”故事。“文化大革命”时期“手抄本”的原创作者和传抄者的主体是“当时社会底层的‘知识青年’和城里工厂的青年工人”[②]。“手抄”是流传的方式，有别于印刷品；而“本”并非“书本”的“本”的字面含义，而是其传播的载体，如日记本或工作手册之类的纸制品。由于这部分故事游离于“文化大革命”时期允许公开发表的文学话语体系之外，有的甚至被列为“禁书”，因此，“手抄本”故事都是在群众中私下传阅和传讲，是与公开发表“主流”文学相对的“地下文学”。本书的研究对象“手抄本”故事是指当时既在口头创作传讲又有书面创作、传阅的，在语体上有明显的“口头—书面”结合型特征的，以情节性和故事的完整性为特征的“手抄本”故事。

改革开放之后的新故事：是指改革开放后，以群众为主体创作刊发的故事作品。这一阶段新故事注重从整体上向新民间故事学习。“口头性”被认为是新故事的基本特征，讲究“一过性”效果的实现。新故事作品的主流是言语方面符合“口头性”，形成规范化的书面口语。情

① 本书中狭义的革命故事均带引号，以示与广义的革命故事相区别。

② 白士弘：《暗流——“文化大革命”手抄文存》，文化艺术出版社2001年版，第17页。

节结构的组织上整体考虑“口头性”，融通古今中外的叙事文体特征，形成情节线条单一、环环相扣、结构首尾完整、节奏感强的总体特征。同时加强“文学性”，在情节发展中重视人物形象的塑造、心理描写和环境描写的适当充实，对情节性叙事文体结构进行了适度的横向拓展。在主题方面形成反映现实生活，贴近群众日常生活，注重娱乐性，并及时凝练新主题的总特征。

新民间故事：新民间故事是指在民众口头上广为流传的反映新时代新内容的民间故事，既包括民众集体口头创作流传的部分，也包括最初形态是以个人书面创作的新故事，通过纸质媒介公开发行播布之后，以口头形式又回到民众当中，得到他们认可并在他们中口头流传的故事。刘守华认为：“具有传统口头文学特征，又在群众口头流传的集体创作（往往匿名）的故事，无疑属于新民间故事，对此人们不会有什么争议。有争议的是那些个人署名创作发表的书面故事，能否也算作新民间故事。我们以为，如果这些作品表达了群众的意愿，具有民间口头文学特征，并已进入口头流传过程，即使它最先是以书面形式发表的个人署名之作，也可以作为新民间故事看待。”并提出“在现时划分民间文学与非民间文学的界限，不能简单地以作者是否属于工农劳动群众以及是否采取集体匿名方式而定，主要以是否具有民间文学特征，以及是否在群众中流传为标志。也就是主要看口头性与流传性（实际上是群众性）。”① 新民间故事的三种来源，一是“由传统民间故事蜕变而来，在群众口头流传的故事”；二是“直接取材于现实生活，由群众集体创作口头流传的故事”；三是“个人书面创作，流传群众口头的故事”。②

二　新故事编讲主体

故事员：又称“红色故事员”、“红色宣传员”或“革命故事员”。是指在50年代初，中国群众文艺活动中出现的宣讲或兼能编创新故事

① 刘守华：《故事学纲要》，华中师范大学出版社2006年版，第161页。（《故事学纲要》是刘守华对20世纪80年代初《略谈故事创作》中新故事论述的进一步梳理和总结。）

② 刘守华：《故事学纲要》，华中师范大学出版社2006年版，第162—164页。

的文艺骨干分子。他们大多数是不脱离生产的工农兵群众，有工人故事员、农民故事员、解放军故事员，还包括下乡知识青年故事员。这些故事员既有劳动生产经验，又有一定的文艺修养，能够掌握故事讲述技巧。此外，还有盲人故事员和学校小故事员。“当时不少人把故事活动看成是一种政治宣传活动，故事员则被看成是宣传员、政治辅导员，而不是口头文学的传播者、创作者。”① 业余故事作者和故事员是群众文化工作者，他们扎根在群众之中，大都是生产、学习上的先进人物，热心为集体、为群众办事，以身作则、率先垂范。他们常常讲雷锋，自己本身也是活雷锋。从后来的发展情况来看，其中一部分人逐渐成长为集新故事创作、传讲、理论研究、编辑等能力为一体的中坚力量。

新故事家：是指兼能写作、传讲新故事的优秀创作者、故事员。蒋成瑀认为“举凡传统故事家应具备的条件，新故事家也同样应该有，只是他们讲述的范围、讲述的内容和讲述的技巧有所不同罢了。此外，作为一个新故事家，还必须具有相当水平的写作能力，他能够熟练地运用语言文字，把自己口头创作或讲述的故事，直接形诸于笔端，成为案头读物。”② 也就是说新故事家是故事作家，他们同时擅长讲说，其中部分作者在讲说方面甚至非常出众。

三 文体

在文学研究中，文体属于本体论的范畴，它的对象是具体实在的文学文本，根本任务和目标是从文学内部探索和解释该文体发生、发展的规律。本文使用的文体概念是就叙事文学体裁或叙事文学样式而言的，不同于西方修辞学或美学体系中的文章或著作的语言风格。“文学文体学主要研究如何对作品文本进行带有审美目的地、有步骤地解读，阐明解读过程并提出一些技术性的规则，由此揭示出作品整体的含义。”③ 我们探讨一种文体的发生、发展也可以从文本出发分层次地探讨：第一个层

① 蒋成瑀：《新故事理论概要》，上海文艺出版社1989年版，第81页。

② 同上书，第80页。

③ 张毅：《文学文体概论》，中国人民大学出版社1993年版，第6页。

次是语言的问题，也就是语体；第二个层次是文体本身在结构形态上的特征研究，第三个层次是对故事主题的认识。要负载新的思想，必要创造新的形式。本书对文体研究强调文体的产生是对社会情境、文学功能的适应，文体的构成既非传统文学理论所理解的仅仅作为某种思想的载体，也非现代文体研究者所认为的只是作品文本语言因素的排列，而是内容、思想与语言、结构形式的整体。因此，本文重点从语体、结构形式、主题等几个层次对故事文体进行整体性研究。

新故事文体作为现代新文体样式，它是继承我国传统小说、说唱文学和民间口承叙事文学的叙事传统，借鉴西方叙事文学的表现手法，在新的历史条件下，在现代社会构建过程中孕育、脱胎的新文体样式。本书将细致考察其形成过程，并对其文体特征进行总结和归纳，希望能够推进新故事文体的发展。

四　主题

从广义上讲，主题是指叙事文学中的题材。本文中主题指的是新故事所反映的社会生活中的某一方面，如 20 世纪三四十年代的抗日战争主题、新英雄主义主题等。在具体作品分析中，还涉及狭义层面对主题的定义，也就是作者在通过文章或作品说明问题、发表主张或反映社会生活现象时表达的基本观点，即“主题思想”。它集中体现了作者对客观事物的认识、理解和评价，既具有源于生活的客观性和鲜明的时代性，也带有一定的主观感情色彩，是观念形态由感性上升到理性的概念。

第一章

20世纪上半叶文艺的民族化与新故事文体的萌芽

自“五四运动”开始兴起的新文化运动在抗日战争时期并没有完全中断，而是在中国共产党的引导下，进入以动员民众抗日救亡为主题的新阶段。在这个阶段文艺界强调文艺要为抗日救亡这一最大的时代主题服务，文艺的民族性得到重视，战斗性明显增强。具体表现之一就是文化界在利用旧文艺形式进行抗战宣传的同时，也对旧文艺进行了改造，对文艺的大众化和传统文化艺术的现代性转换作了有益的尝试。“通俗故事”是抗战时期具有代表性的群众性文学样式，它的创作主体是继承了“五四”新文化精神的作家和知识分子们。他们为了民族解放走出书斋，走进民众；走出个人感悟式创作模式，走进民众生活、感受群体创作模式，据此获取灵感和思想，开创了这一新型文体形式。

“通俗故事”是新故事萌芽期的具体形态。作为一种文体，它的独立体现在三个层面：一是语言，也就是狭义的语体；二是结构形式，也就是狭义的文体；三是主题和内容，也就是文体的意旨。从语言方面来看，“通俗故事”属于语体文的范畴。所谓语体文是指按照人们日常说话的语言和结构句式的方式作出的文章。我国对语体文的倡导源于清末现代汉语书面语改革的“言文一致”思潮。此次思潮旨在普及教育、启发民智、强盛国家。“言文一致”就是倡导书面文字、话语体系符合日常生活中活的口语，使普通民众掌握运用文字更加便利。语言改革是新文艺建设的工具和要素，现代语言改革运动中知识分子对语言文字的现代性想象，实质上是关系到民族复兴与民族国家建构的宏大叙事。统一的国语系统和对群众语言的重视并非只是语言学内部的问题，同时也是为大众立言的新文艺产生的基础。黄遵宪在1887年就曾提出通过“言文一致”这一途径建构现代书面语和新文体的可能性。胡适进一步提出“国语的文学，文学的国语”。在新文学建构过程中，伴随着20世纪20年代对民间语言资源的发现，30年代以来倡导的大众化运动，“中国普通话”论争、大众语论战，逐渐形成了区别于欧化文和文言白话文的语体文。语体文的实践为以“口语—书面语”相结合为语体特征的通俗故事文体的萌芽、发展奠定了基础。

从结构形式来说，通俗故事是吸收我国传统的、民间的叙事艺术和国外现实主义文学叙事方法而形成的具有鲜明民族性特征的叙事文学样式。在1937年至1945年长达八年的抗日战争中，知识分子自觉地担负起发动群众，保家卫国的宣传重任。抗战初期，无论在解放区还是在大后方，他们积极利用“旧形式”，以求最快捷、最通畅地向农民宣传团结抗日主张，鼓舞抗日情绪。抗战中为发动更多的人参与斗争，知识分子自觉自愿地参与群众文学的创作活动，他们在书面叙事文学创作中主动地融入传统口承叙事艺术的结构形式，注重线索清晰、情节紧凑，削减冗长的情景、心理描写，以符合群众审美需求，迈上了“口头—书面”相结合的通俗、群众性叙事文学的创作道路。

从主题和内容来说，新的文体形式与新的民主内容相得益彰。通俗故事是以民族、国家独立为精神主旨，以知识分子为创作主体，以工农群众为享用主体的叙事文学形式。它在内容上以维护民族独立，民族解放，反对帝国主义为主。20世纪三四十年代的社会政治形势不仅推动了中国对传统民间文艺的搜集整理工作，同时也强有力地促进了革新和创造工作。1942年5月毛泽东发表了著名的《在延安文艺座谈会上的讲话》，文中强调大家要坚定不移地推行文艺大众化，号召广大知识分子和作家们到群众中去，了解群众，创作既为群众所喜爱又能起到宣传革命、号召革命的大众文艺作品，使民间艺术最大程度上服务于现实革命斗争。正是在这个过程中，现代文艺将民族的形式与时代的主题、内容结合起来，完成了我国新文学“现代性”与“中国化”的伟大进程。这样的精神内核正是现代意义上通俗故事内容之“新”。

20世纪三四十年代通俗故事创作数量较少，在文体名称、结构形式方面也存在差异，本文将其分为四类进行总结论述，一是讲演文学和朗读小说，二是通俗故事，三是英雄传奇，四是整理再创作的新民间故事。这些通俗故事获得了以书面形式在公开刊物以“新文体”的形式刊发的权利，以追求语言的口语化、通俗化为旨归，在结构形式上摸索着走以古典的、传统叙事文学为基础结合适当欧化的创作道路，在内容、主题方面多与战时文化和新民主主义文化建设有关，承载了时代主题和革命意识形态内涵，形成了通俗故事在主题和类型上的“战时”文化特征。因此，这种新文体很顺利地获得了以书面形式在公开刊物上刊发的权利。

抗战时期发表的通俗故事大多是以现实生活、人物为原型的艺术化、典型化创作，具有很强的现实主义风格，是现代新文学史上在学习传统叙事、民间口承叙事的基础上创作出的首批故事作品。从这个意义上说，新故事是在“五四”新文化运动中受孕，民族解放战争时期怀胎、生产的娇儿。它是主动汲取民间文艺的风韵与现代文艺的思想而形成的具有深厚民族文化特色与新文化内涵的通俗文艺类型。它不仅在动员和鼓舞广大军民争取战争胜利的过程中起过作用，而且参与了新中国民族性新文艺这一伟大工程的建设。它的创作实践、理论建设以及与其相关的文化论争同样是新中国作家和知识分子们在实践中形成具有民族特色的新文艺路线的重要组成部分。

本章旨在系统地分析探讨在抗日战争和解放战争期间新故事作为“口头—书面”结合型文体的语言资源、形式结构及其内容题旨等生成的社会、文学背景和规律，梳理新故事文体的萌芽阶段在作品创作及理论研究的状况，分析通俗故事对新中国成立后新故事文学文体特征逐渐成型的影响。

第一节　通俗故事产生的背景与发展路径

谈一种文体的形成，必先谈及文体语言特色的形成。新故事之所以不同于其他叙事文体，首先就是它有自身独特的语体。就现代汉语书面语发展史的研究来看，叙事文学的创作基本由两种倾向的语体构成。一种倾向是欧化语言，见于那些长于描写、工于细致表现的精英小说；第二种倾向是“口头—书面”结合型语言。它是发端于现代汉语形成过程中“言文一致”思潮，伴随着民间语言资源的发现和新文学的建构逐渐发展起来的。郭绍虞将中国文学分为“文字型”、“语言型”、“文字化的语言型”三种类型，认为新文学主要属于“语言型”的文学——以追求言文一致为目的，新故事语体形成的思路也来源于此。通俗故事之语体就是采自群众的活的语言，坚持方言口语的秉笔直书，在此基础上删节口语中重复累赘的部分，并借鉴现代汉语的基本语法形成的，是工于叙述，擅长情节讲述的通俗语体。

一　强国富民：“言文一致”与民间语言资源的发现

通俗故事语体的来源可追溯到清末“言文一致”的语言运动。从语言改革本身的意义来看，清末的知识分子们将中国文化落后的原因之一归咎于“语言”与“文字”不能沟通。源于救亡图存的内在诉求，他们提出了旨在让普通国民迅速识字以普及教育，启发民智，强盛国家的“言文一致”的现代语言发展理念。黄遵宪在1887年曾坦言：“语言与文字离，则通文者少；语言与文字合，则通文者多，其势然也”[①]。当时知识分子们尝试在两层含义上解决“言文一致”的问题：一是书写符号上的，要求言说的“口语”与手写的“文字”一致。晚清时期曾有拼音字运动，目的就是试图参照西方语言系统将汉语改造为表音语言。实践证明这条路行不通。二是文体层面上的，就是坚持在不触动方块字的前提下，使书面文字话语符合日常生活中活的口语，使书面语言通俗易懂。这种途径逐渐得到认可和提倡。林白水曾经在1903年12月19日《中国白话报发刊词》中写道：“大家都道没有别的法子，只好作白话报罢，内中用那呱呱叫的官话，一句一句说出来，明明白白，要好玩些，又要叫人容易懂些。倘使这报馆一直开下去，不上三年包管各位种田的、做手艺的、做买卖的、当兵的以及孩子们、妇女

① 黄遵宪：《日本国志·学术志二·文学》，天津人民出版社2006年版，第810—811页。

们，个个明白，个个增进学问，增进见识，那中国自强就着实有希望了。”[①] 语言改革是普及民众知识与提高民族素养的中介，寄托了知识分子们谋求国家、民族富强的严肃思考。“晚清以降的语言运动涵盖‘言文一致’和‘国语统一’两个方面。言文一致的主要目的在于使知识能够普及于一般民众，通过现代新型国民的塑造以达到现代民族国家的建立。”[②] “言文一致”与“国语运动”承载了社会政治理想，这样的现代汉语书面语改革是推动我国现代意义上的新文学发生的重要资源。

从改革语言与创新文学的角度出发，自白话文运动之初，对方言口语进行秉笔直书的思路就被纳入“言文一致”的探讨范围。黄遵宪等学者也在不断论证通过这一途径建构现代书面语和新文体的可能性。黄遵宪说：“若小说家言，更有直用方言以笔之于书者，则语言文字几乎复合矣。余又焉知他日者不变更一文体为适用于今、通行于俗者乎？”[③] 1916年新文学运动中的文化保守派人士梅光迪致信胡适，谈到民间文学对文学革命的意义：“文学革命自当从‘民间文学’（folklore，popular poetry，spoken language，etc）入手，此无待言；惟非经一番大战争不可，骤言俚语文学，必为旧派文家所讪笑攻击。但我辈正欢迎其讪笑攻击耳。”[④] 这其中“俚语”便是本文所说的民间语言资源，即方言土语和日常口语，“俚语”文学自然就是以这种语体创作的文学。胡适又明朗直言：“有什么话，说什么话；话怎么说，就怎么写”[⑤]，强调文学创作过程中书面的“文”要向口头的“言”学习，主张以现时代的日常口语充当文学语言，肯定白话语言形式对新文学变革的重要意义，并亲自作《尝试集》。我们可以看到当时知识界已经萌生了使用方言土语和日常口语创作新文学的蓝图和构想。

---

① 林白水：《中国白话报发刊词》，《中国白话报》，1903年第1期。选自张枬、王忍之《辛亥革命前十年间时论选集》第1卷，三联书店1978年版，第604页。

② 刘进才：《语言运动与中国现代文学》，中华书局2007年版，第24页。

③ 黄遵宪：《日本国志·学术志二·文学》，天津人民出版社2006年版，第810—811页。

④ 罗岗、陈春艳编：《梅光迪文集》，辽宁教育出版社2001年版，第162页。

⑤ 胡适：《建设的文学革命论》，《新青年》第4卷第4号，1918年4月15日。

国语运动的倡导者钱玄同在 1925 年谈及国语读本的意见时说：“我们坚决地相信，现在书贾编的那些国语读本，都是十分笨伯的话，它只合适给那些最低的低能儿去读，它绝对不配称为国语！配得上称为国语的只有两种：一种是民众的巧妙的圆熟的活语言，一种是天才的自由的生动的白话文；而后者又必以前者为基础，所以我们认为建立国语必须研究活语言。”[①] 同年，钱玄同在《国语周刊》发刊词中指出“我们相信中华民族今后之为存为亡，全靠民众之觉醒与否；而唤醒民众，实为知识阶级唯一之使命。……讲到唤醒民众，必须用民众的活语言和文艺，才能使他们真切地了解。所以，我们对于现在那种为民众的书报和文艺，认为绝对的不适用；我们要仔细搜集考察民众的语言和文艺的真髓，用它来建设种种新的民众文艺”[②]。《国语周刊》是专事语言统一运动事业的，钱玄同所作《发刊词》正可以看出当时国语运动者的自我定位和价值期待，要用“民众的语言和文艺的真髓”来建设“新的民众文艺”，语言运动与新文学的内在联系有了进一步的显示。

“五四”时期以“言文一致”和“国语运动”为中心的语言改革纷纷聚焦民间语言资源。在此时兴起的歌谣学运动中，知识分子从言语形式和艺术性上对民间语言资源的质量给予了肯定，明确了方言土语对于新文学产生的基础作用。这种观念同当时流行的语言欧化倾向并置，比较而言，民间语言资源的采用是更加本土化、符合语言文学民族化道路的选择。总的来说，发掘“民间语言资源”一方面包括民间文学的发掘与整理，另一方面是对方言土语的采纳与利用。新文学和现代语言的发展对民间资源诉求的意向是，民间语言不仅是统一国语的需要，同时也是造就新文学的需要。民间语言资源的采集运用一度成为国语运动者们明确的方法与目标。

20 世纪 30 年代学习群众语言的思想一方面是语言按照自身规律发展的必然性显示；另一方面也是变革语言以承载社会政治的必然诉求。当时，文言与白话的价值分野与运用者的身份、地位有着意味深长的关联，欧化与大众的对立，同样蕴含着不同阶级的对抗。令改革者们不满

① 钱玄同：《通信》，《国语周刊》第 4 期，1925 年 7 月 5 日。

② 钱玄同：《发刊词》，《国语周刊》第 1 期，1925 年 6 月 24 日。

的正是发现与“新文言”、“明朝话”对等的是学士大夫、欧化青年和市侩小百姓的文艺生活，其中夹杂的意识形态是“封建妖魔和‘小莱场上的道德’，——资产阶级的；有钱买货无钱挨饿的意义。”[①] 所以，1934年蒋介石政府公然提出的复兴文言主张，提倡以封建伦理为中心的“新生活运动”旋即遭到批判。同年6月，陈子展在《申报·自由谈》提出建设大众语的口号，复兴文言和拥护白话的论战开始。陈子展认为“所谓大众，固然不妨广泛地说是国民的全体，可是主要的分子还是占全民百分之八十以上的农民，以及手工业者、新式产业工人、店员、小商人、小贩，等等”，“所谓大众语，包括大众说得出，听得懂，看得明白的语言文字。”“目前的白话文学，只是知识分子一个阶层的东西，还不是普通大众所需要的。再添上一句简单的话说，只因这种白话还不是大众的语言”。[②] 陈子展从通俗易懂的角度定义大众语，胡愈之进一步将大众语文与播布社会意识联系了起来，他说：“大众语应该解释作代表大众意识的语言”，“‘大众语文’和‘五四’时代所谓‘白话文’不同的地方，就是‘白话文’不一定是代表大众意识的，而大众语文决不允许没落的社会意识混进了城门。”[③] 这场论战最大的成绩是推动“五四”时期囿于知识阶层圈子的白话文抵达普通民众之中，使普通民众顺利掌握语言工具，便利新思想、新意识形态的播布。在此次“大众语”讨论中，明确地突出了“口语至上主义”，在重视语言本体价值的同时又论及不同语言的意识形态的价值分野。

在发现和使用民间语言资源的问题上，中国早期无产阶级革命家们更多地考虑到民间语言资源在启发民众，输入新的政治革命理想方面的重要价值。“言语是不能和意识分开的，要获得新的意识首先就要获得新的语言。为了使大众能够获得新的意识，我们亦必须为大众建设一种能够获得新的意识的语言。”[④] 20世纪30年代左联文艺大众化与大众语

① 史铁儿：《普洛大众文艺的现实问题》，原载《文学》半月刊第1卷第1期，1932年4月25日。转引自文振庭《文艺大众化问题讨论资料》，上海文艺出版社1987年版，第36页。

② 陈子展：《文言—白话—大众语》，《申报·自由谈》1934年6月18日。

③ 胡愈之：《关于大众语文》，《申报·自由谈》1934年6月23日。

④ 樊仲云：《关于大众语的建设》，《申报·自由谈》1934年6月30日。

讨论中，瞿秋白主张向民间口头文学学习[①]，认为文艺大众化绝不是简单的语言形式的问题，而是关涉无产阶级文化领导权的问题。他认为："现在绝不是简单的笼统的文艺大众化问题，而是创造革命的大众文艺的问题。这是要来一个无产阶级领导之下的文艺复兴运动，无产阶级领导之下的文化革命和文学革命。"[②] 他希望"要用劳动群众自己的言语，针对劳动群众实际生活里所需要答复的一切问题，去创造革命的大众文艺，在这个过程中，去完成劳动群众的文学革命，造成劳动群众的文学的言语。"[③] 也就是说，他希望建立一套用无产阶级语言书写的无产阶级的文艺。它将文艺大众化运动称为"新的文学革命"，宣称革命不仅要肃清文言余孽，推翻白话新文言，反对章回小说式的白话，"一切都用现代中国活人的白话来写，尤其是无产阶级的话来写"[④] 从这些话语中我们能够看出，无产阶级革命家们已经开始思考：知识者能否代大众立言？大众语文学应由谁来书写？

左联不过是当时社会革新诸流派中的一支，它在语言改革方面也只处于理论探索阶段。新文学运动者虽然发现了民间语言资源，并意识到这一资源对于建立现代书面语言的重要性，但是民间语言资源也有其自身的局限。随着"言文一致"观念的贯彻，首先是知识分子之文与群众之言的矛盾越来越凸显出来，其次是方言口语本身存在一些弱点，尤其是与国语统一的观点形成悖论。正如郭绍虞所说："'有什么话，说什么话'则可，如谓说什么话即可写成什么文，则未必然。凡是带有文艺性的语言，尽可由文人特创的语言，尽可不一定与

---

① 瞿秋白：《论大众文艺》，选自《瞿秋白文集》，人民文学出版社1953年版。"普罗大众文艺所要写的东西，应当是旧式体裁的故事小说、歌曲小调、歌剧和对话剧等，应当竭力使一切作品能够成为口头朗读、宣唱、讲演的底稿，他说'我们要写的体裁朴素的东西——和口头文学离得很近的作品。'但他也反对盲目地模仿就是体裁，认为'我们应当做到两点：第一，是依照旧式体裁而加以改革；第二，运用旧式体裁的各种成分，而创造出新的形式'（第863页）。他又指出革命的大众文艺必须利用旧形式的优点，逐渐加入新的成分，养成群众的新的习惯，因为'旧式的大众文艺，在形式上有两个优点：一是它和口头文学的联系，二是它是用浅近的叙述方法'（第890页）。"

② 瞿秋白（宋阳）：《大众文艺的问题》，《文学月报》第1期，1932年6月。

③ 瞿秋白：《大众文艺的问题》，《文学月报》第1期，1932年6月。

④ 同上。

口头的语言相符合。只需不至十分违反口头语言的习惯使用法，便尽可由文人利用其天才，利用其权力，而加以改造。口头的语言是贫乏的，口头的语式也是贫乏的，一定以为口头说什么话，笔底写什么文，恐怕只是极漂亮的演说家才能如此。”[①] 但从发展趋势来看，学者们发现民间语言资源，在民间语言资源基础上发展建立新的语言、新的文学的思路变得明晰起来。抗战爆发后，方言、俗语和口语的使用得到广泛认可，尤其是对语言通俗的要求甚高。为了配合抗战的宣传鼓舞工作，知识分子们开始在语言的通俗和形式的民间性两个维度上构建通俗文学。在通俗文学诸品类中，在报纸刊物上登载发表的通俗故事是实践形式之一。

二 救亡图存："文艺大众化"与文学民族形式的重构

20世纪20年代有一种治国理念被称为“国家主义”，“主要是指‘五四’以后盛行于中国、与民族主义相关的一种思想潮流。国家主义是建立在‘绝对主义国家’（或者说是现代民族国家的前阶段）需要的产物，它主张国家具有绝对的价值和权利，个人必须为国家做出必要的让步和牺牲。国家主义是中国建立现代民族国家过程中应运而生的一种社会思潮，在中国，民族主义与国家主义几乎难以分割，它是同一思潮的两个方面：对外张扬民族主义以抵御外侮，对内主张国家主义以统一‘政令’；民族主义是国家主义存在的理由，国家主义是民族主义的必然归宿。”[②] 这种社会建构的思潮同样影响着新文学的民族性、国家性建构。

（一）民族的独立自强与文艺大众化

抗日战争的爆发改变了中国的疆土，同时也改变了中国的社会文化结构。“战争使得原来处于社会最底层的农民开始走向了历史的前台，在成为支撑反侵略战争的主要力量的同时，也成为需要文化普及所关注

---

① 郭绍虞：《新文艺运动应走的新路径》，《文学月报》第5期，1939年4月。

② 刘进才：《语言运动与中国现代文学》，中华书局2007年版，第24页。

的重要社会阶层；战争所带来的文化人的流徙，使得知识分子开始接近民间，并由此感受到了下层人民的痛苦和他们即将被时代唤醒的生命强力；战争使文化人开始意识到要真正有助于民族的抗战和国家的复兴，就必须从自己垒就的‘象牙塔’中突围，沉入民间”①。“五四”以来，文艺革命中“大众化”、“平民化”的指导思想在民族独立自强的号角声中被热情地实践开来。抗战初期，无论是解放区还是大后方，绝大多数知识分子都主动自觉地服从保家卫国的民族大义，用自己的笔做武器，积极参与了唤醒民众、动员民众去争取抗日战争胜利的革命事业。空前的战争危机使他们清楚地认识到“五四”新文化运动在“启蒙”意义上的重大不足。这些内心极富社会责任感的新文化开拓者们在国家民族危亡之际迅速调整自己的姿态，直面中国民众文化水准普遍低下的状况，将文言白话、欧化语言等论调搁置，全力运用通俗的，能够让以农民为主体的群众听得懂、看得懂、说得出的语言去履行新的使命，使文学的功能集中于发动民众、宣传抗日。“普遍性”、“有效性”、“直接性”等文艺口号和呼吁广泛出现在文艺团体、刊物宣言和知识分子们的言论当中。作家们迅速拿来“旧形式”，尝试运用通俗语言进行创作，使自己的作品成为发动人民、鼓舞人民坚强斗争的精神食粮，积极为抗战服务。

1938年3月27日“中华全国文艺界抗敌协会”（以下简称“协会”）成立，它的宗旨是“联合全国文艺作家共同反对日本帝国主义的侵略，完成中国民族自由解放，建设中国民族革命的文艺，并保障作家权益。”② 周恩来在成立大会上强调“文艺的大众化，应该是全国文艺界抗敌协会最主要的任务。”茅盾提出：“我们的大众化问题，简单地说，应该是两句话：一是文艺大众化起来；二是用各地大众的方言、大众的文艺形式（俗文学形式）来写作品。”即日《新华日报》发表题为《全国文艺界抗敌协会成立大会》的社论，社论说：

在目前，我们全国文艺抗敌协会，正可以集体的力量，推动和

① 万国庆：《凝眸黄土地——延安文学史论》，湖北人民出版社2003年版，第1—2页。

② 《中华全国文艺界抗敌协会简章》，《文艺月刊》第九期，1938年4月1日。

加强这个现实所造就的形式，改变作家的生活，采纳流行于大众间的旧的形式的长处，并且结合起旧的为大众所爱好的通俗作家，充实他们的意识，增加通俗作品的创造，印出千千万万的文艺小册子，输送到前线和后方的各地各方面的大众中去，使每个人都沐浴于文艺的光芒，加强抗敌的情绪——这是我们在欢欣鼓舞之余，对文艺界抗敌协会的第一个希望。[①]

“全国文协”成立后，响亮地提出“文章下乡”、“文章入伍”的口号，大后方的作家们开始深入战地、深入农村，接触他们要启蒙的大众。这使得他们能在创作实践的基础上再次讨论文艺大众化。协会成立后，迅速组织了关于旧形式的利用、民族文艺等问题的讨论会，以旧形式的利用为重点深化了知识分子对文艺大众化实现途径的理解，涉及创作语言的通俗化、方言的应用、民族形式的创造等方面。

“九一八”事变之后，顾颉刚等开始着手创作“旧瓶装新酒”形式的通俗读物，后来部分通俗刊物也积极参与了组织创作、刊发通俗读物的工作。这种读物在宣传教育工作中起到一定的作用，可以迅速、有效地提高大众的思想认识。同时，这种创作形式也为文学的发展提供了新的思路。讨论中以阿英、王统照等为代表的作家认为利用旧形式创作通俗文艺与当时大众的文化水平及审美习惯是相适应的，利用旧形式并对其进行改造有利于新内容的传达。阿英认为“在写作方式上，应尽可能的不违背通俗文学的广泛读者的习惯。就是说，不要和他们所熟悉的形式过于隔离，使他们有生疏、不愿接近的感想。只要能够批判接受的既成的形式，如果不妨碍作品的内容，我们必须尽量地利用。不过，这‘利用’的含意，并不是守株，而是还得备具着若干适合的，也是传达新的内容所必然要采取的，更足以增加作品影响的新的发展。”[②] 艾芜、老舍等认为，与形式相比语言的大众化更为核心。老舍说：“无论新形式旧形式都可以，但用字造句，一定要注意。像有些新字新句实在为大

① 《全国文艺界抗敌协会成立大会》，《新华日报》1938年3月27日。

② 阿英：《再论抗战的通俗文学》，《救亡日报》1937年10月12日。

众所不懂的。"① 艾芜说："你只要精通大众的语言，随便你采用怎样的方式去交谈，他们是没有不懂的。我以为文艺通俗化最重要的地方，是语言，是内容，不是形式。"② 亚平从实践中总结文艺大众化更加切实全面，他认为第一要中国化；第二要战斗化，"战斗化"就是作品要"激发他们抗敌的感情"；第三要通俗化，通俗化是指用文艺表达抗战思想时"一定要与他们的生活有关，形式要竭力求其通俗化"。此外，他还指出"用本地话来写，自然更加容易收效些。"③ 司马文森提出"方言文学"④之概念，认为如何去利用大众原有的文艺形式来造成方言文学，然后去侵入民间，是当时迫切的问题，而且必须迅速地从理论倡导转而进入创作实践阶段。文艺大众化的实践落实到抗日文艺中通俗作品制作的试验上。旧形式的利用、大众语言（方言土语）的学习、生活题材的选取、抗战意义的阐述正是文艺通俗化、大众化实施所需的要素。

1938年，魏孟克代表文协研究部出席重庆文化座谈会，会上作了题为《抗战以来的中国文艺》的报告，其中讲到"通俗文学的重新提出"，他说：

> 当中国的抗战文艺，正用那非常敏捷的特殊姿态，向前进展的时候，我们的作家根据了中国的现社会——战时环境的要求，觉得还有一个重大的任务必须担负起来，这就是制作通俗作品。这工作，现在已有许多作家开始进行了。只是这还是一个试验，……那些制作通俗作品的作者们，也就是从实际的教训中感到有这种必要才开始试作的，这不但是提高大众的艺术水准，还具有在这紧张局势之中，必须使大众的眼睛穿过周围的传统墙壁，更迅速地去认识

① 1938年5月21日《抗战文艺》第一卷第五期发表了《怎样编制士兵通俗读物（座谈会）》的内容，其中谈到了"旧瓶装新酒"。老舍提问"我们是否应该利用旧形式来制作新的东西？所谓旧瓶装新酒的问题"，老舍发表的看法。

② 艾芜：《从文艺通俗化说到战时文艺》（续），《救亡日报》1937年11月5日。

③ 1938年5月21日《抗战文艺》第一卷第五期发表了《怎样编制士兵通俗读物（座谈会）》的内容，其中谈到了"旧瓶装新酒"。老舍提问"我们是否应该利用旧形式来制作新的东西？所谓旧瓶装新酒的问题"，亚平发表的看法。

④ 林娜：《展开通俗化运动》，《再谈展开通俗化运动》，两文分别载于《救亡日报》1937年10月3日、7日。

抗战的重大意义。……有一个原则是明明白白的：我们的利用，决不是没有条件，不但要涤除其毒质，并且还要将优点蜕变，使它将来本身也就是一种新艺术。[①]

至此，通俗的、承载新思想的文艺大众化发展道路在抗战时期被明确倡导。

（二）民族形式的建构与民间文艺价值的重新定位

战争的烽火激荡起了国人强烈的民族意识。1938年10月，毛泽东在《中国共产党在民族战争中的地位》的报告中，提出了马克思主义在中国具体化的问题，要按照“中国特点去运用它”，把国际主义的内容和民族形式结合起来形成“新鲜活泼的，为中国老百姓喜闻乐见的中国作风和中国气派”。他的这一政治主张很快影响到文艺界。在延安，柯仲平将毛泽东有关“中国作风和中国气派”的观念与文艺上的“民族形式”问题关联起来讨论。1939年2月7日，他率先发表题为《谈“中国气派”》的短文，文中说：“每一个民族，都有自己的气派。这是由那民族的特殊经济、地理、人种、文化传统造成的……最浓厚的中国气派，正被保留、发展在中国多数的老百姓中”[②]，“国际主义的马克思主义应该中国化，其他优良适合的西洋文化也同样是应该中国化的。”[③] 点明了民族个性形成与民众文化、西洋文化的关系。不久后他又说，文艺工作者应该发挥高度创造性，不仅“使马列主义的艺术中国化，而且使西方艺术的优良作风中国化。”[④] 与此同时，毛泽东关于党内学习的经典论断被引到谈论中国文化、文艺如何发展的问题上来。

延安文学界积极展开了“民族形式”问题的讨论，什么叫“民族形式”，它的具体内涵是什么，到底如何形成等问题逐渐成为这次讨论的核心。艾思奇发表《抗战文艺的动向》、《旧形式运用的基本原则》，

---

① 魏孟克：《抗战以来的中国文艺》，《抗战文艺》第2卷第6期，1938年10月15日。

② 柯仲平：《谈“中国气派”》，《新中华报》延安，1939年2月7日第4版。

③ 同上。

④ 柯仲平：《介绍〈查路条〉并论创造新的民族歌剧》，《文艺突击》第1卷2期，1939年6月25日。

周扬发表《从民族解放运动中来看新文学的发展》、《对旧形式利用在文学上的一个看法》等文章，都提出对这一文艺运动的看法。1940年1月，毛泽东在陕甘宁边区文化协会第一次代表大会期间作了题为《新民主主义的政治与新民主主义的文化》的（单行本改名《新民主主义论》）讲演，对新文化应当具有“民族的形式，新民主主义的内容”作了进一步阐述，指出了民族形式问题的实质和建立新的民族形式的途径，“新民主主义的文化是大众的，因而即是民主的。它应为全民族中百分之九十以上的工农劳苦民众服务，并逐渐成为他们的文化。……革命文化，对于人民大众，是革命的有力武器。革命文化，在革命前，是革命的思想准备；在革命中，是革命总战线中的一条必要和重要的战线。‘没有革命的理论，就不会有革命的运动’，可见革命的文化运动对革命的重要性。因此，一切进步的文化工作者，在抗日战争中，应有自己的文化军队，这个军队就是人民大众。革命的文化人而不接近民众，就是‘无兵司令’，他的火力就打不倒敌人。为达此目的，文字必须在一定条件下加以改革，言语必须接近民众，须知民众就是革命文化的无限丰富的源泉。”① “民族形式”在当时常被理解为民间形式或传统形式，但延安文学界普遍认为它不是一种既成的事物，而是新生的尚待创造的东西。艾思奇说：“如果把运用旧形式的问题仅仅看做形式的，技术的问题，是错误的，没有结果的。在形式上它是要创造新的民族的作风，在内容上（这是重要的）却是为着要反映民族斗争的新的现实。”② 事实上“民族形式”的建构既关联语言、形式，又涉及内容，既继承中国传统又学习西方艺术，不仅具有传统性而且具有现代性。

在重庆文学月报社组织的“文艺的民族形式问题”③ 座谈会上，作家们纷纷发言，认同民族形式是文艺大众化的深入和普及。向林冰指出“民族形式的提出，完全是一个划时代的崭新的变革的问题，它是意味

---

① 毛泽东：《新民主主义的政治与新民主主义的文化》，载于延安《中国文化》创刊号1940年2月15日。2月20日在延安出版的《解放》第98、99期合刊登载时，题目改为《新民主主义论》。

② 艾思奇：《旧形式运用的基本原则》，《文艺战线》第1卷3号，1939年4月16日。

③ 曾克、秀沅：《文艺的民族形式问题座谈会》，《文学月报》第1卷第5期，1940年6月15日。

着文艺大众化由空想到科学的跃进。”① 臧云远设想：“它（民族形式）的基础是建立在大众与作家都已起了变化的新的文艺生活的内容上……民族形式是应该全民在伟大的抗战建国的斗争中，文艺上继往开来的形式上的新成就，应该是全民共同喜闻乐见的文艺上的新形式，这一种形式有它的包容性，也有它的特殊性，这一种形式的建立，是文艺上艺术水准的提高，也是文艺大众化的深入和普及。”② 会上学者们还提出几种创造“民族形式”的途径：一是抽象地提出粉粹旧形式创造新的民族形式。潘梓年认为：“民族形式不是利用旧形式，旧形式是简单的，不够适应于表现目前这新的复杂的社会生活，改造旧形式并不能解决新形式（民族形式）的创造，只能来救济，应当吸收它的优点接过来运用，把它粉碎了消化了创造新的民族形式。”③ 二是认为新文艺的发展应该由方言土语到统一的国语，由学习民间文艺向创造新的民族形式的迈进。向林冰提出“新文艺要想彻底克服自己的缺点，而成为中国老百姓所喜闻乐见的新鲜活泼的中国作风和中国气派，那就不得不向民间文艺学习，也就是说，不得不以民间文艺形式为其中心源泉。”④ 方白认为：“承继新文艺的精神，统一全国的国语，要通过各地的方言土语，经过现阶段的‘地方形式’走到全国形式。地方形式的阶段，民间形式是最主要的参考，民间形式的批判作用，只有衔接起来才能发展，民间形式不能拆开的，由地方性的新文艺再扩展到全国性文艺。”⑤ 三是认为新形式应该是继承古代传统、借鉴外国文艺、汲取民间文艺的精华，并在此基础上形成的民族形式。臧云远主张“现实主义的创作方法”，认为“作家们对于民族文学的遗产，要有系统地作整个地批判地理解和接收，……民族形式从现实生活中的民间形式里，从民族传统文艺的粮仓里，从世界文艺的宝库里，接受了那集天下智力的丰富的营养，并在它们的基础上，将开放出灿烂的新生的文艺花朵，使文

① 曾克、秀沉：《文艺的民族形式问题座谈会》，《文学月报》第1卷第5期，1940年6月15日。

② 同上。

③ 同上。

④ 同上。

⑤ 同上。

艺民族形式顺利地逐渐完成。”① 叶以群更详细地论述了新文学正如新事物孕育于旧事物的胎内，民族形式的形成应“加强吸收三种成分：（一）承继中国历代文学的优秀遗产……不仅学习它们形式上的优长，更重要的是学习作者处理现实的态度，与现实搏斗的方法。只有这样才能理解他们的形式的特点，接受他们的形式的精粹。（二）接受民间文艺的优良成分，即高尔基所说的‘口碑文学’的研究；对于这些文艺，学习的重点不在于表面的形式，而在于它的丰富的语言或警句：这是新的文学语言的重要来源之一。（三）吸收西洋文学底精华。”② 胡绳则认为“创造民族形式是继承“五四”以后新文艺中的健康的成分而向更进步的路上走，固然一方面还要接受外来的和旧有的文艺传统，一般说来，比较的不重视封建统治者的文艺传统和没落的资本主义文化及其在中国的移植。而国外健康的写实主义文学与农民中的或颇有生气的文学形式则是可资取用的仓库。”③

四十年代民族形式问题的讨论不仅涉及对中国传统民间形式的继承问题，还关涉对“五四”文学传统的评价。当时有观点认为“五四”以来的新文艺是欧化的、脱离大众的、非民族的，认为民族新形式必须从头由旧形式发展出来。但周扬等认为“欧化与民族化并不是两个绝不相容的概念”，“新的字汇与语法，新的技巧与体裁之输入，并不是‘欧化主义’的多事，而正是中国实际生活中的需要。由于实际需要从外国输入的东西，在中国特殊环境中具体地运用了之后，也就不复是外国的原样，而成为中国民族自己的血和肉之一个有机构成部分了。”④

文学艺术界对文学民族形式的讨论契合了现代社会民族、国家建构的历史需求，客观上引起人们对民间文艺价值的再思考。但头绪众多的文艺大众化在抗战初期并没有形成统一的共识，实践上仍裹足难行。正如鲁迅在《文艺的大众化》中说过的：“应该多有为大众设想的作家，

① 曾克、秀沅：《文艺的民族形式问题座谈会》，《文学月报》第1卷第5期，1940年6月15日。

② 同上。

③ 同上。

④ 周扬：《对旧形式利用在文学上的一个看法》，《中国文化》创刊号，1940年2月15日。

竭力来作浅显易解的作品，使大家能懂，爱看，以挤掉一些陈腐的劳什子。但那文字的程度，恐怕也只能到唱本那样。因为，现在是使大众能鉴赏文艺的时代的准备，所以我想，只能如此。倘若此刻就要全部大众化，只是空谈。大多数人不识字；目下通行的白话文，也非大家能懂的文章；言语又不统一，若用方言，许多字是写不出的，即使用别字代出，也只为一处所懂，阅读的范围反而收小了。总之，多做或一程度的大众化的文艺，也固然是现今的急务。若是大规模的设施，就必须政治之力的帮助，一条腿是走不成路的，许多动听的话，不过文人的聊以自慰罢了。"①

三 服务群众："文艺为工农兵"与文学通俗化的路径

1940年初，毛泽东在《新民主主义论》中为新文化的发展确定了纲领，新民主主义文化是中华民族的新文化，是以共产主义思想为指导的，民族的、科学的、大众的文化。他说："民族的形式，新民主主义的内容——这就是我们今天的新文化"。②"皖南事变"之后，内忧外患的局面使抗日根据地的形势变得十分严峻，统一革命内部的思想，构建新的文化精神成为关乎政治大局的重要内容。1942年5月在毛泽东等中央领导同志运筹下的延安文艺座谈会召开了。此次会议形成了战争时期根据地执政党的文艺纲领和文艺政策——《在延安文艺座谈会上的讲话》(以下简称为《讲话》)。《讲话》明确地提出革命文艺要为人民大众服务，首先是为工农兵服务的口号，并且从文艺与生活、文艺与政治、作家的世界观与创作的关系等方面回答了如何为工农兵服务的问题。《讲话》是中国共产党文艺发展的纲领性文件。在政治力量的推动下，文艺大众化首先在根据地大规模地实践开来。

(一) 国家文化秩序的形成：文艺是整个革命机器的一个组成部分

"战争使得革命的政治力量有机会能够在控制区域内按照自己的文

① 文振庭：《文艺大众化问题讨论资料》，上海文艺出版社1987年版，第18页。

② 毛泽东：《毛泽东选集》第2卷，人民出版社1991年版，第707页。

化理想进行大规模地思想文化整合，构建自己的文化队伍”[①]。毛泽东在《讲话》的“引言”部分，首先谈到文艺在民族解放战争中的作用问题。

> 在我们为中国民族解放的斗争中，有各种的战线，就中也可以说有文武两个战线，这就是文化战线和军事战线。我们要战胜敌人，首先要依靠手里拿枪的军队，但是仅仅有这个军队是不够的，我们还要有文化军队，这是团结自己战胜敌人必不可少的一支军队。……我们今天开的会，就是要使文艺很好地成为整个革命机器的一个组成部分；作为团结人民、教育人民、打击敌人、消灭敌人的有力武器，帮助人民同心同德地和敌人作斗争。

《讲话》首先，明确指出新文艺的功能和目的，并在此基础上强调应坚定不移地推行文艺大众化。其次，它确定了实现的路径，那就是要广大知识分子和作家们到群众中去，和群众一起生活，学习群众的语言。认为只有这样才能创作出为群众所喜爱的宣传革命、号召革命的文艺作品。再次，使文艺形式直接服务于政治。《讲话》不仅仅是战时针对发动民众而订立的权宜之策，其更深刻的含义在于这是未来要建立的以“无产阶级群众”为主体的新型社会的新文化的总方针。“群众”的主体地位决定了新文艺运动中由最初的知识分子作家们为群众立言，到群众自己为自己立言的群众文艺发展的总趋势。中国共产党明确地将以工农兵为主体的无产阶级作为实现政治革命理想的主体，如何将革命思想和政治理想传达给工农兵成为工作的重心。至此，现代文艺发展进程中的许多重要分歧在强有力的政治规训下，在社会革命理想的旗帜下渐趋一致。中国共产党的文艺工作者开始研究并实践这个文件的指示，开始从思想、形式与语言等方面革新文艺。

（二）“新”的目标——中国作风、中国气派

抗日战争的主要力量是农民和士兵，文艺如何为他们服务的问题自

① 万国庆：《凝眸黄土地——延安文学史论》，湖北人民出版社2003年版，第1—2页。

然而然地被提到日程上来。毛泽东同志在1938年《中国共产党在民族战争中的地位》[1]一文中发出了创造“新鲜活泼的，为中国老百姓喜闻乐见的中国作风和中国气派”的号召。在延安文艺座谈会上，他再次强调“民族作风、民族气派”。由于文艺“民族化”在深层上是关涉“民族复兴和民族国家”构建的“宏大叙事”，因此延安文艺座谈会和整风运动之后，在知识分子、作家们中开展的从群众中来，再回到群众中去的创作实践成为文艺创作的新气象。此后，群众的思想与主流意识形态通过语言、文艺等形式开始逐渐汇合。

从某种意义上讲，是民族化构建了现代世界格局，并由此影响了现代世界文化格局的承续发展。在新的民族国家被构想之始，建设新的民族文化就已被列入日程，这正是现代中国语言和文艺变革的大背景。用群众的语言、文艺去“唤醒民众，救助国家”成为实现崇高理想的途径。“按照当时通俗文艺的创作情形，被频频提及的‘民间形式’，其包容范围是很广的。它不仅包括了民间文学初始阶段即产生的并以群众集体创作为其特征的歌谣、故事、神话、传说、笑话等样式，而且还包括了后来在其‘市民文学’发展阶段伴随着职业艺人创造劳动产生的话本、评书、相声等样式；如果说前者可以用狭义的‘民间文学’来规范，那么包容了‘市民文学’发展阶段内容的这个范畴，我们便不妨以广义的‘民间文学’来称呼了。假若采用近代一些研究者的术语，这个广义的‘民间文学’，也可以叫作‘俗文学’。”[2]即知识分子、作家们在民间形式基础上创作的通俗文艺作品普遍地采用群众语言，又加入新民主主义的内容，积极地创造以群众为享用主体的具有民族性特征的新型民族、国家的文艺形式。

这个时期的通俗文艺作品是知识分子们走出书斋，走进民众生活，真正接触、感受了民间生活、民间文化、民间文艺之后创作的。在这个过程中，这批富有强烈的民族解放独立责任感的知识分子为民间文艺之美所震撼，引起了他们发自内心的热爱与赞美。他们对“民间”刮目

① 毛泽东：《毛泽东选集》第2卷，人民文学出版社1991年版，第534页。

② 杨中：《大后方的通俗文艺》，四川教育出版社1990年版，第2页。包含了民间文学与市民文学的概念“俗文学”，是郑振铎在《中国俗文学史》第一章中提出的。

相看，自觉自愿地走进大众，向大众学习语言、文艺。这种转变促进了新文艺创作实践的展开，在很大程度上推动了以创造“中国作风、中国气派”为目标的新文化建设事业的发展。

（三）实现“新”的具体途径

抗日战争初期，文艺工作者们对民族化的理解近似对“旧形式”的套用。很多人认为“旧瓶装新酒”的文艺形式最利于发动群众。因战时需要，一些民间文艺的样式，如民歌民谣、传统地方秧歌、小戏等直接被改词套用。这些装上新酒的旧瓶子在宣传抗战中起到了良好的作用，一度颇受青睐。但是，从“五四运动”中走过来的知识分子们并不擅长这样的民族化创作方式。不仅是在技巧上不擅长，而且是在整个生活、思想方面与工农兵群众存在隔阂。因此，只有让他们到群众中去，长期和群众一起工作、学习，了解群众的生活、思想和文艺取向，然后才可能利用群众喜闻乐见的形式去创作新文艺，进一步改造群众的思想。

知识分子、作家们走进群众生活，首先学习的是群众语言。在20世纪40年代在对文艺民族形式的探讨中长虹曾提出“比扩大民间文艺的影响还重要的是，扩大民间语言的采用。语言是文艺的最基本的形式。没有语言，就没有文艺，不是民间文艺，而民间语言，是民族形式的真正的中心源泉。”① 的看法。对口语、民间语言的重视一方面是在时代背景下作家们对艺术追求的自觉，另一方面也与当时的作家对民族形式的理解有很大的关系。1942年，解放区知识分子们认真学习、领会《讲话》精神之后，走向工农兵，主动向群众学习语言，实现着作家之“文”向群众之“言”靠拢。在学习群众语言的具体实践中，解放区的作家们呈现出口语至上的创作观念。到40年代中期，《新儿女英雄传》的作者袁静等提出希望在创作过程中注重小说“读”出的效果。他说：“写成之后，我们曾经念给几个地方的群众和干部听，吸收他们的意见，作了几次补充和修改，后来又念给冀中区委的几位负责同志听，征求领

---

① 长虹：《民间语言，民族形式的真正的中心源泉》，《新蜀报》副刊《蜀道》1940年9月14日。

导上的意见。"[①] 另外，作家向群众学习语言还体现在对口语的采撷上，包括方言土语、民谣俗谚等。这与晚清"言文一致"的主旨极为吻合，可以说是对那些将"言文一致"看作乌托邦的观点的有力冲击。这种对方言土语、民谣俗谚的秉笔直书构成了当时文学创作的一种独特的语言现象。如果说在小说中人物对话多用群众口语，在描写和叙述部分多用知识分子的欧化语言，那么，在通俗文学中秉承群众口语就成为语体方面的重要特色。这一时期，由于现代汉语书面语的语言规范并没有确立起来，所以，通俗文学在语言方面的特征主要表现在对群众口语的秉笔直书和适当提炼，以及对方言土语、民谣俗谚的广泛使用等几个方面。

延安文艺座谈会的召开和解放区文艺整风运动的开展，标志着新文学运动发展到新的阶段。新文艺需要新的形式，这种新形式的第一个条件就是必须是为老百姓所容易接受的。延安文艺座谈会以后，延安及各解放区的文艺工作者高举"文艺下乡"的旗帜，广泛深入到人民群众的革命斗争生活之中，掀起了轰轰烈烈的到"工农兵群众中去"的热潮，使新文艺的大众化得到空前发展。下乡的文艺工作者，结合农村特点，紧密配合当时当地的现实斗争，表现农村的新生活和新人物，创造了一系列既具民族性又具现代性的文艺形式。这里的民间资源不是我们现在学科意义上的民俗学或者民间文学的内涵，而是俗文学的内涵，只要是群众中流行的文艺形式都包括在内，因此，各类说唱文艺包括地方戏剧、快板鼓书、民间故事等都成为被使用、改造的对象。新创作的作品使群众认识到他们才是社会真正的主人，他们才是社会真正的缔造者。在政治力量强有力地推动下现代文艺走上了作家之"文"借鉴群众之"言"，用以传达新的思想和意识形态的道路。语言不仅是文学的语言，更是缔造形成新的社会观念的重要工具。语言的改变是实现社会变革和促进全社会哲学观、世界观整体变迁的重要途径。这正是新文化运动的革命者们一直关注"言文一致"问题的动因，也是毛泽东在《讲话》中明确指出要学习群众语言的重要原因。新的"言"代表新的

---

① 杨鹤龄：《〈新儿女英雄传〉创作经过——记袁静同志的谈话》，石韵、辛夷编《〈新儿女英雄传〉评论集》，海燕书店 1950 年版，第 88—89 页。

哲学观、世界观和人生观，只有破旧言立新言才能将革命的观念播布到群众中去。新的言需要新的文，这种文便是毛泽东同志所讲的，是借鉴、批判和吸取中国传统和外国的成分创造出的具有中国气派、中国风格的新型文学。这个“新”不仅仅是形式的新，更是文学所隐喻的新型社会、国家构建所确立的意识形态之新。

第二节　文学通俗化：新故事文体萌芽期的形态研究

在20世纪三四十年代，大后方、解放区的文艺创作领域知识分子们共同默认了这样一个名词——通俗故事。在“全国文协”的刊物《抗战文艺》上有通俗故事的类别名称，赵树理在1943年发表作品《小二黑结婚》时明确标示为“通俗故事”，延安时期《解放日报》的“文艺”版也刊发过类别标示明确的“通俗故事”。这些故事之所以被定名为“通俗故事”，现在看来有以下几点原因：首先，是指这些故事作品农民、士兵们能够读懂，能够与他们的文学审美习惯相契合，能够传讲开来，达到抗日宣传和教育的目的；其次，“通俗”还包含着对接受主体的重视，传达着一种新的社会理念，这就是继“五四”以来新文化所倡导的对构成社会的主体人群——平民、大众地位的肯定；最后，“通俗”还是文学发展的新方向，是文学在创造民族形式的过程中的一次试验。因此，通俗故事的创作在当时无论是语言、形式还是内容、主题都是具有探索性的。通俗故事同所有其他在抗战中作出贡献的文艺形式共同汇集成“中国抗战文艺”。这种开放式的试验为新中国成立后新故事文学的发展搭建了宽广的平台。

赵树理曾将自己的作品《小二黑结婚》标示为通俗故事，但本文的“通俗故事”却并非单指这一种类型。抗战时期，还有一些正在试验着的性质混沌的作品形式，例如，大后方尝试用来像故事一样讲的“讲演文学”，发表在报纸刊物上标明“通俗故事”的作品，同时还包括知识分子们整理再创作的“民间故事”。这些作品有着新故事在萌芽时期所认同的基点：作品以讲故事为主，传播的途径是书面与口头的结合与转化，反映与抗日和社会革命相关的新内容、新思想，作品的对象是工农兵群众。

一 通俗故事的创作概况

随着抗战形势的发展，编写通俗读物的工作变得异常紧迫起来。抗战爆发后前方军士和后方民众的读物非常缺乏，这成了极严重的问题。于是《抗战日报》积极投入到组编通俗读物的行动当中。他们利用“旧瓶装新酒”的方法，由作家们合作创作，以最便利快捷的方式达到宣传教育的目的。抗战初期通俗文艺的蓬勃发展是与宣传工作中对“口头性”的强烈要求相一致的，兼说带唱的说唱艺术形式能更好地起到群体性的宣传教育作用，因此受到青睐。通俗故事在这方面不能与之媲美，创作处于边缘位置，数量并不多。不过，其中部分作品还是在人们的口头上得到流传。钟敬文先生在《大后方通俗文艺》的序言中讲到“夏衍的《勇敢的广东兵》、酒家的《渔夫巧计杀倭记》、胡兰畦的《大战东林寺》，在当时已被视为新民间故事而广泛流传，有的地方还配上连环画进行说唱……”。[①] 大后方的通俗故事创作在 1940 年之后随着抗日形势的变化停顿了下来，而在解放区，通俗文艺得到了持续性发展。尤其是在《讲话》发表之后，赵树理创作的通俗故事得到广泛认可，“英雄传奇”类故事作品大量涌现，新民间故事的整理创作工作也积极地开展了起来。综合大后方和延安解放区的创作情况，通俗故事主要包括讲演文学、通俗故事、英雄传奇故事和改编创作的民间故事这四种类型。

（一）讲演文学和朗读小说

抗战爆发后，大批知识分子、作家走出“亭子间”，有的还直接到达前线，创作了大量关于前线战事的通讯和文学作品。其中抗战小说大

---

① 钟敬文主编：《中国抗日战争时期大后方书系·第九编·通俗文学·序言》，重庆出版社 1989 年版，第 7 页。

致可分为两类：一是“通讯体”，主要是坚持“五四”以来精英式写作理念的作家知识分子创作的，是抗战小说的主流；二是“说书体”，主要是在继承我国传统的、民间的说唱文学形式的基础上进行创作，是一种新的尝试。“通讯体”在抗战中不能有效地实现宣传教育功能，而“说书体”可以弥补这样的不足，因此得到了部分发展空间。它在抗战初期并没有形成潮流，数量极少。“讲演文学”是“说书体”的一种。“讲演文学”是抗战后新生的一个名词。提出讲演文学这个名称并致力于创作试验活动的是胡考。他曾在周扬主编的《文艺战线》上发表过注为讲演文学的作品《陈二石头》，并对“讲演文学”作了解释。他说：“《陈二石头》或者可以说是一篇新鲜的东西，因为它有些四不像。说它是小说又不是小说，说它是故事，与普通所写的故事又不同。前次与徐懋庸先生谈及这个问题，认为小说的最初形式是讲故事，然而，这与自今的小说朗读却有出入，可供朗读的小说，往往还是‘看的小说’。《陈二石头》是为讲而写的一篇故事脚本。——或‘讲的小说’。徐懋庸先生特地送了一个名词，称这类东西谓之“讲演文学”，我觉得很是适当。”[①] 从胡考自己对作品的品评中我们可以看到，这是创作介于口头与书面文体的一次尝试，口头所对应的就是讲故事，书面对应的是小说，作品是为讲而编写的是故事脚本，同时也是“看的小说”。这正是新故事在20世纪上半叶萌芽时期的基本文体特征，也是为什么要将讲演文学划归为通俗故事类型之一的主要原因。蓝海对讲演文学作了这样的总结，他说：“抗战时期提倡的讲演文学是在某些方面继承并发扬了一些中国古典小说源于人民口头传说故事这样一个传统，并根据宣传抗日、鼓动民众的抗战文学的功利目的，对这种形式作了新的运用和解释。”[②] 这深刻地揭示了讲演文学作为新文艺创作与民间口头文学传统的承继关系。《陈二石头》从文本来看也确是一篇介于故事和小说之间的带有试验性质的创作。

抗战时期朗读小说最初的提倡人是欧阳凡海，他曾在文章中说：“朗读小说，却有两种中国的形式，大体上可以供我们参考。那便是茶

① 胡考：《写在〈陈二石头〉前面》，《文艺战线》总第1卷第2号。

② 蓝海：《中国抗战文艺史》，山东文艺出版社1984年版，第101页。

馆里说书的形式和乡下人谈故事的形式。……小说朗读决不是二者任何一种形式的反复，而是这两种形式的一个发展。说书和谈故事，讲起来常常由讲说人随便添改，以至与书本相去甚远；而朗读小说，则以小说为唯一蓝本。在目前文字与口语还相距太远的时期，先将小说中的文句加以口语化，自然是不能避免的。"① 黄芝冈进一步指出："小说等等，我认为也可在朗读中取得新形式，完成新形式。"② 20世纪80年代蓝海整理抗战文艺史时认为："小说朗读是小说走入民间接近工农大众并因而更大众化的路径，由于文艺为工农兵服务的路线是正确的，所以今后的小说要口语化，至少要能接近口语，这是无可置疑的。老舍抗战前夕创作的著名小说《骆驼祥子》，在抗战期间他自己曾朗读过，这都是文艺工作者为实现文艺的大众化、民族化的方向，所作的积极探索和有益的工作。"③

无论是讲演文学还是朗读小说，都是作家们在文艺大众化、民族化进程中寻求故事与小说，中国传统口承叙事艺术与书面叙事文学的沟通与融合，开辟新文学路径的尝试。讲演文学的定位是故事脚本，朗读小说则是尽量用口语写定的故事。这两种提法的作品都兼有故事与小说的双重特征，既可以说是一种尽量适合讲演、朗读的具有故事性的通俗小说，也可以说是以"口头、书面"相结合为文体特征的通俗故事。

（二）通俗故事

抗战时期通俗故事的创作经历了由通俗小说到通俗故事的历程。"通俗小说"的提法首见于茅盾编辑的《文艺阵地》。从广义来说是新小说的通俗化，从狭义来说是新小说的故事化，或者称为通俗故事。抗战时期的通俗小说多是通俗故事。当时通俗小说创作的要求是让粗识文字的人一看就懂，不识文字的人一听就懂。因此，小说常常截取现实生活的一个断面加以表现，篇幅短小，情节单一，语言浅近。当时通俗小说创作

---

① 蓝海：《中国抗战文艺史》，山东文艺出版社1984年版，第102—103页。

② 黄芝冈：《一九四一年文学趋向的展望》（会报座谈会），《抗战文艺》，第7卷第1期，1941年1月1日。

③ 蓝海：《中国抗战文艺史》，山东文艺出版社1984年版，第102—103页。

取得突出成绩的有老舍、老向、何容等。老舍创作的通俗小说有《兄妹从军》、《人同此心》等，都是描写群众觉醒、除奸抗倭内容的故事小说。这类通俗小说在通俗报刊上不断涌现，随后，创作导向也出现了由小说到故事的提倡与转变。杨中曾对由通俗小说到通俗故事的过程进行了如下的总结：

> 注重故事，本是传统小说的一个突出之点，《人人看》所刊通俗小说显然是切实地考虑到民众喜欢听故事这一层的，而且故事呈现上也有意识地采用了民众容易接受的方式。但小说过分向故事倾斜，也会造成这样一个后果，即小说失去自己的特点而完全变成故事。试看同刊于这份《人人看》上夏衍的“报告”《勇敢的广东兵》、庞起的“故事”《三个不怕死的青年》，如果去掉体裁的特别提示而看作品本身，他们和这类通俗小说是极不容易区别开来的。
>
> 然而，在当时急需民众文艺读物的情况下，作者们并不以此为虑。既然立意通俗，并不以伟大的艺术杰作自期，写故事就写故事好了，只要能够为民众接受，只要能够迅速及时、大量地制作，这就比什么都好——在通俗作者群中，这显示一种带有普遍性的心态。
>
> 到了这一步，何必还挂一个小说的名目来掣肘呢？因此人们更索性干干脆脆地写故事了——既自由灵活又十分容易制作的故事。
>
> 于是，各种出版物上，各式各样的故事大量发表出来。象生活书店发行的《大众读物》丛刊这样成百成百发表故事的书刊且不必说，即如《星芒》报，《通俗文艺》五日刊这类带综合性质的通俗读物中也特辟了故事专栏。如在《星芒》“老百姓茶馆”、“抗日英雄传”栏下，便有《屠夫巧计杀鬼子》、《俄国大炮和橡皮人》、《花姑娘变成催命神》、《一个八路军》、《要得好，宝掉宝》等故事，《通俗文艺》五日刊“前线故事”栏下，亦可读到《用刀枪欢迎日本皇军》、《一个人的队伍》、《李安国殉国》、《空城计》等作品。[①]

① 杨中：《大后方的通俗文艺》，四川教育出版社1990年版，第196页。

抗战初期通俗故事进入了创作实践阶段。在大后方，作家们认可通俗文艺在宣传抗日方面的功能和作用，他们在创作中实践了文学书面语与口语的沟通，推动了通俗故事的发展。艾芜、老向等公开发表了“通俗故事”作品。老向原名王向辰，曾担任《抗到底》的主编，创作了通俗故事《光儿亭》、《李小姐计杀倭寇》①。1938年11月26日《抗战文艺》第十一、十二期合刊登载了何荣的“抗日通俗故事”《义训报国》，虽然《抗战文艺》上登载的通俗故事数量很有限，但该刊将故事与小说分开列举，足以说明作者对文体独立性的认识。此外，夏衍的《勇敢的广东兵》、洒家的《渔夫巧计杀倭记》、胡兰畦的《大战东林寺》等已被视为新民间故事而广泛流传，有的地方还配上连环画进行说唱。胡晨的《山东好汉》、陈志让的《拆铁道》、谢冰莹的《东北义勇军英雄苗可秀》、李季的《老阴阳怒打“虫郎爷”——新编“古今奇观”之一段》② 也是较有影响的作品。

在文协办的《前线增刊》上，专门登载过鼓词、小调、小故事、连环图画等通俗的韵文和散文。在会员主办的刊物《文艺阵地》、《文艺月刊战时特刊》、《抗到底》、《文艺突击》、《弹花》、《大风》、《战歌》、《宇宙风》等；在协会分会的报纸《笔阵》、《文化岗位》、《抗战文艺》周刊、《抗战文艺武汉特刊》等出版物上都零星登载过通俗故事。1939至1940年间，《救亡日报》搬到广州，广东文学会文学大众化委员会在这份报纸上办了一个叫作《人人看》的附录。在这个“打工的，耕田的，当兵的，人人能买，人人能看”的刊物上，发表了一系列的通俗小说，包括洒家的《三个兽兵的下场》等多个作品，其性质与通俗故事相似。在地方办的杂志刊物中也发表通俗故事，如山东文

---

① 老向：《李小姐计杀倭寇》，《抗到底》。《抗到底》由老向主编，君文发行，自1938年元旦创刊之同年7月25日第14期（第13、14合刊，推迟九天出版，第12期脱刊）在武汉共出刊14期12本。8月迁到重庆，由何容主编，老向发行，从第15期出至第26期（1938年9月25日到1939年11月20日）终刊。随后，《抗到底》社自行解体，但它却是实践通俗文学创作的排头兵。

② 李季：《老阴阳怒打“虫郎爷”——新编“古今奇观”之一段》，《解放日报》1945年9月12日。

协办的《山东文化》。另外，大后方有一些丛书也刊发通俗故事，如《民众文库》（丛书）、《通俗文艺》、《大众文化丛书》等。1940年之后，由于抗日战争形势的变化，大后方的通俗文艺创作逐渐萧条。

在延安解放区，通俗故事的创作伴随《讲话》精神的传达、贯彻形成了一个阶段性的高潮。最有代表性的便是赵树理创作的“通俗故事”《小二黑结婚》。《小二黑结婚》在现代文学史上是短篇小说中的经典之作，但它最早在1943年9月由华北书店出版的时候，是由作者明确标示为“通俗故事”的。周扬曾说：“他一贯努力与通俗化的工作；……他竭力使自己的作品写的为大众所懂得。他不满意与新文艺和群众脱离的状态。他在创作上有自己的路线和主张。同时他对于群众的生活是熟悉的。因此他的成功并不是偶然的。这正是他实践了毛泽东同志的文艺方向的结果。他有意识地将他的这些作品通叫做‘通俗故事’。当然，这些决不是普通的通俗故事，而是真正的艺术品，它们把艺术性和大众性相当高度地结合起来了。”[①]《小二黑结婚》被茅盾盛赞为“走向民族形式的一个里程碑”[②]。赵树理擅长用快板、故事、鼓词、童谣等各种民间形式宣传抗日救亡的道理，他非常清楚农民对艺术的偏好和需求，在创作中摸索出了实现自己文学理想的民间路径，确立了他为人民而创作的文化立场。他的追随者马烽1944年回到文联，参加整风学习，一边深入农村调查，一边搞创作。在晋绥边区文艺界发起的抗战七周年文艺奖金征文活动中他创作了通俗故事《张初元的故事》，获小说散文乙等奖。

在20世纪40年代《解放日报》上也发表了一系列注明“通俗故事”的文学创作，如王牧的《明抗日和暗抗日》[③]，何有之的《以华制华》[④]，钟纪明的《赵得贵和他的枪》[⑤]等。这些作品数量虽然不多，却代表了通俗文学重视群众语言和民间叙事传统的一种创作取向。总的来说，抗战时期通俗故事的文体在某种程度上与小说有着紧密的关系，

---

① 周扬：《论赵树理的创作》，《解放日报》1946年8月26日。

② 茅盾：《论赵树理的小说》，《文萃》第2卷第10期，1946年版。

③ 王牧：《明抗日和暗抗日》，《解放日报》1942年9月4日。

④ 何有之：《以华制华》，《解放日报》1942年12月13日。

⑤ 钟纪明：《赵得贵和他的枪》，《解放日报》1943年1月18日。

是小说与故事的一种边缘交界文学。我以为在现当代文学史上这部分作品既可以称之为通俗小说，也可以称之为通俗故事。

（三）英雄传奇故事

从 1942 年开始，“英雄”这个名词开始频繁地出现在边区报纸、杂志等刊物上，1943 年，文化界举行“欢迎三英雄座谈会”，并表达了“笔杆与锄头、锤子结合起来”的决心。[①] 当时凡在某一领域内有出色表现的都可以称之为“英雄”，有“劳动英雄”、“纺织英雄”、“锄奸英雄”、“识字英雄”甚至还有“二流子英雄”[②]。1944 年《解放日报》第四版设《英雄与模范》专栏报道解放区生产和生活中的英雄故事。在新英雄报道的热潮中，“英雄”的含义也随之得到了扩展。这些“英雄”不再是过去的旧的、个人主义的英雄，而是“新”的群众的代表，正如孔厥所说：“这些都是新中国的新人物，真正伟大的英雄”，“他们的主要特点是只为革命，忘了自己。其次是他们永远在他们的岗位上埋头苦干着，自己以为是最平凡的人物”[③]。新“英雄”是群众的代表，这从根本上纠正了旧有观念中“英雄”的“个人主义”色彩，在理论和实际中确立了“英雄”的合法性。“英雄”树立运动为“新英雄传奇”的出现提供了基础，此后，一系列讲述抗日敌后武装斗争的英雄传奇故事开始在边区报刊上出现，工农兵“新英雄”迅速成为抗战文学的主角。

解放区的报刊上曾经登载过一批英雄传奇故事，在 1943 至 1946 年间《解放日报》登载的新英雄传奇故事有：张帆的《焦大海》[④]；江横的《山头英雄们》[⑤]；周而复的晋察冀童话系列《小六儿的故事》[⑥]、《小英

① 莫艾：《笔杆锄头和锤子——特写文化界欢迎三英雄》，《解放日报》1943 年 2 月 10 日。

② “二流子英雄”：当时边区政府为了鼓励更多的人参加到生产运动中，进行了一系列颇有成效的“二流子”改造运动，其中表现出色的人被授予“二流子英雄”称号。

③ 孔厥：《新的英雄》（延大通讯），《解放日报》1943 年 11 月 27 日。

④ 张帆：《焦大海》，《解放日报》1943 年 10 月 5、6 日连载。

⑤ 江横：《山头英雄们》，《解放日报》1944 年 1 月 7、8、9 日连载。

⑥ 周而复：《小六儿的故事——晋察冀童话》，《解放日报》1944 年 7 月 30 日。

雄》[①]、《在一个小胡同里》[②]、《遛马的孩子》[③]、《地道》[④]；邵子南的《李勇大摆地雷阵——阜平英雄传之一》[⑤]、《阎荣堂九死一生》[⑥]；李果粹、小丁的《小英雄》[⑦]；王普的《八侠》[⑧]；武天桢、许柱的《“仙人脱衣”》[⑨]；荆宇的《枪》[⑩]；罗夫的《解丑娃》[⑪]；苗康的《老子英雄儿好汉》[⑫]；马烽、西戎的《吕梁英雄传》[⑬] 等。此外，《晋绥大众报》[⑭]、《边区群众报》等刊物上也登载了一部分。

这里需要说明的是马烽、西戎的《吕梁英雄传》，这部书在文学史上是把它列入小说的，而本文根据它的文体特征将它归入新英雄故事部分。1944 年底，西戎被调到《晋绥大众报》工作，该报是边区办的以农民为读者群的通俗报纸。同年晋绥边区召开群英大会，有民兵英雄 124 位参会，其中有神枪手，有破击英雄，有锄奸英雄，有智勇双全的领导，《晋绥大众报》在周文同志的倡议下，经过编委会讨论决定，由马烽和西戎从中挑选一部分典型材料，糅合在一起编成连载的故事，在报上发表。[⑮] 这个过程作者曾有过说明：“《晋绥大众报》上要介绍民兵

---

① 周而复：《小英雄——晋察冀童话》，《解放日报》1944 年 7 月 31 日。

② 周而复：《在一个小胡同里——晋察冀童话》，《解放日报》1944 年 8 月 8 日。

③ 周而复：《遛马的孩子——晋察冀童话》，《解放日报》1944 年 8 月 9 日。

④ 周而复：《地道》，《解放日报》1945 年 4 月 8、9 日连载。

⑤ 邵子南：《李勇大摆地雷阵——阜平英雄传之一》，《解放日报》1944 年 9 月 21 日。

⑥ 邵子南：《阎荣堂九死一生》，《解放日报》1945 年 5 月 28 日。

⑦ 李果粹、小丁：《小英雄》，《解放日报》1944 年 12 月 7 日。

⑧ 王普：《八侠》，《解放日报》1945 年 4 月 11 日。

⑨ 武天桢、许柱：《“仙人脱衣”》，《解放日报》1945 年 4 月 17 日。

⑩ 荆宇：《枪》，《解放日报》1945 年 7 月 17 日。

⑪ 罗夫：《解丑娃》，《解放日报》1946 年 2 月 18 日。

⑫ 苗康：《老子英雄儿好汉》，《解放日报》1946 年 7 月 15 日。

⑬ 马烽、西戎：《吕梁英雄传》，《解放日报》从 1946 年 9 月 12 日开始连载。

⑭ “1944 年底，西戎被调到《晋绥大众报》工作，这是边区办的以农民为读者对象的通俗报纸。为了让识字不多的农民看懂，不识字的农民听懂，他努力向群众学习语言和表情达意的方式方法，经常深入农村进行采访活动。他在报上发了不少小故事、快板、大鼓词，甚至他把国际时事也编成了小故事，引起了农民对国际大事的关心。”摘自苏春生《中国解放区文学思潮流派论》，中国社会科学出版社 2000 年版，第 233 页。

⑮ 苏春生：《中国解放区文学思潮流派论》，中国社会科学出版社 2000 年版，第 233 页。

英雄们对敌斗争的事迹，因为报纸篇幅有限，几百个民兵英雄们的英勇战功，无法一一介绍。后来编委会决定由我俩挑选一些比较典型的材料，编成连载故事。当时并没有计划要写一本书，也没有通盘的提纲，只是想把这许多生动的斗争故事，用几个人物连起来……”[①] 在新中国成立后出版的《吕梁英雄传》后记中，作者又讲道：“这本书只能说是一本连续故事，作为一本小说看是很不够的；同时，这本书实际上是一本集体创作，我们仅是作了一番整理记录的工作”[②]。从作品本身看，也确是连载的“通俗故事”。

英雄人物是形成故事英雄化、传奇化的基础，同时英雄化写作的确立使通俗故事开始突破以往限制，扩大了人物在故事中的分量，形成通俗故事中英雄人物故事这一类型。这个类型从诞生开始，就以它能够塑造典型人物，使用群众语言，通俗易懂，能够使生活集中化、典型化为特征，是通俗故事中贯彻毛主席《讲话》精神最为得力的类型。新中国成立后，尤其是在工农兵各行各业开始兴起树榜样立新风的活动之后，这一类型的新故事得到了充分的发展。

（四）民间故事的搜集整理再创作

“通俗故事”还包括延安时期对活态民间故事进行整理再创作的作品。之所以将这部分作品归入“通俗故事”，主要原因是当时搜集整理民间故事的目的并不是学术意义上的，而是对《讲话》精神的实践。对活态民间故事的再创作也是寻求民族形式的创作方式之一。革命的新文艺运动是在解决文艺和人民群众相结合的问题时接触到民间文艺的。民间文艺的搜集整理工作并不是一项独立的工作，而是从属于革命的文学艺术运动的。对民间文艺的整理并不是为了保存、研究而整理，而是为了在此基础上的再创作，是对在群众的基础上、从群众的文艺中提高的文艺创作路线的实践。毛泽东在《讲话》中批评有些同志对劳动人民有时候不爱，有些地方不爱，“不爱他们的感情，不爱他

---

① 马烽、西戎：《吕梁英雄传》，人民文学出版社1978年版，第424页。

② 同上书，第425页。

们的姿态，不爱他们萌芽状态的文艺（墙报、壁画、民歌、民间故事等）。”[①]《讲话》精神开始贯彻之后，搜集整理民间故事进行再创作的创作思想逐渐明确。当时作家们主要是围绕抗战与革命的主题搜集群众口头故事进行整理和再创作的。这一时期搜集整理民间故事进行再创作的代表作家有董均伦、束为、柯蓝、秦兆阳等。

董均伦的代表作有《刘志丹的故事》、《半弯镰刀》和《小小故事》。新中国成立后任孚先等著《山东解放区文学概观》中评论他“以民间故事创作见长”。抗日战争爆发后，董均伦于1983年便奔赴延安参加革命。延安时期他曾一度“调到部队文艺社为战士们撰写通俗故事。……他曾参加过一九四二年的延安文艺座谈会，亲自聆听了毛泽东同志的《在延安文艺座谈会上的讲话》，受到了很大的鼓舞和教育。从一九四五年开始，他到陕甘宁边区从事专业创作。发表于延安《解放日报》上的《刘志丹的故事》，受到了广大读者的欢迎。”[②]《刘志丹的故事》[③] 共有十二篇小故事组成，“刘志丹永宁闹革命”、“刘志丹来了”、“夜袭”、“蓝田的失败”、“刘志丹和小鬼”、“宿营”、“刘志丹卖碗”、“刘志丹和老乡”、“刘志丹用巧计”、“围困定仙土寨”、“打李家塔寨”、“‘不要管我，坚决打垮敌人’”[④] 讲述了西北先烈中“英勇善战，百折不回”、“实事求是，随时随地都能发挥创造性”[⑤] 的代表刘志丹的英雄故事。

董均伦整理创作的民间故事集《半弯镰刀》中共有十一个故事，讲述的是劳动人民在旧社会用智慧与地主阶级、封建官僚做斗争的故事。阿英在该书的《小叙》中指出：“均伦同志要我替他的《半弯镰刀》写一篇小叙，但是我能写什么好呢？这十一篇故事的本身，以尽

---

① 《毛泽东论文艺》（修订本），人民文学出版社1992年版，第45页。

② 任孚先、赵耀棠、武鹰：《山东解放区文学概观》，山东人民出版社1983年版，第244页。

③ 董均伦：《刘志丹的故事》，《延安文艺丛书》编委会编：《延安文艺丛书》第三卷小说卷（下），湖南人民出版社1984年版，第372—389页。

④ 同上书，写于1945年。

⑤ 柯仲平：《刘志丹的故事·序》，选自董均伦《刘志丹的故事》，陕西人民出版社1979年版。写于1946年3月15日延安。

够说明贫雇农在地主封建势力下面生活、思想、文化的各方面。他们的被剥削，受痛苦，在压迫下面哀诉、挣扎、反抗，特别是复仇的怒火，几乎潜伏在每一篇之中。贫雇农由于被损害的关系，一向是没有文化的，然而从这些故事之中，却充分地表现了他们的聪明睿智，伟大的艺术天才。"[①] 这些故事源于民众，在整理后又能传递革命的思想与观念，是通俗故事创作的另一条途径。

董均伦还整理创作了《小小故事》，其中载录了包括"镆鎁岛上"、"算账"、"渔夫的故事"、"老百姓大摆地雷"、"张岱杀马"、"自作自受"、"肖振海喊退了敌人的援兵"、"恨"、"一块钢"、"小队长"、"郭庄驻八路了！"、"瓜地里"、"海上的故事"、"孩子们"等十四个故事。这部专集由夏征农作《序言》，他指出："董均伦的《小小故事》，虽然不是什么伟大作品，却朴素地写出了中国解放区人民的实际。从这十四篇'小小故事'中，我们可以清楚地看出：解放区人民是如何的英勇顽强，以他们无限的机智与创造力，抵抗国内外敌人，以致最后把它们消灭！"[②]

此外，秦兆阳1946年整理创作了《"俺们毛主席有办法"——老乡们关于毛主席的故事》[③]。故事源于平山县土岸村一位姓齐的房东老汉讲的一个故事。诸如此类的作品还有韦君宜创作的《龙——晋西北的民间传说》[④] 等。

二　通俗故事的语体特征

口头叙事文学的语言是口头语言，它在语音、节奏、象征等方面都具有其独特的审美性，如我们常用的民谣俗谚，仅是念诵过程中朗朗上

---

① 董均伦：《半弯镰刀》，大众书店，民国三十七年初版。1948年6月阿英为《半弯镰刀》作"小叙"。

② 任孚先、赵耀棠、武鹰：《山东解放区文学概观》，山东人民出版社1983年版，第249—250页。

③ 秦兆阳：《"俺们毛主席有办法"——老乡们关于毛主席的故事》，《延安文艺丛书》编委会编《延安文艺丛书》第三卷小说卷（下），湖南人民出版社1984年，第431—436页。

④ 韦君宜：《龙——晋西北的民间传说》，选自《延安文艺丛书》编委会编《延安文艺丛书》第二卷小说卷（上），湖南人民出版社出版1984年版，第302—306页。

口的韵律感就能给人以愉快的感受。通俗故事正是在口头叙事文学基础上发展而成的文体样式，从语言方面来说，新故事属于语体文的范畴。所谓语体文是指按照人们口头传统中的语言和结构句子的方式作出的文章。

中国对语体文的倡导源于清末旨在让普通国民迅速识字以普及教育，启发民智，强盛国家的现代汉语书面语改革中“言文一致”思潮。“言文一致”的现代语言发展理念以追求使书面文字话语符合日常生活中活的口语为主旨。伴随着20世纪20年代知识分子对民间语言资源的发现，30年代以来的大众化运动，“中国普通话”的论争，大众语论战，新文学逐渐形成了与欧化文和文言白话文不同的语体特征。胡适整理的白话传统，在叙事文学范围内是以“声音中心”为主导的，是“话本”传统，以声音传播为主要交际渠道的文学传统。但就白话语言的发展过程而言，第一个十年新文学的语体是受到鲁迅影响，形成的具有“欧化”倾向的以“文字场”为核心特征的现代化白话。知识分子们自觉不自觉地偏离了我国传统的围绕“声音场”进行叙述的口头传统，而倾向于在欧化语体中锻炼现代白话句式，提高文字在书面上的张力与弹性。从第二个十年开始，既有的白话语言实验越来越远离口语，一度被称为“新文言”，这种情况引起人们的抵制。与之相反的努力正是“大众化”。

抗战爆发后，大后方知识分子们积极组织创作通俗文艺作品，1938年5月10日《抗战日报》第一卷第五期登载的“会务报告”中写道：“我们已写了十来种，将设法印出，送到前方。我们应当马上再作十种，二十种，以至百种。会员们，请自告奋勇，多作、快作！顶好是集体创作，因为这种东西并不容易写：内容要适合民众军士的生活与心理，形式——若用旧瓶新酒的办法——要真有把握，装龙像龙装虎像虎，而后才能读用双全——所谓‘用’就是戏能上台，歌能上板，故事能上口。说到文字，更须俗而不土（特用土语写的另是回事），好而易解，以期收效广大。独自撰制，也许未能具备这些本事；大家合作，事速功多，希望会员们三五成组，合作起来。”5月28日第六期登载的“会务报告”中刘伯闵特别指出文字转化为“口头”的问题：“以前的宣传大半有名无实，未能深入民间。宣传的工具只靠标语文字，未能做到口头的。现在已注意到口头的，而动员太少，尚嫌力量微弱。”正是在抗战宣传的现实与明确的理论指导下，大后方作家们开始创作“通俗故事”，从各个不同角度努力追求在书面上的通俗和口语化。

在胡考创作《陈二石头》的实践过程中，明确了创作书面与讲演相结合的文体特征的叙事形式。胡考认为小说是在讲故事的基础上产生的，讲故事与小说创作之间是承续关系；但他又说：“自今的小说朗读却有出入，可供朗读的小说，往往还是‘看的小说’”。如此看来，小说本是“看的”，故事本是“讲的”，他的讲演文学是既可供朗读又可供看的小说。又说“《陈二石头》是为讲而写的一篇故事脚本。——或‘讲的小说’。”从这两个概念的并置使用我们已经能够看到在作者的观念中逐渐萌发的对两种不同语体进行糅合的愿望。具体来说，通俗故事语体的来源有以下几种：

第一，对口语的直录。这种方式最突出地体现在“对话体”通俗故事中。艾芜的《法西斯的故事》就是用对话体进行创作的代表作，基本坚持了对口语秉笔直书的特征，语言朴素。例如，故事开头第一句话“打下敌人一架飞机，里面有一个意大利人……”，这句话没有主语，如果是标准语法的书面语，应该有主语“我空军”才对。再如“他先前在中国航空学校当过教官的”一句，标准的书面语表达应该是“他先前在中国航空学校当过教官”，并不需要在句后加“的”。“的”是口语中向别人讲述时常带的缀词。句读的使用也依照口语讲话中停顿的需要而安排。“刚才他先生，不是说三个一块，就是法西斯吗?”还有“那么，你们意大利，只有墨索里尼，才是真正的法西斯吧?”故事中还保留了人们在生活中讲故事时使用的中间语，类似“你知道……”“我的意思是……”还用较多的语气词如：嗯、呀、嗨、这么、那样，等等。

第二，适度欧化对“书面—口语”结合型语体的影响。大后方的通俗故事作者们很多都是欧化文学的倡导者或追随者，如果说“五四”时期他们创作欧化文学是不成功的，不够通俗，不能有效地达到启蒙的效果，那么此时以“旧瓶装新酒”为主导的通俗文学创作反而为适度欧化，借鉴其精华发展新文学提供了机会和练兵场。在我们看到的通俗故事中，常使用欧化的标点和句式，运用得也比较恰当。如《拆铁道》

中句法的欧化倾向："'下雪也好，'杨队长点了点头：'反正天天拆铁轨，日本鬼子也可以天天修。他们吃亏太小……'"另外，当时通俗故事的写法常参照小说，因此插入很多环境描写和人物描写，这些描写常是言语直白，讲究通俗：

> 夜深了，刮了一阵阵的风，什么也听不见。
>
> 张队长的伤口渐渐好起来，正帮着杨队长计划工作。桌上一盏油灯，半明半暗的，墙上钉着地图，半新半旧的。
>
> 外面风更大了，雪也更大了，雪落在地上，好像棉絮似的。

句子中通过添加如半明半暗的、半新半旧的等限制词扩充句式，使句子表达更为准确，是典型的欧化句法。现代汉语书面语吸收欧式语言习惯使用附加语如定语后置、状语后置，改变了汉语原来的面貌。定语和状语多，可以多侧面地修饰中心词，从效果来看确实更能表达作者细腻深邃的特有感受。在通俗故事中，适度欧化增强了口语的表现力，促进了新型语体特征的形成。

第三，对传统说唱文学中排比、对句等语言模式的借鉴。在老向创作的《光儿亭》中，使用了讲究韵律美的排比和对句，故事开头："无数居民都被害得家败人亡，流离失所，悲惨之状，难以尽述，倭寇贪心无厌，得寸进尺，府州县城，多被攻破，杀人如麻，火光冲天，这才激怒了许多民族英雄，惹恼了无数爱国志士，风云际会，龙虎争鸣，大家保卫国土，共剿倭寇，大军所至，像是秋风扫落叶一般，把那些狠心倭寇收拾得干干净净。"这些俳句讲究节奏韵律，朗朗上口。何民的《魏二妈尸刀灭鬼子》以说书的方式讲故事，开头使用传统叙事模式"却说广东广西两省交界地方，有某县所属的山王村……"。故事中又用通俗的口语式叙述："这时，魏二妈就叫本村妇女，用贼军的刀，大家把贼杀掉，原来她的尸刀在绞香灰时就下了迷药，又将它在酒中画符，就将贼军迷着了呢。她魏二妈的迷药，平时是用来迷求神的，好叫她信是神仙来了，她对大家说了，还说：'这回真收了活鬼。'"此类语体多是借鉴传统说唱文学。成功的"通俗故事"在当时就已流传开来。

与大后方相比，解放区“通俗故事”的创作者们有更明确地使用群众语言、搜集整理创作民间故事作品的意识。《讲话》虽然肯定了新的民族文学既要学习外国文学，又要借鉴古典文学，但关注、使用群众语言、民间的文学资源仍是主流。童庆炳曾指出，“文体作为作家营造的语言体式、风格特征，与作家所使用的语言和具体语境的言语有着极为密切的关系。文体的功能具有什么样的效应也与作家所使用的语言与具体语境中的语言有密切的关系。”① 在《讲话》精神的指引下，作家们对“群众”语言文学的重视和提倡有力地推动了现代文学新文体风格和特征的形成，贯彻了文艺为工农兵服务的总方针。

语言改革是新文艺建设的工具和要素，是关系到民族复兴与国家建构的宏大叙事。语言与新文学在20世纪二三十年代一直处于内部改造、相互促进的过程之中。对群众语言的重视并非只是语言学内部的问题，同时也是为大众立言的新文艺产生的基础。通俗故事的创作中，作家一方面借鉴民间口承叙事艺术的语体，另一方面也把自己的语言习惯带进故事，也就是把小说的语言，欧化的或者文言的知识分子的语言带进了故事，从这个意义上讲，他们创作的通俗故事是对“故事”文体的充实。通俗故事的创作不仅带给民众知识和文化，同时也在这样的实践中丰富了大众的语言系统，通俗故事作为一种新的文体形式逐渐发展起来。

新文化运动的第三个十年中文学语言场域的价值取向进一步向口语化迈进。以赵树理为代表的作家倡导以“声音场”为中心的文体模式，1943年写出“通俗故事”《小二黑结婚》。这部作品的语言是从农民使用的口语中筛选、提炼、改造加工而成，通俗不庸俗，土气不怪癖，鲜活不落俗套，口语化又规范化。尤其是文中的对话都是口语化和个性化的，作家作品的叙述语言也是口语化的，形成了“朴实而有文采，敦厚而又机智、庄重却很风趣，严肃又带着诙谐”的语言特点。彭德怀阅后曾批示：“像这样从群众调查研究中写出的通俗故事还不多见。”赵树理创作的通俗故事在语体方面很大程度上是将书面语言的螺旋状态拉成直线状态，就是将书面性特质尽量地向对话式、口语性特征靠拢。

① 童庆炳：《文体与文体的创造》，云南人民出版社1994年版，第233页。

“山药蛋派”作家主张作品要让识字的农民读得懂，不识字的农民听得懂。[①] 作品的语言“要照着原话写，写出来把不必要的字、词、句尽量删去，不连贯的地方补起来。以说话为基础，把它修理得比说话更准确、鲜明、生动。”[②] 赵树理成功地借鉴了农民的口语。不仅人物对话是个性化、口语化的，叙事语言也是口语化的。当然他们并不是照搬方言土语，而是进行了筛选、提纯、改造，剔除了口语中那些生僻的、庸俗的字词，吸取了健康、活泼、生动、风趣的语言。赵树理认为：“在语言方面应做到两点：一是叫人听得懂，一是叫人愿意听。”[③] 周扬认为“‘文艺座谈会’讲话以后，学习民间语言，民间形式的努力产生了很多优秀的成果。就在小说创作方面，也有成绩。但有些作者却往往只在方言、土话、歇后语的采用和旧形式的表面的模仿上下功夫。赵树理同志却不是那样。他执行了他自己作品的创造的任务。”[④] “在他的作品中……他尽量用普通的，平常的话语，但求每句话都能适合每个人物的特殊身份、状态和心理。有时一句平常的话在一定的场合从一定的人物口中说出来可以产生不平常的效果。同时他又采用了许多从群众的生活和斗争中不断产生出来的新的语言。他的人物的对话是生动的，漂亮的；话一到了他的人物的嘴上就活了，有了生命，发出光辉。”[⑤]

“山药蛋派”的其他作家也很重视学习普通工农兵大众的口语。1943年2月，孙谦调到南河沟村做抗联文化部部长，他经常走街串巷访问风俗，他的小本子上记满了乡音土腔、习惯语、俏皮话。[⑥] 在作品中往往可接触到陕北群众耳熟能详的地方方言，如婆姨、麻达、干大、疙蹴、怎价、尔后等。句式也多用口语化的短句。反映边区家庭生活的

---

① 赵树理：《〈三里湾〉写作前后》，见《赵树理全集》第4卷，北岳文艺出版社1990年，第281页。

② 赵树理：《和工人习作者谈写作》，见《赵树理全集》第4卷，北岳文艺出版社1990年，第393页。

③ 赵树理：《语言小谈》，见《赵树理全集》第4卷，北岳文艺出版社1990年版，第444页。

④ 周扬：《论赵树理的创作》，《解放日报》1946年8月26日。

⑤ 同上。

⑥ 苏春生：《中国解放区文学思潮流派论》，中国社会科学出版社2000年版，第244页。

中篇故事《苦海求生记》[1] 是其中具有代表性的作品。故事语言通俗，长于短句，文中最长的句子有十七个字，短的只一两个字，以十到十三个字为一段的句子居多，基本按照直录口语的样式写作。如陕西、山西日常生活中指称“眼镜”是“二饼子”。故事里直接使用，“眼上戴一付黑二饼子”。[2] 舒服在口语中讲是“好活”，干活是“受”。故事里也是直接使用。作品中聚宝盆说：“属了我们村公所了，快给老子受吧，好活的日子过去了!”此外，在通俗故事的语言中，还由知识分子输入一些与意识形态密切相关的新名词和短语，如：生产、革命、统一战线、运动、进步、文化、公家、政府、边区等。这类新名词和短语在通俗故事中得到形象生动地阐释。在解放区，赵树理营造的以“声音场”为中心的代表作品赢得了前所未有的辉煌，这类文体样式拥有独特的话语权力，在此后三十年左右，它主导了中国现代白话叙事的发展方向。

在作家们根据民间传说、民间故事创作的通俗故事中，小说与民间故事传统的结合更加明显。在这些作品里既能清晰地看出当时群众如何运用传统的民间故事样式传达新社会主流意识形态的情况；又能看到语言方面，作家们在运用小说优美细腻的描写手法的同时采纳群众语言，注重语言的形象化、口语化的创作实践。1941年《解放日报》上发表了韦君宜创作的《龙——晋西北的民间传说》，1946年秦兆阳创作了《俺们毛主席有办法——老乡们关于毛主席的故事》，这两个通俗故事都是对当时民众中间流传的革命领袖人物传说的创作。作家们创作时注重环境描写，同时这些环境描写的句子又充满了朴实的、形象化的比喻和生活化的白描。作品《龙——晋西北的民间传说》开头有一段关于“老老村”遭遇大旱的环境描写：

整两个月，天一直是亮青亮青的。连一丝云彩都没有，连纺车上掉下来的棉花毛那么大一点的云彩都没有。青的比村东的溪水更青，比老老山顶龙王庙前那常年袅袅的青烟还青得多呢。红太阳天

① 束为、邵挺军：《苦海求生记》，见胡孟祥主编《解放区说唱文学作品选》（下），中国民间文艺出版社1989年版，第963—1005页。

② 同上书，第969页。

> 天上山特别早。而每天晚上，到最后一个顽皮孩子都困得想睡觉的时候，它还迟疑着不肯下山。最初，所有的地都成了旱地。后来，所有的地上的苗子都变成和山地上的一样矮小。最后，莜麦和谷子就都长得和隔年的狗尾巴草一样了。土地被长长的坼裂的缝划分成无数大块，那些坼裂的缝是一天比一天更长，更深，以致有一个两岁的孩子失脚掉在坼缝里竟跌死了。[①]

《俺们毛主席有办法》用生活化的语言对讲故事的房东老汉进行白描，“他成天里除了下地以外，一空下来就总是呆呆地坐在院子里或大门口，瞪着一双大眼珠子，挂拉着下嘴巴子——出神。”又通过生动的故事突出毛主席的智慧。故事的主要内容是：抗日战争爆发后，延安来了几百号人开会，毛主席提议建立抗战“统一战线”，提出大家要在一张桌子上吃饭。但三四百口人怎么能在一张桌子上吃饭呢？毛主席的办法是让大家以地为桌。坐下之后，只有一锅肉放在地中间，给人们发了很长的筷子，筷子太长大家没法吃。毛主席的办法是大家互相帮助你夹上送到他嘴里，他夹上送到另外的人嘴里，轮番吃。老百姓正是用大桌子、长筷子、互相喂饭的生活逻辑生动形象地解释了抗日战争中“统一战线”的概念。如果不是这样，“统一战线”这个政治性、思想性非常强的政治术语，老百姓是不好理解的。正像故事中房东说得那样：“同志们都是知道的，这八路军的规矩多好，大事儿小事儿只要一开会，大家伙念叨念叨，这脑筋就开了，要不受苦的庄稼主儿知道个什么呀！……”

总的来说，这一时期“通俗故事”语体表现出的特征是语言通俗易懂，口语化、形象化色彩浓厚。在故事叙述部分，倾向于形成在借鉴群众口承叙事艺术的基础上适度欧化的语体；在故事中对话语言方面，注重群众口语的吸收，包括方言土语、习惯用语、民谣俗谚。

---

① 韦君宜：《龙——晋西北的民间传说》，选自《延安文艺丛书》编委会编《延安文艺丛书》第二卷小说卷（上），湖南人民出版社出版1984年版，第302页。

三 通俗故事的结构形式特征

抗战时期通俗故事与故事性强的小说在表现手法上注重“叙事化”。通俗故事不仅是在语言上吸收口头叙事文学和口语中的精粹，同时还侧重吸收中国传统口承叙事艺术的叙事传统，可以说是博采众家之长发展而成的新型叙事文学样式。这一时期的通俗故事形式活泼，不拘一格。

（一）对传统叙事艺术形式的吸收与运用

讲演文学与传统话本有相似之处，二者都侧重对以声音场为中心的叙事模式的继承。话本是说话的底本，要讲给人听，因此十分注重故事性和情节性。故事性讲究有头有尾，结构完整；情节性讲究曲折生动，善于组织矛盾冲突。叙述方法上以行为叙事推进情节发展，总的来说是一种“情节”叙事。人物形象一般在情节中体现，重视形象的鲜明性。抗战时期的讲演文学在一定程度上是对传统话本形式的发展，侧重继承以声音场为中心的叙事模式，注重口语化，可用来讲演也可供阅读。

赵树理在通俗故事写作中总结并阐释了他在作品中对“从头说起，接上去说”传统叙事习惯的继承。他说：“假如我在第一章里开头这样写‘玉梅从外边饱满的月光下突然走进教室里，觉得黑咕隆咚地。凭着她的记忆，她知道西墙根杈零乱的一排黑影是集中起来的板凳……’这样行不行呢？要是给农村人看，这也不是好办法。他们仍要求先交代一下来的是什么人，到教室里来做什么事。他们不知道即使没有交代，作者是有办法说明的，只要那样读下去，慢慢就读懂了；还以为这书前便可能是丢了几页。我觉得像我那样多交待一句‘……支部书记王金生的妹妹王玉梅便到旗杆院西房的小学教室里来上课’也多费不了几个字，为什么不可以交待一句呢？按我们自己习惯，总以为事先那样交待没有艺术性，不过即使牺牲一点艺术性，我觉得比让农村读者去猜谜好，况且也牺牲不了多少艺术性。在每一章与另一章衔接的地方也有这样性质的问题。我们通常读的小说，下一章的开头，总可以不管上一章提过没有，重新开辟一个场面，只要等把全书读完，其印象是完整的就行，而农村读者的习惯则是要求故事连贯到底，中间不要跳得接不上气。我在布局上虽然也爱用大家通常惯用的办法，但是为了照顾农村读者，总想方设法在这种办法上再加上点衔接。如我写《三里湾》的第二章从玉梅回家写起，就完全为了照顾农民读者这个习惯……”[①]赵树理还指出要善于用保留故事中的种种关节来吸引读者：“评书作者和艺人，常用说到紧要关头停下来的办法来挽留他们的听众，叫做‘扣子’，是根据听书人以听故事为主要目的的心理生出来的办法。……这种办法的作用很大，但有个毛病就是容易破坏章节的完整。我在不破坏章节完整的条件下也往往利用这种办法，不过不一定用在章末。”[②]

赵树理曾说：“群众爱听故事，咱就增强故事性，爱听连贯的，咱就不要因为讲求剪裁而常把故事割断了。”[③]《小二黑结婚》每一节都是一个小故事，整篇联缀起来又是一个有头有尾的大故事。陈荒煤在《向赵树理方向迈进》中对这样的结构进行了总结，他说：“赵树理同志创作时选择了活在群众口头上的语言，创造了生动活泼的、为广大群众所欢迎的民族新形式……着重写故事。群众的习惯于传统是不容易接受没有故事的读物的。树理同志的作品故事性都强。也因之，他在结构方面主张第一要‘顺’，流畅、有条理、有头有尾；其次要‘连’，连接一气，头绪清晰，单纯。三，不论人物、风景都不作单独冗长的叙述与描写，都是夹杂在行动中来叙述描写。人物的心理与个性也是在自己的行动中来表现……总之，他所描写的人物与环境都是被着重地安插在斗争的行为中间，不作与现实斗争无关的叙述与描写。”[④]

农民爱看故事性强的作品，“山药蛋派”最善于创作这样的作品。“任何小说都要有故事。我们通常所见的小说，是把叙述故事融化在情景描写中的，而中国评书式的小说则是把描写情景融化在叙述故事

① 复旦大学中文系编：《中国当代文学研究资料赵树理专集》（上册），1979年内部发行，第91页。

② 同上书，第91—92页。

③ 赵树理：《也算经验》，《赵树理全集》第4卷，北岳文艺出版社1990年版，第187页。

④ 复旦大学中文系编：《中国当代文学研究资料赵树理专集》上册，1979年内部发行，第173—174页。

中的。”[①] 他们借鉴古典章回小说和民间说唱艺术的结构方法并加以创造性地运用。作品中的故事总是有头有尾，线索单纯。先是开门见山，从头说起，交代人物的身份和事件的缘起，然后接上去说，按照事件发展的先后顺序，一步步自然顺当地叙写；最后交代事件的结局和主要人物的下落，结构很完整。在安排故事时候，有时候以人引事，有时候以事引人，有时用一个大故事包含许多小故事，小故事之间又环环相扣，毫不脱钩。为了保持故事情节的连贯性，他们往往不作过多的环境和景物描写，或者将这些描写融化在故事进展和人物行动中，通过人物的眼或口表现出来。为了增强结构的完整性，他们还选择一些具有代表性的道具或信物，插入作品的不同位置，互相照应，使作品浑然一体，类似“故事核”。为了使故事情节更加生动活泼，他们往往穿插一些生动幽默的快板，或者埋设一些“扣子”造成一种悬念，然后适时解扣，起到引人入胜的效果。这些结构方法的运用，使“山药蛋派”通俗故事的民族性突出，故事性强，非常适合我国农民群众的欣赏口味。

（二）对民间口头叙事艺术形式的吸收与运用

在解放区，政府强调文艺为工农兵服务，因此，民间的（非作家文学）文学形式得到广泛地推崇。知识分子深入农村和工农兵一起，学习农民的语言、农民的口头叙事艺术成为文艺创作的潮流。其中，运用最多的是民间故事的“三段式”结构。如在故事《拆铁道》的情节发展中，作者运用了三段式结构：拆铁轨——拆铁轨上的螺丝钉——换木质螺丝钉。开头讲拆铁轨以及拆铁轨行动中的联合抗日，中间情节是拆螺丝钉和换木质螺丝钉导致日军火车出轨，最后，讲述结果，“这一条铁路上没有火车敢再从上面开过。”韦君宜的《龙——晋西北的民间传说》也使用了三段式。具体讲述了老老村的人如何三次求雨，均以失败告终，最后想到让童男找真龙，让龙爪子摸脑袋求雨的办法。于是派童男小虎去找真龙，小虎找了三天三夜，终于见到“真龙”。七天后小虎返回老老村，给大家讲了他遇到贺龙的经过。小虎找到“真龙”

① 复旦大学中文系编：《中国当代文学研究资料赵树理专集》上册，1979年内部发行，第90页。

的消息令全村振奋，据说此后老老村不再有荒年。《俺们毛主席有办法》在情节发展中同样使用了三段式结构，三次使用“若要不着急，去问毛主席”。《渔夫巧计杀倭记》中，讲金水和同伴三次卖鱼，从鱼市行情的变化上，使他们对日本侵略者和战争产生了厌恶感，最后又使用传统的三段式结构设计退敌情节。

通俗故事还借鉴其他民间口承艺术形式进行创作。1946年2月3日，《边区群众报》发表了柯蓝创作的中篇故事《乌鸦告状》[①]，在结构故事的同时使用当地民歌艺术形式“顺天游”来增强作品的表现力，“红格丹丹太阳照山崖，亮格哇哇的布衫穿出来。上穿白玉下穿兰，走开好似水推船。红鞋绿鞋扎花鞋，脑畔上招手你草窑来。山上桃花红艳艳，露水夫妻盛不厌。山上桃花开不长，露水夫妻没下场。”[②] 文末又增加一段民歌，“大麻子上来一不溜溜灰，爱胡来的是二流子鬼。六月里麻柴长成材，越盛越热分不开。分不开来坏心肠，手拿钢斧把人伤。井里埋人埋不过，自己遭下杀人祸！山丹丹花开又败了，胡日鬼来坏事了。墙头上栽葱扎不下根，胡日鬼来一场空。”[③] 两种形式的结合使作品给人留下生动活泼又个性鲜明的深刻印象。

另外，通俗故事的叙事视角非常灵活，其中最有特点是使用了元小说式的创作方法，如《俺们毛主席有办法》。故事从“我”和“我们”的视角出发，以“我”和“我们”听房东老汉讲故事的角度切入，让房东老汉用传统的递进三段式手法完成了故事叙述。这种情况在通俗故事的创作中虽然比较少，却能反映出书面叙事文体与口头叙事文体相结合的特征。

在人物形象塑造方面通俗故事也显示了书面叙事与口头叙事文体的结合。周扬总结了赵树理作品塑造人物形象的三个特点，其中第二个特点就是：他总是通过人物自己的行动和语言来显示他们的性格，表现他们的思想情绪。[④] 而分析这个特点形成的原因，我们又不得不回到“口

① 柯蓝：《乌鸦告状》，《边区群众报》1946年2月3日。

② 柯蓝：《乌鸦告状》，胡孟祥主编：《解放区说唱文学作品选》（下），中国民间文艺出版社1989年版，第947页。

③ 同上书，第962页。

④ 周扬：《论赵树理的创作》，《解放日报》1946年8月26日。

头性”的问题上来，这种用行动和语言来塑造人物，而不诉诸于心理描写的方法是以“声音场”为中心的叙事方法。

综上所述，通俗故事的发展借鉴了其他叙事艺术形式，从一开始就是针对全部叙事文学的开放性接纳，而不仅仅是对民间故事的接纳，因此形成了它灵活地发展自身的有利环境。正是“口头性”成为通俗故事这类书面文体样式始终注意的落脚点，促使了口头与书面这两种表现手法的沟通与融合。正是因为在语体、结构形式以及创作态度上不断地向群众靠拢，这种新型文体获得了群众的初步认可。

第三节　战时文化与通俗故事的主题研究

通俗故事之所以是“新”的文体，并不是单纯语言和结构形式上的问题，还存在主题层面的革新问题。马克思在读过《德国——一个冬天的童话》之后对作者海涅说：夜莺和百灵鸟的歌声是很美的，但今天，德国更需要有“时代的诗”。通俗故事是在新文艺建立民族形式过程中的产物，它的民族形式与新文化内涵的结合构成了文体意义之“新”。毛泽东提出作为政治和经济在观念形态上的反映的新文化，具体到民主主义革命时期就是新民主主义文化，“就是人民大众的反帝反封建的文化；在今日，就是抗日统一战线的文化”①。抗战时期，通俗故事在主题层面集中反映了新民主主义文化的内容。

严酷的战争形势促使政权决策层必须直接面对资源的集中使用问题，当然也包括文学的集中。中华全国文艺界抗敌协会成立大会的主席台前写着两行标语“拿笔杆代枪杆，争取民族之独立。寓文略于战略，发扬人道的光辉。”周恩来在成立大会上发表了庄严热烈的演说，他讲道：“希望作家多多取材前线将士的英勇奋斗，与战区敌人的残暴，后方全民众动员的热烈，一定可以发扬举国同仇敌忾，加强战胜敌人的信心！”② 在20世纪三四十年代，大后方的通俗故事多反映群众英勇抗战

① 毛泽东：《毛泽东选集》第2卷，人民出版社1991年版，第698页。

② 周恩来：《全国文艺界空前大团结》，《新华日报》1938年3月28日。

的内容，解放区的通俗故事既包括反映群众抗日的内容，又包括反映战时文化和新民主主义文化建设的内容。二者共同建构了通俗故事在主题和类型上的“战时”特征。

在大后方和解放区，民间文艺与抗日主题相结合焕发出巨大的活力。作家们集中创作了一批反映抗战主题的通俗故事。这批作品在题材选择、主题提炼和人物创作方面，主要以工农兵战斗生活为主要内容，以革命的农民和士兵为主要对象，以对新政权、新时代的赞美为常见主题。具体来说，通俗故事取材于人民群众火热的斗争生活，表现抗日战争、锄奸反特、减租减息、拥军爱民、开荒生产等主题。这些崭新的题材和主题体现出浓烈的时代气息。

一　战争主题

抗战时期，群众抗日是大后方通俗故事的中心主题，代表性的作品有《法西斯的故事》[①]、《光儿亭》[②]、《拆铁道》[③]、《魏二妈尸刀灭鬼子》[④]、《大战东林寺》[⑤]、《山东好汉》[⑥]、《渔夫巧计杀倭记》[⑦]、《太行烈士》[⑧]、《勇敢的广东兵》[⑨]、《东北义勇英雄苗可秀》[⑩] 等。其中洒家的《渔夫巧计杀倭记》用浪漫的笔调叙写了在一个近乎“仙境”的小岛上，渔民们如何用智慧巧妙抗敌的故事。故事中描写的渔民们的生活环境类似于“桃花源”，岛上的人世代平安，从没有遭受过兵匪灾害。

---

① 艾芜：《法西斯的故事》，桂林《新工人》第 1 卷第 8 期，1942 年 3 月 10 日。

② 老向：《光儿亭》，原载《抗到底》第 8 期，1938 年 4 月 16 日出版。

③ 陈志让：《拆铁道》，见《民众文库》（丛书），教育部民众读物编审委员会 1940 年版。

④ 河民：《魏二妈尸刀灭鬼子》，《通俗文艺》第 31 期，1940 年 3 月 22 日。

⑤ 胡兰畦：《大战东林寺》，大众文化丛书社，1938 年版。

⑥ 胡晨：《山东好汉》，《民众文库》（丛书），教育部民众读物编审委员会 1940 年版。

⑦ 洒家：《渔夫巧计杀倭记》，《救亡日报》副刊 1938 年 2 月 24 日。

⑧ 刁征庸：《太行烈士》，见《民众文库》（丛书），教育部民众读物编审委员会 1940 年版。

⑨ 夏衍：《勇敢的广东兵》，见《救亡日报》副刊，1938 年 2 月 24 日。

⑩ 谢冰莹：《东北义勇英雄苗可秀》，原载《大风》第 26 期，1939 年版。

刚开始岛上的渔民对外部世界的动荡感到莫名其妙，不懂上海打仗怎么会影响岛上的鱼市，直到他们邻近岛屿遭受日军血洗之后，才知道战争的血腥。渔民们立即全民动员、群策群力打击倭寇。他们使用了诱敌深入，关门打狗，以己之长制敌之短的办法，使日寇大败而退。故事的结尾充满理想化，领头人金水说“如果下次再来，我们还是如法炮制”，而日本人也没有敢再来。战争似乎就因为这次战斗永远结束，整个故事的基调静谧而浪漫。故事中渔民居住的岛屿被想象和描绘得如桃花源一般，一定程度上寄托了作家对乡村生活浪漫化的理解，带有浓厚的文人气质。此外，更多的故事则是或以英雄的惨烈书写战争的残酷，或以英雄的智勇鼓舞战斗的士气。

解放区以对敌斗争为主题的通俗故事包括抗战和内战两个部分。反映抗日战争主题的作品有邵子南的《李勇大摆地雷阵》（后改名为《地雷阵》），故事讲述了华北平原上智勇双全的爆炸英雄李勇和游击小队，在反扫荡中将大枪和地雷结合起来，让装备精良的侵略者尸横遍野的故事。柯蓝的《抗日英雄洋铁桶》讲述了一个外号“洋铁桶”的游击战士，如何带领他的小队在抗击侵略者、建立政权、捉特锄奸、对伪军展开攻势中威名远扬的故事。马烽、西戎根据晋绥边区群英大会民兵斗争事迹写成的《吕梁英雄传》，故事讲述了桦林山下某山村建立民兵武装，实行劳武结合，配合主力同日伪斗争的故事。这些抗日英雄故事被誉为抗战文艺中的奇葩。战争主题还包含反内战部分，中篇故事《苦海求生记》[1] 中讲述了农民金锁带领大家表面上不与阎军硬干，专门磨洋工；私底下积极为八路军积蓄粮食，并与到来的八路军里应外合战胜阎军的故事。

二 群众觉醒主题

从思想层面来说，科学、民主、人权等具有特定的社会、政治、文化意义的词汇构成了20世纪新文化的主题词。这些词汇使现代文学作

① 束为、邵挺军：《苦海求生记》，见胡孟祥主编《解放区说唱文学作品选》（下），中国民间文艺出版社1989年版，第963—1005页。

品的主题具有了意义的规约性。下面我们以科学、民主、人权为例阐释通俗故事反映“觉醒”主题的几个方面。

一是人的力量的觉醒。自“五四”新文化运动以来，“科学”既是反封建礼教和迷信的有力武器，同时也是建设新文化、新文学的新型话语方式和话语体系。通俗故事积极运用这些新的科学话语体系建构群众觉醒的主题。李季创作的通俗故事《老阴阳怒打“虫郎爷”》[①] 的主题是反迷信。故事以对比式结构讲述了依靠、笃信“神神”对蝗灾毫无效果，依靠人的力量最终战胜蝗灾的故事。以艺术的真实告诉人们“神神”是靠不住的，倡导人要靠自己的力量改变生活。依照故事中木匠的话说：“好我的营长啦，哄别的人，咱还不清底——从哪里会来个虫郎爷？神牌位，是我拿木头一刀一斧砍出来的；那要是个神，我就成了虫郎爷的娘老子啦！”故事结尾处王区长对老阴阳说：“神靠得住，还是人靠得住？两下比一比，哪个顶事，你老人家，自己思想思想。”笃信迷信的老阴阳“怒气冲天，拿将过来，三下五去二的，扯个粉碎。剩下几块木座座，老汉说：‘放到灶火洞里，烧了它！’……”故事通过破除迷信的事件来促进群众对自身力量的认识与觉醒。

二是政治上的觉醒。通俗故事用群众可感的生活逻辑和形象化思维完成了对统一战线、民族独立等政治内容的书写。秦兆阳的作品《俺们毛主席有办法》的主题有两层，一层是颂扬毛主席的英明，另一层是讲解什么是革命的统一战线。故事借用十八层地狱故事中的“长筷子吃饭”母题，生动形象地阐释了抽象的政治术语——统一战线的内涵。故事中统一战线不仅是国民党与共产党的统一战线，更是全世界反法西斯的统一战线。故事通过选取群众熟悉的生活素材达到了对群众进行政治思想启蒙的目的。

三是群众主体地位的觉醒。在解放区，农民是文艺的主要服务对象，革命文艺描写农民、教育农民，主要是为了促进他们的觉醒以推动革命的深入。毛泽东同志曾指出革命的文艺作品应该“根据实际生活创造出各种各样的人物来帮助群众推动历史的前进。例如一方面是人们

---

① 人民文学编辑部编：《解放区短篇小说选》，人民文学出版社1978年版，第286—295页。

受饿、受冻、受压迫，一方面是人剥削人、人压迫人，这种事实到处存在着，人们也看得很平淡；文艺就是要把这种日常的现象集中起来，把其中的矛盾和斗争典型化，造成文学作品或艺术作品，就能使人民群众惊醒起来，感奋起来，推动人民群众走向团结和斗争，实行改造自己的环境。"① 故事集《半弯镰刀》中的民间故事践行了这样的创作理论，首先是写出了两个阶级的矛盾。作品将农民与地主的矛盾和斗争非常清晰的通过故事表达出来。最后在结尾处，当农民用镰刀杀向剥削压迫他们的地主老财时，作者用恢宏的笔法表现出农民作为一个阶级的力量，促进了群众的觉醒。可以说，"长工斗地主"型通俗故事集中表现了地主阶级对无产阶级的压迫，促进了群众作为社会主体的观念的觉醒。

随着社会革命的深入，群众作为社会主体的意识逐步地被群众接受。"在被解放了的广大农村中，经历了而且正经历着巨大的变化。农民与地主之间进行了微妙而剧烈的斗争。农民为实行减租减息，为满足民生民主的正当要求而斗争，这个斗争在抗战期间大大地改善了农民的生活地位，因而组织了中国人民抗敌的雄厚力量。抗战胜利之后，减租减息与反奸、复仇、清算的斗争结合起来，斗争正在继续深入发展。这个斗争将摧毁农村封建残余势力，引导农民走上彻底翻身的道路。"② 在农民主体地位逐渐确立的伟大变革过程中，赵树理曾用文学作品进行反映。1943年他发表了"通俗故事"《小二黑结婚》，塑造了追求婚姻自由的年轻人形象。故事发表之后旋即产生巨大影响，仅在太行一个区就行销达三四万册，群众自动传讲，并将这个通俗故事改编成剧本，搬上他们自己的草班舞台。

三 新英雄主义主题

抗战初期，文学创作并没有提倡对"英雄"的书写。"五四"新文化运动是以启蒙大众为目的的，文学作品表现的多是普通民众。具有代表性的是鲁迅在《阿Q正传》中塑造的阿Q。抗战爆发后，这种文学

---

① 毛泽东：《毛泽东论文艺》，人民文学出版社1992年版，第49页。

② 周扬：《论赵树理的创作》，《解放日报》1946年8月26日。

创作的深层观念在作家们那里并没有改变，大后方抗战通俗文学十分强调战士的大众身份。在解放区，共产党的文艺政策认同马克思主义历史观中人民创造历史的论断。文学中“英雄”书写很容易成为“个人英雄主义”，因此，“英雄”书写在抗战初期很长一段时间内处于边缘位置。

随着抗战的深入，日军开始加大对敌后抗日根据地的扫荡。国内的统一战线也出现了问题，“皖南事变”后国民党对边区实行了经济封锁政策。在这段最艰苦的时期，边区政府开展了一次声势浩大的“生产自救”运动。与运动同步，文艺中涌现出大量对劳动英雄、生产英雄进行歌颂的作品，主人公有“农民英雄”吴满有、“工人英雄”赵占魁、“种菜英雄”黄立德、“妇女英雄”马杏儿和宋候女。自此，“英雄”书写进入抗战文艺，成为新的主题。“劳动英雄与模范工作者是群众中的模范”，他们“使首长、劳动英雄、模范工作者同群众联系起来了”[①]，在这次运动中逐渐明确了对英雄的书写就是对群众的书写的观念，解决了树立“英雄”与“个人主义”在理论上的冲突。

朱德曾就这一问题进行阐释。他说：“八路军、新四军的英雄主义，不是为个人利益打算、为反动势力服务的旧英雄主义，而是新英雄主义，革命的英雄主义，群众的英雄主义。革命的英雄主义，是视革命的利益高于一切，对革命事业有高度的责任心和积极性，以革命之忧为忧，以革命之乐为乐，赤胆忠心，终身为革命事业奋斗，而不是斤斤计较作个人打算，为了革命的利益和需要，不仅可以牺牲自己的某些利益，而且可以毫不犹豫地贡献出自己的生命。……群众的英雄主义表现在两个方面，一是所作所为都是为群众的利益，而个人的利益则无条件地服从群众的利益；一是相信群众力量，集体力量才是创造世界和创作历史的伟大力量，个人的力量只是这个伟大力量中的‘沧海一粟’。”[②]并指出“新英雄主义是新时代新社会的产物，是和共产党的领导分不开的。只有具备共产主义的高尚品质和伟大气魄，才能具有彻底的革命

---

① 《毛泽东文集》第3卷，人民出版社1996年版，第97页。

② 朱德：《八路军和新四军的英雄主义》，《解放日报》1944年7月7日（抗战七周年纪念）。

观点和群众观点，才能开展新英雄运动。……八路军、新四军是中国共产党领导的爱国军队，具有一切条件来开展新英雄主义运动。因此，虽然我们过去有意识地开展部队中的英雄主义运动做得很不够，但我们部队仍然创造了许多史无前例的英雄业绩，涌现出许多出类拔萃的新的英雄们。战斗、生产、团结群众，是目前各部队的三大重要任务，也就是我军开展新英雄主义运动的三个主要战场。"[①] 与此相适应，英雄书写提上日程，文艺界开始塑造新农民大众的代表形象。延安《解放日报》是中国共产党的中央机关报，在报纸的文艺版中发表了一批"通俗故事"。这些作品塑造了一批觉醒了的农民英雄形象，如赵占魁、吴满有、申长林等。

同时，民间的文艺家们也把英雄编讲进了他们的口头文学当中，他们能够理解到生活对象的深的本质，从而使作品中的日常生活对象所荷载的思想力得到加强和丰富。当时产生了两大类新英雄主义主题的故事：一类是以民间故事为基础编创的革命英雄故事，这类故事注重叙事；另一类是以新的英雄化创作理念为指导编写的新英雄故事，这类故事注重塑造人物。与后者相比，前者更加接近民间口承叙事文学。以民间故事为基础编创的革命英雄故事的代表作品有秦兆阳的《"俺们毛主席有办法"——老乡们关于毛主席的故事》、韦君宜的《龙——晋西北的民间传说》、董均伦的《刘志丹的故事》。这几组故事不完全是知识分子作家们的作品，而是他们以记录的民间文艺为框架的再创作。在这些创作中体现了清晰的革命逻辑，表达了劳苦大众对老一辈无产阶级革命家的敬仰与崇拜之情。以英雄化、传奇化创作理念为指导创作的英雄故事的代表作品有"吕梁英雄传"系列故事，邵子南《李勇大摆地雷阵》等作品。在这类故事中英雄人物是形成故事英雄化、传奇化的基础。在这种英雄化写作确立的同时，故事文体就已经开始要求突破以往限制，扩大人物在故事中的分量。在通俗故事创作中，英雄人物故事以它能够使用群众语言塑造典型人物，通俗易懂，能够传达革命乐观主义精神而成为贯彻《讲话》精神最得力的形式。

---

① 朱德：《八路军和新四军的英雄主义》，《解放日报》1944年7月7日（抗战七周年纪念）。

通俗故事是"团结人民、教育人民、打击敌人、消灭敌人"的锐利武器，是与党所领导的革命战争和人民群众的现实斗争生活息息相关的。抗战时期通俗故事反映的内容既有对工农兵英雄人物由衷的赞美，又有对阶级敌人无情的揭露；既有对革命战争艺术的再现，又有对土地革命形象地描绘；既有对艰苦创业、生产自救的战斗动员，又有对破除迷信、解放思想的热情宣传。通俗故事的创作过程是知识分子向民间文艺学习的过程，一方面促使他们去了解民众文艺的表现形式、审美旨趣，另一方面帮助他们边学习边改造，尝试创造了能够反映战时文化和新民主主义文化内容的新作品。这些作品既不为民众陌生，又着实传递着新鲜的精神文化血脉。在当时来说，就是形成了既具有鲜明的意识形态特征，同时又遵循民间文艺的传统，受到农民大众欢迎的新型通俗故事文体。

小结　新故事文体的萌芽：知识分子之"文"与群众之"言"的合流

新民主主义革命过程中，群众作为社会发展主体的定位在理论和实践上得到系统性地建构。群众在社会中主体地位的逐渐确立促使知识分子与群众之间的关系发生了一系列的变化，由"五四"时期启蒙与被启蒙发展到教育与被教育，最后到知识分子向群众学习，做群众的学生，要千方百计成为群众中的一分子。被知识分子掌握着的"书面文字"在这个过程中不断调整着自身的功能，在语言上不断追求革命思想的顺利传达。抗战过程中，文化大众化的要求使得通俗叙事文学整体有了深入地发展。"大众文学应该是大众能享受的文学，同时也应该（是）大众能创造的文学。所以大众化的核心是怎样使大众能整个地获得他们自己的文学。"① 通俗故事正是经历了这样一个过程"从群众中来，到群众中去"，并且在回归群众时逐渐与新民主主义革命理念结

① 文振庭：《文艺大众化问题讨论资料》，上海文艺出版社1937年版，第15页。

合，成为为群众服务的新文学。在群众能够独立创作他们的文学之前，践行了知识分子之“文”与群众之“言”的合流的文艺大众化的思想。

一　知识分子之“文”与群众之“言”合流的直接动因

通俗故事是对“五四”新文化运动启蒙大众的革命理念和文化观念的实践形式之一；是抗战时期突出文艺宣传、教育功能的文学实践形式之一；是中国共产党实现新民主主义的、共产主义的社会理想对文学改造的实践形式之一；是在语言、结构形式、主题方面尝试群众化和形成民族形式的试验成果。

《讲话》明确指出了革命文艺的目的——为人民服务。革命文艺的对象是工农兵及其干部，为人民群众服务必须首先要向人民群众学习，要爱他们的思想感情，爱他们的语言，爱他们的萌芽状态的文艺（墙报、壁画、民歌、民间故事等），从而指明知识分子对待民间艺人和民间文艺的态度，以及如何展开民间文艺工作等任务的问题。同时《讲话》提出了对遗产的利用和改造的问题，“对过去时代的文艺形式，我们也并不拒绝利用，但这些旧形式到了我们手里，给了改造，加进了新内容，也就变成革命的为人民服务的东西了。”① 这在当时的历史条件下，学习民间文艺成为工作的重心。团结、改造民间艺人，对民间艺术进行再创作成为重要的工作内容。因此，在这个阶段，知识分子们走进群众的生活，一方面是与普通群众结合，了解他们的生活、文艺状况，知道他们的所思所想；另一方面是与群众中的艺人、民间文艺传承者的结合，从他们那里直接获得改造旧形式所需的继承与变革的方法。据延安时期许多革命者回忆，《讲话》以后，许多作家、艺术家抱着真诚的愿望去和民间艺人结交朋友，向他们学习同时也帮助他们进步。如柯仲平与民间艺人李卜，周扬与劳动诗人孙万福等。在抗日根据地，原来被看不起的，被旧社会认为是卑贱的、地位最低下的民间艺人们受到了尊

① 天鹰：《高原上的曙光——为〈在延安文艺座谈会上的讲话〉发表二十周年而作》，中国民间文艺研究会上海分会、上海文艺出版社编：《中国民间文学论文选——一九四九——一九七九》，上海文艺出版社 1980 年版，第 235 页。

重，其中不少民间艺人还被评为“文教模范”，被称作“英雄”。民间艺人在合作中不断地被帮助和改造，冀鲁豫文联的民间艺术部开办过“艺人训练班”，通过辅导使他们的艺术创作朝着健康的为革命战争服务的方向前进。

经过这次交流，在中国知识分子的内心中，对“民间”有了更深刻的认识，对文艺与生活的关系也有了更真切的体会。1945年，郭沫若在《人民的文艺》中说：“今天是人民的世纪，我们所需要的文艺也当然是人民的文艺。文艺从它滥觞的一天起本来就是人民的，无论哪一个民族的古代文艺，不管是史诗、传说、神话，都是人民大众的东西。它们是被集体创作、集体享受、集体保有。……所有为少数人享受的歌功颂德的所谓文艺，应该封进土瓶里把它埋进地窖里去。人民的文艺是以人民为本位的文艺，是人民所喜闻乐见的文艺，因而它必须是大众化的，现实主义的，民族的，同时又是国际主义的文艺。”[①] 1946年，何其芳指出毛泽东的艺术理论“系统地提出了艺术群众化的方向”，并从根本上建立了艺术工作者的新的人生观。通俗故事就是在这个过程中实现着知识分子之“文”与群众之“言”的合流，并摸索形成了几种结合的形式。

二　结合的形式

（一）对群众口头叙事文学的整理和轻度创作

延安文艺座谈会之后，作家们纷纷走到群众中去，接触到一批民间文学作品，他们在搜集整理的基础上进行了再创作，形成了通俗故事的一种类型。柯蓝在《杂谈收集、研究民间故事》中曾这样说道：“因为我们搜集的目的，在文艺工作者说来，是为了接受文学遗产，去其糟粕，取其精华，是要经过一番深重的研究和扬弃的。研究与扬弃的过

① 郭沫若：《人民的文艺》，见《抗战文艺》“文协成立七周年并庆祝第一届文艺界纪念特刊”，1945年5月4日。

程，本来就是整理与写定的过程，二者是合而为一的”。[①] 董均伦、束为等对民间故事的创作即如此。民间故事是群众的口头文学，经过作家的整理创作，一方面是语言上发生了新变化。作家普遍地使用具有浓厚的口语色彩的白话进行创作。而他们作为时代的思想者，由他们所理解和引进的新词语通过现代白话得到广泛传播，又促进了现代口语在思想和内容上的丰富。这种情况在故事《俺们毛主席有办法》中体现得比较明显。新民主主义的政治思想对农民来说是深奥的，但将深奥的意义与群众生活实感相联系，将思想融入一则老百姓熟悉的“三段式”小故事中进行讲述，那就会产生明白晓畅的效果。“统一战线”这个深奥的政治术语的内涵随故事的传播得到群众的广泛理解和接受。知识分子将口头小故事整理成文的过程正是一种新的以口语为中心的言语体系的形成过程。在知识分子对新词、新义不断生活化地阐释过程中，口语和口头叙事模式被精选提炼，提高着思想含量和表现力。知识分子走进群众生活，对民间故事的借鉴、整理和创作是具有现实性、现代性意义的。

（二）以通俗易懂为主导，融会西方、古典、民间叙事的传统的再创造

这个时期，以赵树理为代表创作的通俗故事是新故事在萌芽期比较成熟的品类。知识分子们主动地去分析中国传统民间口承叙事艺术与西方小说叙事艺术的异同，并对文学通俗化和大众化的践行进行了深入探讨。周立波认为民间故事“显露了农民的智慧”，指出民间故事“语言的简要，结构的完整，人物行动的有力的记述多于人物姿态精致的刻画，都是值得效法的优点。但语言还可以更多些色彩，人物行动的过程也还可以写得更细致一些。而心理描写是其他艺术形式难于比上文字艺术的长处。一部小说，一个故事，要是插进一些心理描写，容易显露人

---

① 陕西省文学艺术工作者联合会《关于民间文艺》（内部参考资料），1954年，第98—103页。

物的性格，使故事往深处扩展，人物活跃于纸上。”[①] 赵树理在说到他的创作对文艺的继承时，这样讲道：“我究竟继承了什么呢？我以为我都照顾到了，什么也继承了，但也可以说什么也没有继承，而只是和他们一道儿在这种自在的文艺生活中活惯了，知道他们的嗜好，也知道这种自在文艺的优缺点，然后根据这种了解，造成一种什么形式的成分对我也有点感染、但什么传统也不是的写法来给他们写东西。同时我这种写法也并不能和大多数的作家的写法截然分开，因为我虽出身于农村，但究竟还不是农业生产者而是知识分子，我在文艺方面所学习和继承的也还有非中国民间传统而属于世界进步文学影响的一面，而且使我能够成为职业写作者的条件主要还得自这一面——中国民间传统文艺的缺陷是要靠着一面来补充的。”[②] 作家们在创作中充分显示出了他们的结合能力，特别是在叙事结构和语言通俗化方面作出了贡献。

（三）撷取生活中新民主主义革命的素材，创作直接阐释政治任务的通俗作品

在1938年11月26日《抗战文艺》第二卷第十一、十二期合刊中登载了《建立沦陷区域的文艺工作（座谈会）》的有关内容。这是文协出版部在1938年11月4日召开的临时座谈会，谈论的中心问题是建立沦陷区域的文艺工作。他们认为沦陷区域的文艺工作本身有一个基本原则是必须遵守的，“这原则是说：我们所做的工作绝不能离开当地民众的日常生活。但是，要使工作不至于离开，工作者就得对于民众的生活有彻底的了解；特别是作为一个文艺工作者，更应该了解得深刻。他应该从民众的日常生活内层，立体地提出真实来，制作适合于他们的需要的文艺。”[③]

因此，大后方文协在实际工作中明确注意到知识分子深入民众生活

---

① 周立波：《民间故事小引》，见钟敬文《民间文艺新论集》，北京师范大学出版社1951年版，第223—227页。

② 赵树理：《〈三里湾〉写作前后》，复旦大学中文系编《中国当代文学研究资料赵树理专集》（上册），内部发行，1979年版，第89—90页。

③ 《建立沦陷区域的文艺工作（座谈会）》，《抗战文艺》第2卷第十一、十二期合刊，1938年11月26日。

的必要性和重要性，并且已经开始这样引导大后方的知识分子们了。这种认识的意义在于，通过抗战这个社会的、政治的、军事的事件，极大地改变了“五四”运动停留在口号层面的大众启蒙状态。也使得当时在学理层面争论不休的“大众化”、“民族性”等问题落实到具体的实践上来。革命英雄故事的创作是成功的类型。从现有的作品来看，知识分子们对他们实践的通俗文艺在语言、形式、生活性等重要方面有了较为明确且开朗的认识，形成了有原则又不拘一格的通俗文艺发展的总思路。这种新文体具有浓厚的乡土气息，“不但要涤除其毒质，并且还要将优点蜕化”，是服务于新民主主义革命的文艺。一方面是在思想内容上反映人民的痛苦，代言人民的愿望，争取人民的解放；另一方面是启发人民的文化意识，满足人民的文化要求。这是知识分子之“文”与群众之“言”合流中一层重要的内涵。

三 新故事文体萌芽阶段知识分子之“文”与群众之“言”合流的意义

抗战时期，通俗故事的创作过程是知识分子之“文”与群众之“言”合流的过程。在这个过程中，解放区的知识分子接受了政治主流意识形态对他们人生观、价值观和创作理念的重塑，一方面他们真诚地走到群众中去，学习群众之“言”；另一方面，知识分子用新的创作理念改造群众之“言”，创造了为群众喜闻乐见的，具有民族特色的，能反映新民主主义文化的通俗故事。

首先，知识分子之“文”与群众之“言”的合流使新故事文体的“新”既有政治内涵之“新”，又包含文学意义之“新”。

1942 年，毛泽东在《讲话》一文中针对文艺应该为谁服务，如何去服务，文艺工作与党的工作之间的关系以及文艺批评的标准进行了深刻论述，并对“中国新文化”下了定义。他说：“现阶段的中国新文化，是无产阶级领导的人民大众的反帝反封建的文化。真正人民大众的东西，现在一定是无产阶级领导的。……新文化中的新文学艺术，自然也是这样。对于中国和外国过去时代所遗留下来的丰富的文学艺术遗产和优良的文学艺术传统，我们要继承的，但目的仍然是为了人民大众。

对于过去时代的文艺形式，我们并不拒绝利用，但这些旧形式到了我们手里，给了改造，加进新内容，也就变成革命的为人民服务的东西了。”[①] 在这一定义中“新”的内涵首先是时间上的“现阶段”，也就是新民主主义革命时期；其次，有明确的政治内涵，新文艺是“无产阶级领导的”，为革命、为人民服务的文艺；再次，具体的实施办法包括对旧形式的继承和改造，加入新的革命的、为人民服务的内容。在新民主主义革命、社会主义革命、社会主义建设这三个时期内，文学艺术领域内先后出现的新秧歌剧、新民歌、新故事、新话剧、新年画等这些概念中的“新”在内涵上都有一致性。这个“新”与本书研究对象“新故事”的“新”有着本质性的关联。这些“新”并不仅仅是相对于旧而言的时间概念，它是有着鲜明的政治立场，明确的阶级服务指向和具体的政治内涵的“新”。通俗故事的主旨是利用为工农兵大众所熟悉的、传统的、通俗的、喜闻乐见的文艺形式来表达和宣传革命思想和社会理念，实践了以工农兵为主体的群众文艺路线。《讲话》的精神是新文学发展的指导性文件，它的影响不仅是新民主主义时期、社会主义革命时期还包括社会主义建设时期的很长的历史阶段。

在政治内涵之外，新故事之“新”还包括文学意义之“新”。20世纪40年代，吴晓铃在他编辑的“平”字号的《俗文学》中撰写了五篇文章，不仅记录了当时俗文学领域的一些重要史料，而且为中国俗文学理论体系的建设作出了贡献。他在1948年6月4日《华北日报》上发表了自己的意见，批驳了“俗文学”为“粗鄙”之作的言论，指出它“一个是要通‘俗’”、“一个是利用‘俗’语”，“在内容方面要毫不晦涩地让对象能够由于整个的体会和了解而全盘接受我们所希望赐予他们的东西，那也许是教训的，也许是祓除的，也许是只想引起他们的美感的。在表现方法方面要让对象不致感受任何阻碍他们接受的羁绊，那也许利用的是口语中的俗话，也许利用的是某一特殊地域中的方言。……我们的所谓‘俗文学’，简单的说来，是通俗的文学，是

① 毛泽东：《在延安文艺座谈会上的讲话》，见《毛泽东论文艺》，人民文学出版社1992年版，第43页。

语体的文学，是民间的文学，是大众的文学。”① 20世纪40年代通俗故事践行了通俗文学创作的理论。在作家、知识分子走进群众，向他们学习口头语言和民间文艺的过程中，新故事在语体文的创作方面迈出了可贵的一大步，为创作真正体现群众“言”、“文”合流的新型语体文打下了良好的基础。

其次，知识分子之“文”与群众之“言”的合流为新故事文体发展提供了可借鉴的宽广平台。

体裁是文学类型的体式规范，它不是某个人营造的结果，而是长期文学实践的产物。通俗故事的创作者们有较为明确的体裁意识。他们自觉地意识到体裁审美规范，能够划清不同文学类型的界限，遵循故事体裁的特征进行创作。尤其是以赵树理为代表的创作者们，他们对故事和小说的故事性的理解是很明确的。但我们又不可否认，这种对故事性的理解和审美规范的追求又有着开放性的一面。体裁作为一种形式，不是空壳和抽象，而是一定内容的形式。因为受到时代、社会、个体本身的影响，作品内容在时刻发生着变化，内容的变化又不断地冲击着形式的框架，使体裁形式不得不跟着内容进行调整和改变。通俗故事的创作者们大都是当时知名的小说家，他们对传统民间文艺形式的学习、改造以及再创作的思想很丰富，尤其是对古今中外叙事文学、艺术形式的开放性借鉴的思路，为新故事独立的文体特征的形成奠定了良好的基础。具体表现在以下三个方面：

一是群众口头语言的借鉴，包括对方言土语、俗谣民谚的吸纳与书面化。由于通俗故事主要通过书面传播，因此在语言上自然具有了书面语与口头语相结合的特征，这是自白话文运动以来“言文一致”在新的发展阶段的产物。通俗故事是最早实践口语与书面语相沟通的文体之一。

二是在形式和故事结构方面，通俗故事是作家们有意识地继承我国古典叙事艺术和民间叙事艺术的传统，并借鉴西方创作理论和创作方法探索形成的故事文学样式，是主动探索口头讲述如何与书面文本叙事相结合的文体形式。

---

① 吴晓铃：《华北日报》，1948年6月4日。

三是通俗故事的创作指导思想是为人民立言，不仅是知识分子为群众立言，同时是鼓励、帮助群众，让他们能为自己立言。《讲话》之后，通俗故事创作被纳入无产阶级文艺的范畴。中国社会性质的变革不断促动“新故事”在本质上的群众化道路，也就是说新故事从萌芽阶段开始便深深地刻上了新时代的烙印，体现着无产阶级革命在政治上诉求。

在这一段历史时期，通俗故事的作者们不仅与群众亲近，继承了民间故事和传统叙事文体的结构故事的方式，同时又受到政治主流意识形态的规训，开拓了新主题和新内容，同时又以新的文学实践去改造旧的体裁规范，大胆地尝试突破、改造、丰富故事体裁的原有审美规范，摸索更适合反映新内容的审美规范，以利于沟通政治意识形态与民间大众思想，形成新文学。通俗故事作家们的具体创作实践促进了“新故事”文体的萌芽与发展。

最后，知识分子之“文”与群众之“言”的合流为新故事文体的发展创造了新的类型。

在抗战的大背景下，知识分子一方面改造自己熟悉的书面叙事文学形式创造通俗文学作品，尝试制作讲演文学、“通俗故事”来实现对民众的号召和鼓舞；另一方面，采用旧瓶装新酒的方法，用鼓词、说唱等传统讲唱叙事文学形式创造通俗故事；此外，他们深入群众生活，利用英雄素材创作革命英雄传奇故事，同时还改编再创作了一批民间传说故事。这些新旧结合、口头与书面相结合的形式，为新故事的发展形成了一些经典性的文体类型，有“通俗故事”、英雄传奇故事和改编再创作的民间传说故事。从形式来说，形成了小故事、中篇故事和连载故事的体例。

抗战时期知识分子之“文”与群众之“言”的合流，是知识分子站在群众的立场为他们立言，是在群众没有书面文字权力和能力的时代，最接近于群众自己为自己立言的文学艺术形式。当时的通俗故事虽然没有能真正实现用来“讲演”的目标，但是知识分子尽力去寻找、创作符合大众接受水平和审美趋向的结构故事的结构方式本身就是巨大的进步。通俗故事在艺术上显示出了雅俗互动和“书面—口头”转化的特征，有的故事在群众中能够迅速流传开来，起到良好的启蒙、教育、鼓舞抗战的作用。民间既然已被唤醒，它本身已有的文化价值系统就不可能完全被政治所取代，也由此延伸出了民间与政治之间的复杂关系。随着政治对知识分子改造、对民间的影响愈益加强，民间文化形态在文学中的美学意义和文化意义也在被逐步地赋予新的内涵。

第二章

20世纪中叶群众性新故事运动的兴起与新故事文体特征的初步确立

1949年之后，新中国围绕建设社会主义社会的政治话题进行了一系列的变革，这些变革往往有轰轰烈烈的群众运动与之呼应。在运动中，群众性的文艺形式作为国家新的方针、政策的有效宣传方式受到重视。“大跃进”时期的新民歌运动和社会主义教育运动中的新故事运动是其中比较典型的事例。1958年，声势浩大的新民歌运动配合了“大跃进”，鼓舞了人民群众建设新型社会的干劲；紧接着为配合社会主义教育运动，新故事讲演活动成为基层宣传党的方针政策的重要方式。蓬勃开展的新故事运动是对延安文艺运动中文艺通俗化、民族化的继续践行，强有力地推动了新故事文体的发展。

新中国要建立的是以无产阶级为创作、欣赏主体的新型民族国家的人民文艺。新中国诞生前夕，1949年7月2日至9日，在北平召开了第一次中华全国文艺工作者代表大会，会上的所有报告都是围绕毛泽东《在延安文艺座谈会上的讲话》中所提出的新文艺建设发展方向进行阐述的。周恩来在会上作了报告，要求文艺必须解决以下问题：一是为人民服务；二是普及与提高；三是改造旧文艺。新故事正是以此为指导思想发展起来的通俗文学样式。与解放前通俗故事的创作、流通情况相比，50年代末兴起的群众性新故事运动是轰轰烈烈的。一方面，为了配合社会主义教育运动的开展，各级文化部门和各单位宣传部门积极组织开展新故事的创作和讲演活动。新故事讲演活动一度成为政治集会和群众活动的一部分。另一方面，群众中的新故事家在运动中成长了起来，开始了由传统的民间故事讲述到新故事创作的探索之路。1964年，上海创办了专门的新故事刊物《故事会》，系统地组织、发表新故事，成为新故事这一文体样式的成长基地。

新中国成立初期，新故事文本是为适应不同规模、形式的集体性讲演而预备的脚本。因此，这个时期的新故事创作在语言上要求适应口头讲演的需要。这里的口头讲演不同于我国传统民间口承故事的讲述。在讲演情境方面，它往往是在人数众多的、大型群众性集会上的演说。一般来说，这种讲演情境对故事脚本使用语言的正式程度要求较高。《故事会》是专门刊载这类故事脚本的刊物。从60年代初期的作品创作机制来看，由口头讲演到文本写作的过程使新故事积极调动语言素材，在书面语与口头语的结合方面得到发展。

在结构形式方面，新故事有意识地探索适应大型讲说场合的结构形式，积极地从相关叙事文艺样式中提取、吸收完善自身的结构形式和要素。涉及的文学体裁包括小说、电影文学、戏剧、评话、相声等。通过借鉴和吸收这些文艺形式的叙事形式和结构，形成了讲究开门见山、有头有尾、故事线索顺序开展、人物形象与情节相对集中、叙事与情节同步等结构形式方面的特征。初步形成了新故事“口头—书面”结合型文体在创作实践和理论追求两方面同步发展的状况。

在内容主旨方面，新故事像其他文艺形式一样贯彻《讲话》精神，将文艺视为革命机器上的一颗螺丝钉，积极地编讲配合社会主义建设各项方针、政策的新作品。从农业的社会主义改造，到“大跃进”、“四清运动”、社会主义教育运动，这些内容在新故事中都有体现。具体包括阶级斗争、新旧社会对比、人民公社、农业集体化道路、一心为公、男女平等、晚婚晚育、破除迷信、学习雷锋、活学活用毛主席著作等反映社会主义新气象、新思想、新文化、新精神的主题。

新故事讲演活动是在新的社会历史条件下对我国形成已久的故事传统的一次创造性的发展。新故事与传统民间故事相比，无论是创作群体、创作手段，还是讲说环境、意义风格都发生了变化，新故事的诞生与中心任务的施行紧密结合，文艺与政治的关系从一开始就被确立了。它与新民歌等新的群众文艺形式一起，受到了学术界的广泛关注。1961年前后，民间文学界第一次展开关于“社会主义时期的民间文学的范畴和界限”的大讨论。依照创作主体的性质，将新故事划入社会主义民间文学的看法受到了大范围的认同。虽然现在看来这种看法局限性很大，但这次讨论在承认新民歌、新故事继承传统民间文艺的基础上，对其发展变化进行了详细的论述，为其后新故事的继续发展提供了有益参考。此外，从1963年《故事会》创刊到1966年停刊期间，刊物发表了相当数量的新故事和故事评论，不仅记录了初创时期新故事组织编讲创作的情况，更为我们研究新故事发展初期的文体特征提供了历史资料。本章力图在当时的社会历史文化背景之下，从文体间借鉴交融的角度出发，论述新中国成立初期新故事在文体方面的发展及主要特征。

第一节　群众故事讲演活动的兴起与新故事性质的讨论

新中国成立后，文艺界在《讲话》精神的指引下，主动响应周恩来在全国文代大会报告中的“普遍地进行大规模的旧文艺的改革”[①]的指示，从20世纪50年代开始就自觉地执行“从群众中来，在群众的基础上提高”的文艺创作方针。部分省区民间文学界的工作者们积极地进行了对民间故事改旧编新的研究和实践工作。农村社会主义教育运动开展之后，配合党的政策宣传，编讲新故事的形式在农村受到了广泛欢迎，50年代末“各曲艺团体把新故事作为曲艺节目，创作和演出了不少”[②]。不久，以上海为中心的新故事运动开始兴起。

一　社会主义教育运动的开展与群众故事讲演活动的兴起

新中国成立后，新故事的创作活动经历了一个由自发状态到有组织、有领导地发展的过程。“1952年就有人开始讲述周总理和一些英雄

① 钟纪明：《向民间文艺学习》，新华书店东华总分店1950年版，第12页。

② 王国全：《谈新故事创作》（内部资料），中国民间文艺研究会河南分会，河南省南阳地区文化广播电视局编，1984年版，第3页。

人物的故事"[①]，"上海、抚顺、秦皇岛等城市，也是在50年代就开展起新故事活动。当时主要是为了抵制一些不健康书刊和故事对青少年的消极影响，企图用新思想占领群众业余文化生活的阵地，由文化馆、图书馆逐步开展起来的，也是作为继承和发展民间故事传统的一种尝试。"[②] 在抚顺，从1954年冬天开始，"在市文化局、市总工会、市团委、市妇联及艺术馆、工人文化宫、文化馆、站等部门，就互相协作，有组织、有步骤地着手培养了一支既有一定艺术修养，又很有战斗力的故事队伍，也培养了一批有才华的故事作者。至'文化大革命'前，这支队伍的总人数已达三千多人"[③]。在上海，部分故事作品还产生过较大的影响，如根据峻青的小说《老交通》改编的同名新故事《老交通》在上海郊区流传了有九年之久。这个时期新故事的创作虽然也在一些地方、单位是有领导有组织地进行的，但就全国范围来看，还基本处于自发状态。

从1958年开始，随着工农业生产高潮的到来，一个以"三大"（大唱革命歌曲、大演革命现代戏、大讲革命故事）、"六新"（说新、唱新、演新、写新、画新、贴新）为特点的群众文化活动，在广大农村蓬蓬勃勃地开展起来，主要为三大革命运动和社会主义教育运动服务。有的单位逐渐开展了"赛故事会"的宣讲形式。"上海……河南等省市，都有组织、有领导地开展了大讲新故事的活动。这一活动的普遍开展，在农村和工厂开始涌现出第一批群众故事员。这些专职的或业余的故事员有力地促进了新故事的创作。各地报刊杂志上，发表了一批相当数量的新故事，奠定了新故事创作的基础。"[④] 50年代和60年代初期，吉林省的年轻民间文学工作者，在张弘等学者的带领下，

---

① 乔飞：《新故事的类型与发展趋势》，转引自中国民间文艺家协会辽宁分会、抚顺故事报社编《抚顺故事论辑》，内部资料，出版年不详，第90页。

② 金洪汉：《现代中国的讲故事和新故事》，辽宁省新故事学会故事报社编《辽宁新故事论集》，1988年版，第44页。

③ 刘波：《赞抚顺故事》，转引自中国民间文艺家协会辽宁分会、抚顺故事报社编《抚顺故事论辑》，内部资料，出版年不详，第28页。

④ 王国全：《谈新故事创作》（内部资料），中国民间文艺研究会河南分会，河南省南阳地区文化广播电视局编，1984年，第6页。

深入到农村去，调查研究在新社会如何对传统民间故事进行创造和改编，实现推陈出新、改旧编新，并且还带头组织群众编写反映新生活的新故事。写出《黄泥岗群众自发改旧的调查报告》、《那尔轰群众自发编新的调查报告》、《在群众自发状态的改旧编新面前》[①] 等文章，探讨改旧编新的可行性。

1963年5月中央下发《中共中央关于目前农村工作中若干问题的决定（草案）》，9月又下发《中共中央关于农村社会主义教育运动中一些具体政策的规定（草案）》，用以推动农村杜会主义教育运动继续深入。毛泽东阐述了此次运动的意义，他说："这一次社会主义教育运动是一次伟大的革命运动，不但包括阶级斗争问题，而且包括干部参加劳动的问题，而且包括用严格的科学态度，经过试验，学会在企业和事业中解决一批问题这样的工作。""这一场斗争是重新教育人的斗争，是重新组织革命的阶级队伍，向着正在对我们猖狂进攻的资本主义势力和封建势力作尖锐的针锋相对的斗争，把他们的反革命气焰压下去，把这些势力中间的绝大多数人改造成为新人的伟大的运动，又是干部和群众一道参加生产劳动和科学实验，使我们的党进一步成为更加光荣、更加伟大、更加正确的党，使我们的干部成为既懂政治、又懂业务、又红又专、不是浮在上面、做官当老爷、脱离群众，而是同群众打成一片、受群众拥护的真正好干部。"[②] 这次运动的实质是群众运动。运动的开展有力地促进了新故事文体的发展。

社会主义教育运动是促成群众喜闻乐见的传统民间文学样式，如民歌、民谣、民间故事等发生转化的重要的外力。新中国成立初期，广大群众的文化程度还很低，政府进行政策宣传手段和途径也非常单一，常是文件传达和口头传达两条腿走路。在《中共中央关于印发和宣传农村社会主义教育运动问题的两个文件的通知》中明确要求下发的文件要："向全体党员和全体农民宣读，要讲得明明白白，清清楚楚。"[③] 也

① 张弘：《民间文学改旧编新论》，时代文艺出版社1991年版。

② 《中共中央关于农村社会主义教育运动中一些具体政策的规定（草案）》，1963年9月。

③ 《中共中央关于印发和宣传农村社会主义教育运动问题的两个文件的通知》，1963年11月14日。

就是说一些抽象的政策和方针普通群众不容易听明白，即使听了也不一定能起到应有的宣传动员作用。但若利用群众喜闻乐见，而又简单易行的讲故事形式进行宣传，那效果就大不相同了。据任嘉禾回忆："讲故事是农村普遍开展的活动，社会主义教育运动当时主要是在农村，故事在农村流传得很快，所以，当时他们也觉得讲故事是一个很好的办法，很重视。"① 1963 年《人民日报》上刊登过多篇介绍上海革命故事讲演活动情况的报道。1 月 13 日发表《用群众喜闻乐见的形式进行宣传鼓动，上海工厂、文娱场所的故事会受到欢迎》，8 月 27 日又登载《两千多名业余故事员积极向社员进行阶级教育，上海郊区大讲革命故事》。该文的编者按中指出："社会主义教育和阶级教育是一项长期的、经常性的工作，需要一支相应的宣传队伍。上海郊区把二千多名业余故事员组织起来，运用简便有效的文艺形式——讲革命故事，向广大社员进行阶级教育。这种做法，值得各地参考。"② 正文报道："据新华社上海二十六日电：现在，大约有两千多名业余故事员活跃在上海郊区。讲革命故事已经成为上海郊区各县有关部门向人民公社社员，特别是向青年社员进行阶级教育的一种简便有效的文艺宣传形式。"③ 12 月 28 日《人民日报》又登载《上海农村广泛开展讲革命故事的活动》，通讯报道了上海地区开展讲革命故事活动的历史和现状。报道指出，上海市农村开展讲革命故事和新故事的活动是从 1958 年开始的，1962 年，上海市农村广泛开展了社会主义教育运动之后，这种活动得到了极大的推广。

1963 年和 1964 年，以上海为中心，在全国掀起了"大讲革命故事"的热潮。"从 1964 年 1 月到 8 月，上海《文汇报》连续发表了 7 篇提倡'大讲革命故事'的社论"④，从 1963 年到 1964 年 2 月为止的

---

① 游自荧：《1963 至 1966 年的〈故事会〉研究》，北京大学硕士论文，2005。

② 《两千多名业余故事员积极向社员进行阶级教育，上海郊区大讲革命故事》，选自《人民日报》1963 年 8 月 27 日。

③ 同上。

④ 金洪汉：《新故事活动的新局面和新观念——对故事活动历史的回顾及其发展趋向的探讨》，该文章是 1986 年中国新故事学会首届年会人选论文。转引自中国民间文艺家协会辽宁分会、抚顺故事报社编《抚顺故事论辑》，内部资料，出版年不详，第 100 页。

不完全统计，“受教育的群众已达七十余万人次”①。新故事活动在社会主义教育运动中影响越来越大。但真正要将这种方式全面铺开，首先解决的应是故事脚本的问题。为了解决这一问题，政府就将原来文化单位内部发行小册子作为故事脚本的方法社会化，组织专门人员创办故事刊物，公开发行作为脚本的“新故事”作品。1964年，上海创办了专门刊载“为故事员提供的脚本”和“供群众阅读的新故事”的刊物——《故事会》丛刊，这是早期专事发表书面新故事作品的代表性刊物。②同时期中央和各地的报纸、文艺刊物如《光明日报》、《文汇报》也开辟有“故事会”、“新故事”一类专栏，发表书面形式的新故事作品和有关的经验介绍、评论文章。有的出版社还出版了新故事集或新故事丛书。与《故事会》同时刊行的还有“故事会小丛书”，刊发了《第二次上任辨雌雄》、《萧继业和林育生》、《一张准考证》、《老冯送签票》、《郝嫂嫂捉鸡》、《半夜敲门》、《婚事》、《送梨》、《红莲》、《一支钢笔》等新故事。

随着新故事讲演活动的开展，《故事会》和“故事会小丛书”远远不够基层单位使用，他们经常根据当时当地情况自行配合中心任务编写作品。共青团上海市南江县委员会曾就这个问题写过通讯：“在故事活动开展起来以后，碰到的另一个大问题是材料不足。我们除了经常推广《故事会》、《故事会小丛书》等故事材料外，还在党的领导下，挑选一批故事员自己动手搞创作，并进行重点帮助。我们按照党在各个时期的工作需要，根据本地的真人真事，先后编写了以阶级斗争为主题的《借尸还魂》，以生产为中心的《低产田里夺高产》、《我们队里的李双双》，以发扬共产主义风格为中心的《助人为乐的年轻人》，以防疫卫生为中心的《第二次生命》，以晚婚和计划生育为中心的《婚事》等十多个故事。这样既配合了中心，解决了故事稿来源不足的困难，又培养了一

① 顾根祥、乔琦：《大力开展讲革命故事活动，占领社会主义思想阵地》，《故事会》1964年第8辑，第72—77页。

② “上海文艺出版社目前正在编辑一种以农村故事员为主要对象的《故事会》丛刊，经常向他们提供现代题材的故事材料。这个不定期丛刊的第一辑最近已经出版。第一次发行六万份，很受郊区农村故事员以及外地故事员的欢迎。”引自《两千多名业余故事员积极向社员进行阶级教育，上海郊区大讲革命故事》，《人民日报》1963年8月27日。

批农村业余创作队伍。”[①] 随着形势的发展，各地创作、出版了一批新故事作品，有《革命故事读本》[②]、《东海游击总队》[③]、《四明山一大妈》[④]、《黑牢怒火》[⑤]、《战斗的一生：回忆应修人烈士》[⑥]、《四明山上》[⑦]、《重建八大队》[⑧]、《革命故事》[⑨] 等。作家出版社出版了系列革命故事，有《韦拔群烈士的故事》[⑩]、《红军到了我的家》[⑪]、《金田伏击战》[⑫]、《跟毛委员上井冈山》[⑬] 等。

此时，各地各部门争相举办新故事汇讲及经验交流会。讲演新故事的形式通过党组织的积极宣传推广，新故事活动逐步地有领导、有组织地在全国很多省份迅速发展了起来，如吉林、江苏、浙江、云南、福建、四川等地。各文化局、宫、馆等文化教育宣传部门具体承办，根据农村人力、物力条件，照顾农民的文化欣赏习惯组织创作和讲演活动。1964 年至 1966 年春，我国新故事创作、讲演活动得到了空前的发展。当时故事活动的场所主要包括以下几种：

（1）茶馆。是城镇日常讲故事的主要场所，政府组织故事员在“元旦和春节期间到农民休息的集中地点——茶馆去大讲革命故事，广泛占领了这个阵地”[⑭]。也有田头、客堂（江南农民住屋中间的一间房屋）等各种场合。

（2）校园。针对少年儿童的讲故事活动，一些学校开展了革命教

---

① 顾根祥、乔琦：《大力开展讲革命故事活动，占领社会主义思想阵地》，《故事会》1964 年第 8 辑，第 72—77 页。

② 肖垠等：《革命故事读本》，北京出版社 1950 年版。

③ 王傅平：《东海游击总队》，浙江人民出版社 1958 年版。

④ 朱苇：《四明山一大妈》，浙江人民出版社 1958 年版。

⑤ 杨南桂：《黑牢怒火》，中国青年出版社 1959 年版。

⑥ 曾岚：《战斗的一生：回忆应修人烈士》，浙江人民出版社 1959 年版。

⑦ 陈布衣：《四明山上》，浙江人民出版社 1959 年版。

⑧ 吴甫新：《重建八大队》，浙江人民出版社 1960 年版。

⑨ 《革命故事》第一集，春风文艺出版社 1964 年版。

⑩ 宗英等：《韦拔群烈士的故事》，作家出版社 1959 年版。

⑪ 黄锦思：《红军到了我的家》，作家出版社 1959 年版。

⑫ 周维生等：《金田伏击战》，作家出版社 1959 年版。

⑬ 黄永胜等：《跟毛委员上井冈山》，作家出版社 1959 年版。

⑭ 松年：《故事会串促进了故事活动》，《故事会》1964 年第 8 辑，第 70 页。

育故事会的活动。例如："景德镇市鹅湖初中根据青少年学生爱听故事的特点，本学期开展了以革命故事为教育形式的每周革命故事会活动，向学生进行阶级教育和革命传统教育。革命故事会开展活动以来，已讲解了'特派员'、'许凤'、'战斗在敌人心脏'、'里应外合'、'钢铁战士'、'铁道游击队'等革命斗争故事和解放军战斗故事……"①

（3）会场。大中型故事会，采取评书演员说书的方式常在会场表演。《开展大讲革命故事的初步经验》② 就介绍了会场讲故事的情形。这种会场讲演往往紧密配合中心任务，配合毛主席著作的学习，配合思想教育，有计划、有准备地讲，集体组织听讲。

故事员和编创故事的作者们是新故事讲演活动的具体执行者。为了提高故事员的能力，一些地方使用新传媒，开播"故事员节目"，"上海群众艺术馆和上海人民广播电台，为了向故事员及时传授新故事，于今年（1964年）一月底开始，联合举办了定期的'故事员节目'。全市好多县的广播站也同时加以转播。每次传授故事，并给以简要地分析，或播讲其他有关革命故事的业务知识，帮助故事员提高水平，很受故事员的欢迎。……故事员可以按时收听"③。此外，有青年宫等文化机构组织的农村故事员培训班，④ 河南还出现了革命故事研究班，⑤ 有促进故事讲演经验交流的，如故事会串、汇报讲演、巡回讲演、各单位自编自讲的故事晚会等。故事会串是一种创作与讲演双管齐下的促进新故事发展的活动，通过这种形式，抓出和传授了一批具有一定质量的作

---

① 青春：《鹅湖初中开展向学生讲革命故事活动》，《江西教育》1964年第6期。

② 中共山东省淄博市罗村公社委员会：《开展大讲革命故事的初步经验》，《故事会》1965年第13辑，第88—93页。

③ 《上海电台的"故事员节目"》，《故事会》1964年第8辑，第85—86页。

④ 1962年12月，上海青年宫举办了农村故事员训练班。唐耿良等评话艺人被邀请指导故事讲演并作示范。资料来源于《故事会》1964年第3辑，第69页。

⑤ "河南省文化局举办的革命故事研究班，是由省直机关与各专区的文化工作干部组成的。他们经过一段学习之后，到林县农村深入生活，开展讲革命故事的活动。四个月来，这个研究班共创作新故事二十余个，举办千人左右的故事会七十八场，小型故事会二百四十场，听众达二万七千人次，还为各公社培养了业余故事员一百七十二名。他们在农村的活动深受广大农民群众的欢迎。"见《深入农村讲革命故事》，《人民日报》1965年7月29日。

品；同时也成批地提高了故事员的讲演水平。《故事会串促进了故事活动》[1] 一文中曾讲“上海市 1964 年农村业余创作故事会串”是为了配合农村社会主义教育运动而开展的。当时“上海市郊各县大讲革命故事的活动，在党的正确领导下，有了更加广泛深入地开展。去年 10 月间，市郊农村的故事员还只有二千多人，到这次会串前夕，已经增加到七千多人。……故事会串之前，市郊十几个县都举行了各种不同方式的选拔活动，初选了三十五个作品。接着，在上海群众艺术馆进行了为期三天的辅导加工，最后选定了十六则故事正式参加会串”[2]。基层单位常集中一些优秀的故事和新的故事节目在会串之后进行讲演，故事会串的形式对提高故事员的水平和新故事的交流起到了重要作用。

二　新故事文体性质的第一次大讨论

随着新故事运动的兴起，基层单位和群众一起创作出了大量新故事作品，与此同时，这些新文学样式的属性问题受到了学术界的广泛关注。第一种流行的观点是民间文学与非民间文学的合流论，代表人物是周扬。他认为到了社会主义社会，随着统治、剥削阶级的逐步被消灭，民间文学与统治文学相对立的阶级基础将不复存在，阶级社会里的两种文学，将逐渐汇入人民创作的海洋，二者并存，相互影响，逐渐接近，直至合流为劳动人民的文学创作。1958 年前后很多民间文学工作者、研究者切实参与和指导了这个时期的新故事讲演活动，他们将“合流论”思想也带到了对民间文学未来发展方向的探讨当中。

1961 年 4 月和 11 月，中国民间文艺研究会、中国民间文艺研究会研究部与《民间文学》编辑部曾联合邀请在京的一部分民间文学工作者，举行了两次“社会主义时期民间文学范围界限问题讨论会”，在《民间文学参考资料》第二辑上选印了部分讨论成果。根据资料内容和同时期重要研究文章分析，60 年代初民间文学界集中论述了三个问题：一是社会主义时期民间文学的基本特征；二是社会主义时期民间文学的

① 松年：《故事会串促进了故事活动》，《故事会》1964 年第 8 辑，第 69 页。

② 同上。

范围界限与合流问题；三是新民间故事的创作规律和性质特征。在这三个问题中，思想症结主要集中在第二个问题上，也就是社会主义时期民间文学的范围界限与合流问题。学者们在普遍承认社会主义社会之前的民间文学是口头文学的前提下，着重关注社会主义时期群众创作的新动向，讨论新出现的群众创作的性质。在这个问题争论中显示出两种倾向：

第一种是以创作者的身份来确定民间文学的性质。持有这种观点的有王仿、姜彬、义龙等。王仿在《社会主义时期民间文学的特征与范围等问题》一文中明确讲道："劳动人民的创作在旧时代是口头创作，形式是单一的。不会产生形式问题的争论。社会主义时期，由于书面创作的出现，形式就成了问题。从理论上说，民间文学既然是劳动人民的创作，它就应该包括所有不同形式的作品；有些形式过去没有，现在有了，那是社会条件不同，我们应该承认它的发展。"① 姜彬认为："社会主义的民间文艺应该包括两个部分：一个是旧时代的劳动人民的传统创作；一个是解放后的已为群众所相当普遍掌握、运用和接受的群众创作。……在目前来说，不但新民歌可以包括在民间文学的范围内，由于群众创作的发展，群众创作中的新故事和小小说，也可以包括在民间文学的范围内。"② 义龙在《社会主义民间文学的范围界限》一文中更为直接地说："在本质上，群众文艺就是社会主义民间文学。"③ "劳动人民创作中，只要是直接反映了劳动人民的生活和思想感情，在艺术形式上与传统有一定联系的作品，都可以划为民间文学。这自然包括三种情况：一、民间文学原有形式的利用与革新：如新民歌、新民间故事；二、在传统的基础上，对新文学样式的改造：如李茂荣同志的《人望幸福树望春》这类长篇小说、小小说等；三、融合各种文艺样式进行

---

① 王仿：《社会主义时期民间文学的特征与范围等问题》，选自中国民间文艺研究会研究部编《民间文学参考资料》第2辑，1962年版，第43—44页。

② 姜彬：《新形势对民间文学提出的问题》，选自中国民间文艺研究会研究部编《民间文学参考资料》第2辑，1962年版，第43页。

③ 义龙：《社会主义民间文学的范围界限》，选自中国民间文艺研究会研究部编《民间文学参考资料》第2辑，1962年版，第83页。

的新的创造：如工厂史、公社史、连队史、革命回忆录等。”①

第二种是考虑创作主体因素的同时，更注重文学艺术样式本身的性质特征。他们往往能够站在对传统的继承与发展的角度来看待社会主义时期民间文学的范围。在内容方面大家的观点还是比较一致的，认为应该是反映社会主义、共产主义的新思想。但对发展之后出现的新情况的性质认识不尽相同。有的认为应坚持以传统民间文学的四性去严格界定新产生的文学艺术作品的性质，如符合就属于社会主义民间文学，如不符合，那就不是民间文学。1962年魏同贤作《民间文学界说》，他对于社会主义时期民间文学的判定是坚决以集体性、变异性、传承性、口头性等传统性特征为标准。认为创作者必须是直接生产者，直接参与改造自然的体力劳动者，也就是工人和农民。在这个根本标准下，又提出内部特征和外部特征的规定，内部特征是要求思想面貌上有“集体主义的思想、大气磅礴的气概、乐观主义的精神”。② 坚持集体性，“民间文学的集体性，虽然被某些个人创作的出现，使它不那么明显，但却仍是民间文学的重要特征”③。在表现上就是虽然个人创作，但群众依然会改，最主要的是反映群众的思想观点和兴趣爱好，得到群众的承认和传播。“口头的形式为群众习惯接受……口头的形式创作流传方便，而且有特殊的效果，所以它不会被文字所代替，而是和书面创作并存，因此，口头性特征也不会消失。”④ 传统性，主要体现在传统形式和传统手法方面。“我们所说的这些特征仍然是衡量民间文学的重要标准。新时代的工农劳动人民的创作，又在劳动人民中间流传，而且具有上述的全部或部分特征的作品，我们就称之为今天的民间文学。”⑤

也有人认为传统民间文学的判定原则本身存在问题，跟不上形势发展的要求，尤其是不能用集体性和口头性去硬性要求新产生的社会主义

---

① 义龙：《社会主义民间文学的范围界限》，选自中国民间文艺研究会研究部编《民间文学参考资料》第2辑，1962年版，第84页。

② 魏同贤：《民间文学界说》，中国民间文艺研究会上海分会、上海文艺出版社编《中国民间文学论文选（1949—1979）》，上海文艺出版社1980年版，第351页。

③ 同上。

④ 同上。

⑤ 同上。

民间文学。吴开晋在《试论社会主义民间文学》中认为："社会主义民间文学一方面继承了传统民间文学固有的形式和表现方法，同时，也根据时代的不同和作品内容的变化，出现了若干革新与发展。……新传说、新故事也基本继承了传统民间故事的艺术形式和特点，不管人物塑造、讲述特点、语言结构皆如是。……但由于现实生活的丰富多彩和迅速变化，这些固有的东西往往不能完善地表现新的内容，最后必将被新内容所突破。从而创造出新的形式。"[①] 因此，对社会主义民间文学的认识也应包括对新形式的研究。新形式的主要表现有：创作流传过程中集体性的变化，口头性向书面性的发展，以及与此紧密相关的对流传性、变异性的理解。这几方面问题针对的正是当时已经出现的群众以文字形式创作的新民歌、新故事等现象。

第一次"社会主义民间文学"性质讨论的焦点是新故事（新民间传说故事）是否属于民间文学的范畴。在讨论这个问题的时候，"合流论"是站在社会制度和社会政治状况以及对未来社会阶级状况的变更基础之上进行思考的，因此有了"口头性"、"集体性"会随着群众文化能力的提高而逐渐消失的推断。这种忽视从文体本身发展规律出发而得出的结论很快就遭遇尴尬。随着新民歌、新故事等形式的发展，合流论得到周扬本人的修正。而新故事与民间故事的联系与区别成为今后很长一段时期内民间文学界探讨争论的问题之一。"文化大革命"结束后，民间文学界重新反思，并以民间文学的四性要求对新故事与民间故事的区别与联系进行研究。但不论是合流论还是从民间文学的四性的角度来判定新故事的性质，都是对其所属范畴的研究，还不是将新故事作为一种文学样式，对它本身文体特征的研究。

这一时期新故事文本的创作虽然没有非常系统的理论来指导，但新故事的发展却坚持了"实践检验真理"标准。"一篇新创编的故事，能否经得住考验，能否完成他所担负的任务，仅仅靠某些专业辅导人员的推敲、锤炼是不够的，还必须拿到群众中去考察它的实际效果。这是一个验证的过程，也是一个再提高的过程。……故事是要讲给群众听的，

---

① 吴开晋：《试论社会主义民间文学》，选自中国民间文艺研究会研究部编《民间文学参考资料》第2辑，1962年版，第33页。

只有群众点头批准，它才能站得住，才能起到预期的教育作用。"[①] "从群众中来，到群众中去"的路线切实地提高了新故事的"口头性"，同时在边讲边改的过程中积累了新故事文本创作的经验。尤其是对新故事的语言特征方面，强调口语化、形象化、生动性，这成为之后新故事语言"口头性"的重要依据。与此同时，针对情节、主题、人物塑造等方面的创作标准也逐步清晰起来。这次对构成文体特征的要素所进行的分析讨论深化了人们对新故事文体的认识。

60年代文艺评论家以群曾撰文《浅谈新故事》[②] 参与讨论新故事的性质特点等问题，对新故事本身艺术特征研究方面作出较深入的探讨。他首先确定新故事是在继承传统的基础上发展起来的表现新内容的新的文艺形式。其次他从作品传播方式，语言口语化程度和形象塑造、环境描写、心理刻画等方面探讨了新故事与新小说在创作中各自的特点和要求。他认为："新故事是近年来从工农群众的业余文艺创作中涌现出来的文艺体裁的一种，是工农群众适应新时代、新形势的需要，发扬了在群众之中有深厚基础的民间故事和说书的优良传统，而创造出来的一种讲述新人新事、表现新思想新生活的文艺形式。"[③] 他对新故事的创作群体作了总结："新故事大都是爱好文艺的工农兵群众的新创作（自然也有一部分是文艺工作者深入到工农兵群众当中去之后，受到群众的启发而创作出来，然后在群众中流传的）。"[④] 再次对新故事表现内容之新和艺术传统的借鉴作了总结："他们不是重搬旧故事、旧说书的片段，而是为了表现新人物、新事件而创作出来的；尽管他们也继承了民间故事或民间说唱艺术的某些传统，但却是经过批判、选择，而吸收了那些对自己有用的东西，而抛弃了那些对自己无用的东西。……新故事的出发点是新的生活、新的斗争、新的人物、新的思想；新故事的作

---

① 《方向明确，方法才能对头——〈吉林日报〉短评》，《故事会》1965年第14辑，第124页。

② 《以群文艺论文集》中《浅谈新故事》一文并没有标明准确的写作时间，但大体时期还是清楚的，在后记中说明这些论文集都是在1966年之前写作的，文章在第一辑中按照时间顺序的具体的排列来看大致在1962年到1966年之间。

③ 以群：《浅谈新故事》，见《以群文艺论文集》，上海文艺出版社1983年版，第191页。

④ 同上。

者一般都不是为编故事而编故事的，往往是由于某些现实生活中的新人新事感动了他，使他不能不创作新故事，用以歌颂那些新人的精神面貌，表现某些新的思想。他们决不会从旧故事、旧传说中找创作的根据。即使某些取材于革命历史的故事创作，它的出发点，也往往不是史籍记载，而是当前的现实生活所提出的问题。他们觉得某些问题可以或者需要用革命历史题材来阐明，于是从事取材于革命历史的新故事的创作。总之，新故事创作的出发点是当前的现实生活和群众关心的斗争，而不是幻想，更不是旧记载、旧传说。"①

以群还对新故事和新小说之间的区别进行了论述，他认为："主要的只能从它的传播方式，从它如何为群众服务、如何被群众接受的方面来着眼。新故事是以口头讲述、口头流传为主要的传播方式，所以，不论是先有口头讲述本而后产生文字记录本，或是先有文字记录本而后以此为根据，进行广泛的口头传播讲述，它们的目的都是为了讲，都是要通过讲述的方式而传播到群众中去，并被广大听众所接受，达到教育群众的目的。因此，口语化和形象化的结合，用口语塑造形象，表现主题，就是新故事的特点。至于新小说，毫无疑问，是以书面的文学语言来塑造形象，表现主题，是通过阅读方式而传播到群众中去，并被广大读者所接受，达到教育群众的目的。因此，在小说创作中，对文学语言的口语化程度的要求，与新故事是不同的；而且由于新小说是以给读者阅读为主，在形象塑造、环境描写、心理刻画等方面，都可以而且应该适应阅读的需要。新故事在塑造形象的手段上，同样需要环境描写和心理刻画，那些认为新故事不需要甚至排斥心理刻画和环境描写的说法是不对的，问题只是新故事里的心理刻画和环境描写必须适合于讲述，不至于延滞情节的发展。新故事和新小说由于为群众服务的方式不同，在表现方法上自然各有特色，决不能强求一律，更不应扬此抑彼。"②

60年代新故事活动中，重点推广的是讲故事的形式和活动，学术界关注的也主要是它的"口头讲述"性质，而作为阅读材料的"新故

---

① 以群：《浅谈新故事》，见《以群文艺论文集》，上海文艺出版社1983年版，第191—192页。

② 同上书，第192—193页。

事脚本”还没有得到更多的关注。但以群还是从叙事艺术的借鉴，表现内容，反映的主题思想等几个方面对新故事和其中叙事艺术做了准确的区分。总的来说，这个时期讨论新故事讲演活动和借鉴小说等叙事艺术手法的文章比较多，大家侧重讨论如何从讲演活动中寻找到新故事的语言和结构，如何表现主题更适合口头讲述，如何从小说等艺术中吸取方法塑造典型的英雄人物形象，并在不影响情节进展的情况下加强心理描写和环境描写。从这几个角度入手的研究相对来说更切合新故事文体性质研究的实质。

第二节　多元酝酿:“新故事”文体确立初期的形态梳理

新故事创作和传讲的过程与传统民间故事不同，传统民间故事的形成常常需要经过一段时间的流传之后才能逐渐丰富成型，成型的过程是劳动人民或者说是群众自发创作、凝练的过程。但五六十年代的新故事主要是为了配合党的中心任务，由组织规定或选择相关主题进行创作，然后通过宣讲、阅读等形式完成教育群众，启发群众，鼓舞群众的任务。贯彻和执行党的中心任务是有时效的，因而新故事的创作流传过程是有领导、有组织、有目的、有时效性的。1963 年专门刊载新故事的刊物《故事会》创刊，大力推动了新故事以文字和口头创作相结合进行创作播布的新格局的形成。在初创时期，创作者、组织者们对编创这种既是故事讲述脚本同时又适合群众阅读的故事文学样式并没有太多的经验。故事刊物的编写者们为了增强可讲性，为了方便转化，大力实践“讲讲写写，写写讲讲”的口头讲述与书面整理交互结合的创作模式。文体间的借鉴学习对发展新故事来说也显得非常迫切。在 1963 年至 1966 年间《故事会》发表的作品中，通过借鉴改编其他文体创作的新故事数量很多。尤其是在创刊初期，几乎所有的故事都是改编而来的。因此，研究当时借鉴的情况可以看到新故事文体确立时期的面貌和一些规律。本节将探讨新故事这种兼具讲说与文字两种创作流传品质的故事文学样式初步成型的路径，并先从

《故事会》在 1963 年至 1966 年间刊发的新故事作品出发，探讨处于起步阶段的新故事文学在文体方面的主要特征。

一　语体形式的借鉴与创新

在 1963 年《故事会》创刊号“编者的话”中曾初步提出新故事“口头—书面”结合型语体的规范，强调脚本的创作应符合口头讲述要求并指出方言、土语的适用原则。

> 《故事会》的对象，以农村故事员为主，兼顾工厂和其他方面。它所刊载的故事，尽量做到口语化，讲起来顺口，群众听得清楚。讲这些故事的故事员，大都是使用方言，我们为了照顾各方面的需要，故事采用了普通话夹以方言的办法。方言以故事员所属地区为转移，故事尽管在四川，如果故事员使用的是上海话，故事也夹用上海话来叙述，而尽量避免过于冷僻难懂的语汇，使各地读者都能看懂。……这个工作还是一种尝试，我们很缺乏经验。各地故事员有什么意见，有什么要求，请尽量告诉我们。……欢迎各地故事员把好的故事按照口头讲述的要求整理出来，寄给我们；欢迎各地评话艺人把适合故事员讲述的评话寄给我们；欢迎大家来改编或创作可供口头讲述的好故事。

《故事会》前几辑中刊发的故事几乎都是通过群众故事员或者评话艺人们口述，然后以与他人合作的方式将其整理出来的。在语言方面，新故事继承了传统说唱叙事文学，如地方戏、评话等艺术形式的口语化表现方式。赵树理曾评论评话：“是接受了中国小说的传统的。我觉得把它作为中国文学正宗也可以。……如果从直接为工农群众服务来看，曲艺还是比较直接一点，它的读和说差别不大，听了叫人懂，不但懂，还使你感兴趣。”① 在《故事会》创刊号“编者的话”中明确地提到

① 赵树理：《从曲艺中吸取养料》一文是 1958 年在一次曲艺座谈会上的发言，后经《人民文学》编辑部整理发表在 1958 年 10 月号上。

"欢迎各地评话艺人把适合故事员讲述的评话寄给我们"。这种从评话、地方戏到新故事的整理、创作过程，有针对性地指导着新故事创作者对故事脚本的文体形态的理解和文体特征的把握。从60年代刊发的新故事中，我们可以看到新故事文体的一些具有代表性的语体特征：句式简单，句子短小，多用形象化的语言，适于口述。如《一把镰刀》中写坏分子李财发到"光荣妈妈"朱菊英家偷镰刀的一段，李财发"'登登登'跑到朱菊英家门口，看看四周没有人，随手'得儿'把门推开，一脚踏了进去。拿贼眼朝墙左角一瞄，有三把镰刀，都磨得闪光澄亮。他随手'嗒'地抽出一把，朝腰里一塞，用蓝布短衫一罩，就鬼鬼祟祟地溜了出来"①。新故事的审美价值正是通过这种口语化的"言语风格"来体现的。魏同贤认为："新故事是供人讲述用的，它就要求必须做到口语化，只有口语化，才能通俗化，只有运用来自群众口头的活的语言，才能做到生动、活泼，才具有形象性、表现力和生命力。能够运用群众的口语，即使是故事性差些，那作品仍然会有声有色、生动引人的；所以，不能认为仅仅故事形式决定作品成败的关键。我听过上海市郊一个故事员讲他自己编的《夫妻心事》，整个作品很难讲有吸引人的曲折的故事情节，但是，故事特别注重细节组织。通过生动、幽默的语言，把年轻父母及其老母亲被五个小孩子拖累的情状，描绘得细致入微，从而起到了宣传的效果，这是成功地运用群众口语的例子。"② 表达了他对新故事口语体特征的重视。

在新故事中，有许多是从戏剧、电影改编而来的作品。在改编的过程中，为了适应口头讲述的要求，语言方面也作了适当的调整。在将戏剧改编为新故事的过程中，改编者往往减少出场人物，更改出场人物姓名，以使作品适应口头讲述。如新故事《箭杆河边》将话剧《箭杆河边》里的人物都安排在一个村，都姓"董"。而且将话剧中的"善田"改为"寿田"，"万有媳妇"改为"张家万有嫂嫂"，"大顺子"改为"阿宝"，庆奎的孙女"夏花"改为"金花"，这些改动主要功能就是

① 《故事会》1964年第2辑，第31页。

② 魏同贤：《漫谈新故事》，摘自中国民间文艺研究会上海分会、上海文艺出版社编《中国民间文学论文选（1949—1979）》，上海文艺出版社1980年版，第289页。

更适合于口语讲述。“书面上提到某个人物，以后写他的言行，可以省略些，用‘他’来代替，但讲故事就不允许。”[①] 讲故事为了避免混淆，经常要提到人物名字，选取“阿宝”、“金花”这类在我国传统民间故事中经常被用作主人公的称呼（如在“蛇郎”型故事中的姐妹就被称为“金花”、“银花”）更符合民众的习惯，给人以熟悉亲近的感觉，利于故事被接受。

在对人物的刻画方面，戏剧靠演员的说辞和形象化妆来体现，新故事只能通过对人物形象的简要介绍，通过人物语言、人物行动的展示来刻画。如果说小说等书面文学中可以用大段文字铺陈开来，慢慢让读者体会人物形象的话，“故事却不行，欣赏故事，必须讲述者和听众合作……某个听众一时不能接受的东西，讲述者不可能再来一遍，因此，重要的关键性的情节、事件，往往要多写几笔，多讲几句，要讲深、讲透，但却又不能给人以重复、啰唆的感觉”[②]。所以，新故事的语言是精练的口语。如新故事《卖牛》在开头作者用几笔便清楚地勾勒出人物形象、故事发生的地点、事件。不仅开头如此，剧情发展中每一个出场人物的形象都用最简要的介绍。当然，一些字、词如果可能产生疑义，也要交代清楚。如《幸福桥》的开头：“上海郊区有一个小镇。它本来叫乌星镇，‘乌’是乌鸦的‘乌’；解放以后，‘乌’改成一二三四五的‘五’，叫五星镇。”[③] 这样的语言方式是典型的“口头—书面”结合型语体。之所以这样写，就是为了满足故事要直接在口头进行讲述的需要。

以上探讨的都是故事的叙述语言，在对话语言方面，新故事也进行了摸索。在传统民间故事中使用对话的情况比较少，情节高潮时候主人公说一两句，往往就是这一两句话，故事所要传达的道理就会清晰地告诉听众。山西省五台县柏兰村流传一则故事《母亲的心》，讲一家母子二人相依为命，儿子长大后打算娶亲，因为穷所以总是说不成。三十多

---

① 魏同贤：《漫谈新故事》，摘自中国民间文艺研究会上海分会、上海文艺出版社编《中国民间文学论文选（1949—1979）》，上海文艺出版社1980年版，第290页。

② 同上。

③ 《幸福桥》，《故事会》1964年第4辑，第1页。

岁时终于说成一门婚事，女方是一个寡妇。但只要谈到婚嫁，女方便假装生病，说若男人真心对她好，就把他母亲的心拿来给她治病。这儿子就跑回家对母亲说了这件事。母亲为成全儿子，就说："只要你们好好的，就把我的心拿去给她吧。"于是就把心掏了出来。儿子拿了母亲的心，立马跑着给寡妇送去，老母亲看着儿子跑，着急地说："儿啊，你慢点，小心摔着……"① 一则故事中母亲只说了两句话，就把母亲对孩子的情感灵动地表现了出来。民间故事中的对话大多限于一两个人之间的交流，简短且含义丰满。但在新故事中，特别是一些大型讲演故事，要求使用对话表现的内容比传统故事多。新故事中有一部分是通过小说、电影、戏剧等改编而来的。电影、戏剧中往往出场人物众多，对话频繁，在改编成新故事的过程中，编者将人物和对话进行了系统性的精简。故事中的对话类似于戏剧表演中的对话，也是要直接将故事情节发展输入对话部分，让对话本身潜藏动作性，为演员表演时揣摩故事人物的内心活动，设计外部动作提供依据，也希望通过对话来激起听众的反响。一旦产生了这样的效果，那就是合格的对话语体。在故事中，对话叙述方式的使用有画龙点睛的作用。对话可以让讲演者将角色置换为主人公，直接宣泄他的要求和情感，听众会依据讲演者在对话中提供的信息更直接地感知主人公的性格特征，甚至影响到人们对主题的认识。

但是，60年代新故事编创者对人物设置，对话设计还不能很好地把握，如从戏剧改编而来的新故事《红灯记》中，出场的、有对话的人物多，有李玉和、李奶奶、李铁梅、鸠山和几个特务，故事读起来比较顺当，但讲起来不容易。故事员要一人为许多人代言，角色置换要求准确，讲述难度很大。《故事会》需要专门登载新故事的《附记》来辅导故事员如何更好地表现较复杂的、带有性格特征的人物对话。这是新故事作为"书面"读本所增加的文体特征。

总体来说，这个时期新故事的对话语体能做到通俗易懂、深入浅出，故事员好上口，听众能入耳。故事中群众性的规范化、形象化的口语受到重视，一些常用的民谣俗谚，意义明晰的方言俚语在使用中有较好的表现。新故事常引用一些生活化、形象化的歇后语，如"瓦

① 讲述人：杨金隆，山西五台人。讲述时间：2008年8月26日。记录人：侯姝慧。

屋檐下的洋葱，根焦叶烂心不死”等。使新故事更具艺术活力。“新故事”在题头、结尾常用到一些韵白语言，也就是那个时代比较兴盛的“新诗”、“新民歌”，六七十年代的研究者称其为“题头诗”、“结尾诗”。在内容上，这些短诗篇的功能是起画龙点睛、总起或总结全篇的作用。在语言上，又能使故事显示出明快的节奏感。这种形式类似于我国传统话本、说书、章回小说的引子，是一种民族性较强的结构形式。

关于方言的使用，《故事会》创刊号“编者的话”中也有了明确的规定，只要是能引起阅读、讲演困难的方言都要尽量避免使用。魏同贤认为：“用方言还是普通话讲述故事，我看要分别看待。讲故事是群众性的活动，故事员都是业余的，让他们丢开运用熟练的方言，重新掌握普通话，这是有困难的，同时，听故事的人，都愿意听乡音，听起来特别亲切、可信、感人。因此，如果写的故事是供本地听众的需要，那最好用方言，以便他们听懂。不过，如果拿来出版、发表，面向全国的读者，那么，方言势必造成阅读的困难……因此，出版故事，还是以普通话为宜。用普通话写成的新故事，有些类似宋元的‘话本’，它起的作用是‘脚本’作用，至于去讲述，那还需要故事员加一番‘地方化’的功夫。”①

与解放前“通俗故事”的创作和流传相比，五六十年代新故事的创作是在明确的“讲讲写写、写写讲讲”的理论指导下进行创作的。这个时期对新故事适合“口头表达”的要求是明确的。这里之所以使用“口头表达”而不是使用我们熟悉的“口头语”，是因为新故事的讲演场域发生了重要变更。民间故事在传统社会中本是群众自在式的文艺交流形式，但在五六十年代，新故事的讲演是有组织的宣讲。故事讲演者被命名为“故事员”，他们的讲说场域在《故事会》创刊号“编者的话”中有总结：“他们在田头讲，在车间讲；在小会讲，在大会讲；在青年工人、青年农民中间讲，在老年工人、老年农民中讲；在妇女中间

① 魏同贤：《漫谈新故事》，摘自中国民间文艺研究会上海分会、上海文艺出版社编《中国民间文学论文选（1949—1979）》，上海文艺出版社1980年版，第290页。原载于《光明日报》1964年5月21日。

讲，在少年儿童中间讲。”[①] 如果说“在田头讲，在车间讲”还比较接近民间口承叙事的讲述场域，那么“在大会讲，在小会讲”，在各类人群中讲演无论从人与人之间的距离，还是情境（家庭中，邻里间、工友间）性质都发生了变化，这是对传统口承叙事文学维度的突破。从某种意义上说，新故事已经被赋予“公共演讲”的部分性质。所以，新故事的言语风格与传统民间故事相比体现了较正式、庄重的特点。

《故事会》上刊登的讲述时间在一到两个小时之间的中长篇故事，是经过严密的组织安排，被要求能够准确传达政治思想，某种程度上说类似于公开演讲。如《“忠心垱”的故事》中，列出了一组精确的数字：“从前周家庄大队的亩产量最高是去年——1960 年，亩产 560 斤。今年亩产多少？613 斤，每亩增产 53 斤；每人每年平均留粮 590 斤，还卖给国家 123000 斤的余粮。”[②] 这种数据言语不是一般的“口语体”。公共性质的讲演活动要求这种正式的用语。这种讲演的语境已经不能允许作品像延安时期新故事《咱毛主席有办法》那样，可以存在很多语气词、停顿、不雅的俗话等，它对语言的要求是可以在公众场合通畅表达的正式的语体样式。

二 结构形式的借鉴与发展

新中国成立初期新故事的编创是在不断地与各种叙事艺术的交流中实现的，如传统说唱艺术、戏剧艺术、小说、通讯报道、电影文学等。它在文体形式上的特征也是在这样的借鉴中变得逐渐明晰的。在《故事会》创刊号“编者的话”中格外提到欢迎评话艺人整理的作品，赵树理也曾指出评话在读与讲方面非常一致。唐耿良是一位专业的评话艺人，《故事会》上发表了他根据“通讯报道”改编而成的新故事《血泪斑斑的罪证》。结合他的评话讲述经验，唐耿良写了《我怎样改编〈血泪斑斑的罪证〉》一文，介绍通讯报道与新故事之间的区别。他说：“凡是可以供口头讲述的故事，要思想性强、故事性强、

① 《编者的话》，《故事会》1963 年第 1 辑，第 1 页。

② 区成亮改编：《“忠心垱”的故事》，《故事会》1964 年第 3 辑，第 34 页。

人物集中、矛盾集中、情节贯串。这篇报道对地主阶级的揭露相当深刻，它所揭露的事实也比较突出，如从故事的角度来要求，应该说它的思想性和故事性都是比较强的。但是几个故事各有各的人物，各有各的情节，各有各的具体矛盾，互无联系，互不贯串，如果照这个路子讲，就显得散，不够集中，抓不住听众，反将因此而影响宣传的效果。"[①] 这就提出了新故事的一个结构形式特征：人物集中，情节连贯。

从戏剧改编为新故事，作品会尽量减少出场人物。在扬剧《夺印》[②] 中出场的有名有姓的人物共十四人，据此改编的同名新故事《夺印》中剩下九人。虽然对于故事讲述来说这仍是一个庞大的数字，但还是能看到编者在改编过程中尽量减少了出场人物，做了人物集中的工作。从话剧改编而来的新故事《箭杆河边》[③] 的编者在这方面的意识更明确些。话剧《箭杆河边》[④] 中主要出场人物有十名，在新故事《箭杆河边》[⑤] 中减至五名。《箭杆河边·附记》中是这样讲的："故事的基本情节和剧本相同，只是为了使人物更加集中，把一个受地主利用的贫农二赖子略去了；又为了使情节更紧凑，把开头庆奎和玉柱对地主分子不同看法的两段争论并作一段；还加强了地主企图暗杀老庆奎的心理活动，以便把他的阴险毒辣面貌揭露得更充分。"[⑥]

新人物故事的结构特征更是以人物为中心，编制完整的故事情节，并在情节发展中塑造典型人物形象。从小说和报告文学的改编过程可以看到文体转换和文体特征形成的过程。分回连讲的长篇革命故事，常选择以人物为中心的改编策略。在由长篇小说《红岩》改编而来的连载长篇新故事《许云峰》之一《沙坪书店》[⑦] 的《附记》中这样讲道："在开始讲《红岩》故事的时候，很多故事员是按照原作的顺序分回连

① 唐耿良口述：《我怎样改编〈血泪斑斑的罪证〉》，《故事会》1964年第3缉，第69—79页。

② 编剧李亚如、王鸿、汪复昌、谈暄：《夺印》，上海文艺出版社1979年版。

③ 沈鸿鑫改编，罗文华整理：《箭杆河边》，《故事会》1964年第5辑，第1—18页。

④ 刘厚明：四幕话剧《箭杆河边》，中国戏剧出版社1965年版。

⑤ 沈鸿鑫改编，罗文华整理：《箭杆河边》，《故事会》1964年第5辑，第1—18页。

⑥ 罗文华：《箭杆河边·附记》，《故事会》1964年第5辑，第19—20页。

⑦ 包增康编述：《沙坪书店》，《故事会》1964年第8辑，第44—67页。

讲的，按不同的要求分成四回甚至十几回；但是，有的故事员却是以人物为中心来讲的，把与这个人物有关的情节集中起来，一回或分回讲完，如讲《许云峰》、《江姐》、《成岗》、《刘思扬》等。后来，以人物为中心的讲法渐渐多起来了，成为讲《红岩》的主要方式之一。这是为了更适合口头讲述的特点和群众的欣赏习惯而得的作品，也是群众的一种很好的创造。它不仅使用了故事员及其当地群众最熟悉的语言，而且在很大程度上改变了原作的结构、情节也有所增删。"① 以人物为中心，编写完整的故事情节是从小说到故事的一种文体转换方式。

由报告文学改编而成的新故事在情节结构和语言艺术方面发生的变化也比较明显。首先，报告文学中不一定要有完整的艺术形象。它可能主要"写的是事件或者人物的片断事迹"②，《包身工》就是这样的作品。报告文学《包身工》中提到三个包身工，一个是"芦柴棒"，一个是"小福子"，还有一个不知名。每个人物形象出现只为说明一个或两个问题，如写"芦柴棒"是为了形象地讲述包身工恶劣的生活居住条件和所受的非人的虐待，写"小福子"是为了揭露带工头对包身工"打死不干事"的罪恶行径。其次，报告文学不一定要有一个贯穿全篇的完整事件。报告文学《包身工》主要描述了包身工被包身的原因，签约内容，饮食情况，奴隶身份，恶劣的工作环境，超负荷的劳动强度等几方面的内容。而在新故事《一个包身工的故事》③中，编者设计了贯穿全篇的主人公杨桂英和完整的故事情节。桂英的人物原型是"芦柴棒"和不知名的包身工，故事按照事件发生的先后顺序交代了桂英的家庭状况，被卖为包身工的前后经过，以及她在做包身工期间所受的种种非人的虐待和不做包身工之后仍被带工头卖掉的悲惨遭遇。从人物、情节结构等方面都显示了故事文学的特征。需要说明的是，并不是报告文学不可以有贯穿全篇的主人公形象和完整的事件叙述，而是因为报告文学从本质上说是新闻性作品，在写作

---

① 包增康编述：《沙坪书店·附记》，《故事会》1964年第8辑，第67页。

② 朱子南：《报告文学创作谈》，山西人民出版社1987年版，第63页。

③ 王庆庭口述，闻华生整理：《一个包身工的故事》，《故事会》1963年第1辑，第101—116页。

中不会，也不必为了塑造人物或者使事件看起来完整而无中生有，移花接木。但故事必须为塑造一个具有代表性的人物而调动所有相关的事件。编制完整的故事情节，并在情节发展中塑造典型人物形象。

因此，情节的完整是新故事在结构形式上的第二个特征。魏同贤曾说："在新故事中，也象传统故事一样，即使是一个短篇，也往往要从头讲起，交代人物的历史、出身、特点，就是说先给人物立一个'小传'，紧接着进入故事。这样就讲清了'来龙'，为'去脉'建立了依据，同时，也让听众能听得清楚、入神。"① 新故事的创作要有意识地理清故事的书根、书筋、书理。比如：开头要直接点题，要有磁性，一下就能吸引住人，让人明白故事从哪儿讲起；中间是解决的过程，这是故事的发展；最后是高潮，引出故事的结局。

另外，新故事的"公共演讲"性质决定了文体对故事的逻辑性要求相当高。故事员需要思路清晰地引导听众，告诉听众事情的起因、经过和结果。因此，新故事的结构非常严谨，几乎每篇故事的《附录》中都会非常仔细、近乎刻板地去阐明该故事的结构，包括大结构上的前后呼应，小细节上的合情合理。新故事的结构不能太简单也不能太复杂，必须符合逻辑。在结尾的处理上，以《包身工》为例，报告文学《包身工》中，并没有写外号为芦柴棒的孩子的结局，但新故事必须告诉听众，告诉读者，芦柴棒这个苦孩子在经过了那么多的磨难之后，最后的结果是怎样的。如果不告诉读者和听众，大家就会认为故事没有讲完。他们会主动问，要求知道结局，这就是故事情节的完整性。

新故事在结构形式上的第三个特征主要是与小说、戏剧相比较得出的，就是"标志"适度。巴特在《叙事作品结构分析导论》中，建议把叙事作品分为"功能"、"行动"和"叙述"三个描述层。在巴特看来，构成叙事作品的各种功能可分为两大类：分布类和结合类。分布类相当于普罗普所说的功能，由按前后关系出现的行动来体现。结合类包括所有的"标志"，涉及的不是动作而是概念，如有关人物性格、身份的标志。往往在不同地方出现的几个标志会使人想到同一个所指概念，故为

① 王庆庭口述，闻华生整理：《一个包身工的故事》，《故事会》1963年第1辑，第286页。

"结合式"。有的叙事作品功能性强（如民间故事、戏剧、评话等说唱表演艺术的脚本），有的叙事作品则标志性强（如"心理"小说）。就"功能"来说，可分为"核心"（充当作品真正铰链的基本功能）和"催化"（用于填充把功能的铰链隔开的叙事空隙）。"标志"可分为两小类：一是包括反映性格、情感和气氛的严格意义上的"标志"；二是包括用以说明身份和确定时间和空间的"信息"。在新中国成立初期创作的新故事中，可以清晰地看到"标志"在不同体裁改编过程中的强弱调试，通俗故事完成了对小说等"标志"性强的文体特征的弱化，而相应的对戏剧等"标志"性弱的体裁进行了适当的加强，以适应"口头—书面"结合型文体的需要。

由小说《亲人》[①] 改编为新故事《亲人》的范例可以看到这种实践。小说《亲人》中有一段话语叙述了曾将军见到老人后主动认亲的过程。这段话语的"角色功能"序列是：曾将军认父——老人回应。现在我们从角色结构和标志这两个范畴的角度看新故事在完成文体转化时所作的变更：在曾将军低低地喊出一声"爹"之后，小说《亲人》细致地描述了曾将军的情感变化："这话一出口，将军不由得一愣：从他的口里有二十多年没有吐出这个字了。这个字眼是那么满含感情，又那么生疏。"但在新故事《亲人》当中，却戛然而止，下一个"角色功能"马上开始行动——父亲认儿子。当老人听到有人喊他"爹"的时候发生了一系列行为反应，这是正常的功能表述，是推进故事发展的，小说描述："猛地抬起头，手一松，烟管'吧嗒'歪倒在地板上。"新故事讲述："心里一激动，手里的旱烟管"啪啦"掉在地上。"在这一动作行为结束之后，下一个"角色功能"应该是父亲摸索辨认以及应声的行为。小说在这两个"角色功能"之间再次加入十分细腻的"催化部分"："但出乎将军意外的是，老人的眼睛并没有射出那期望的光。那双被蛛网般的密密的细纹包着的眼睛，有一只已经深深地塌陷下去，另一只微微红肿着，好像故意眯起来似的，只留着一条细缝。"这段描写是用来填充两个"角色功能"之间的"标志"，是对老人形象的描述，但对故事的发展来说，它不起推动作用。因此在新故事中这一部分被完全删掉。紧接着小说中写道：

① 陈家枢口述，顾诗整理：《亲人》，《故事会》1963年第1辑，第65—78页。

像所有丧失视力的人一样，老人竭力把那只眼睛睁大，两只干枯的手却习惯性地平伸在胸前，不停地抖动着，在将军的肩章、脖颈、头发上胡乱摸索着，最后他紧紧捧住了将军的脸颊，嘴唇哆哆嗦嗦地叫道："大旺子……。"而新故事讲述道：他（老人）左眼用力睁开一条缝，只见面前一个模模糊糊的人影；叫他"爸爸"，一定是儿子来了，很高兴，所以答应了一声："哦，大旺子！"这两段话语不仅有完成"角色功能"的作用，同时也包含了比较丰富的催化成分，相比较而言小说中表现得十分精到，"竭力把那只眼睛睁大"、"两只干枯的手却习惯性地平伸在胸前，不停地抖动着"、"嘴唇哆哆嗦嗦地"描述老人见到儿子后无法控制的激动的心情。在故事中也有显示，但已经变得非常扼要，如"左眼用力睁开一条缝，很高兴"。在从小说到故事的改编中，我们可以明显地看到：在"角色功能"序列中，小说更多地、更生动地、更惟妙惟肖地展现了功能与功能之间的"标志"，以反映情感、气氛等因素，而在新故事中却以尽量简洁的口语点到为止以突出功能序列。

戏剧在表演中有丰富的"标志"，它不仅可以使用具体生动的人物造型和身体语言直接展现给观众（听众）所塑造人物的状貌特征，而且，还可以插入大量的描写环境、人物心理、性格等方面的台词。因此，从戏剧到故事的改编过程主要也是减弱催化部分，突出行动，更清晰利落地勾画情节的过程。此外，小说对故事还有另一方面的影响，在将小说改编为故事的过程中，故事很容易吸收一些标志成分。在适度的前提下吸收这些因素对新故事文体的发展并不是消极的。新故事不仅是故事员的脚本，同时也是供人阅读的通俗读物。读物的性质与"听"物的性质不同，表现在具体编写中，不仅是开头和结尾可能有比较详细的情况介绍和环境、人物心理描写，在情节行进中也可以插入议论部分和心理活动描写，也就是我们前文所说的"标志部分"。它们作为阅读所需要的因素保留了下来。同时听众在听的时候不仅接受讲述的话语，也接受讲演者的身体话语。身体话语在文本中也可以部分地通过"标志部分"来补充。

但总体来看，新故事与小说、戏剧相比，在角色功能性方面更突出故事行进过程。而小说、戏剧的表现则是在连续功能的基础上强调催化效果。因此，我们常会感觉小说读出来的是情感，故事读出来的是事理。

新故事结构形式上第四个特征是情节发展基本按照事件的发生序列进行安排。在将短篇或长篇小说改编成新故事的过程中，新故事首先会对小说中主要角色的功能序列进行重新安排，使之由原来倒置、插叙调整为在整体结构上符合顺序讲述的方式。如从小说到新故事的《亲人》：

	小说中事件发生序列	新故事中事件发生序列	实际事件发生序列
1	老人出现在将军家	老人写信认亲	老人写信认亲
2	追述：老人写信认亲	将军给民政局写信调查并收到回信	将军给民政局写信调查并收到回信
3	追述：将军给民政局写信调查并收到回信	将军回信给老人	将军回信给老人
	追述：将军回信给老人	老人出现在将军家	老人出现在将军家
4	将军回家认亲	将军回家认亲	将军回家认亲
5	老人认子	老人认子	老人认子
6	老人回家	老人回家	老人回家

我们从以上列表中可以看到，小说《亲人》频繁使用倒叙的表现手法，这样的叙事安排对阅读者来说不仅不会构成困难，还会增添一点来自形式本身的美感。但是，在新故事这种用于口头讲述的书面文体来说，过多的倒叙（追述）会给讲述者带来表述上的困难，给听众增加收听的难度。

结构形式上第五个特征是叙事与情节的发展紧密联系，保持情节性的叙事。这是基于口头文学的横向适度拓展的问题。例如，上海邮电系统故事员李卫青在1954年把峻青的小说《老交通》改编成了同名的新故事，在长达近十年的口头讲述过程中，他总结了关于叙事与情节进行调整的经验。在改编故事的“附记”中曾有这样的说明：

故事原来的开头是逐一介绍邮电所四个人物的性格，相当长，一般故事员讲述时，可能不容易抓住听众。现在从丢信开

> 始，随着时间的发展再来介绍人物，并且尽量压缩对人物的介绍。虽然如此，第一段由于叙述多，情节少，讲起来还是不大容易吸引人，同时，这又是以后情节发展的起由，要讲清楚，讲慢一点。
>
> 结尾也跟原来的故事不同了，删去了小高、老马、小刘在听完故事以后的思想活动，他们的转变可以从各自的行动中表现出来；点明了故事中的老江同志就是王局长，这可以使老江这个人物有个交代，又加强了王局长这个实际上很重要的人物，说明像老铁这样的英雄人物是很多的；增加了吃饺子、小高穿了绿制服进城等细节，以与前面形成一个对比，加强故事的喜剧效果。①

这段话是《交通员·附记》中特别提到的。如果故事在叙事中不注意情节发展，就会出现问题。在《故事会》第二辑中登载了新故事《老金送粮》，故事开头用三大段七百多字介绍故事发生的地点、游击队的人数、灭白军的活动，白军实行封锁围困游击队的措施以及游击队缺粮等情况，之后主人公才出场引出故事的主要事件。在故事讲述过程中，开头的这段叙述没有跟着情节走，很难迅速地吸引听众。如果说新故事《老金送粮》的创作是草创时期摸着石头过河的话，《交通员》的改编就有了专门的意识。故事明确将叙事部分，如人物形象的介绍、描写都贯穿在情节中，随着情节的发展引出并介绍人物。这样不仅使故事脉络清晰，而且使人物形象突出。魏同贤介绍说："根据峻青小说改编的《老交通》就在上海郊区流传了九年。"② 足见其成功。

以上通过文体间对比谈了新故事在结构形式方面的一些特征。新故事对多种叙事文学的借鉴说明当时在新型文体形成过程中对"叙事"的理解本身已经达到了一定的高度，而借鉴的广度使新故事在语言形式、结构形式、意义表达上得到了极大的拓展。首先，实现了口头语体

---

① 翁景汶：《老交通·附记》，《故事会》1964年第4辑，第55页。

② 魏同贤：《漫论新故事》，见中国民间文艺研究会上海分会、上海文艺出版社编《中国民间文学论文选（1949—1979）》，上海文艺出版社1980年版，第282页。

与通俗书面语的结合，在语言使用上讲究正式、端庄，形成了“口头—书面”结合型语体。其次，故事结构形式有多样化的尝试。虽然有时候做得不够好，四不像，但显示出新型文体草创尝试阶段的包容性。再次，在意义层面，明确地围绕党的工作中心确立主题，一方面满足基层、农村群众了解党和国家大政方针、时事政策的需要，另一方面成为以农村为主体的社会主义思想文化传播的新途径。

第三节　新故事的主题与类型

1949年在解放区、大后方、沦陷区的文艺界人士会合之后召开了第一次文代会，这次会议以《讲话》精神为主导，强调文艺为政治、为政策服务。要求文艺工作者“将政策作为观察与描写生活的立场、方法和观点”，指出了未来的文艺发展方向。此后“文艺从属于政治”、“文艺必须为政治服务”的方针在中国延续了几十年，成为文学创作价值的落脚点。《人民日报》发文讲：“我们的宣传工作，归根结底是为政治、为生产服务的。因此，阶级教育初步开展以后，还要力求同当时当地的中心任务密切地配合，并且针对不同时期的群众思想进行深入细致的工作。这样做，不仅可以使宣传工作有的放矢，发挥它最大的威力，而且可以使宣传工作常年坚持下去，成为各个时期中心任务的巨大推动力。”① 新故事正是配合农村社会主义教育运动发明的新武器。《故事会》在创刊号《编者的话》中明确地指出新故事的功能和特点：“促进群众故事活动的发展，扩大社会主义宣传阵地，丰富群众文化生活。”“它很轻便、很灵活、很经济，能够迅速配合中心任务，深入群众，是文艺宣传中最为灵便的轻武器之一。”② 金向红在《创作更多优秀的革命故事》中提到创办《故事会》的目的“是为了替广大的故事员提供精神上的枪支和弹药，使他们有比较精良的武器去进行文化、思

① 《两千多名业余故事员积极向社员进行阶级教育，上海郊区大讲革命故事》，《人民日报》1963年8月27日。

② 《编者的话》，《故事会》1963年第1辑，上海文化出版社，第1—2页。

想战线上的冲锋陷阵的斗争”。1964年下半年起，新故事编创者们开始“主要根据党和国家的文件、指示和报刊所反映的动向，以及自己深入实际、深入群众所掌握的实际情况，引导业余作者创作出密切配合宣传任务又适合群众需要的故事”[①]。新故事取材于现实生活，作品的主题基本都与新中国成立后党和国家倡导施行的政策方针、具体任务有关。本文以1963—1966年出版的24辑《故事会》，1965年由农村版图书编选委员会编辑出版的农村版《新故事选》等新故事集中的故事为例，重点研究作品主题和已形成的较稳定的故事类型。

一 “服务中心”：新故事的主题研究

新故事以小体裁反映中心任务，叙写重大题材，目的是在农村和各行各业占领社会主义思想阵地。20世纪60年代新故事反映的中心任务包括关注阶级斗争、生产斗争和科学试验，提倡新人新事、移风易俗、反对封建迷信思想，叙写新旧社会对比，培养红色接班人，支援农业、边疆建设，推动工业生产新高潮等，这些故事分别适应社会主义建设不同时期的中心任务，作为宣传手段配合中心任务的顺利施行。通过整理，本文将其归为三大主题：一是颂扬新中国、社会主义制度好；二是阐释共产主义思想的精神内核；三是加强国防。

（一）通过新旧社会对比颂扬新中国、社会主义制度好

1. 控诉旧社会、歌颂新生活。此类故事有《一个包身工的故事》[②]、《金翠宝血泪史》[③]、《“忠心垱”的故事》[④]、《一棵槐树》[⑤]、

---

① 钱舜娟：《〈故事会〉创刊的前前后后》，1986年作，见钱舜娟《江南民间叙事诗及故事》，上海文艺出版社1997年版，第192页。

② 王庆庭口述，闻华生整理：《一个包身工的故事》，《故事会》1963年第1辑，第101—116页。

③ 孙炳华口述，王圣学、闵建文整理：《金翠宝血泪史》，《故事会》1964年第2辑，第57—73页。

④ 区成亮改编：《“忠心垱”的故事》，《故事会》1964年第3辑，第25—34页。

⑤ 杨振财创作：《一棵槐树》，《故事会》1965年第13辑，第65—72页。

《母女会》[①] 等。这些故事通过学徒、农民、工人在新旧社会生活的对比，揭露旧社会的黑暗，突出穷人只有在新社会才有活路，劳动人民之间的阶级感情深厚以及为党、为革命工作的正义性等观点。

2. 加强生产斗争、提倡科学实验。反映“生产斗争”的故事有《穷棒子办社》[②]、《老牛回春》[③]、《驯“马”记》[④]、《芒种养马》[⑤] 等，主要表现群众在组织生产、办社等过程中不怕困难、艰苦奋斗、自力更生的作风，展示集体生产的优越性和合作化道路的胜利。反映“科学实验”的故事有《种子迷》[⑥]、《辨雌雄》[⑦]、《“糖葫芦”变“宝葫芦”》[⑧]、《种田状元》[⑨]、《满堂红》[⑩] 等，这些故事往往将生产斗争与阶级斗争相结合，把生产上取得的好成绩归功于社会主义优越性。

3. 破除迷信、旧俗，提倡无神论、晚婚等新风尚。此类故事有《“小铁口”改行》[⑪]、《赵巫婆出丑》[⑫]、《老队长迎亲》[⑬]、《说嘴媒人》[⑭]、《保媒》[⑮] 等一系列故事。这些故事旨在揭露封建迷信活动，提高社员的觉悟。故事倡导在婚姻问题上应移风易俗，扫除封建思想残余，宣扬婚姻自主，并提倡晚婚。

4. 鼓励开展增产节约运动，组织工业生产新高潮。《“将军”

---

① 吕燕华口述，洪海纯整理：《母女会》，《故事会》1964年第7辑，第14—33页。

② 唐耿良编述，端木青整理：《穷棒子办社》，《故事会》1964年第6辑，第1—20页。

③ 金士良创作：《老牛回春》，《故事会》1964年第8辑，第1—14页。

④ 辽宁电厂创作组创作：《驯“马”记》，《故事会》1964年第11辑，第30—42页。

⑤ 安徽省砀山县石为金改编，江天秋整理：《芒种养马》，《故事会》1964年第13辑，第2—27页。

⑥ 范奕中、张道余创作：《种子迷》，《故事会》1964年第6辑，第24—37页。

⑦ 徐道生创作：《辨雌雄》，《故事会》1964年第7辑，第70—73页。

⑧ 李汇瀛创作：《“糖葫芦”变“宝葫芦”》，《故事会》1964年第11辑，第12—29页。

⑨ 莲盛公社副社长徐道生、莲盛公社任屯大队农民陈文彩创作：《种田状元》，《故事会》1964年第7辑，第1—13页。

⑩ 龚其昌创作：《满堂红》，《故事会》1965年第13辑，第29—46页。

⑪ 凌家伟、承祥编述，申居文整理：《“小铁口”改行》，《故事会》1964年第2辑，第76—99页。

⑫ 文兵改编：《赵巫婆出丑》，《故事会》1964年第5辑，第67—74页。

⑬ 宋顺康创作，胡怀整理：《老队长迎亲》，《故事会》1964年第6辑，第50—60页。

⑭ 张道余：《说嘴媒人》，《故事会》1964年第5辑，第39—52页。

⑮ 王曾范创作：《保媒》，《故事会》1965年第14辑，第107—116页。

过河》[①]、《一张火车票》[②]、《万吨水压机的故事》[③] 等都是反映工业基层领导干部依靠群众、组织生产新高潮的故事。1965 年一万二千吨水压机由我国自主研发、制造成功，这是我国工业战线上的一件大事。《万吨水压机的故事》就是以这件真实事件为基础创作而成的。此类故事旨在证实工业大发展是党的自力更生方针的伟大胜利，是毛泽东思想的伟大胜利。

（二）大力表彰社会主义建设过程中出现的英雄人物，对共产主义思想作具体性的阐释

1. 培养红色接班人。此类故事有《将军当农民》[④]、《接班人》[⑤]、《马字镰刀》[⑥]、《老交通》[⑦]、《“家规”》[⑧]、《矿工的儿子》[⑨]、《三代师徒》[⑩] 等。正如故事《接班人》中老严兴所说：“这些嫩树苗，长得真快啊！要再修修枝，剪剪杈，会长得更高更大。今后成了大树，都是建设社会主义高楼大厦的好材料呀！”这一主题的故事基本上都是讲述革命前辈教育革命接班人，应将革命事业放在第一位，努力培养为人民服务的共产主义品质。

2. 强化共产主义品德教育。主要指忠心为集体的品德，如《梁生宝买稻种》[⑪]、《老牛回春》[⑫]、《“神仙槽”》[⑬]、《一只鸡》[⑭]、《返工记》[⑮]

---

① 郑穑创作：《“将军”过河》，《故事会》1965 年第 14 辑，第 24—45 页。

② 杨铁城创作：《一张火车票》，《故事会》1965 年第 14 辑，第 75—86 页。

③ 张德富创作：《万吨水压机的故事》，《故事会》1965 年第 14 辑，第 1—23 页。

④ 王华口述，席文整理：《将军当农民》，《故事会》1964 年第 3 辑，第 1—22 页。

⑤ 陆国桢口述，乔琦、国藩整理：《接班人》，《故事会》1964 年第 10 辑，第 30—44 页。

⑥ 黎锦山改编：《马字镰刀》，《故事会》1964 年第 10 辑，第 45—59 页。

⑦ 李卫青口述，何荣贞、翁景汶整理：《老交通》，《故事会》1964 年第 4 辑，第 33—53 页。

⑧ 吴兆洛创作：《“家规”》，《故事会》1965 年第 13 辑，第 80—87 页。

⑨ 魏金钟、张纯才创作：《矿工的儿子》，《故事会》1965 年第 14 辑，第 87—96 页。

⑩ 杨月娥创作：《三代师徒》，《故事会》1965 年第 14 辑，第 97—106 页。

⑪ 何荣贞编述，郭士威整理：《梁生保买稻种》，《故事会》1964 年第 5 辑，第 21—36 页。

⑫ 金士良创作：《老牛回春》，《故事会》1964 年第 8 辑，第 1—14 页。

⑬ 张陶普：《“神仙槽”》，《故事会》1964 年第 5 辑，第 55—59 页。

⑭ 蒋桂福创作：《一只鸡》，《故事会》1964 年第 6 辑，第 39—47 页。

⑮ 陈俊安创作：《返工记》，《故事会》1965 年第 14 辑，第 46—50 页。

等故事。塑造了老贫农陆阿三、老模范余井清等“一根灯草无二心，一心为集体”，不计个人得失，舍小家为大家，处处保护集体利益，一心为公的共产主义思想。《卖余粮的故事》[①] 通过余粮缴纳阐释了小集体与大集体的关系，故事结尾写道：“队长王纪中不再只看到小集体，他立在家门口，能够看得到天安门了。”[②]

3. 树立新风尚。主要指爱岗敬业、助人为乐等新风尚。如《白雪红心》[③]、《送梨》[④]、《半夜敲门》[⑤]、《三十块钱》[⑥]、《一张电影票》[⑦]、《一块钱》[⑧]、《义务理发员》[⑨]、《送水》[⑩]、《一个紧急电话》[⑪]、《农村保健员》[⑫]、《第三次婚期》[⑬] 等。《两个圆圈圈》[⑭] 讲述了上海三轮车工人克服重重困难热诚地帮助外地老太太在大上海找到女儿的故事。这些作品集中笔墨塑造了一批舍己为人、助人为乐的好干部、好工人的新形象。

4. 弘扬艰苦奋斗的精神。大寨是山西省昔阳县大寨公社的一个大队。解放前，大寨穷山恶水，七沟八梁一面坡，自然环境恶劣，群众生活十分艰苦。解放后，人民当家做主，在毛泽东思想的指引下，陈永贵、郭凤莲等大寨人战天斗地，艰苦奋斗，改变了靠天吃饭的状况。1964 年毛主席发出“农业学大寨”的号召，此后全国掀起了“农业学大寨”的高潮。《大寨人的故事》[⑮] 主要是加强宣传，鼓励各

---

① 凌林生创作：《卖余粮的故事》，《故事会》1964 年第 7 辑，第 50—60 页。

② 同上书，第 60 页。

③ 李泉源口述，沈鸿云整理：《白雪红心》，《故事会》1964 年第 7 辑，第 61—69 页。

④ 略玉其创作：《送梨》，《故事会》1964 年第 8 辑，第 30—36 页。

⑤ 徐宗权、周皓创作：《半夜敲门》，《故事会》1964 年第 8 辑，第 37—43 页。

⑥ 韦文：《三十块钱》，《故事会》1964 年第 5 辑，第 60—63 页。

⑦ 韦文：《一张电影票》，《故事会》1964 年第 5 辑，第 64—66 页。

⑧ 韦文：《一块钱》，《故事会》1964 年第 6 辑，第 63—66 页。

⑨ 李玉良口述：《义务理发员》，《故事会》1964 年第 11 辑，第 65—77 页。

⑩ 吴成文创作：《送水》，《故事会》1964 年第 11 辑，第 43—50 页。

⑪ 丁华创作：《一个紧急电话》，《故事会》1965 年第 13 辑，第 65—72 页。

⑫ 上海市南汇县书院公社故事创作组集体创作：《农村保健员》，《故事会》1964 年第 10 辑，第 75—83 页。

⑬ 志坚、纪方改编：《第三次婚期》，《故事会》1964 年第 10 辑，第 68—74 页。

⑭ 上海市卢湾区业余故事团集体编写，上海市卢湾区文化馆整理：《两个圆圈圈》，《故事会》1964 年第 10 辑，第 60—67 页。

⑮ 唐耿良编述，程里整理：《大寨人的故事》，《故事会》1965 年第 15 辑，第 2—46 页。

地向大寨人学习自力更生、艰苦奋斗、克服困难、勇于战胜自然灾害的精神。

5. 弘扬毛泽东思想。《故事会》在60年代发表了有关雷锋、王杰、焦裕禄的一系列故事。1965年穆青、冯建、周原写出了感人的通讯《县委书记的榜样——焦裕禄》，1966年2月7日《人民日报》第1版全文发表，并在同时登载社论《向毛泽东同志的好学生——焦裕禄同志学习》。通讯和社论发出后，全国随即掀起了“向焦裕禄同志学习”的号召。上海文化出版社随即组织人员去兰考调查研究创作焦裕禄的故事，率先刊发了“焦裕禄故事专辑”①，其中的中篇分回故事《焦裕禄》在结尾处写道：焦裕禄临终对女儿说：“爸爸没有什么送你，家里的那套《毛泽东选集》就作为送你的礼物吧！那里边，毛主席会告诉你，怎么工作，怎么做人，怎么生活！”② 其主旨是通过塑造活学活用毛主席著作，全心全意为人民服务的各行各业的典型形象，用实例弘扬毛泽东思想。

（三）提高人民文化素质，促进工农业生产

在1964年11月17日，中共中央发出《关于发展半工（农）半读教育制度的批示》，随后，教育部具体实施，在各地开始成立半工半读学校，普及性地提高人民群众的文化素质。高潮阶段，《故事会》的编者们创作发表了《猛虎插翅膀》③、《小兽医》④ 和《黑牛》⑤ 等故事。其主题是宣传半工半读这种教育与劳动相结合的新型学校。故事肯定了半工半读的办学模式，认为这种模式不仅为消灭脑力劳动和体力劳动的差别创造了条件，而且还能培养出又红又专、能文能武的新型劳动者。故事热情地鼓励工农群众为党、国家、工人阶级争口气，用愚公移山的精神把科学文化知识学到手。

---

① “焦裕禄故事专辑”，《故事会》1966年第24辑。

② 闻华编写：《焦裕禄》，《故事会》1966年第24辑，第26页。

③ 王庆庭创作，方杏华整理：《猛虎插翅膀》，《故事会》1965年第15辑，第47—69页。

④ 邱朝东创作：《小兽医》，《故事会》1965年第15辑，第70—79页。

⑤ 春潮创作：《黑牛》，《故事会》1965年第15辑，第80—91页。

（四）密切注意阶级斗争，保卫革命胜利成果；加强国防，锻炼实战本领；建立民兵，倡导全民皆兵

1. 密切注意阶级斗争，保卫革命胜利成果。此类故事有《一把镰刀》①、《夺印》②、《两双鞋子》③、《箭杆河边》④、《第二次上任》⑤、《芒种养马》⑥、《卖牛》⑦ 等。这些作品讲述了在农村中地主阶级不甘心自己被打倒，处心积虑企图复辟的故事。故事中反映的阶级斗争是尖锐的、复杂的，阶级敌人的破坏活动也是多种多样的。具体手段有拉拢青年、腐蚀干部、贪污盗窃、挪用公款、“培养”接班人等形式。故事警示人们应该时时提高警惕，永远不忘阶级斗争，加强识别和击败阶级敌人阴谋的意识和能力。只有以鲜明的阶级观点，紧紧依靠贫下中农，才能洞察复杂的斗争形势，分清是非、伸张正义，击败敌人。

2. 以史鉴今，鼓励革命斗志。此类故事有《红灯记》⑧、《老金送粮》⑨、《智擒邓九婆》⑩、《许云峰·茶园被捕》⑪、《芦荡火种》⑫、《萧飞买药》⑬ 等。这些故事都是通过讲述历史上的对敌斗争事件，反映我党地下工作者、人民解放军在战斗中机智、勇敢、沉着应战的革命本领，揭露敌人外强中干、反人民的反动本质。

3. 宣传“全民皆兵、认真备战”的中心任务。此类故事有《婆媳

① 张新泉口述，曹联基整理：《一把镰刀》，《故事会》1964年第2辑，第29—38页。

② 亢夫口述，曼华整理：《夺印》，《故事会》1963年第1辑，第1—30页。

③ 徐林祥、周天华创作：《两双鞋子》，《故事会》1964年第4辑，第15—30页。

④ 沈鸿鑫改编，罗文华整理：《箭杆河边》，《故事会》1964年第5辑，第1—18页。

⑤ 吴关明：《第二次上任》，《故事会》1964年第7辑，第34—49页。

⑥ 石为金改编，江天秋整理：《芒种养马》，《故事会》1965年第13辑，第3—25页。

⑦ 朝阳改编：《卖牛》，《故事会》1964年第3辑，第36—53页。

⑧ 陈扬口述，汉良整理：《红灯记》，《故事会》1963年第1辑，第33—62页。

⑨ 辛尼改编：《老金送粮》，《故事会》1964年第2辑，第40—54页。

⑩ 逢美生、华文长改编：《智擒邓九婆》，《故事会》1964年第4辑，第56—68页。

⑪ 包增康等编述，荣嘉鲁整理：《许云峰》，《故事会》1965年第13辑，第47—64页。

⑫ 沈江海、纪厚英改编：《芦荡火种》，《故事会》1964年第10辑，第1—29页。

⑬ 张福安编述：《萧飞买药》，《故事会》1965年第14辑，第51—74页。

捉特务》[①]、《插旗》[②] 等。此外，为了保卫共和国来之不易的战斗成果，旨在号召军队加强技术训练，苦练基本功的新故事也为数不少。有《三比零》[③]、《李科长巧难炊事班》[④]、《宋文龙追车》[⑤]、《快三枪》[⑥]、《过壕》[⑦] 等。号召全民皆兵加强国防的故事有《兄弟民兵》[⑧]、《阿鲨站岗》。

以上这些故事主题大都来源于60年代新故事的专门刊物《故事会》，故事塑造了革命领袖、各行各业英雄人物，反映了"中心"任务，紧密配合着社会主义教育运动和方针政策的施行。在各地具体实施过程中，还有许多具体的要求，地方上、军队、各单位分别针对自身需求对已有的故事材料进行了再创作活动。《大讲革命故事——开展讲革命故事活动的几点经验》[⑨] 中讲道："一是改编，一是选用外来作品，一是自己创作。改编的故事，既符合自己配合任务的需要，又省力量、省时间。……自己创作的故事，多数根据配合任务的需要，取材于本部队、本单位较为突出的好人好事、军史、战史、家史、部队史，等等。"这些故事既有生活基础，又能贯彻新的社会意识形态的内容，在当时起到了较为良好的教育作用。

二　"塑造典型"：故事人物形象的类型化

新故事在初创时期是以塑造社会主义革命和建设中的英雄人物形象为中心的。从50年代初到60年代初，新中国的文坛掀起了一次创作革命历史题材小说的热潮。短短十多年间便涌现了一大批英雄人物小说，

---

① 余晋奎编述，何焕整理：《婆媳捉特务》，《故事会》1964年第6辑，第67—69页。
② 郭士哲创作：《插旗》，《故事会》1965年第12辑，第1—13页。
③ 刘宙勋口述，黄立先整理：《三比零》，《故事会》1965年第12辑，第14—19页。
④ 李久香创作：《李科长巧难炊事班》，《故事会》1965年第12辑，第20—28页。
⑤ 宁空创作：《宋文龙追车》，《故事会》1965年第12辑，第38—45页。
⑥ 张广亮编述：《快三枪》，《故事会》1965年第12辑，第29—37页。
⑦ 朱润祥创作：《过壕》，《故事会》1965年第12辑，第46—56页。
⑧ 阎甦、江深创作：《兄弟民兵》，《故事会》1965年第12辑，第57—67页。
⑨ 南京部队政治部文化部：《大讲革命故事——开展讲革命故事活动的几点经验》，《故事会》1965年第12辑，第78—82页。

塑造了包括武装斗争英雄、地下斗争英雄、农民革命斗争英雄的各类英雄形象。这些小说对新故事的影响很大，新故事的编创者们根据这些小说改编出了一批新英雄人物故事。传统民间故事以叙述情节为主，不专事塑造人，在叙述情节过程中只展现人物的某个侧面，或思想性格中的一点。新故事在这方面有了突破。新故事在实现了口头与书面相结合的表达方式之后，塑造人物形象的能力有所增强。这一时期它开始着力塑造全新的社会主义新人形象。新故事需要通过情节发展来塑造人物形象。如魏同贤所说："故事情节的发展，是由矛盾的产生、发展和解决决定的。所以，要做到矛盾推动故事情节的发展，而故事情节的发展又处处显示人物的性格特征，所以有人称故事情节是人物性格的历史。"① 基层的故事编讲者们擅长择取生活片段，灵活自如地组织情节。在这种要求事件单一、主题突出的新形式的创作中能够充分发挥他们熟悉生活的长处，锻炼他们准确、生动地塑造符合中心任务的人物形象的能力，以适应时代的发展和要求。

1963 年 9 月，中央提出了"以阶级斗争为纲"的口号，阶级斗争扩大化的理论和思潮不可避免地扩展到意识形态领域，反映阶级斗争主题的新故事大量涌现，逐渐形成一种类型。人的社会性定位成为此类故事塑造人物的根本原则。故事可以灵活地安排情节冲突反映主题，但其中人物形象的角色定位却是固定的。如富农形象，根据"社会主义教育运动"的文件精神，富农基本属于阶级敌人的范畴。故事中他们的角色定位也是如此。富农往往是搞破坏、拉拢腐蚀干部、损公肥私、走资本主义道路的主谋。被腐蚀的、立场不稳的、贫农出身的干部是被教育的对象，故事常常通过暴露富农搞破坏的事实证实给干部们看，让他们从被腐蚀的旋涡中爬出来，重新成为好干部。支部书记总是坚定地站在无产阶级的立场，和贫下中农紧密结合，依靠贫下中农成功战胜阶级敌人的角色。故事中贫下中农代表都是本性耿直，处于被坏分子排斥、诬陷的位置。在"回忆对比"型故事中，贫下中农、无产工人、学徒等都是可怜人，他们都是阶级兄弟，在旧社会身心备受摧

① 魏同贤：《漫谈新故事》，见中国民间文艺研究会上海分会、上海文艺出版社编《中国民间文学论文选（1949—1979）》，上海文艺出版社 1980 年版，第 286 页。

残，吃尽了苦头；资本家、地主、买办、工头都是标准的阶级敌人，他们对无产阶级作威作福、残酷迫害、无恶不作。与阶级性角色定位相适应，人物形象的描述与之相应也是固定的。在与“大练民兵，全民皆兵”政策相对应的故事中，美蒋敌特都是长相丑陋、满脸横肉、贼头鼠脑、心地狠毒、外强中干的形象，而民兵、解放军的形象都是长相端庄、身材魁伟、一脸正气、光明磊落、英勇机敏的形象。这就不可避免地出现了新故事人物形象的概念化倾向。

这种倾向在由报告文学、人物通讯等体裁改编成的新故事作品中更为突出。通讯报道的写作，一般都是在事件发生之后，作者去发生地访问，访问之后选取生活中某些事例加以主观渲染创作而成的。在创作过程中政治“中心”话语成为创作纲领。这种只根据事后的访查而没有生活体验的创作模式，在作小说和作新故事看来都是不够的。正如赵树理所说：“如果只单纯地访问某个创造先进事迹的经过，而不和他在一起劳动生活，那么访问一千个一万个先进生产者也没有用。访问多了脑中也可能会形成一个概念，会写出一个总结来，但也只会是一个概念化的东西。文艺作品读后要对人的感情上起点儿作用，不是光让人家知道一件事，晓得一些概念就完了。”① 根据报告文学、人物通讯、小说、戏剧等改编而成的新故事概念化倾向更为突出。

五六十年代新故事的编创处于初始阶段，创作发表的新故事追随具体的中心任务，主题明确、集中，人物形象角色定位稳定，情节发展上形成了一些固定套路，产生了“新故事”在主题和结构上的类型性。下文借助民间故事类型学研究方法，总结出以下主要故事类型。

1. 阶级斗争型

Ⅰ. 阶级敌人破坏生产。

a. 阶级敌人（地主、富农、富裕中农）拉拢、腐蚀干部甲

---

① 赵树理：《和工人习作者谈写作》，见复旦大学中文系编《中国当代文学研究资料赵树理专集》（上册），1979年内部发行，第94页。《和工人习作者谈写作》一文系1958年3月23日在北京市职工业余文学知识讲习班召开的一次座谈会上，对工人同志们提出的关于写作问题的回答，后经《人民文学》编辑部整理发表在1958年5月号上。

（或干部家属）破坏生产。

b. 阶级敌人蒙蔽贫下中农，获取信任，暗中破坏生产。

Ⅱ. 党的干部乙（a. 上级新派的干部 b. 本生产队的干部）了解到隐藏着的阶级斗争，迅速与贫下中农结合，对阶级敌人展开调查。

Ⅲ. 阶级敌人搞破坏露马脚，党的干部乙和贫下中农掌握了阶级敌人搞破坏的证据。

Ⅳ. 生产队干部甲看到事实真相后认真检讨，警惕阶级斗争。

来源：《夺印》、《卖牛》、《箭杆河边》、《两双鞋子》、《芒种养马》、《红色宣传员》、《一把镰刀》、《第二次上任》

2. 新旧社会对比型（忆苦思甜型）

亚型一：珍惜幸福生活

Ⅰ. 解放前，老一辈贫下中农和无产阶级被天灾人祸逼得家破人亡、走投无路。被迫沦为：

a. 地主的佃户；

b. 资本家工厂里的包身工；

c. 小作坊里的学徒。

Ⅱ. 在做工期间备受摧残，受尽常人不能忍受的折磨。

Ⅲ. 解放后，贫下中农翻身做了主人，过上了好日子。贫下中农感谢党和毛主席。

来源：《一个包身工的故事》、《金翠宝血泪史》、《鞋的故事》、《母女会》

亚型二：端正工作态度

Ⅰ. 年轻人不愿干本职工作。

a. 觉得组织上考虑自己太少，对职业不满意。

b. 觉得自己大材小用，看不起本职工作。

Ⅱ. （回溯）解放前：老一辈革命者为革命不怕牺牲，立下汗马功劳。

Ⅲ. 解放后：老英雄不计名利，任劳任怨在基层工作。

Ⅳ. 年轻人深受教育，自觉地向老英雄学习，端正了工作态度。

来源：《老交通》、《三代师徒》、《矿工的儿子》

亚型三：人民公社好

Ⅰ. 旧社会没有党和人民公社，劳苦大众生产生活状况极差。

Ⅱ. 新社会依靠人民公社，遇到灾难同心协力，互相帮助，渡过难关。

Ⅲ. 劳苦大众道出心声：人民公社好。

来源：《“忠心垱”的故事》、《幸福桥》

3. 为集体事业鞠躬尽瘁型

Ⅰ. 集体生产遇到困难，先进人物挺身而出接受任务。

a. 不顾身体有病。

b. 宁愿舍弃好的生活条件。

Ⅱ. 先进人物不计个人得失，全力克服困难。

Ⅲ. 先进人物做出成绩，不仅维护了小集体的利益，还帮助了相邻的困难集体。

来源：《梁生宝买稻种》、《“神仙槽”》、《将军当农民》、《老牛回春》

4. 革命历史上的对敌斗争型

Ⅰ. 党有任务，地下工作者解决问题的路径却被阻断。

Ⅱ. 地下工作者冒着生命危险解决党交给的任务，不幸牺牲。

Ⅲ. 他的家人或者同志自动接过他的使命，继续完成革命者未完成的工作。

来源：《红灯记》、《老金送粮》

5. 战备苦练基本功型

Ⅰ. 战士训练的成绩都很优秀。

Ⅱ. 进一步检验：

a. 搞实战演习。

b. 考验战士性格的弱点。

Ⅲ. 认识困难，克服困难（客观、主观），取得更好的成绩。

a. 继续努力提高要求。

b. 改进学习的方式方法、掌握技巧要领。

来源：《李科长巧难炊事班》、《快三枪》、《宋文龙追车》、《过壕》

以上我们列举了60年代比较典型的几种故事类型。此外，有的故事包含多个主题，形成了类型套类型的形式，本书称之为类型的复合，如《种田状元》。

Ⅰ. 种子迷到处寻找好籽种培养好品种，寻到六百粒好谷种。

Ⅱ. 第一次稻种被损坏，只剩六粒种。

Ⅲ. 第二次稻种被损坏，杀鸡取种。

插入对比：

Ⅳ. 解放前：旧社会地主不让种子迷培育种子，种子迷因为培育种子差点断送性命。

Ⅴ. 第三次稻子被损坏。六粒种发了四棵芽被羊吃了两棵，最后成活了两棵。

Ⅵ. 解放后：种子迷凭着两棵苗培养成了新种，在新社会终于成了种田状元。

《种田状元》的结构是生产斗争型与新旧社会对比型结构的复合，类似的复合型故事在新故事中经常出现，往往根据主题的需要进行套用，形成较复杂的结构形式。新故事作为文学形式，它将现实生活审美化的过程就是把现实生活中纷繁复杂的状况有条理地，艺术地处理成自己文体形式的过程。人物的模式化和结构的类型性在 60 年代有效地促进了新故事的口头流传，有利于故事员更迅速、更便捷地传讲故事，同时也有利于故事听众和读者对其明确的主题思想、鲜明的性格特征、生动的故事情节留下深刻的印象，便于新故事实现宣传和教育的功能。

小结　新故事文体产生的基础：群众“言”、“文”合流的初兴（上）

这一时期新故事的创作主体由延安时期的“知识分子”转变为新社会的主人翁——以党团员为核心力量的普通群众，因此，也就开始了由知识分子之“文”与大众之“言”合流转变为群众之“文”与群众之“言”合流的文体大众化历程。群众的“言”有两个内涵：一是言语的“言”，也就是本文在语体方面提到的“口头性”；二是群众思想与“言”的统一。“文”也有这样两个层次：一是指书面语体的

“文”，也就是故事的“书面性”；二是“文”的思想规约，指故事书写体现出的受到主流意识形态规训的故事编创者的思想。所以，我们现在谈的“言”、“文”合流一方面是指在语体上的，表面话语层次上的“口头—书面”结合，一方面指群众在思想上自觉自愿地去体悟、创作与政治“中心”话语统一的“言”、“文”一致。下文将具体分析这一时期群众“言文”合流的成因、表现形式及新故事的时代审美特征。

一　群众“言”、“文”合流的尝试

新中国成立之后，政治伦理秩序需进一步落实。如赵树理所说：“文艺为谁服务的问题，在理论上早已解决，在实践中并未解决。至少还没有全部解决。”[①] 文艺是革命这部大机器的螺丝钉，文艺为人民服务，已经作为革命的伦理秩序深深地烙刻在群众的内心。但是，知识分子并没完成同工农大众的结合，他们同工农之间的生活方式和思想感情上仍存在着很大的距离。赵树理曾说过：“我们过去的专家，应该说有两种：一种是专业艺人及中国民间传统文艺爱好者；另一种是新文艺工作者。这两种专家之间，好像有些隔阂或者说是门户之见。……新文艺工作者熟悉中国民间文学传统的不多，而掌握了中国文学传统知识的专家也不是很接近群众的。艺人中的专家比较接近群众，但也有局限性。……艺人缺乏这个本钱（时间），所以他掌握了几本旧书后，就不再写新的了。……两种专家互相有门户之见，两种专家对群众都有些隔阂。”[②] 新中国成立后，这种隔阂由群众自己来打破。新故事的创作主体是部分知识分子、群众中粗通文墨的生手和会讲故事的民间口承叙事艺术的传承人。他们相互配合创作了这个时期的新故事。

新中国鼓励、支持群众学习、掌握文字，并进行书面文学创作，这使得书面与口头创作之间的转化成为可能。群众十分熟悉歌谣和故事的

---

① 赵树理：《从曲艺中吸取养料》一文是1958年在一次曲艺座谈会上的发言，后经《人民文学》编辑部整理发表于1958年10月号。见《赵树理专集》上册，复旦大学中文系编1979年，内部资料，第118页。

② 同上书，第120页。

形式，上手快。正如赵树理所说："我们的传统既不低级又为多数人所熟悉，继承起来是能够又好又快地直接为群众服务的。……现在一般的情况是：专家向群众学习得不够，对群众关心得不够，群众等不及了，自己来，白手起家，弄多少算多少。在这样的情况下，群众创作的东西，比我们专家的还要实在一点。只从这一点说来，群众是超过了专家的。"[①] 对新故事这种通俗文学体裁的编创，大大鼓舞了群众创作的信心，积累了他们的创作技能。农村故事员吕燕华原本并不会搞创作，但由于讲故事形式的需要，她也自己学着编故事，因为："有些中心工作找不到适当的故事配合，同时公社里有许多新人新事，使我非常感动，觉得非写下来不可，我自己也有一些经历，可以编成故事。"[②] 她编的第一个故事是《母女会》，是根据她的家史编写的。"我觉得应该把自己的家史编成故事，让更多的故事员一起来讲，让大家都牢记阶级仇恨，把革命进行到底。想到这里，我顾不得三九天深夜的寒冷，不管自己文化水平低会带来多大困难，马上从热烘烘的被窝里坐起来，一笔一笔，歪歪扭扭地开始写起家史来。经过三个夜晚，总算勉强写下了初稿。尽管质量很差，白字不少，还有许多写不出的字只好画个圆圈代替，但是我把它写出来了。后来，在文化馆和出版社的帮助下，增添了母女失散和相会的情节。又在社员中讲了几次，吸收意见作了修改，发表在《故事会》上。从这件事，我体会到，在共产党领导下，我们种田人也是能够创作的。"[③] "在抓故事创作方面，有些县、社的领导首先从破除对创作的迷信思想和神秘观点入手，激发故事员的创作积极性。有的故事员原先认为创作是有文化、摇笔杆子的人干的事，不敢尝试，领导上就启发他们：队里种试验田经过许多曲折，不就是故事？老贫农讲的家史，不就是故事？地主分子'鱼死不闭眼'想要复辟，不就是故事？……业余故事员们一听都开了窍，大家说：'这样的故事交交关

---

① 赵树理：《从曲艺中吸取养料》一文是1958年在一次曲艺座谈会上的发言，后经《人民文学》编辑部整理发表于1958年10月号，摘选自《赵树理专集》，复旦大学中文系编1979年，内部资料，第119页。

② 上海市青浦县小蒸公社社员、业余故事员吕燕华：《讲一辈子革命故事》，《人民日报》1965年12月8日。

③ 同上。

关（很多很多）。’迷信思想一打破，就引起了故事创作的热潮。”[①] 在新故事创作中，群众的积极性和创造性为“言”、“文”合一提供了基本的源泉和动力。

新故事在创作中受到农村故事员、评话艺人等积极的协助，在题材、内容、语言方面都尽量满足群众的需求。题材方面主要包括农业、工业和部队题材，内容多涉及党的中心工作和大政方针。新中国成立初期对党的方针政策及中心工作的了解是广大群众的愿望，这些故事自然成为群众了解此类信息的有效途径。在内容和素材的选择上，群众故事员利用他们身在其中，熟悉农村生活、群众语言的优势，着重加强了思想性、娱乐性等功能的设计，使新故事在群众中受到好评，成为非常受欢迎的新的文艺样式。“集镇的茶馆，一向被称为‘百口衙门’、‘造谣公司’，一些不健康的思想，大部分从这里传播开来。自从故事活动开展以后，革命的思想开始占领了这个阵地，使原来在这里散布封建迷信思想的歪风邪气逐渐消失。同时，茶客对新故事也逐渐产生了兴趣。有一次，一个故事员因为有事没有到茶馆去讲故事，茶客意见很大，要茶馆营业员去请，后来另外安排了一个故事员去讲，才满足了茶客的要求。”[②] 这个例子可以使我们看到从接受者的角度如何有效地促进了新故事编创中“言”、“文”合流趋势的形成。

在新故事的编创过程中，口头创作、口头加工是被明确提倡使用的途径和方法。“故事本身是一种口头文学，要使作品符合口头说讲的特点，不断得到丰富，就必须通过口头实践。同时，目前农民群众的文化水平一般还比较低，进行书面创作有一定的困难，提倡口头创作，就可以使作者不受文化水平的限制，就是不识字的群众也一样可以进行故事创作，这对扩大故事创作队伍，繁荣故事创作，有很大的作用。通过口头创作和口头实践，还可以推动知识分子和农民群众相结合，彼此取长

---

① 《革命故事是宣传毛泽东思想的有力武器——上海郊区农村革命故事活动述评》，《人民日报》1966年4月25日。

② 李瑛：《青浦县城厢镇的故事活动》，《故事会》第7辑，第80页。

补短，提高作品质量。”[①] 部队工作者在《大讲革命故事——开展讲革命故事活动的几点经验》文中总结：“讲革命故事活动，既是群众自我教育的一种有效方法，又是群众性娱乐活动的一种好形式。”[②] 总的来说，这一阶段新故事试图在创作上达到群众性的“言”、“文”一致，在故事听众和阅读者看来，作品具有吸引力，提高了他们的思想认识；在新故事编创的组织者、写作者看来，新故事的创作讲演锻炼了他们的能力。在党的方针、政策上传下达的工作中，新故事活动发挥了应有的影响力。

二　群众“言”与“文”的合流形式

（一）组织创作传播新故事活动的方面

新故事创作中实践了“三结合”理论。这个时期的“三结合”是指故事编创工作坚持“从群众中来，到群众中去”的一种方法和途径。“在抓故事创作方面……有的县的领导创造出了一讲（领导讲形势，故事员讲素材）、二议（集体议论）、三改（进一步加工修改）、四帮（专业人员或文化馆干部辅导）、五写定的方法，这是故事创作上走群众路线的“三结合”的方法。”[③] “三结合”的实践一方面表现在组织作品创作的过程中，一方面表现在故事员的培养过程中。

在组织创作过程中，往往由组织、单位出题目，派专业辅导人员对工人业余作者的创作进行指导和帮助。如《故事会》的编辑、文化馆工作人员、出版社编辑等组织大家来创作故事。在这些单位组织下出题目、摆题材、抓苗头，并指导具体的创作过程。钱舜娟说当时新故事的创作“从出题目、做文章、反复修改到文字定稿，整个创作过程，编辑都要参加，实际上等于‘半个作者’”[④]。具体组织实施过程中，虽然

① 《编后记》，《故事会》第7辑，第86—87页。

② 南京部队政治部文化部：《大讲革命故事——开展讲革命故事活动的几点经验》，《故事会》1965年第12辑，第78—82页。

③ 《革命故事是宣传毛泽东思想的有力武器——上海郊区农村革命故事活动述评》，《人民日报》1966年4月25日。

④ 钱舜娟：《〈故事会〉创刊的前前后后》，写于1986年。摘自钱舜娟《江南民间叙事诗及故事》，上海文艺出版社1997年版，第193页。

农民群众有生活、有感触、有想法，但要把生活中散乱的素材组织成篇成为故事困难还是比较大的，所以，当时故事创作的组织单位往往协同农民故事创作者为他们选题目、在他们讲述的素材中提炼主题、取舍情节、安排结构、丰富细节，初步搭成一个故事架子。然后再由农民群众创作充实。必要的话还通过组织故事创作会议，相互启发、补充、互相帮助修改。对一些底子比较差的群众故事作者，还要进行更细致的个别辅导，解决人物刻画、细节安排、语言提炼等具体问题，以保证故事作品的质量。[①] 通过这样的组织形式，就将具体的创作任务通过培养的形式转化给农民群众中的故事创作者，让他们能够用自己的生活素材、语言和结构习惯进行创作和发挥，更好地实现“中心任务”的故事化。这一阶段群众“言”与“文”的结合是受到组织领导的，合流体现的是政治意识形态对群众思想的整合。

这种整合同时还体现在故事员的培养方面。50年代初，在我国群众文艺活动中出现了以讲新故事为主的骨干分子，他们被称作故事员、红色宣传员。他们一般都是业余故事员，大多数是不脱离生产的工农兵群众，既有劳动生产经验，又掌握一定的文艺修养和故事讲述技巧。故事员的组成成分包括工农兵群众，还有知识青年。知识青年在新故事活动中发挥了他们在农村的作用，“故事活动开展后，使他们（知青）的业余时间用到讲故事上面去，既使他们受到了教育，又发挥了他们的作用，这就大大调动了他们的积极性”[②]。故事员中的特殊成分是盲人故事员，如上海市上海县虹桥公社王家生产队社员王妙法，他幼年生活艰苦，双目因病失明。解放后，在党的关怀下长大。他说自己“受到革命盲人韩起祥运用说书形式大力宣传革命道理的启发，决心做一个红色故事员，主动参加了公社团委领导的故事团，运用革命故事跟资产阶级思想、封建思想进行坚决的斗争”。此外，还有中小学校中的儿童故事讲演员。《针对少年儿童特点，开展革命故事活动》[③] 中介绍，辽宁省

① 参见《上海市青浦县故事创作专辑·编后记》，《故事会》1964年第7辑，第85—86页。

② 顾根祥、乔琦：《大力开展讲革命故事活动，占领社会主义思想阵地》，《故事会》1964年第8辑，第74页。

③ 辽宁省抚顺市露天区中心小学：《针对少年儿童特点，开展革命故事活动》，《故事会》1964年第10辑，第87—93页。

抚顺市露天区中心小学介绍该学校从1959年下半年开始组织讲故事活动。在1960年秋天后，“小讲演员队伍从十几个人发展到百人讲演团，从讲红旗手一种故事发展到能讲六种类型一百三十五个故事”。[①] 故事员的主要活动方式是在党组织的领导下把自己或别人创编的故事，通过故事巡回队，接受生产队、厂矿的邀请，到广大群众中讲述。他们选讲的故事基本围绕中央的中心任务和地方具体的中心任务来决定。内容形式多样，讲述风格各有不同，有的继承传统特点较多，以讲述为主，是唠嗑或拉家常式的；有的接近评书，剧场效果好，气氛浓烈；也有小说、散文气息浓，着重故事人物内心世界的揭示，多用朗诵式语言表现，以情感人。

故事员的荣誉称号是红色故事员、红色宣传员或者革命故事员，“不少农村里的故事员被社员们亲切地称为‘我们村上的说书人’”[②]。“上海市郊农村在开展大讲革命故事的活动中，有关部门对故事员的政治质量都十分重视。绝大多数的故事员政治思想好，作风正派、生产积极，对故事活动有比较高的革命热情，因而被群众称之为‘红色故事员’。”[③] 一些地方把故事员中党团比例作了整理，上海市的革命会串活动中：“参加会串的故事员，有百分之九十一是党团员，其余也都是农村中各项政治活动和生产活动中的积极分子。他们之中，有党支部书记、团支部书记、县人民代表、市团代会代表、六号社员。”[④] 山东淄博罗存公社选拔故事员的条件是：“一、政治历史清楚，听党的话，有集体主义精神；二、有社会主义觉悟，在群众中有威信；三、热爱集体劳动，热心宣传工作；四、有一定的文化水平和讲演能力。”[⑤] 并且组织树立典型榜样的评比，以激励和引导故事员的工作。很多故事创作者和故事员在创作和讲述先进的英雄人物、事迹的过程中，深深地被感动，他

---

① 辽宁省抚顺市露天区中心小学：《针对少年儿童特点，开展革命故事活动》，《故事会》1964年第20辑，第89页。

② 《革命故事移风易俗，常熟群众欢迎故事员讲故事》，《人民日报》1964年2月5日。

③ 松年：《故事会串促进了故事活动》，《故事会》1964年第8辑，第70页。

④ 同上。

⑤ 中共山东省淄博市罗村公社委员会：《开展大讲革命故事的初步经验》，《故事会》1965年第13辑，第90页。

们主动地接受这种崇高的思想道德情操教育，同时自觉自愿地在现实生活中以身作则，起到模范带头作用。很多被称为红色故事员的先进故事创作讲述者们都是在坚持不误本职工作前提下，抽出休息时间无偿为大家讲故事。钱舜娟总结说："业余故事作者大都是生产、学习上的先进人物，他们热心为集体、为群众办事，他们讲雷锋，自己就是个活雷锋。"①

基层单位注重通过树立故事员模范典型，加强故事员队伍党性和纯洁性培养。"为了使这支庞大的故事员队伍巩固和成长，我们开展了大树标兵、大学先进的活动。全县树立了讲故事以身作则，不误生产、不计报酬，一心为公的倪志华；勤学苦练、精益求精的潘明星；扎根农村，热爱劳动，决心把自己的知识献给社会主义新农村的知识青年董连祥和自觉推迟婚期、大讲晚婚故事的浦春年等八名优秀故事员的先进思想和先进事迹。"② 故事员是当时群众中思想觉悟较高的人员，他们在新故事编创讲演活动中实践了以下的"四结合"："一、讲故事与学习毛主席著作结合，强调以毛主席的思想武装自己，以毛主席的思想作为行动的指导；二、讲故事与中心工作、生产相结合，使讲故事成为推动政治任务和促进生产的有力工具；三、讲故事与群众的实际思想情况相结合，便于有的放矢地对社员进行教育；四、讲故事与编故事相结合。人人动手，群策群力，丰富讲演材料。"③ 在讲故事、创作故事的过程中，故事员不仅实现了自我教育，同时还影响了广大的群众，这是群众"言"、"文"合流的又一表现。

（二）在新故事编创过程中的群众"言"与"文"的合流

1. 模仿民间故事讲说成型的过程，在讲说故事的过程中实现群众"言"与"文"的合流，然后再经由某个人整理成书面形式。

"当初编创的'脚本'，完全是沿袭民间故事集体创作，经口头流

---

① 钱舜娟：《〈故事会〉创刊的前前后后》，写于1986年，摘自钱舜娟《江南民间叙事诗及故事》，上海文艺出版社1997年版，第193页。

② 顾根祥、乔琦：《大力开展讲革命故事活动，占领社会主义思想阵地》，《故事会》1964年第8辑，第77页。

③ 中共山东省淄博市罗村公社委员会：《开展大讲革命故事的初步经验》，《故事会》1965年第13辑，第91页。

传、变异，再由个人搜集整理成书面作品这一流程。尽管这一个流程不是自然形成的，且集中在一个作品加工版中来完成，是‘速成’型的运作。但经历了这样一个‘速成型流程’，它多少还是保留了民间文学的一些特性。再加上当时创作‘脚本’的目标非常明确，是为讲述提供‘炮弹’。所以，这一时期生产的每一则新故事都具有‘易讲易传’的特点，而且非常明显地出现在每一个‘脚本’上。”[①] 新故事在现有的“讲讲写写、写写讲讲”的创作机制下，尽量做到从群众中来，到群众中去，在一定程度上体现了新故事创作的集体性。《沙坪书店》[②]的《附记》中曾说：“这次改编，是在一些故事员历年来口述的基础上改编整理的，是一个集体的产物。今后，正像其他许多故事脚本一样，还要继续通过口头实践来加以丰富。希望各地故事员把讲述的情况和改动、丰富了的地方写信告诉我们，以便作进一步的修改。”[③] 新故事家张道余也描述过当地组织新故事创作的过程，他说他们受到农村中大家坐在一起互相讲故事的形式的启发，也将金山的一批故事员集中在一个地方，住在一起，你一句我一句地讲故事，新编讲一个故事都要互相讨论到大家都觉得满意了才算完。这种写法俗称“窝”故事。效果如他所说：“很精彩，不是一个人的故事，是大家的、集体的故事。”[④] 嘉善县在组织新故事讲演中也总结出：“口头创作是农村故事员最易接受的创作方式，然后再从口头记录整理成为文字。这是开展群众故事创作活动的一条可靠的途径。”[⑤]

2. 新故事创作对群众创作故事原貌的尊重与群众“言”、“文”合流的实现。

群众艺术馆是群众艺术的组织管理机构，它十分重视对群众创作出的新故事作品的尊重。尤其是受到新中国成立初期民间文艺搜集整理思想的影响，他们一般不赞成对故事的大修改，只是“启发他

---

① 杨初、黄宣林：《新故事十论》，中国文史出版社2004年版，第19页。

② 包增康编述：《沙坪书店》，《故事会》1964年第8辑，第44—67页。

③ 包增康编述：《沙坪书店·附记》，《故事会》1964年第8辑，第68页。

④ 游自荧：《1963年至1966年的故事会研究》，北京大学2006年硕士论文，第90页。

⑤ 嘉善县文化馆：《发动故事创作，配合中心工作》，《故事会》1964年第8辑，第79页。

（故事作者）把它（故事作品）适当地稍微动一动。（我们）尊重原作，尊重口头的原作”[1]。正是在这个意义上，新故事创作有了实现群众“言”与“文”合流的机构性支持。学术界一直以非常科学的态度来对待民间故事的搜集整理。民间故事经过整理之后的作品已经是书面化的了，通过出版和发表，它们以书面的形式呈现给大家。这本来就是一种从口头到书面的转化，同时非常鲜明地凸显了口头与书面相结合的特征，在这一点上，它的意义是突出的。更可贵的是，在这个过程中，保持了较为纯洁的群众“言”与“文”的合流。

60年代学术界曾讨论过知识分子对民间故事的整理以及知识分子创作民间故事的可能性。毛星认为：“为什么我们（故事搜集整理的知识分子、工作者）就不能作为人民的一员也参加这样的修改呢？这是由于我们一般不具备劳动人民故事家的条件，也不是处于讲故事者的地位。如果真具备劳动人民故事家的条件，即充分熟悉和长期参加劳动人民的一切心理并具备劳动人民所独有的对事物感受、思维和幻想的方式；充分熟悉和掌握劳动人民的口头艺术的传统并具备劳动人民的艺术智慧和艺术才能，又能充分熟悉、理解这些作品并能巧妙地来讲述它们，自然是可以像劳动人民故事家一样，对一些故事的内容进行合乎劳动人民需要的某些增加和修改。”[2]“在我国的当代，由于劳动人民文化的提高，一个讲故事的劳动人民的故事家，除了口讲，完全有可能，同时也能熟练地运用文字。如果这样，就完全可以自己写下自己所讲的故事，而不必一定要别人来记录。这样的故事家是会出现的，而且会是越来越多。”[3] 这是民间文学研究者们对未来群众实现“言”、“文”合流的展望，同时认为知识分子、作家们成为群众中的一分子随后同样也能够担负这样的使命。

3. 新故事是群众在实践“讲讲写写”的过程中完成的，因此形成了稳定的“口头—书面”结合型特征。

新故事在成型过程中运用了先讲说后整理的步骤，类似于我国传统

---

① 游自荧：《1963年至1966年的故事会研究》，北京大学2006年硕士论文，第92页。

② 毛星：《从调查研究说起》，《民间文学》1961年4月号。

③ 同上。

民间故事的成型过程。群众通过有针对性的、有目的的多次讲说整理，迅速提高了新故事文本的可讲说性，加速了新故事文体的定型。在60年代，部分学者是将新故事纳入民间文学范畴来谈的，当时认为新故事的创作已经改变了过去民间文学创作的自发性和盲目性。《故事会》创刊号的五篇故事在题目下面都有这样的标志："某某口述，某某整理。"《故事会》第七辑《上海市青浦县故事创作专辑》的《编后记》中提道："这一辑故事，绝大部分都先经口头创作或口头改编。在口头讲述的过程中，还吸收群众意见反复进行了修改，再记录整理成文字……写成文字以后，也通过反复的口头实践，进行加工修改，使故事的结构更为紧密，语言更为丰富……提倡口头创作和口头加工，是因为故事本身是一种口头文学，要使作品符合口头说讲的特点，不断地得到丰富，就必须通过口头实践。同时，目前农民群众的文化水平一般还比较低，进行书面创作有一定的困难，提倡口头创作，就可以使作者不受文化水平的限制，就是不识字的群众也一样可以进行故事创作，这对扩大故事创作队伍，繁荣故事创作，有很大的作用。通过口头创作和口头实践，还可以推动知识分子和农民群众相结合，彼此取长补短，提高作品质量。"① 据《故事会》初创者之一任嘉禾介绍，新故事从那时开始就坚持"讲讲写写，写写讲讲"的创作原则，开始的时候有一个故事的框架，但这个框架不一定适合讲述，于是就请故事员，或者故事家来讲，他们讲了之后，故事就变得比较适合讲述，具有了群众所喜欢的语言特色和情节结构。因为有的故事员文化程度低，并不会写作，因此就再请人整理，做文字上的整修工作，而这个工作的过程其实就是用"文字"转述口头讲述的故事，并且将其修整到适合群众欣赏习惯，可供群众阅读的程度的过程。这两个过程促进了新故事的流传和形式的固定，同时也在实践中促使新故事文体特征逐渐明晰。

三 群众"言"、"文"合流与新故事文体的产生

茅盾在《五十年代是"人民的世纪"——纪念文协七周年暨第一

① 《上海市青浦县故事创作专辑·编后记》，《故事会》1964年第7辑，第86—87页。

届“五四”文化节》一文中曾说：“文艺界应当配合着今天的民主运动。而要在这大时代中担当起本身的任务，文艺界应当加强自我检讨，对于民众的认识是不是充分？有没有站在民众之上或者站在民众之外的非民众立场的观点？如何能更接近大众？如何虚心学习，从民众的活的语言中汲取新的血液以补救苍白生硬的知识分子的‘白话文’？如何批判的运用和改进民间形式？如何掌握民间形式而真正实现‘文艺下乡’？如何撷取民间形式的精英作为创造民族形式的一个元素？只有在这样的加强自我检讨的过程中，新文艺方能更益壮大，方能普遍而又提高，方能有效地遏制文艺上的反民主的各种黑潮，方能配合当前的民主运动，做新时代的号角！”① 这些问题的答案不仅可以从作家文学中看到端倪，事实上，新中国成立后以群众为主体的新故事编创讲演活动也在践行这样的思想，在一定程度上回答了文艺界普遍关心的问题。

新中国成立初期群众积极地认可和融入主流意识形态。在五六十年代，传达和阐释中心任务的新故事满足了他们了解党的政策的愿望，受到农民群众的普遍欢迎。在作家们考虑如何掌握民间形式真正实现“文艺下乡”的时候，新故事的编创活动就已经展开了。事实上，讲故事的形式就是地道的民间形式，通过讲故事的形式讲说那些由小说等书面文学改编而来对主流意识形态有阐释功能的作品，在一定程度上实现了“文艺下乡”。在党和政府的鼓励和不断推动下，群众创作活动兴起，群众文艺活动广泛开展。群众文艺能够在公开的刊物上发表和传播，标志着群众进入了可以尝试为自己代言的新时代。

故事文学在群众传统日常生活中具有的不仅仅是娱乐的功能，还有以文艺形式对知识经验、思想意识的交流传达功能。新的社会要传达新的思想，建构新的意识形态体系，而这些思想和意识形态大量地存在于小说等作家文学之中。五六十年代最初的一批新故事为了实现知识思想的大众化，主要就是根据作家创作的小说、剧本，还有一些通讯报道、家史、村史、回忆录等改编而成的。新故事的编创者从书中抽绎思想通

① 茅盾：《五十年代是“人民的世纪”——纪念文协七周年暨第一届“五四”文化节》，见《新世纪》第1期第1卷，1946年1月25日。

过讲故事的方式传递给群众。随着故事讲述活动中经验的积累和故事创作规律的总结，群众开始根据自己的生活感受进行创作，一些讲农民翻身当家做主、移风易俗、破除迷信等树立社会主义时期人民道德观念的故事逐渐增多，受到了群众的喜爱和欢迎。

在故事讲述活动中群众的好恶给了编者许多启示。通过新故事的讲演，新故事编讲者们不断实践，大胆创新，总结故事艺术的规律。群众中原来的故事精英——民间故事家们逐渐能够将群众喜闻乐见的传统口承故事艺术表现方法与现实生活结合起来，讲述新内容和新主题，如张道余的《说嘴媒人》、《两个稻穗头》、《老队长迎亲》等。这些故事有群众基础，塑造的人物形象比传统民间故事更加丰满，在传讲方面，能够达到故事员上口，群众入耳的效果，是口头创作与书面创作成功结合的第一批佳作。但从新故事创作总体来看，如何批判地运用和改进民间形式而达到"文艺下乡"，尚处于初步探索阶段。好的一方面是明确了新故事编创的指导思想是从群众中来，到群众中去，实践了"讲讲写写，写写讲讲"的模式，注意从群众的活的语言中汲取新的血液。实现了新故事口头创作与书面创作相结合，形成了向其他叙事艺术学习结构故事的模式。不足的是新故事尚处于草创之初，创作者对故事文体本身的概念特征并不十分清晰，而且这一阶段新故事主要适用于公众性质的讲演，在语言和结构方面只做到了适合"口头表达"，做到了在语言方面的口语化和程度较小的形象化的程度。

新中国成立初期，学习群众的文艺，学习群众的语言，从群众中来，在群众的基础上提高，成为新故事创作者挹取民间形式创造民族形式的重要途径。新故事经过尝试在群众口头文艺的基础上，结合书面创作，借鉴现实主义小说等结构故事的写作手法，初步形成了新的"口头—书面"结合型新型故事艺术形式。随着这批"口头—书面"结合型的新故事逐渐被群众接受，这种艺术形式也就慢慢地发展了起来。

第三章

“文化大革命”时期故事叙事传统异化与新故事文体蛰伏

在“文化大革命”时期，新故事有一个专有名词——“革命故事”。事实上这个词语在“文化大革命”前就已经出现。从历史上看，革命故事的指涉范围并不单指“文化大革命”时期刊发的新故事，从广义上讲，它的时间界限应从中国共产党成立以来算起，指的是以历次革命事件、革命英雄人物事迹为主要内容的故事，既包括群众自发创作、流传的民间口承故事，也包括新中国成立后书面创作的革命历史故事。而从狭义上讲，“革命故事”指“文化大革命”期间，基层为实现“在上层建筑包括文化领域实现全面的无产阶级专政”而组织创作、刊发、讲演的，以围绕两个阶级、两条道路、两种路线的斗争为中心，以塑造无产阶级英雄典型为根本任务的故事。

本章研究的主体之一就是狭义的“革命故事”①。本文从文体的角度将其纳入研究范畴，是对新故事文体发展历程的回顾。“文化大革命”期间，新故事的创作、刊发、讲演活动一度被终止，代表性刊物如上海《故事会》停刊。直到 1974 年前后，故事刊物才重新启动。1974 年 3 月，60 年代创刊的《故事会》被更名为《革命故事会》开始发行。“革命故事”的创作、讲说活动也重新开展了起来。20 世纪 70 年代的“革命故事”主要以“公开演讲”性质的文艺活动形式存在，

---

① 文章内狭义的革命故事均带引号，以示区别。

强调进剧场、上舞台[①]。在语体方面以正式的“口头—书面”结合型语体为主，由于其中“语录体”、口号化现象突出，致使新故事语体本身在口头性方面受到削弱。故事的主题、人物形象、情节、内容等都被严格限制，仅限于对阶级斗争的反映，对“样板戏”的学习，对“三结合”、“三突出”等概念化创作理论的实践，使“革命故事”的创作成为“一种僵硬的机械运作”[②]。“文化大革命”时期是新故事文体形式被异化的时期，新故事为政治所把持，“三结合”的组创方式成为群众“言”、“文”合流形式主义的公开化。文学领域的公式化和概念化在文体形式精练的革命故事上表现得非常突出。在故事主题、类型方面，呈现出严重的单一化倾向，选取的题材虽然涉及广大的城市和农村，但表现的主题却有惊人的一致性。

本书研究的“革命故事”主要以1974年3月在上海创刊的《革命故事会》上发表的作品为代表，此外，还包括部分重要报刊和省市作协的机关刊物，如《河北文学》等。个别省份组织编创出版的适应不同时期政治运动内容的“革命故事”单行本。

本章研究的主体之二是“地下文学”中的“手抄本”新故事。“文化大革命”时期的“地下文学”是相对于主流意识形态许可的公开发表的文学作品而言。以《一只绣花鞋》、《梅花党案》、《绿色的尸体》为代表，作品的创作者多为上山下乡的知识青年。这些故事以书面编创和口头传讲相结合的形式在知识青年中广为流传。由于是小范围的、亲密关系者之间的讲说，因此，手抄本口头性特征突出，“口头—书面”结合型特征明显；结构形式方面，擅长使用设置多重悬疑的方法增强故事性、情节性和节奏感。又因书面蓝本在传抄、传讲过程中可以由抄写者们不断增删修补，所以有结构松散、内部逻辑性不强的情况。素材多选择新中国成立后社会影响较大的反敌特事件，主题是腐朽、没落的资产阶级虽垂死挣扎，妄图翻天，但终究被代表光明和希望的社会主义力量所战胜。其中部分作品在“文化大革命”后被整理出版，称为反敌特故事。此类故事想象力丰富，文学性和审美功能突

① 嘉禾：《打回“老家”去》，《故事会》1980年第3期，第94页。

② 陈思和：《中国当代文学史教程》，复旦大学出版社1999年版，第145页。

出，承袭了民间文学所固有的浪漫主义色彩和二元对立的审美结构。

“文化大革命”结束后，手抄本故事得以整理出版，其中张宝瑞整理的“地下手抄本文学”系列是研究的基本资料。此外，还有一些短小的笑话、幽默，后来被搜集整理编入《文革笑料集》等书籍当中。主要集中对“四人帮”和“文化大革命”时期非常态的事件进行揭露和讽刺，其中也包括部分荒诞的灰色、黑色幽默。这些作品在很大程度上能够折射出当时社会意识形态，但并非完全是对当时意识形态的抗争。从中我们也许能够更加深刻地理解特殊时期意识形态对“民间”的同化和影响，加深对“民间”的内涵的认识。关于“地下文学”的性质在学术界已有探讨，有属于“小说”和属于“民间文学”两种看法。本文着眼于它在文体意义上具备“口头—书面”结合型特征，将其纳入“新故事”的范畴进行探讨。本章以“革命故事”和“手抄本故事”为研究对象，尝试探讨“文化大革命”时期在意识形态整合“民间”社会的大背景下新故事文体的异化与发展。

第一节 “文化大革命”时期新故事活动与文体性质的研究

“文化大革命”期间，新故事的讲演活动没有完全终止，1970 年在上海、天津，1972 年在重庆等城市曾开展大讲“革命故事”的活动。1974 年之后，刊物上开始大量公开发表“革命故事”。1972 年为纪念《在延安文艺座谈会上的讲话》发表 30 周年，全国举行了各种各样的活动。从这一年开始，执政党的文艺政策有了一些调整。除样板戏和诗歌之外也允许其他文艺样式如小说、散文等发表。在这个阶段，文艺书刊得到有限度的出版，到 1973 年夏季为止，全国大部分省市文联（或作协）的机关刊物都已复（创）刊，文艺书籍出版业也有一定程度的恢复。基于占领社会主义思想阵地的目的和 60 年代新故事活动的讲述实践，“革命故事”在全国各地再次得到推广。1974 年《革命故事会》在这一背景下开始刊行。

一 文化领域阶级斗争的开展与“革命故事”活动的兴起

（一）“革命故事”的创作与讲演

1974年，《革命故事会》开始刊行。“文化大革命”时期的“革命故事”与五六十年代的新故事讲演活动和新故事作品有着一定的承继关系。从文体意义上来理解20世纪60年代与70年代故事之间的承继关系有利于历史地、科学地看待新故事文体本身的发展。由于受到这段历史时期政治的影响，新故事在文体上出现了异化。“革命故事”的异化过程同时也是新故事对自身文体的反思和蛰伏的过程。

1. “革命故事”的创作

1973年8月24日至28日，在北京召开了中国共产党第十次全国代表大会。会议充分肯定了在九大的路线指引下各条战线所取得的伟大胜利，总结了两条斗争路线，特别是粉碎林彪反党集团斗争的基本经验，进一步明确了无产阶级专政下继续革命的方向和任务，是全党、全军、全国人民的战斗纲领。“十大”明确指出：“当前，我们要继续把批林整风放在首位。……向全党、全军、全国人民进行阶级斗争和路线斗争的教育，学习马克思主义、列宁主义、毛泽东思想，批判修正主义，批判资产阶级世界观。要继续抓好上层建筑包括各个文化领域的斗、批、改，努力抓革命、促生产、促工作、促战备，把各项工作做得更好。[①]并向全党发出要重视上层建筑包括各个文化领域的阶级斗争，要继续搞好文艺革命的号召。在这次会议上“四人帮”在中央领导机构中取得了更多的权力，几乎控制了全部舆论和组织部门。《革命故事会》也是在这样的背景下从1974年3月开始正式出版发行的。《革命故事会》在“文化大革命”期间专门登载新故事，它同时兼有故事脚本、故事评论、故事新闻报道等多项功能，是当时具有代表性的故事刊物。与此同时，还发行有“革命故事”小册子、单行本。一些报纸和机关刊物，如《人民日报》、《解放军文艺》、《红旗》、《河北文学》、《朝霞》上也

---

① http://cpc.people.com.cn/GB/64162/64168/64562/index.html. 中国共产党历次代表大会数据库，来源于《人民日报》。

刊载发表过部分"革命故事"理论文章、故事活动的通讯报道及"革命故事"作品。《革命故事会》创刊时全国正在轰轰烈烈学习、贯彻党的"十大"会议精神,"革命故事"立刻投身其中,同当时其他文艺形式一样密切配合"文化大革命"工作。在第一期"致读者"中写道:

> 革命故事是占领城乡思想文化阵地的锐利武器。为适应工厂、农村、部队、学校、街道正在蓬勃开展革命故事活动的需要,进一步繁荣和推动革命故事创作,我们决定不定期地出版《革命故事会》(丛刊)。《革命故事会》坚决贯彻执行毛主席的革命文艺路线,坚持为工农兵、为社会主义、为无产阶级政治服务的方向,贯彻党的'十大'精神,配合形势宣传,发表反映伟大时代风貌,歌颂毛主席革命路线,歌颂工农兵英雄人物和青少年的斗争生活的革命故事;开展革命故事的经验交流;以及创作、讲演、评论革命故事的文章。欢迎广大工农兵作者和故事员给以大力支持,踊跃来稿。①

1974年,"在党的'十大'精神的鼓舞下,群众性的革命故事活动更加活跃起来"②。为配合"批林批孔"的政治斗争,《革命故事会》发表了"问孔"、"故事新编"等一系列"批林批孔"故事。这一时期"革命故事"还被要求按照在京剧改革中形成的以"纪要"思想为主体,以现代革命样板戏创作实践为依据的文艺思想进行题材的组织和创作。自此,"革命故事"作为"上层建筑包括各个文化领域斗、批、改"工作中"锐利的武器"受到重视。在上海金山县等地,故事工作者积极开展新故事编创、讲演工作。各地陆续出版了《烈火炼红心:革命故事选》③、《上海革命故事选》第一辑④、《柿子

① 《革命故事会》1974年第1期,第94页。

② 上海市金山县文化馆编:《海滨新一代》,上海人民出版社1975年版,第121页。

③ 黑龙江人民出版社:《烈火炼红心》,黑龙江人民出版社1971年版。

④ 上海市革命群众文艺小组、文汇报、上海人民出版社联合选编:《上海革命故事选》(第一辑),上海人民出版社1972年版。

红了》[1]、《罗河山治虫记》[2]、《列车飞驰》[3]、《柜台前的斗争》[4]、《扎根鞋》[5]、《行军路上》[6]、《新的战斗：纪念"南京路上好八连"命名十周年》[7]、《葵花向阳》[8]、《渔乡的故事》[9]、《旗开得胜》[10]、《天轮飞转：革命故事集》[11]、《战斗的堡垒》[12]、《公社书记》[13]、《谁说打不通》[14]、《犟哥出嫁》[15]、《过门之前：革命故事集》[16]、《三画榕树坪：革命故事集》[17]、《灯光明亮》[18]、《昔阳新故事》[19] 等反映不同战线阶级斗争、反对走资派斗争的故事专辑。这些集子反映了"革命故事"对政治命题和传统故事的整合重构，为我们了解"文化大革命"时期公开刊行的"革命故事"提供了基础文本。

"四人帮"被打倒之后，《革命故事会》等刊物集中刊发了一批揭批"四人帮"、赞颂老一辈无产阶级革命家、叙讲革命斗争历史的故事。陕西省高陵县掀起一个大干快上编讲"革命故事"的热潮。"仅半年多时间，全县共创作革命故事三百多篇，相当于过去两年的总和。紧密地配合了深入揭批'四人帮'的伟大斗争，有力地推动了农业学大

① 王耀成等著：《柿子红了》，浙江人民卫生出版社 1972 年版。

② 天门县革编委会政治工作组、革委会农业办公社合编：《罗河山治虫记》，湖北人民出版社 1972 年版。

③ 武汉铁路分局写作小组编写：《列车飞驰》，湖北人民出版社 1972 年版。

④ 天津市和平区业余文学创作组编：《柜台前的斗争》，天津人民出版社 1972 年版。

⑤ 红宝著：《扎根鞋》，天津人民出版社 1972 年。

⑥ 天津人民出版社编：《行军路上》，天津人民出版社 1972 年。

⑦ 上海警备区业余创作组编：《新的战斗：纪念"南京路上好八连"命名十周年》，上海人民出版社 1973 年版。

⑧ 湖南人民出版社编：《葵花向阳》，湖南人民出版社 1973 年版。

⑨ 湖南人民出版社编：《渔乡的故事》，湖南人民出版社 1973 年版。

⑩ 束鹿县海河工地创作组集体创作：《旗开得胜》，天津人民出版社 1973 年版。

⑪ 淮南市革委会政治部编：《天轮飞转：革命故事集》，安徽人民出版社 1973 年版。

⑫ 农村版图书编选小组选编：《战斗的堡垒》，农村读物出版社 1974 年版。

⑬ 光化县革命故事创作学习班编：《公社书记》，湖北人民出版社 1975 年版。

⑭ 重庆市群众艺术馆编：《谁说打不通》，四川人民出版社 1975 年版。

⑮ 阜阳地区文化局编写：《犟哥出嫁》，安徽人民出版社 1974 年版。

⑯ 广西人民出版社编辑：《过门之前：革命故事集》，广西人民出版社 1976 年版。

⑰ 广西人民出版社编辑：《三画榕树坪：革命故事集》，广西人民出版社 1976 年版。

⑱ 秦皇岛市文教局创作组编：《灯光明亮》，人民文学出版社 1976 年版。

⑲ 昔阳县革命故事编写组：《昔阳新故事》，人民文学出版社 1976 年版。

寨、普及大寨县运动。”[①] 揭批“四人帮”的故事有很大一部分是“文化大革命”时期就已在群众口头创作、流传着的新民间传说故事。“赞颂老一辈无产阶级革命家”的故事有很大一批是在老根据地的时候就创作、流传着的新民间传说故事。这些故事的整理和发表有力地促进了“革命故事”的脱胎换骨。在 1977 年后半年和 1978 年的《革命故事会》中还增添了不少故事文学家族的新类型，如童话、科学幻想故事、外国笑话、故事等，预示着“革命故事”的转型。

2. “革命故事”讲演的兴起

“文化大革命”初期，新故事活动曾一度终止。随着“革命文艺”身份的恢复，革命故事被纳入文化思想领域内“兴无灭资”的革命行列。《人民日报》在 1970 年 12 月 19 日发表了《大讲故事，巩固农村文化阵地》和《开展讲革命故事的活动》，《红旗》杂志 1973 年第 12 期上刊载了题为《开展群众性的革命故事活动》[②] 的文章，对当时革命故事活动的作用、革命故事员的选择和培养、革命故事的创作进行了详细论述，肯定了群众性的革命故事活动在阶级斗争中的“武器”作用。文章指出故事作为传统文艺形式，影响面广，群众喜闻乐见。其中坏故事是剥削阶级政治经济利益的反映，而“革命故事”则是无产阶级政治经济利益的反映。因此，讲故事的文艺形式“应该牢牢掌握在无产阶级和贫下中农手里”，不能听任坏故事自由泛滥，也不能把故事仅仅当作消遣或娱乐。在整个思想文化战线“兴无灭资”的斗争中，故事活动是争夺农村文化阵地的一种重要形式。“革命故事创作要及时而鲜明地反映三大革命运动，密切配合党的中心工作和政治任务，发挥闻风而动的战斗精神，它的题材主要应当是来自当地群众的斗争生活。”[③] 故事越是在群众中根子扎得深，群众越是会喜欢听。文化组织部门认为：“编出更多更好的革命故事，进一步把这一群众喜闻乐见的文艺形式普及推广，巩固地占领城镇和农村的思想文化阵地，这是

---

① 高陵县革命故事办公室：《我们是怎样辅导革命故事编讲活动的》，《革命故事会》1977 年第 7 期，第 85—86 页。

② 上海市金山县文化馆：《开展群众性的革命故事活动》，摘自《革命故事会》1974 年第 1 期。

③ 同上书，第 72 页。

故事创作者的一项战斗任务。"[①] 这次对"革命故事"创作、讲演情况的总结，是对"十大"发出的"无产阶级必须在上层建筑其中包括各个文化领域中对资产阶级实行全面的专政"政策的响应。搞好"革命故事"活动是各地阶级斗争的重要措施之一，"革命故事"的创作和讲演受到了党政领导的高度重视。

1974年，上海南市区各街道讲出了"批林批孔"故事，这些故事是"在党委统一领导下组织了传授，并在街道召开的批判大会上以及里弄生产组进行宣讲"。金山县提出"党委忽视对革命故事的领导，实质就是放弃抓意识形态领域里的阶级斗争"的意见，认为应"把抓革命故事列入党委工作的议事日程，从书记到委员，不论是分管抓生产还是抓武装的，人人关心革命故事。大家除了抓好革命故事队伍的思想和政治路线教育外，还帮助他们解决一些实际困难……发现矛盾、及时解决矛盾，使群众性的革命故事活动不断地迅速发展"[②]。陕西省高陵县"在县委的领导下，县成立了革命故事办公室，把开展革命故事编讲活动作为我们的一项重要工作去抓"[③]。而且当地县委还提出了"狠抓创作，普及讲出，县辅社办，全面开花"的要求，加强对革命故事编讲活动的辅导工作。湖北宜都县向阳公社长丰大队从社会主义教育运动开始就由党支部抓革命故事的活动，"从1970年以来，有组织、有领导地开展这一工作，利用田边、屋场、会前、饭后、冬天烤火、夏天乘凉等机会，大讲革命故事。除讲了许多革命样板戏故事和外地创作的故事外，还自己创作改编了故事二十多篇"[④]。总的来说，"文化大革命"时期革命故事活动绝大多数都是在党委的直接领导和组织下进行的。一般都是由省、市、县的文化局、文化馆、群众艺术馆、革命故事办公室或者革命故事创作组指导创作、培养故事员、组织讲演活动的。在金山县的一些公社设有业余中心创作组，定期不定期地举办故事员学习班，创

① 上海市金山县文化馆编：《海滨新一代》，上海人民出版社1975年版，第121页。

② 金山县山阳公社：《开展革命故事活动的几点体会》，《革命故事会》1974年第1期，第74页。

③ 高陵县革命故事办公室：《我们是怎样辅导革命故事编讲活动的》，《革命故事会》1977年第7期，第85—86页。

④ 刘守华：《谈革命故事的写作》，湖北人民出版社1974年版，第4页。

作学习班，以及故事会。[1] 城市中各行业也积极地建立了业余革命故事员队伍，他们与单位实际情况相结合，“就地取材，自编自讲”，灵活地运用这种群众喜闻乐见的艺术形式为三大革命运动服务。

在具体的革命故事创作、讲演活动中，主要采用“三结合”创作方式，大力促进革命故事活动的广泛开展。在江苏省江阴县“1974 年和 1975 年，全县共创作了六百多篇革命故事。这些故事在舞台上演，在田头、车间讲，在广播里放，有力地配合了党的各项中心工作，推动了三大革命运动，受到了广大干部群众的欢迎”[2]。为了促进新故事的创作和讲演，上海金山县“每年召开几次故事创作交流会，总结交流经验创作经验，还经常地举办创作学习班，集体讨论、修改稿子，推动全县革命故事活动的开展”。他们“鼓励业余作者扎根基层，学习先进，并组织他们扩大眼界，丰富生活”。“组织业余作者学习业务，提高写作水平。”“除了在会讲前后，通过三级评议培训业余作者外，在平时采用多种形式进行辅导。如印发故事创作学习材料，介绍、剖析好故事，举办故事创作讲座，召开小型创作经验交流会，登门拜访当面处理故事来稿，举办故事短期创作训练班等。”[3] 大讲“革命故事”的活动一直持续到“文化大革命”结束都还在进行。

3. 革命故事员队伍的组织与建设

在这场轰轰烈烈的“革命故事”运动中，活跃着一支人数众多的“革命故事员”队伍。有工厂工人、农村社员、渔业渔民、军队战士、学校老师和学生、街道人员、知识青年。当时，有的地方提出并执行大队、公社、县分别有“十、百、千”名故事员的要求，有很多地方虽然不能如此普及，也能做到公社一级有革命故事员。1973 年河北秦皇

---

① 金山县山阳公社：《开展革命故事活动的几点体会》，《革命故事会》1974 年第 1 期，第 73 页。“目前已逐步形成了一支以贫下中农为主体的革命故事员队伍。一百六十个生产队都有一至二名故事员，公社还建立了业余中心创作组。一九七三年，除了大队、生产队就地培训故事员、创作人员外，公社还举办了五次故事员学习班，六次创作学习班，五场故事会，对宣传马列主义、毛泽东思想，占领农村思想文化阵地，巩固无产阶级专政，发挥了积极的战斗作用。”

② 江苏省江阴县文化馆：《努力抓好革命故事创作》，《革命故事会》1976 年第 2 期，第 62 页。

③ 上海市金山县文化馆编：《海滨新一代》，上海人民出版社 1975 年版，第 126 页。

岛市山海关区的“故事员已发展到八百多名”，湖北宜都县向阳公社长丰大队“从一九七〇年以来，有组织、有领导地开展这一工作……现有业余故事员四十多人，开展革命故事活动，使人们受到深刻的教育，有力地促进了革命和生产的发展”[①]。江苏省江阴县文化馆的供稿中谈道：“我们全县有二百多个业余故事作者。”[②] 革命故事员被看作农村“思想文化斗争领域”的骑兵，他们用手中的武器“革命故事”发动、教育群众与封资修思想作坚决的斗争；他们被称为马列主义、毛泽东思想的宣传员，战斗在意识形态领域第一线的革命故事员和阶级斗争第一线的战斗员。以上数据资料都是从“文化大革命”时期刊发的故事创作理论研究文章中辑录整理得到的。

“文化大革命”时期，基层在对革命故事员的选择和培养方面，非常重视阶级成分问题。认为选择什么样的人组成故事员队伍对占领农村文化阵地有着重要的意义。提出：“应当从贫下中农和表现好的下乡知识青年中选拔和培养故事员，造成一支有相当规模的队伍。”[③] 这一时期，故事员大部分是来自工农兵斗争生活的第一线，本身就是工农兵的成员，他们讲故事但不脱离生产，白天忙生产，晚上或者休息的时间搞讲故事活动。同时，各级党委非常注意对革命故事员革命理论和思想路线的学习教育，认为：“故事员队伍的建立和巩固，是一个充满斗争的过程，决不会一帆风顺。……农村思想文化战线的斗争，也一定会反映到故事员队伍内部来。我们一定要在党的一元化领导下，坚持对广大故事员进行思想和政治路线教育，组织他们认真学习马列和毛主席著作，调查和分析阶级斗争的动向，使他们不断提高阶级斗争和路线斗争的觉悟，不脱离劳动，不脱离群众，成为思想文化战线上一支朝气蓬勃的战斗队伍。”[④] 在江苏省江阴县文化馆的供稿中也谈到了这个问题，为了保证故事创作，他们经常“组织业余作者学习革命理论，端正思

① 刘守华：《谈革命故事的写作》，湖北人民出版社1974年版，第4页。

② 江苏省江阴县文化馆：《努力抓好革命故事创作》，《革命故事会》1976年第2期，第65页。

③ 上海市金山县文化馆：《开展群众性的革命故事活动》，《革命故事会》1974年第1期，第70页。

④ 同上书，第71页。

想路线”[①]。党组织对一些不好的苗头会进行有针对性的教育。江阴县“用县里开座谈会、同公社党委一起办学习班、个别谈心等方法，同业余作者一起学习毛主席《在延安文艺座谈会上的讲话》，学习无产阶级专政下继续革命的理论，学习革命样板戏创作经验，批判‘三名三高’等修正主义文艺黑线的流毒，帮助他们端正创作态度，树立为占领思想文化阵地、巩固无产阶级专政而创作的正确思想”[②]。在基层党组织的严格监管下，培养了一批又红又专的“革命故事员”，保证了“革命故事”活动的有序开展。

（二）“地下文学”中的手抄本故事的流传

1972 年之后，“文化大革命”文学的话语建设进入了一个特殊的阶段，突出的表现是“革命样板戏”模式在文艺创作中主导地位的确立。当时期刊和出版物以“革命样板戏”创作经验为指导思想，按照主流意识形态对内容和结构进行设计，造成了文艺领域的样板戏化，这种模式在文艺领域中一直持续了将近十年。到“70 年代中期，将近十年的文化大革命把人的神经搞得十分疲乏，人们渴望有一点文化生活，可那个时候，舞台上还是八个样板戏；书店里还尽是领袖的著作和‘三突出’的作品；电影院又老是三战片（地道战、地雷战、南征北战），每个人都看过不下三五遍了”[③]。人们精神生活十分单调，这是“手抄本”故事流行的时代背景。

“地下文学”是指“文化大革命”时期不能公开创作、发表的所有文学创作，既包括作家在下放期间暗自创作的小说、诗歌等作品，也包括知识分子、青年工人创作、流传的“文化大革命”手抄本。本文所论述的对象正是从属于“地下文学”手抄本中的“故事文学”一类。手抄本“其原创作者和传抄者以当时社会底层的‘知识青年’和城里工厂的青年工人为主体”[④]。“手抄”是流传的方式，有别于印

---

① 江苏省江阴县文化馆：《努力抓好革命故事创作》，《革命故事会》1976 年第 2 期，第 65 页。

② 同上。

③ 汤礼春：《故事人生》，郴州新闻网，news. chenzhou. gov. cn，2009. 10. 10。

④ 白士弘：《暗流——“文革”手抄文存》，文化艺术出版社 2001 年版，第 17 页。

刷体；而“本”并非书本的本的字面含义，而是其传播的载体：日记本或工作手册之类的纸制品。由于这部分故事游离于“文化大革命”文学话语体系之外，有的甚至还被列为“禁书”，因此，“手抄本”故事都是偷偷地在知青中间传阅和传讲，成为与时代政治主流相对的“地下文学”。本文的研究对象“手抄本”故事是指当时既能够在口头传讲同时还有书面创作与传阅的，在语体上有明显的“口头—书面”结合型特征的，以情节性和故事的完整性为特征的“手抄本”文学。

“文化大革命”时期“手抄本”故事约有数百个版本，多是反敌特侦破故事和爱情故事，其中又以前者居多。本文在材料搜集中整理到的反敌特侦破故事有《一双绣花鞋》、《梅花党案》、《绿色的尸体》、《于飞三下江南》、《远东之花》、《第一百张美人皮》、《三百个美女雕像》、《一缕金黄色的头发》、《山城雾》、《的确良案件》等；爱情故事有《塔里的女人》。这些“手抄本”故事在知青中流传广泛，几乎传遍全国各城乡。其中《于飞三下江南》、《山城雾》、《的确良案件》在当时都被定性为反动、黄色故事，[①] 被列为禁书、批判的对象。“手抄本”的传阅只发生在亲密的家人、朋友之间，除以“手抄本”形式流传之外，还通过口头讲述形式播布。一个大的故事往往由多个小故事串联而成，依据时间等条件限制，可以一部分一部分地讲。口头流传虽不拘于亲朋，但查起来也“口说无凭”，所以口头流传的范围更广泛。“手抄本”故事在抄写过程中没有最后的完成形态。往往一边抄写一边进行内容的添加或修改，因个人思想和爱好增删内容。因此，在一些本子中前后情节勾连不一定很完美，有的本子中某些情节之间并没有严密的逻辑关系，断裂现象明显。白士弘认为：“文化大革命”手抄本“其勇气与非功利性创作的民间性确乎极具进步意义”[②]。其影响力在知识青年、工厂工人等群体中尤为明显。

---

① 西南师范大学中文系编写：《说唱文艺》，西南师范学院函授科印刷，1977年版，第29页。

② 白士弘：《暗流——“文革”手抄文存》，文化艺术出版社2001年版，第17页。

二 “文化大革命”时期新故事文体性质的研究

(一)“革命故事”文体性质的理论研究

就目前本书所搜集整理到的研究资料看，对“革命故事”的研究和探讨主要集中在“文化大革命”时期，代表性著作有刘守华的《谈革命故事的写作》[①]，毛学镛的《怎样讲革命故事》[②] 以及《革命故事会》中发表的近百篇研究文章。此外，1977 年西南师范学院中文系编写的《说唱文艺》[③] 中对“革命故事”也有论及。“文化大革命”结束后，很长一段时间大家不愿回首新故事的这段历史，20 世纪 90 年代以后，才有学者略有论及。1995 年张英铎在《新故事史略》[④]，1998 年钱文亮在《关于新故事的理论思考》[⑤]，刘守华在《新故事与新民间故事》[⑥] 等论文中曾以概论形式涉及这段时期新故事发展的历史。就已有的研究成果来看，“革命故事”的文本形式研究仍然很少。

1974 年，“革命故事”的创作在理论和实践上都受到“文化大革命”文艺路线的控制，《革命故事会》上刊发的研究文章多数都是针对“大讲革命故事”和“组织革命故事活动”所谈的经验，少数谈到“革命故事”的创作体会。集中探讨如何反映样板戏“三突出”原则，如何选择题材配合政治运动，在创作中如何更好地实现塑造英雄人物等问题，如《努力贯彻“三突出”的创作原则——移植〈智取威虎山〉片段〈打进匪窟〉的体会》[⑦]、《努力塑造无产阶级英雄形象——谈讲好

① 刘守华：《谈革命故事的写作》，湖北人民出版社 1974 年版。

② 毛学镛：《怎样讲革命故事》，上海文化出版社 1965 年版。

③ 西南师范学院中文系编写：《说唱文艺》，西南师范学院函授科印刷，1977 年版。

④ 张英铎：《新故事史略》，《信阳师范学院学报》1995 年第 4 期，第 89、90—91 页。

⑤ 钱文亮：《关于新故事的理论思考》，《社会科学动态》1998 年第 12 期，第 30—32 页。

⑥ 刘守华：《新故事与新民间故事》，《高等函授学报》1998 年第 3 期，第 13—15 页。

⑦ 陈永绩：《努力贯彻“三突出”的创作原则——移植〈智取威虎山〉片段〈打进匪窟〉的体会》，《革命故事会》1974 年第 2 期，第 99 页。

革命故事必须正确处理四个关系》[①]、《用无产阶级专政理论指导创作——写作〈爷爷学手艺〉的体会》[②]、《要触及时事，要塑造无产阶级英雄人物——也谈提高革命故事的质量问题》[③] 等文章。论者认为故事写得好不好关键是创作思想的问题，写不好是因为“自己错误地把创作技巧作为搞好创作的关键”，忽视了“用党的基本路线指导文艺创作的必要性和重要性”[④]。在“文化大革命”文艺思想的强制性规定下，确立了“革命故事”创作为“文化大革命”服务的发展道路。

即使在这样的情况下，由于新故事是要讲给群众听的，所以新故事的编创人员仍十分重视“把自己的初稿讲给群众听，征求群众意见，反复修改”，以做到“不脱离政治斗争、不脱离群众、不脱离劳动”。“革命故事”的“群众性”成就了它虽然在主题和大的结构方式上受到阶级斗争、三突出等形式主义、概念化的影响，但在艺术追求上，如语言、生活事件仍然“顽强”地保持着它为群众喜闻乐见所应有的品质。刘守华的《谈革命故事的写作》正是基于这样的文本实际对“革命故事”的文体特征进行了整体性的研究。书中对“革命故事”思想内容方面的介绍一方面受到当时政治形势的影响，认为革命故事是“思想文化领域内阶级斗争的武器”，“是用马列主义、毛泽东思想武装头脑的革命群众的创作，闪耀着共产主义思想的光芒，是无产阶级占领思想文化阵地的锐利武器之一”。[⑤] 另一方面在对新故事艺术形式特征的研究上，还是从故事形式本身出发，梳理总结了“新故事脚本”的艺术特征。认为它建立在传统民间故事的艺术形式基础之上，继承了传统故事在艺术表现上具有“取材于历史和现实斗争，而又在此基础上进行高度的艺术概括，赋予浪漫主义色彩；人物和事比较集中，情节生动紧

① 沈正艳、顾炎培：《努力塑造无产阶级英雄形象——谈讲好革命故事必须正确处理四个关系》，《革命故事会》1974年第4期，第82页。

② 潘与庆：《用无产阶级专政理论指导创作——写作〈爷爷学手艺〉的体会》，《革命故事会》1975年第10期，第106页。

③ 吴士余：《要触及时事，要塑造无产阶级英雄人物——也谈提高革命故事的质量问题》，《革命故事会》1976年第3期，第74—75页。

④ 陆金昌：《加强政治学习是搞好创作的关键——〈新书记〉创作中的一点体会》，《革命故事会》1976年第3期，第27页。

⑤ 刘守华：《谈革命故事的写作》，湖北人民出版社1974年版，第5页。

凑而线索单一；开门见山，有头有尾；叙述朴实生动、口语化"① 等特征。"特别是那些由工农群众直接编写或以群众口头创作为基础加以整理改编的故事，在艺术形式上的继承关系更为明显。"② 在书中，刘守华还区分了新故事与评书、小说在艺术形式上的异同，总结出："故事主要是在叙述故事情节过程中展示人物性格，用的是粗线条的勾勒。而小说则将粗线条的勾勒和细致的描绘结合起来，既注意叙述故事，又着力于人物语言、动作、心理、神态以及周围景物的精细刻画，使人物形象鲜明突出。革命故事受小说的影响，在这方面就有所加强。不过小说是写给人看的，而故事则是讲给人听的，为了便于口头表达，故事里对人物、环境的描写又具有简洁、通俗、明快的特色，又区别于一般的小说。"③ 他认为新故事是对传统民间故事、评书、小说等艺术形式的继承、借鉴，是对群众口语的学习，同时，又强调了新故事的独立性："虽然现在的故事不像旧时代的民间故事那样，完全在口头流传，常常书面发表和出版，但它首先要讲得上口，否则，就不成其为故事了。"④ 明确指出具有书面传播形式的新故事应具备能够"上口"的品质。

从1976年开始，以蒋成瑀为代表的研究者们开始对"革命故事"的语言、形式结构、主题等方面有了更进一步的研究。蒋成瑀认为"革命故事是口头文学"，而且口语化是革命故事语言的基本特色。⑤ 他对"革命故事"的语言来源及特点作了细致的阐释，指出革命故事的语言"如鲁迅所说，是'将活人的唇舌作为源泉'的"，"说现代的，自己的话，用活着的白话，讲自己的思想，感情直白地说出来"。口语化语言的特点是："有节奏、上得口；有音韵，说得响；通俗化，听得懂；形象化，记得牢；水净沙明，简短扼要，具体生动，易记易传，具有很强的生命力。"⑥ 认为口语化要充分注意群众的艺术爱好和习惯，

① 刘守华：《谈革命故事的写作》，湖北人民出版社1974年版，第15页。

② 同上。

③ 同上书，第52页。

④ 同上。

⑤ 蒋成瑀：《谈革命故事的口语化艺术》，《革命故事会》1976年第1期，第63页。

⑥ 同上。

对过去的艺术形式和语言形式加以批判的吸收，加强语言的民族化和大众化。他不仅对故事的叙述语言进行了总结，还对“革命故事”中的人物语言作了分析：“人物语言，因人物的思想、感情、个性的不同，千姿百态，变化无穷；比起叙述语言，更需要作者花费艺术匠心。人物语言不外乎独白、插话和对话这三种形式。他们的共同要求是：显示人物性格，上口而不佶屈聱牙，精练而不繁琐冗长，含蓄而不平淡乏味。”① 在形式结构方面，他撰文《谈革命故事的结构》对“革命故事”在新时代反映新内容、新主题、塑造英雄典型形象的故事结构进行了总结。“在长期的艺术创作和讲演实践中，大胆突破了传统结构的组织方法，创造了跌宕多姿、引人入胜的组织方法，使故事结构具有生动性和丰富性，充分展示了故事的革命政治倾向，对塑造无产阶级的英雄人物起到了一定的作用。这些组织方法值得我们加以总结，以期进一步提高故事结构的艺术水平。其一是出乎意外，异军突起的组织方法。……其二是一张一弛，波浪擒纵的组织方法。……其三是拨开迷雾，豁然开朗的组织方法。……其四是串串相连，环环紧扣的组织方法。……其目的是为了更好地表达作品的主题思想，调动一切艺术手段，为塑造无产阶级英雄人物服务，达到‘政治和艺术的统一，内容和形式的统一，革命的政治内容和尽可能完美的艺术形式的统一’。”②

“文化大革命”结束后，“革命故事”在与传统民间故事等艺术形式的关系研究方面有了新的突破。新故事人开始为新故事的发展寻找可靠的立足点和发展方向。1977年，陈圣来曾对此进行论述：“故事要追溯它的发源，也有相当长的历史了，它作为一种群众喜闻乐见的艺术形式，一直在人民中发挥着作用。而且，随着时代的发展，故事这种艺术形式和其他文艺形式一样也在不断发展，不断改造，不断革新，以适应人民群众的需要。它要在继承民间文学的基础上推陈出新，兼收并蓄。……故事要发展，就要批判地吸收过去好的东西，做到古为今用，推陈出新。要在保持故事特点的基础上，广泛吸收各种文艺形式的特

① 蒋成瑀：《独白、插话和对话——谈革命故事的人物语言》，《革命故事会》1976年第8期，第55页。

② 蒋成瑀：《谈革命故事的结构》，《革命故事会》1976年第4期，第72—76页。

长，特别是曲艺各曲种和故事很相近，故事应该兼收并蓄，把它们的长处拿过来，融化进故事里去。”[①] 1978 年之后，从各种角度探讨新故事从何处而来，该向何方走去的成果逐渐多了起来。蒋成瑀发表《民间口头故事与古代说唱文学——略谈革命故事的艺术源流》[②]，这是较早发表的专论革命故事（新故事）艺术源流的研究文章。文章指明革命故事的艺术源流有两个方面：一是民间口头创作；二是古代说唱文学。作者在介绍民间口头创作的种类和特点之后，认为革命故事（新故事）应从民间口头创作中借鉴和学习它的故事性（情节问题）、口语化和丰富的想象幻想；作者在总结古代“说话”等说唱艺术的发展演变历史的基础上指出应借鉴的内容：一是着力刻画人物性格；二是重视开头结尾；三是运用唱词和念白。认为要真正做到“古为今用”就必须弄清革命故事在艺术上和民间口头创作、古代文学遗产的渊源关系，以利于进一步推进革命故事创作。刘守华发表《包藏祸心的“彻底革命论”——批判姚文元关于故事创作的谬论》，文章分“对传统故事文学能彻底扫荡吗”、“新故事的发展能割断历史吗”、“拨乱反正，大力创作新故事”三个部分，肯定了新故事应是对传统民间故事的继承和借鉴，并且对新故事创作的群众性和文体的未定型状态进行了较详细的论述。[③]这几篇文章不仅是为革命故事溯源，从源头上的“认祖归宗”，更是为新故事的发展奠基。

从 1978 年第五期《革命故事会》开始陆续刊载了张紫晨对散文体民间文学样式的介绍文章：《介绍几种散文体民间文学样式（一、民间传说）》、《介绍几种散文体民间文学样式（二、民间童话）》[④]、《介绍

---

① 陈圣来：《头脑里要有听众——听革命故事〈鸡毛大事〉后杂感》，《革命故事会》1977 年第 7 期，第 93 页。

② 蒋成瑀：《民间口头故事与古代说唱文学——略谈革命故事的艺术源流》，《革命故事会》1978 年第 3 期总第 36 期，第 85 页。

③ 刘守华：《包藏祸心的“彻底革命论”——批判姚文元关于故事创作的谬论》，《革命故事会》1978 年第 4 期总第 37 期，第 85—90 页。

④ 张紫晨：《介绍几种散文体民间文学样式》（二、民间童话），《革命故事会》1978 年第 6 期总第 39 期，第 76 页。

几种散文体民间文学样式（三、民间寓言，四、民间笑话）》[①]。在文章开头“编者按”中这样说道：“为了继承我国优秀的文学遗产，批判地吸收有益的传统手法，作为今天搜集新传说和编写新故事时的借鉴，我们请张紫晨同志写了这篇知识性的文章，介绍了几种散文体民间文学样式（民间传说、童话、生活故事、寓言、笑话）的创作特点和手法，陆续在本刊登载。”[②] 此后，革命故事（新故事）的编创者们开始自觉地与传统民间文学、说唱艺术牵手。

（二）对“文化大革命”手抄本文体性质的理论研究

“文化大革命”时期的“地下文学”在80年代被不断搜集整理出版，兴起了一个“手抄本”和“地下文学”研究的热潮，学术界对“手抄本”故事性质的认识大体一致：杨健在《文化大革命中的地下文学》[③] 中将它归为民间口头文学类，并对故事口头流传的情况进行了简要介绍。高有鹏在《“文化大革命”10年文学探微纲要》[④] 中讲到“文化大革命”手抄本故事属于民间文学。[⑤] 并进一步指出“手抄本”故事是民间文学发展产生的新类型，在《关于“文化大革命”时期的民间文学》一文中，他将“文化大革命”手抄本作品《于飞三下江南》、《许世友三进故宫》、《梅花党》、《一张发黄的旧报纸》、《一只绣花鞋》等归类为“文化大革命”时期的“民间传奇，即民间英雄传说，它包括两大类，一是现代侦破故事，二是关于一些无产阶级革命家和一些知名人士的传说”[⑥]。此外，他对手抄本故事在文体上的继承性进行了论述：“其基本特征还表现在对传统文化的继承和发展上。在这一方面，民间传奇中的现代侦破故事最为典型。如《于飞三下南京》、《许世友

---

① 张紫晨：《介绍几种散文体民间文学样式》（三、民间寓言，四、民间笑话），《故事会》1979年第1期，第86页。

② 张紫晨：《介绍几种散文体民间文学样式》（一、民间传说），《革命故事会》1978年第5期总第38期，第84页。

③ 杨健：《文化大革命中的地下文学》，朝华出版社1993年版。

④ 高有鹏：《“文化大革命”10年文学探微纲要》，《郑州大学学报》1995年第4期。

⑤ 同上书，第10页。

⑥ 高有鹏：《关于“文化大革命”时期的民间文学问题》，《河南大学学报》1999年第2期，第27页。

三进故宫》等，在表现无产阶级革命战士的智慧和胆量、情节的设计和描绘人物的方法等方面，有许多就直接借鉴了本世纪初我国侦探小说的手法，而成为侦探小说在当代发展的一个支流。当然，它也不可避免地吸收了传统民间文学的表现方法。其承前启后的意义更为突出，即一方面它借用现代侦探小说的方法，表现出相对稳定的模式，另一方面它直接促进了80年代的通俗文学的繁荣。”①

手抄本有别于印刷体，“本”并非书本的本的字面含义，而是其传播的载体：日记本或工作手册之类的纸制品。白士弘对“手抄本”定义时用到俄语中有对等含义的词汇 pykonucb，意为“手写的稿件”，camo3g 意为“地下”或“自我出版物”，认为这些作品可以理解为民间出版物。② 他对手抄本性质的分析主要是依据段宝林关于民间文学特点的论述，包括口头性、流传变异性、传统性和集体性、立体性的特点以及日本学者柳田国南《传说论》中对民间传说特点的认识来分析的。认为“民间文学是‘文化大革命’手抄本的母体”③，“手抄本是在‘文化大革命’中产生的一个新的文学类别，用以填充那一段书籍遭禁毁、作家被歧视和冷藏的匪夷所思的文化专治时期，整个一代人文化生活需求空白的一种新类型的文学作品。由某人匿名写作，再由相信该故事的真实性并喜好它的阅读者抄写传阅，抄写过程中抄传者不断根据自己的好恶加工或改变，写作方式接近口语化，叙述方式类似传统话本，故事有不受形式限制的自由性，同时还具有集体创作所特有的粗糙文字故事性强且紧贴时代的特征，属民间传说现代版的延续。故事内容多以满足当时人们心理需求和审美情趣为圆满，间或以发生的重大政治事件为蓝本，是‘文化大革命’中后期过剩的激情与弥漫在整个社会的虚幻游离空气相悖逆的产物，其中不乏道德法庭、道德救赎、僭越禁锢的进步作品，但大批判、肃煞、颠覆、嗜血成性、拙劣地迎附政治语境、神经质地图解阶级斗争观、空洞浮夸等大标语式的信息符号仍是手抄本

① 高有鹏：《关于“文化大革命”时期的民间文学问题》，《河南大学学报》1999年第2期，第28页。

② 白士弘：《暗流——“文革”手抄文存》，文化艺术出版社2001年版，第13页。

③ 同上书，第16页。

的主流。其原创作者和传抄者以当时社会底层的‘知识青年’和城里工厂的青年工人为主体。五六十年代前苏联和中国的反特斗争题材的电影、小说是其创作的基本模式化的叙事结构。”[①] 白士弘对“手抄本”故事民间性质的认识更为全面和深入，从“母体”的层面认识民间文学与手抄本故事的关系，肯定它是民间文学的新类型。

在 2004 年杨初、黄宣林合著的《新故事十论》中再次论及与手抄本故事对等的概念“流传故事”，这是新故事界和民间文艺学界在 80 年代对手抄本故事的称谓。文章从民间文学搜集整理的原则出发，质疑流传故事民间性质的纯粹性。“所谓‘流传故事’，它是‘文化大革命’中的特有产物。这类新故事在没有发表之前，就已经在人民群众中广为流传了。后来我们读到的书面发表的新故事，只是作者将社会上流传的多种版本作了一番搜集整理而已。但是，这种搜集整理和传统故事的搜集整理有着明显不同的要求。民间文学的搜集整理，首先第一条就是要忠于原作，要求原汁原味，不允许搜集整理者随意增删或添减内容。而‘流传故事’的搜集整理，执笔的是作者，他不是单纯地搜集整理，实际上是对其进行再创作。他们不但将流传故事的原有情节作了增删，还加进了许多带有纯个人成分的创作内容。”[②] 这又引起我们的思考：个人再创作到底离民间有多远。“文化大革命”时期，“革命故事”和“手抄本”故事分别在“地上”和“地下”各行其事，两者的对比式存在和性质的两栖性，引起了我们对文体性质的比对式思考。

第二节　异化与继承：“文化大革命”时期新故事的文体特征

“文化大革命”时期，“主流意识形态的话语使时代的共鸣凝固化，公开发表的文学创作只能成为共鸣的宣传物，个人性的思考与体验完全被时代的共鸣所取代。当时具体表现为两种创作倾向，一种是歌颂

① 白士弘：《暗流——“文革”手抄文存》，文化艺术出版社 2001 年版，第 16—17 页。

② 书中所引用的例子是黄宣林和肖士太合作改写的“流传故事”《蔷薇花案件》。

型的抒情作品大量产生，一种是图解阶级斗争理论的叙事作品应运而生”[①]。民间故事和新故事的命运也莫能除外，民间故事基本上是被禁止发表的，新故事由于具有反映当下现实生活的品质，使它迅速生长出与时代共鸣的特征。这种与时代共鸣的叙事在公开性的社会场域中完全取代了传统的形式活泼、关注日常生活及蕴含传统伦理道德的“民间性”叙事，甚至扩展到私人场域，即朋友、亲人之间。但同时，“革命故事”仍继续贯彻《讲话》的精神，因此，注重学习“群众语言”的传统还是得到了一定程度的继承。“革命故事”在语言方面依然重视通过口头讲述与书面创作相结合的方式进行传承和播布，在结构形式、内容主题方面虽然受主流文艺创作理论的影响发生了较大的变化，但一些属于“故事性”本身的内结构仍然作为文体形式的稳定因素继续存留。

与“地上”相对，在“地下”流传着的“文化大革命”手抄本故事在主题上也受到时代的影响，但它毕竟在“地下”流传，创作空间相对宽松。手抄本故事借鉴国外侦探小说、民间鬼故事、反敌特电影中的故事结构形式，形成了“反敌特”故事。“文化大革命”结束后，根据“手抄本”故事整理改编出的一系列中、长篇“反敌特”故事，很快成为最受读者青睐的类型。手抄本故事在特殊的创作、传播语境下不自觉地形成了“口头—书面”结合型语体，在结构形式方面又能融通中外，手法虽略显粗糙、缺少严谨的条理性，但却是最自在地发展了我国新故事文学的一个类型。

“手抄本”故事与“革命故事”相比有明显不同。首先，在语境上明显不同，“革命故事”重视公众空间的讲演性，手抄本故事重视私密空间的亲密述说性；其次，口语运用也有不同的侧重，一个是充满政治语录的解说型口头语，一个是充满日常生活气息和具有一定文学色彩的口头语；在结构上也存在不同，“革命故事”图解政治，形式千篇一律。而手抄本故事则更突出地发挥了文学艺术的隐喻性功能，结构灵活，内容生动。下文分别对这两种故事在语言、结构形式上的时代特征进行总结。

---

① 陈思和：《中国当代文学史教程》，复旦大学出版社 1999 年版，第 145 页。

一 "革命故事"对新故事文体的异化与传承

(一)"革命故事"对新故事语体特征的异化与传承

60年代，新故事创作强调为政治运动服务，只要求"上口入耳"，没有要求"口耳相传"，导致"口头—书面"相结合的语体文特征部分异化。尤其是在紧密配合政治运动中产生的故事类型中，出现了较严重的文体异化现象：

1. 古代文言文和政治术语的应用

"革命故事"针对"批林批孔"等政治运动编创了一系列的新故事，这些故事引用了大量政治词汇和古代文言文。政治词汇有"宗法等级制度"、"井田制"、"唯生产力论"等，文言文的使用如《砸烂"克己复礼"黑旗》[①]中出现的"克己复礼为仁"、"日克己复礼，天下归仁焉"、"兴灭国，继绝世，举逸民"。《两面派的嘴脸》[②]中"尺蠖之屈，以求伸也。龙蛇之蛰，以存身也"、"巧伪人"等。群众故事员本身文化程度有限，运用时很容易出问题，如他们将王充在《问孔》中的"已王致太平，太平则凤鸟至，河出图矣"译成"孔老二自以为做了王，就能使天下太平了"，并将这句话看作"充分暴露了孔老二成王复礼的狼子野心"[③]的证据，有牵强附会之嫌疑。这些故事在流传过程中一般都需"加上评注，每篇千把字，并把这些故事配上插图在黑板上连续登载"[④]。这样的故事在口头传播中困难较大。

2. 现代政治语录和术语的运用

"与走资派作斗争"故事类型被注入了大量马列毛语录或者政治色彩很浓的概念化、抽象化的口号式语言，往往使句子长度明显增加，口

① 上海南市区文化馆革命故事创作组编：《砸烂"克己复礼"黑旗》，《革命故事会》1974年第1期，第4—8页。

② 上海市南市区文化馆革命故事创作组编：《两面派的嘴脸》，《革命故事会》1974年第1期，第9—11页。

③ 沪东造船厂动力车间机修工段青年评论组：《编讲〈问孔〉小故事深入批林批孔》，《革命故事会》1974年第3期，第2页。

④ 同上书，第3页。

语性减弱，甚至完全套用书面语。如《闪光的青春——优秀红卫兵孔宪凤的故事》中宪凤对小陈说的一段话：“小陈，学生来学农，就像列宁在这本书里说的：这是非常重要的开端。这是比推翻资产阶级更困难、更重大、更深刻、更有决定意义的变革的开端……小陈，我们下乡来学农，是走在通向共产主义的‘五七’大道上，不是一般性的锻炼。革命青年要跟上时代的步伐，就要自觉改造世界观!”[①]《赤脚理论家》中都是冗长的讲道理的句子：“同志们，大家看一看吧，我们成立了理论小组，阶级敌人当作眼中钉，肉中刺，这是为的啥？因为我们贫下中农掌握革命理论，批林批孔，挖了他们的老根，所以拼命反扑。但是，敌人的阴谋是不会得逞的，他们越是反对我们理论小组，我们越是要办得更加好，要进一步理论联系实际，在战争中学习战争，向敌人主动出击，猛烈开火，把批林批孔运动普及、深入、持久地进行下去，让他们永世不能‘克己复礼’!”[②] 这些话农民绝对讲不出。就是会讲故事的人，对这些话语也要特殊记忆。在毛学镛的《怎样讲革命故事》一书中，作为正面的讲故事经验谈到这个问题：“在记的中间，有几个地方要特别花功夫，记得一点不漏不错，不能临时编凑发挥。1. 重要对话……2. 突出的引语、名言、警句，如《把一切献给党》中所引用的毛主席在《纪念白求恩》中的一段话，或雷锋的一段日记，《红岩》中成岗的‘自白书’，等等。”然后说：“如果心记没把握，可以用个小卡片，记下来带在身边，到讲的时候，能记牢就不看，记不牢，就公开拿出来读一读。”[③] 故事中大量写入诸如此类的语言，大大弱化了故事的“口头性”。

3. 戏剧、电影语言的照搬。在由革命样板戏和电影文学改编而成的故事中，大量引入原戏剧、电影文本中的人物对话部分，使故事中人物众多，表演性要求提高，讲述难度增大。讲故事变成一种蹩脚的讲述加表演的“新形式”。对“口头性”的理解，表现出较为片面的语言表

---

① 沪东工人文化宫创作组薛宣红：《闪光的青春——优秀红卫兵孔宪凤的故事》，《革命故事会》第 8 期，第 2 页。

② 陆健德：《赤脚理论家》，《革命故事会》1975 年第 8 期，第 20—21 页。

③ 毛学镛：《怎样讲革命故事》，上海文化出版社 1965 年版，第 22 页。

演化倾向。在这类型故事中，白话叙事呈现出萎缩性的单音调言语方式，“工农兵语言”被限定在单一化的交际功能的圈子里，白话失去了张力，语义的表述功能弱化。

此外，革命故事对新故事语体发展仍有一定的促进作用。基层鼓励故事员不仅要讲故事，而且还要编故事，提倡革命故事编讲一体化。金山县在创作实践中常有这样的情况：“故事是在口头创作的基础上再写成文字的，书面的故事多数是口头故事的记录。我县有一个五十多岁没有文化的老贫农，怀着积极宣传马列主义、毛泽东思想的政治热情，不仅会讲故事，而且编出了好几只革命故事。这说明讲故事的，完全能够编故事，而且还可以编得很好。提倡故事员编故事，故事创作队伍就能扩大，故事创作就能繁荣。”① 这段话说明在基层“革命故事”创作依靠群众的主线没有变。金山县的故事创作强调故事语言的口头性，认为如果“没有富有生活气息的鲜明生动、口语化、形象化的语言，就不能把故事内容有声有色地表达出来。许多流传较广的革命故事，都是在讲演和交流中，吸收了劳动人民朴实的、生动活泼的语言，使故事泥土味很足，讲起来很上口”②。如《海滨新一代》中：“就说这个春英吧，一个三年前回乡的知识青年，黄毛丫头平平常常，可是老陆呢，横看好，竖看好，像觅着了宝，弄得她身上长刺，头上出角，带着小青年跟我闹别扭。”③ 这类生活性强、形象生动的语言就是在实践中提炼出的群众语言，是生动活泼的口头性的书面语。与此相辅相成的是，“革命故事”的理论版面中也有探讨如何提高革命故事讲演水平，如《为革命讲好革命故事》④，文章对讲故事过程中应注意的主题提炼、无产阶级英雄人物形象塑造、语言的使用、表和白的关系、关于故事表演、运用眼神、防止单纯追求剧场效果等问题进行了深入探讨。提要求的过程也是对“革命故事”讲的过程的研究。新故事十分重视讲述效果，虽然此时的研究没有从听众、受众群体入手作具体研究，但我们还是可以将它

---

① 上海市金山县文化馆编：《海滨新一代》，上海人民出版社1975年版，第125页。

② 同上书，第124页。

③ 同上书，第124页。

④ 陈永绩：《为革命讲好革命故事》，《革命故事会》1976年第2期，第67—78页。

看作故事讲述活动中讲述者与听众的互动研究的萌芽。毛学镛曾经谈论讲演经验“以讲故事人的身份插话议论要灵巧、适当，如果能在节骨眼上说几句，可以起到画龙点睛的作用。例如，有个故事员在讲雷锋是怎样对待幸福时，插了一段话，指出：‘有些人说，三分自留地，四只老母鸡，一对好夫妻，真是好福气。这是个人主义思想，跟雷锋的思想完全相反，这是要不得的。’这种对比很形象、很鲜明，效果很好”。[①] 如何讲必然影响着如何编、如何写，这样的讲说经验对“革命故事”文本创作中保持并发展语言的口头性起了积极的作用，是对新故事文学“口头—书面”结合型语体的继承。

（二）“革命故事”对新故事结构形式的异化与传承

“革命故事”是以“纪要”思想为主题，以现代革命样板戏创作实践为依据来组织题材进行创作的，具体由四方面内容组成：一是“无产阶级文学的党性原则”：必须自觉地为无产阶级革命路线服务；二是“社会主义文艺的根本任务”：努力塑造工农兵的英雄人物；三是以样板戏为经验形成的“无产阶级创作”的“三突出”原则；四是坚持“三结合”创作方法。在这四条中，对结构形式产生直接影响的就是第二条和第三条。1974—1975 年“革命故事”曾一度集中移植改编革命样板戏。“革命样板戏是无产阶级文艺革命的胜利成果，也是无产阶级文化大革命的新生事物。随着批林批孔运动的深入开展，进一步普及革命样板戏，大力提倡各种文艺形式移植革命样板戏，这是充分发挥革命样板戏对于巩固和发展社会主义经济基础、巩固和加强无产阶级专政巨大作用的一项重要措施。”[②] 故事编写也要坚持表现文艺战线上的两个阶级、两条路线的斗争思想，人物角色的安排要按照“三突出”[③] 的原则，也就是在所有的人物中突出正面人物，在正面人物中突出英雄人物，在英雄人物中突出主要英雄人物来塑造“工农兵的英雄人物”。用

---

① 毛学镛：《怎样讲革命故事》，上海文化出版社 1965 年版，第 40—41 页。

② 赵翔：《大讲革命样板戏故事，大力普及革命样板戏》，《革命故事会》1974 年第 2 期，第 34 页。

③ 《努力塑造无产阶级英雄人物的光辉形象》，《红旗》1969 年第 11 期。（这是姚文元审定，江青批准的“三突出”的定义。）

"三陪衬"的原则来塑造英雄人物的形象，即反面人物和正面人物之间，要用反面人物陪衬正面人物；正面人物和英雄人物之间，要用正面人物陪衬英雄人物；英雄人物和主要英雄人物之间，要用英雄人物陪衬主要英雄人物。这些原则基本上限定了"革命故事"的结构形式。

据报道："自从大力普及革命样板戏以来，上海地区的广大革命故事员以革命故事为战斗武器，积极、认真地移植改编革命故事样板戏，投入了宣传、普及、捍卫革命样板戏的斗争。几年来，移植改编革命样板戏的有《智取威虎山》、《红灯记》、《沙家浜》、《红色娘子军》、《白毛女》、《奇袭白虎团》、《海港》、《龙江颂》、《平原作战》、《杜鹃山》等。"[①] 这些作品是帮派政治开创"无产阶级文艺新纪元"的集中体现。正如陈思和所说："它在文艺观念上的'根本任务论'是'文艺为政治服务，文艺为工农兵服务'的思想的极端化形式，前者发展为文革中对政治斗争的直接参与，后者则直接简化为工农兵形象'占领'舞台。"[②]"塑造无产阶级英雄典型是社会主义文艺的根本任务"，从学习革命样板戏创造出的革命样板戏故事开始，"革命故事"的公式化、模式化、概念化日益定型。《革命故事会》还刊发了一系列指导如何编创革命样板戏故事的理论文章，确立起了一套创作的标准体系。《智取炮楼》[③] 根据革命现代京剧《平原作战》第四场"智取炮楼"改编，在改编体会中谈到三点："一、在尊重原著的基础上，应该根据故事的特点，对某些情节进行必要的调整和补叙。……二、根据故事的特点，正确领会和发挥剧本的动作提示，更好地塑造英雄人物。……三、根据故事的特点，对剧本的语言进行一些适当的'改造'。"[④] 革命样板戏成为"有利于革命故事这一艺术形式的发展，有利于肃清'无冲突论'、'中间人物论'、'反题材决定论'等文艺黑线的影响，摒弃'卖

① 赵翔：《大讲革命样板戏故事，大力普及革命样板戏》，《革命故事会》1974年第2期，第34页。

② 陈思和：《中国当代文学史教程》，复旦大学出版社1999年版，第167页。

③ 南汇县革命故事业余讲演队周进祥、周文华、马小毛：《智取炮楼》，《革命故事会》1974年第1期，第60—66页。

④ 南汇县革命故事业余讲演队周进祥、周文华、马小毛：《我们是怎样改编〈智取炮楼〉的?》，《革命故事会》1974年第1期，第66—67页。

不完的关子，摆不完的噱头’，单纯追求情节曲折离奇、惊险恐怖等旧曲艺、旧故事的流毒，从而使革命故事在反映工农兵的火热斗争生活，塑造工农兵的英雄形象”[①] 的模板。

1976 年前后，银幕和舞台上又出现了一批反映“与走资派斗争”的电影和戏剧，如《春苗》、《决裂》、《反击》等。《革命故事会》配合电影和戏剧的演出将《春苗》和《决裂》改编为“革命故事”。在改编过程中坚持了每个故事在主题、线索上的单一性，在表现方式上以“三突出”原则塑造了完美的“高、大、全”式英雄人物形象。这些故事人物形象类同，创作模式固定，故事中矛盾冲突必须有“阶级斗争”、“路线斗争”的情节。在《谈谈故事〈闯滩〉的创作体会》中作者谈到《闯滩》由原作《夜奔》改编为“对口故事”《抢渡青龙滩》后群众反响不错。之所以能够有这样的反应，主要是作品经历了一个改进的过程。初期改编的故事：“努力描绘青龙滩天险这个环境，使主人公始终在急流险滩、惊涛骇浪之中，把矛盾冲突组织在革命英雄主义与青龙滩天险的斗争上”。但领导、群众认为作品中英雄形象单薄。最后找到根源，作品没有写好‘冲突’，实质上是‘阶级斗争熄灭论’在文艺创作中的反映……我们在《抢渡》中主要是写了‘人与自然斗争’实质上是‘无冲突论’的一种表现，这使我们思想上受到了很大的震动，意识到在创作思想上存在着两条路线斗争。……我们进一步学习毛主席关于文艺创作典型化的论述，学习革命样板戏的创作经验，使我们明确了在文艺作品中塑造不塑造工农兵英雄形象，写不写矛盾冲突，不单纯是个创作方法问题，而是一个要不要以党的基本路线指导创作的大是大非问题。在激烈的矛盾冲突中塑造工农兵英雄形象，这是无产阶级文艺创作的根本任务。”[②] 于是又重新修改了故事，在路线斗争中成功塑造了英雄形象。这种斗争型故事结构成为这个时期故事文体结构的定型化模式。

---

① 赵翔：《大讲革命样板戏故事，大力普及革命样板戏》，《革命故事会》1974 年第 2 期，第 35 页。

② 上海市物资局业余文艺创作组：《谈谈故事〈闯滩〉的创作体会》，《革命故事会》1975 年第 5 期，第 89 页。

在征集“知识青年上山下乡故事”的过程中，《革命故事会》曾发布启事对其创作模式加以框定：“作者可选择知识青年上山下乡运动的某一个侧面，运用革命现实主义和革命浪漫主义相结合的创作方法，‘三突出’的创作原则，进行集中概括，加以典型化。”[①] 故事刊物对选编什么内容，为什么服务等创作原则进行了系统的规约，理论与实践双管齐下，产出了当时形式渐趋呆板，公式化、概念化的“革命故事”。

综上所述，“革命故事”对新故事文体的异化一方面表现在言语方面，言语的口号化、语录化现象严重。另一方面就是在文体结构上出现了严重的公式化、概念化问题。故事表现出来的思想感情都是经过各种规约，包括对人、事、景、物的刻板地安排，作品主题近乎直白地“阐释”。文学作品的创作内容本应该是内涵充分的“所指”却被削足适履般地限定为一种，那就是“阶级斗争”。无论是《万匹机风波》，还是《劈风斩浪》，不管多少种人、事、景、物，表现的内容都是固定的。作品的意义本应是极富表现功能的“能指”也被限定成唯一的“能指”。于是，革命故事在文体方面的魅力急剧下滑，大大折损了文体的表现力。

1976年，“四人帮”被打倒。随后，文艺路线复归，“样板戏故事”的结构形式退出历史舞台。1976年第10期《革命故事会》首页写着“继承毛主席遗志，高举马克思主义、列宁主义、毛泽东思想伟大红旗，在以华国锋主席为首的党中央领导下胜利前进”。刊物登载了一系列时政要闻，转载《人民日报》、《红旗》、《解放军报》发表的社论《伟大的历史性胜利》，宣告“四人帮”彻底破产。金山县文化馆发表《欢呼伟大胜利，投入新的战斗》，沪东工人文化宫工人文艺创作组发表《为忠实执行毛主席的革命文艺路线而奋斗》等文章。“文化大革命”时期的文艺路线开始退出历史舞台，毛泽东文艺路线继续推进。高陵县革命故事办公室提出要：“批判地学习和继承我国的优秀文学遗产，学习古典文学和民间文学，从中吸取有益的营养，使革命故事朝着

① 《为社会主义的新生事物高唱赞歌“知识青年上山下乡故事”征文启事》，《革命故事》1975年第5期，第94页。

具有‘新鲜活泼的、为中国老百姓所喜闻乐见的中国作风和中国气派’方面发展。”[①] 蒋成瑀等理论研究者提出新故事应在结构形式方面，向民间文学学习，向相关的曲艺类学习，“故事，作为民间文学的一种形式，长期在人民群众中流传，逐渐形成了自己固有的艺术传统，如爱憎分明的阶级感情，朴素、刚健、清新的风格，重叠、夸张、比兴的表现方法，等等，这些都是人民群众所熟悉和喜爱的”[②]。“文化大革命”结束后，传统情节结构形式在新的内容和主题的贯穿下焕发出新的活力，如《幺鸡》，故事沿用传统民间故事三段式创作了红小兵三斗“猴胖子”的过程，情节安排紧凑，生动有趣，把红小兵的可爱、纯朴、机智的性格表现得惟妙惟肖。

新中国成立十七年间所奠定的革命英雄主义传统重新回到文艺界，新故事刊物遵循现实主义创作原则，开始编创刊发塑造表现革命乐观主义的革命英雄题材故事。1977—1981 年前后是新故事创作的复苏期。这一时期的新故事基本按照新中国成立初十七年的创作路线前进，文体特征表现为作者在创作动机上依然是出于崇高的历史责任感和时代使命感；创作观念上偏重作品的教育功能和认识价值；创作方法上坚持革命现实主义和革命浪漫主义相结合的原则；审美品格上追求崇高的革命英雄主义精神，注重塑造具有理想色彩的英雄人物，感情基调乐观昂扬；文体形式上重视结构的完整、人物性格发展和故事情节线索的清晰，叙述语言准确明了。

二 “地下文学”对新故事文体的发展

“地下文学”代表的是“文化大革命”期间以知识青年和工厂工人为主体的民间话语体系。首先，“手抄本”故事在语言上保持了“口头—书面”的结合型特征。白士弘认为：“文化大革命”手抄本故事是

① 高陵县革命故事办公室：《我们是怎样辅导革命故事编讲活动的》，《革命故事会》1977 年第 7 期，第 90 页。

② 蒋成瑀：《“引人入迷”——读山西省高陵县的革命故事和新传说有感》，《革命故事会》1977 年第 8 期，第 109 页。

口头播布与书面流传两种方式相结合的“新故事”类型，其“写作方式接近口语化”[①]。故事《绿色的尸体》[②] 中有一段讲“金表的来历”：“要想知道表的来历，还得讲讲这位大老板的故事。这位大老板有很大的工厂和商店。有三个媳妇，大姨太太生了个儿子，她住在苏州；二姨太太在杭州；三姨太太在上海，她只有一个女儿。这时老板已经是六七十岁的人了，该有人继承他的家业才好。当时他的儿子正在美国留学，他拍了个电报让儿子回来，又叫了三个大经理，把他的财产算一算，结果三个经理算了半个月的时间算出的数字大得惊人，连他自己也不敢相信。……那个绿色的尸体，就是大少爷，临死前盯着小张大夫，是因为那天敬酒时大少爷见过他。后来小张大夫的行动都是奉大姨太太的事先安排去做的。”[③] 这是非常有代表性的讲故事的“口头”语言，有一种娓娓道来的味道。故事中人物只有身份而没有具体的名字，这与传统口承故事相一致。《绿色的尸体》中的主人公没有完整的姓名，只有小张大夫、老大夫、上海公安局刑侦科李科长、侦查员小于，怪物。同时，手抄本故事借用了我国传统讲故事的套话形式：“话说一个运输队有一个青年司机姓李是共产党员，对工作认真负责。这一天，车队给一个菜场运菜，傍晚也该下班了，小李想再运一趟，就向领导提出请求，领导同意了。……”[④] 但并非所有的手抄本故事的语言都具有这样的品质，还有一些故事受到小说影响，书面性稍强，如《一缕金黄色的头发》[⑤] 中出现了大段的“诗意”化语言：“在解放后的一段短短的生活中，她深深地体会到新生活的甜美，隐居乡下两年以后，又重新返回这座山城。政府根据自己的要求安排了工作，工作起来又是诗一样的陶醉，这一切，使一个自己认为失去了灵魂主宰的姑娘又充满了青春的活力。看到社会的巨变，她深信：只有共产党才能挽救像她这样的人，她曾下了

① 白士弘：《暗流——“文革”手抄文存》，文化艺术出版社2001年版，第16页。

② 同上书，第41—65页。

③ 同上书，第48—49页。

④ 同上书，第50页。

⑤ 田茂盛抄录：《一缕金黄色的头发》，录入白士弘《暗流——“文革”手抄文存》，文化艺术出版社2001年版，第95—197页。

决心背诵着苏联英雄保尔的话：'过去的事，就让它过去吧！'"[1] 手抄本故事在语体方面的稳定性较差。不同的创作、传抄者文学修养差别较大，有的受小说创作理论和创作方法影响深，就偏向书面语言；有的受故事讲述的口头传统影响深，就偏向日常口语，并非整齐划一。这也是人们对"手抄本"故事整体进行定性时看法不同的原因之一。

此外，在语言方面的贡献还表现在一些新词汇的运用和传播方面。由于"文化大革命"手抄本故事多为知识青年、有文化的青年工人们创作，他们的言语词汇与农村群众的言语词汇是有区别的，在这些手抄本故事中，使用了很多意指资产阶级生活方式的词语，如三明治、冰淇淋、巧克力、咖啡、白兰地、威士忌、夹克、黑色伏尔加、越野车、摩托车等。还有一些城市生活的公共场所，如酒吧、咖啡馆、舞厅等。故事中的背景城市包括北京、南京、上海、武汉、重庆等，具体地点是交通枢纽、重要军事基地、国防科研单位、医院、太平间。

在具体结构形式方面，手抄本故事体现出较为复杂的框架结构。白士弘认为它们"有不受形式限制的自由性"[2]。如《绿色的尸体》[3] 就是由十几个小故事粘连组合而成的，主要围绕破获敌特组织的主干线索，依据不同人物出场和关键情节的讲述分出枝蔓，连缀成篇。是我国传统公案故事与西方侦破故事（小说）结构形式相结合发展而成的具有民族、时代特色的新结构。这与五六十年代前苏联和中国的反特斗争题材的电影、小说的叙事结构的基本模式有着内在关联。本文以流传相当广泛的《绿色的尸体》的结构形式分析为例，展示反敌特故事的结构特点。

事件 1：医院惊现绿色的尸体。尸体还阳，留下眨眼暗语，紧盯小张大夫。人死后，小张大夫要求把尸体送太平间，太平间门前突然出现怪物，小张大夫、侦察员小于被吓昏，尸体不翼而飞。

人物：老大夫、小张大夫、李科长

---

① 田茂盛抄录：《一缕金黄色的头发》，录入白士弘《暗流——"文革"手抄文存》，文化艺术出版社 2001 年版，第 104 页。

② 白士弘：《暗流——"文革"手抄文存》，文化艺术出版社 2001 年版，第 16 页。

③ 田茂盛抄录：《绿色的尸体》，录入白士弘《暗流——"文革"手抄文存》，文化艺术出版社 2001 年版，第 41—66 页。

事件2：李科长怀疑小张大夫，但调查扑空。

人物：李科长、小于

事件3：李科长又猜暗语，小于接受侦察任务，在废墟中听到歌声。李科长根据情况重新布置了侦察任务。

人物：李科长、小于

事件4：李科长收到一只金表，让小于拿去作价，结果，金表被黑衣人偷走。

人物：李科长、小于、黑衣人

事件5：故事插叙金表如何送到李科长处，以及金表真正主人（大老板的大姨太的亲生儿子。）

人物：黑衣大汉、女学生、李科长、大老板、大姨太太和儿子、几个经理、小张大夫

事件6：继续废墟坟场风波的故事：小李给单位送菜路过坟场，救下一名中了枪伤的人。随后他发现有黑衣人爬车跟踪。

人物：黑衣人、小李、受枪伤的人

事件7：李科长的助手小杨和小于开始侦察坟场。小于用一个烟头打开坟场暗门。小于、小杨分别进入地道。小杨发现去坟地的地道，回去报告。同时李科长接到电话说公共车上发现女尸。

人物：小于、小杨、李科长

事件8：李科长来到现场。插入讲女尸的故事：女尸是大老板和三姨太的女儿，三姨太一家子干特务，但女儿嫌危险不愿意干了。三姨太害怕出事，派黑衣人杀害亲生女儿。派出的黑衣人被警察锁定。

人物：黑衣人、李科长

事件9：在苏州发现黑衣人，李科长和小杨转战到苏州。这部分插入“三封情信”的故事：苏州老工人出差给女儿在当铺里买到毛衣，有一个证章。女儿三次上街，被人塞了三回信。黑衣人闯来发现找错人了。老太太报案。

人物：黑衣人、老太太及女儿

事件10：李科长在报纸上发现发丧消息，派人去调查。丧礼上的人都别有证章，警方介入，发现绿色尸体。警方抓获三姨太，审讯后供出尸体的原委以及敌特在公安局的内线刘吉。正在关键时刻，刘吉打电

话命令他回上海，引起李科长怀疑。

人物：李科长、三姨太、刘吉

事件 11：刘吉派李科长和小杨出去办事，李科长发现有尾巴。通过推理斗智，终于安全回到上海。

人物：李科长、小杨、黑衣人、医生

事件 12：李科长发现大姨太，李科长的助手小钱装疯卖傻混进敌特教堂，抓住机会消灭了大股特务。

人物：李科长、小钱、大姨太、刘吉、大经理、小张大夫

事件 13：广州追踪，警方将敌特组织一网打尽。

人物：李科长、大姨太、刘吉、大经理、小张大夫

从这个简单的故事情节安排的线路图上可以看出反敌特故事在结构形式上的一些基本特征，包括枝蔓众多，善设悬疑；结构松散，情节跌宕；故事完整，逻辑散乱等。从叙事学的角度分析，它继承了我国传统说话艺术或者说故事讲说艺术的“流动性视角”，在全文之外存在一个全知视角，那就是讲述者，由这个视角统摄全文，交代一些故事人物不应该知道，但听众和读者可以知道的一些情况。这类故事擅长设置悬念，常通过视角的转换，不断地设置一些不能肯定将被实现的预述，插入一些虚虚实实的信息。这种暗示是含蓄的，一个暗示只是一个胚芽，它如何发芽生长就成为一个谜。“侦探小说中的线索常常起到暗示的作用。在这种情况下，必须小心对读者隐瞒信息，防止这样的理解，那就是这些暗示就是预述；否则，谜会被过早猜破。另一方面，也必须使聚精会神的读者有可能感觉到它们的预述性质。”① 正是这种谜增加了故事的叙述张力。“侦探小说的训练有素的读者将会不断思忖某个特定的细节是不是预述。这种好奇性又可以用假暗示的办法来加以操纵：那些产生对线索的暗示的细节，结果却不过就是细节而已。”②“反敌特”故事正是使用这些手段，不断加强审美张力，在恐怖、紧张、不断的猜测中带给人特别的“刺激”感，干扰受众，使故事悬念重生。

① ［荷］米克·巴尔：《叙述学：叙事理论导论》，谭君强译，中国社会科学出版社 1995 年版，第 74 页。

② 同上。

同时，反敌特侦破故事中使用流动性视角又比传统流动性视角更注重设置故事人物的“限知视角”，以突出侦破人员的“新特质”。反敌特故事的主题主要通过主人公的形象与行动来传达。新公安侦察人员是中国传统公案故事中清官、侠客与西方侦探故事中的神探三位一体的“新超人”，是包拯、王朝、马汉与福尔摩斯相结合的产物。他们正义凛然，机敏勇武，且具有高超的逻辑推理能力。这种全能传奇人物是一个新类型，他不仅有传统公案文学中的侠义和传奇色彩，同时也有现代侦探小说中的分析、推理、归纳、判断的能力，可以灵活运用物理、化学、医学、逻辑等系统的科学知识观察、侦破案件。故事情节主要依靠侦察人员的侦察活动来推动，因此，故事常常插入侦察员的视角以控制情节的发展。出现了以故事人物的限知视角为主体，故事讲述者的全知视角为辅助，两种视角频繁转换，以体现悬疑性为目的的流动性视角模式。这种使用视角转换推动情节发展的形式是新时期侦破小说在叙事中的主要特征。

此外，“手抄本”故事在结构上显示出一些民间物质。在这些“手抄本”故事中，有很多都是由共同的小故事构成的，《梅花党案》是当时最流行的“手抄本”故事，其故事套路是一名勇武的共产党侦察员凭借英俊形象与敌特高级将领的女儿谈恋爱打入敌人内部，意外发现梅花图，金属梅花等标识。经过侦察确认其敌特组织性质之后，排兵布阵将其一网打尽。故事由《绿色的尸体》、《武汉长江大桥上的孕妇》、《火葬场的秘密》等多个小故事组成。而在另一“手抄本”故事《一只绣花鞋》中，又综合了《梅花党案》的系列故事，在母题上也多有借用的情况，这与传统民间故事情节母题重组现象非常相似，或者说形成的规律是一样的。

陈思和说民间是一个杂芜的世界。而艺术要通过特有的理性，用艺术形式和艺术手段去控制、征服、阐释、解构这一切。“文化大革命”时期主流文艺用政治阐释代替了文学话语。而“手抄本”故事则继承了民间文艺的审美机制，它用民众可体验的高兴与悲痛的对比，胜利与失败的较量，善良与邪恶的斗争，这种极度纯洁化的艺术处理方式使文学中的生活沁人心脾。当生活经过这样的艺术处理之后，它突然变了一种风貌，不能说是高尚静穆也可以说是是非分明的。手抄本故事对生活艺术化的同时其实也是一种深刻化，虽然情感的种类和复杂程度不及现实生活，但是，其品质却得到了极大的提高。这正是新故事在继承民间故事的种种特质之后持续产生美感受到听众读者欢迎的根源。

第三节 “文化大革命”时期新故事的主题与类型

“革命故事”被要求紧密联系阶级斗争和路线斗争，表现社会主义革命和社会主义建设的重大题材。这是无产阶级文艺创作的政治原则，也是由无产阶级文艺必须为工农兵服务这一根本任务决定的。《发光的年代》创作组曾撰文《为发光的年代唱赞歌》，文中说：“表现社会主义建设和社会主义革命的重大题材，是无产阶级文艺创作的政治原则，是塑造无产阶级英雄人物这个根本任务所决定的。在文艺创作要不要表现重大题材，要不要反映重大政治斗争的这个问题……其实质就是要不要坚持社会主义文艺的政治方向。这个问题在故事创作中同样存在。小故事要不要、能不能反映大题材，我们有个认识和实践的过程。”[①] 当时故事选取的都是政治题材。而且不管是什么题材，都是要通过对题材的选择去“写人，写人物性格，写人与人之间的关系，通过生产斗争来反映阶级斗争和路线斗争”[②]。在“革命故事”中题材的区分只是表面，创作实质在于对英雄人物的塑造，在于对阶级斗争和路线斗争的阐释。由于“革命故事”高度一致地反映政治文艺路线和要求，因此，故事的类型性比较明显。

一 图解政治：“革命故事”的主题与类型

在“文化大革命”时期，“革命故事”贯彻十大精神、配合“批林

---

① 革命故事集《发光的年代》创作组：《为发光的年代唱赞歌》，《革命故事会》1974年第4期，第78页。

② 郁俊英、沈金祥：《认真学习，勇于实践——创作〈发光的年代〉的体会》，《革命故事会》1974年第2期，第98页。

批孔”等政治运动的精神，为不同历史时期的政治任务服务，创作了包括批林批孔、加强阶级斗争、与走资派作斗争、树立英雄典范、知识青年上山下乡、学习毛泽东著作等六大主题，十四种故事类型。

主题一：批林批孔

1974 年配合“批林批孔”的政治斗争，《革命故事会》在第 1 期、第 3 期、第 4 期，1975 年第 5 期等发表了“问孔”、“故事新编”等“批林批孔”系列故事 16 篇；上海人民出版社在 1975 年 1 月编辑出版了《劳动人民反孔斗争故事》，收入 7 则故事。其中，“故事新编”也是选取一些历史故事或哲学故事来阐释新的政治意识形态内容，“文化大革命”时期，主要指“批林批孔”故事。

类型 1：批林批孔

Ⅰ. 直接披露林彪反动思想。

a. 两面派嘴脸：克己复礼、以屈求伸。

b. 吹捧“一灯能除千年暗，一智能灭万年愚”，看不起工农群众，与人民为敌。

c. “学习韦编三绝的治学精神”，教子读经，干反革命的罪恶勾当。

Ⅱ. 指出林彪反动思想的来源，并讲述相关的反动思想言论故事。

Ⅲ. 认为孔子与林彪的失败是必然的，他们是一路货色。

来源：《砸烂“克己复礼”黑旗》[①]、《两面派的嘴脸》[②]、《蠢驴的嘶叫》[③]、《野心家的教子经》[④]

类型 2：

Ⅰ. 讲述孔子、孔子后人崇尚历史倒退论，要恢复旧社会、旧制度

① 上海市南市区文化馆革命故事创作组编：《砸烂“克己复礼”黑旗》，《革命故事会》1974 年第 1 期，第 4—8 页。

② 上海市南市区文化馆革命故事创作组编：《两面派的嘴脸》，《革命故事会》1974 年第 1 期，第 9—11 页。

③ 上海市南市区文化馆革命故事创作组编：《蠢驴的嘶叫》，《革命故事会》1974 年第 1 期，第 11—13 页。

④ 上海市南市区文化馆革命故事创作组编：《野心家的教子经》，《革命故事会》1974 年第 1 期，第 14—17 页。

遭致失败的故事。

Ⅱ. 指出林彪和孔子、孔子的后人们一样，想要复辟林家王朝、资本主义，都将被历史的车轮碾得粉身碎骨。

来源：《孔老二求官》[①]、《从“凤凰”到“天马”》[②]、《孔老二搬家》[③]，故事新编《批孔英雄柳下跖》、《秦始皇“焚书坑儒”》、《曹操杀孔融》，《风雷激荡大泽乡》[④]、《怒捣大成殿》[⑤]、《桑弘扬舌战群儒》[⑥]、《阳货送蒸猪》[⑦]

主题二：阶级斗争

类型：样板戏故事

1966年12月26日的《人民日报》上发表了《贯彻毛主席文艺路线的光辉样板》的文章，首次将京剧现代戏《沙家浜》、《红灯记》、《智取威虎山》、《海港》、《奇袭白虎团》，芭蕾舞剧《红色娘子军》、《白毛女》和交响音乐《沙家浜》并称为八个“革命现代样板作品”。随后又出现了京剧《龙江颂》、《红色娘子军》、《平原作战》等第二批“样板戏”。这些作品就是那个时期为数不多的公开文学作品中的“样板”，通过舞台表演、电影、广播电台、剧本等文艺形式在国家控制的传播渠道向全民推行。“文化大革命”时期，主流媒体提倡各种文艺形式都应移植革命样板戏的结构，认为这“是充分发挥革命样板戏对于巩固和发展社会主义经济基础、巩固和加强无产阶级专政巨大作用的一项重要措施”[⑧]。从某种程度上说，这些作品是“文化大革命”时代精神生活的象征。

---

① 沪东造船厂动力车间机修工段青年评论组编：《孔老二求官》1974年第3期，第5—6页。

② 沪东造船厂动力车间机修工段青年评论组编：《从“凤凰”到“天马”》1974年第3期，第7页。

③ 沪东造船厂动力车间机修工段青年评论组编：《孔老二搬家》1974年第3期，第7—9页。

④ 上海工程机械厂工人理论学习小组：《风雷激荡大泽乡》1974年第4期，第58—62页。

⑤ 毛采庭编讲：《怒捣大成殿》1974年第4期，第63—69页。

⑥ 机电一局革命故事员学习班：《桑弘扬舌战群儒》1974年第4期，第70—76页。

⑦ 卢进兵：《阳货送蒸猪》，《革命故事会》1974年第1期，第17—20页。

⑧ 赵翔：《大讲革命样板戏故事，大力普及革命样板戏》，《革命故事会》1974年第2期，第34页。

这些样板戏在70年代陆续被改编为“样板戏故事”，上海地区“移植改编革命样板戏的有《智取威虎山》、《红灯记》、《沙家浜》、《红色娘子军》、《白毛女》、《奇袭白虎团》、《海港》、《龙江颂》、《平原作战》、《杜鹃山》等”[①]。其中根据《平原作战》第四场“智取炮楼”改编的《智取炮楼》[②]，第九场改编的《爆炸军火》[③]；根据1973年9月北京京剧团演出本改编的《杜鹃山》[④]；根据革命现代京剧《奇袭白虎团》第六、七、九场改编的《奇袭白虎团》[⑤]；根据革命现代京剧《磐石湾》第一、二、三场改编的《刀对鞘》[⑥]陆续发表在《革命故事会》上。

其故事类型归纳如下：

Ⅰ. 阶级敌人处处搞破坏，煽风点火，唯恐天下不乱。

Ⅱ. 阶级兄弟做过错事，立场不稳。阶级敌人抓住弱点，设计陷害。

Ⅲ. 无产阶级弟兄团结一致，相互信任，抓出阶级敌人。

来源：《劈风斩浪》[⑦]

主题三：与走资派作斗争

1976年前后，“四人帮”先后策划了一批表现“与走资派斗争”的电影和戏剧，如《春苗》、《决裂》、《反击》、《盛大的节日》等，这些电影作品在政治上完全沦为为“四人帮”制造舆论的“影射文

---

① 赵翔：《大讲革命样板戏故事，大力普及革命样板戏》，《革命故事会》1974年第2期，第34页。

② 南汇县革命故事业余讲演队周进祥、周文华、马小毛：《智取炮楼》，《革命故事会》1974年第1期，第60—66页。

③ 南汇县革命故事业余讲演队周进祥、周文华、马小毛：《爆炸军火》，《革命故事会》1974年第3期，第32、50—55页。

④ 上海市南市区文化馆革命故事组：《杜鹃山》，《革命故事会》1974年第2期，第1—33页。

⑤ 上海人民电机厂许逸周：《奇袭白虎团》，《革命故事会》1974年第4期，第41—50页。

⑥ 上海市南市区文化馆革命故事创作组：《刀对鞘》，《革命故事会》1976年第3期，第47—57页。

⑦ 孙武、王善鹏：《劈风斩浪》，《革命故事会》1975年第5期，第1—19页。

艺”。当时《革命故事会》配合电影和戏剧的演出将《春苗》和《决裂》先后改编为“革命故事”。反映这个主题的故事类型还有：

类型1：开门办学

Ⅰ.有人质疑、反对开门办学，故意设置障碍。

Ⅱ.群众拥护开门办学，学员认真学习，排除障碍。

Ⅲ.群众赞扬开门办学的形式好。

来源：《开门第一课》①、《赤脚医生之歌》、《贫下中农管学校》、《考试》②，根据电影《决裂》、《春苗》改编的《招生》③、《一张大字报》④、《两张考卷》⑤、《批判会》⑥ 和《春苗破土》⑦、《风口浪尖》⑧、《苗壮成长》⑨

类型2：群众搞科研

Ⅰ.生产中遇到问题，群众技术人员努力寻找简便易行，成本低的办法。

Ⅱ.试验初期效果不好，受到质疑。

Ⅲ.技术人员到群众中调查学习，精心试验，终于找到好办法。

Ⅳ.简便有效的方法得到推广，群众受益。

来源：《银珠姑娘》⑩、《快三嫂》⑪、《除草记》⑫、《报到》⑬、《气象

① 魏效军：《开门第一课》，《革命故事会》1976年第3期，第1—9页。

② 《赤脚医生之歌》、《贫下中农管学校》、《考试》，《海滨新一代》，上海人民出版社1975年版。

③ 饶明华改编：《招生》，《革命故事会》1976年第2期，第1—5页。

④ 赵炼改编：《一张大字报》，《革命故事会》1976年第2期，第6—10页。

⑤ 朱其昌改编：《两张考卷》，《革命故事会》1976年第2期，第10—14页。

⑥ 钱勤发改编：《批判会》，《革命故事会》1976年第2期，第15—21页。

⑦ 姚自豪改编：《春苗破土》，《革命故事会》1976年第5期，第16—21页。

⑧ 阿田改编：《风口浪尖》，《革命故事会》1976年第5期，第22—28页。

⑨ 陈圣来改编：《苗壮成长》，《革命故事会》1976年第5期，第29—34页。

⑩ 丁凤岳：《银珠姑娘》，《故事会》1974年第4期，第17—27页。

⑪ 金山县山阳公社创作组史大妹执笔：《快三嫂》，《革命故事会》1974年第4期，第28—34页。

⑫ 俞德芳、徐建安、周重芳：《除草记》，《革命故事会》1976年第8期，第27—35页。

⑬ 吴金章、龚蓉蓉：《报到》，《革命故事会》1976年第8期，第36—45页。

风云》[①]

类型3：技术革新

Ⅰ. 工人自力更生，大搞技术革新。

Ⅱ. 革新路上不平坦，守旧的干部思想上有抵触。

Ⅲ. 技术员们拿出成绩，守旧干部跟上形势。

来源：《开刀》[②]、《万匹机风波》[③]

类型4：群众学理论

Ⅰ. 生产单位组织了批林批孔学习小组，认真学习毛主席著作。

Ⅱ. 阶级敌人搞破坏，分化学习成员。

Ⅲ. 赤脚理论家识破阶级敌人花招，针对问题写出批判文章，带动青年人一起斗争。

Ⅳ. 理论学习小组日益壮大。

来源：《赤脚理论家》[④]

类型5：按照思想路线选择接班人

Ⅰ. 社员搞生产，按照“思想路线”正确与否选择育苗人。

Ⅱ. 走资本主义道路的人三次搞破坏。

Ⅲ. 育苗人抓出破坏分子，组织上坚持按思想路线正确与否选人。

来源：《鱼池风雨》[⑤]

主题四：树立英雄典范，培养社会主义价值观

新故事与小说创作一样，在形象构成的思维活动中表现了一种直观依附理性的倾向，思维次第渐进形成三个层级，明确的主题意识、摹写社会人生、营构理想人格。注重以理想人格的价值取向来选择、组合和

---

① 复旦大学工农兵学员王金香：《气象风云》，《革命故事会》1976年第8期，第19—26页。

② 华东电业管理局革命故事创作学习班郁俊英、沈金祥：《开刀》，《革命故事会》1975年第5期，第20—30页。

③ 中华造船厂创作组钱勤发、王文祥：《万匹机风波》，《革命故事会》1975年第5期，第12—19页。

④ 陆健德：《赤脚理论家》，《革命故事会》1975年第8期，第8—21页。

⑤ 赵雪芬：《鱼池风雨》，《革命故事会》1975年第5期，第42—51页。

构筑艺术形象，从而形成民族的、阶级的典型人格。“革命故事”践行了这种思路，努力塑造工农兵英雄形象。希望通过先进人物，典型事例塑造英雄形象，把工农兵和革命人民的革命精神、时代风貌充分表现出来，鼓舞人民群众前进。20世纪60年代，中国社会在各个方面涌现了众多的英雄模范，军队中有雷锋，干部中有焦裕禄，农民中有陈永贵，工人中有王进喜，草原上有龙梅和玉荣两个小姐妹。革命故事突破真人真事的局限，对英雄事迹作了高度的艺术概括，集中笔力刻画了这批英雄人物形象。主要形成了三种类型：

类型1：助人为乐

Ⅰ. 群众遇到困难。

Ⅱ. 先进人物放下自己的事情，积极帮助困难群众。

Ⅲ. 做好事不留名，给人民留下好印象。

故事来源：《雷锋的故事》

类型2：战天斗地

Ⅰ. 工作条件恶劣，工作进程受阻。

Ⅱ. 英雄人物不畏艰难，不辞劳苦、不怕牺牲干工作，保证工作进度。

Ⅲ. 工作取得成绩，英雄人物被称赞。

故事来源：《王铁人的故事》、《大寨人的故事》

类型3：一心为公

Ⅰ. 先进人物全身心地投入社会主义建设事业。

Ⅱ. 先进人物积劳成疾，但他不顾惜自己，仍全心全意为人民服务。

Ⅲ. 先进人物去世时，给家人留下《毛泽东选集》，希望他们继续为人民服务。

故事来源：《焦裕禄的故事》、《张思德的故事》、《白求恩的故事》

这种故事同通讯报道或报告文学一样，以真人真事为基础，对故事进行了“比普通的实际生活更高，更强烈，更有集中性，更典型，更理想，因此就更带有普遍性”[①] 的加工，因此，故事能在群众中起更大

① 上海市金山县文化馆编：《海滨新一代》，上海人民出版社1975年版，第123页。

的教育作用，是培养社会主义价值观的重要类型。

主题五：知识青年上山下乡主题

1968年12月22日，《人民日报》传达了毛主席的指示：知识青年到农村去，接受贫下中农的再教育，很有必要，大有作为。随后，各地掀起了知识青年上山下乡支援边疆农村建设的热潮。故事编创者们集中笔墨创作了以20世纪60年代知识青年上山下乡为题材的一批“革命故事”。1975年，《革命故事会》刊登了《“知识青年上山下乡故事”征文启事》，明确了创作“知识青年上山下乡故事”的目的：“要通过塑造在三大革命运动中经风雨、见世面所涌现的知识青年先进典型，热情讴歌这一社会主义新生事物，反映这一新生事物在尖锐、复杂的阶级斗争和路线斗争中不断成长壮大，批判‘劳心者治人，劳力者治于人’等孔孟之道，驳斥林彪一伙对上山下乡运动的污蔑，歌颂知识青年上山下乡‘大有作为’、‘很有必要’的伟大真理。”[①] 并特别强调“三突出”的创作原则。此类故事的主题大致有三种类型：一是知识青年扎根农村；二是知青带头革新技术，搞科研；三是警惕阶级敌人动摇知青扎根农村的信念。

类型1：知识青年扎根农村

Ⅰ. 知识青年扎根农村。

a. 要和农村小伙子结婚。

b. 坚持在农村工作。

Ⅱ. 家长提出反对意见。

a. 知青家长反对婚事，给孩子做工作，希望回城另找对象。

b. 家长反对知青在农村工作。

Ⅲ. 家长被年轻人说服，全家支持扎根农村。

来源：《新一户》[②]、《除草记》[③]

---

① 《为社会主义的新生事物高唱赞歌“知识青年上山下乡故事”征文启事》，《革命故事》1975年第5期，第94页。

② 徐文莲：《新一户》，《革命故事会》1976年第5期，第35—41页。

③ 俞德芳、徐建安、周重芳：《除草记》，《革命故事会》1976年第8期，第27—35页。

类型 2：知青带头革新技术，搞科研

Ⅰ. 知青带头要革新技术，搞科研，守旧势力反对。

Ⅱ. 经过曲折的奋斗过程，知青的工作得到阶段性认可。

Ⅲ. 技术革新成功，科研取得好成绩，知青的工作得到群众的支持。

来源：《气象风云》[①]、《报道》[②]

类型 3：警惕阶级敌人动摇知青扎根农村的信念

Ⅰ. 阶级敌人制造困难，蓄意动摇知青扎根农村的信念。

Ⅱ. 组织上积极破案，抓住阶级敌人。

Ⅲ. 提出警示，时刻注意阶级斗争。

来源：《一块砧板》[③]

主题六：学习毛泽东著作

Ⅰ. 工作中遇到具体困难，回过头来学习毛泽东著作。

Ⅱ. 以毛泽东思想为指导，生产问题得到解决。

Ⅲ. 肯定学毛泽东著作的价值。

来源：《收徒记》[④]、《红梅向阳》[⑤]

以上这六种主题的"革命故事"主要用来宣传党的路线、方针和政策，同时培养全社会的人生观、价值观。由于政治本身是对现实矛盾高度的抽象化理解，新故事又根据抽象的政治概念进行编创，所以作品主题固定，产生了概念化的问题。在文学创作中，任何看不到生活的丰富性而只考虑理论条框的时候都会出现这样的问题，说出来的话感动不了人，反复地说同样的话又引起读者、听众的审美阻滞，时间长了只剩下条条框框，一个个瘦骨嶙峋的形象。

---

① 王金香：《气象风云》，《革命故事会》1976 年第 8 期，第 19—26 页。

② 吴金蓉、龚蓉蓉：《报道》，《革命故事会》1976 年第 8 期，第 36—45 页。

③ 罗时叙：《一块砧板》，《革命故事会》1976 年第 8 期第 5 期，第 72—81 页。

④ 张长公：《收徒记》，《革命故事会》1975 年第 5 期，第 52—57 页。

⑤ 嘉定县电影放映管理站赵振威：《红梅向阳》，《革命故事会》1975 年第 5 期，第 31—41 页。

二　再现革命："地下文学"的主题

"文化大革命"期间，"手抄本"故事有两个比较集中的主题，一是反敌特，二是爱情。反敌特有着具体的发生背景，新中国成立初期，国际国内形势紧张，敌对势力十分猖獗。全国各地残存着大量的土匪、恶霸、特务、反动党团骨干，反动会道门头子等反革命分子，朝鲜战争爆发以后他们在全国各地制造了很多反革命事件。为了巩固新生的人民政权，7月23日，国务院和最高人民法院发布关于镇压反革命活动的指示，各地纷纷召开各种控诉会、公审会、展览会，形成了检举揭发控诉反革命分子罪行的高潮。在镇反的同时，中国人民解放军开展了大规模的剿匪斗争，镇反剿匪历时三年，共破获了二百多个武装匪特，一批沾满人民鲜血的匪特落网，杀害刘胡兰烈士的凶手相继被捕。[①] 在这样的政治环境下，1956年前后，我国拍摄了一批反敌特电影，如《黑三角的秘密》等，这些真实的事件和文艺作品为"反敌特"故事提供了明确的主题和悬念式的结构，催生了反敌特故事。反敌特故事的主题大致有以下四类：

主题一：打击国内外反动势力，保卫社会主义祖国的安全

这个主题是当时流传极广的一类。新中国刚刚成立，国际国内形势仍然十分严峻，敌对势力的破坏活动相当猖獗。打击敌对势力，护卫新中国的安全是重中之重。同时，全社会对共产主义事业寄予期望，对社会主义的实现有着坚定的信念。"热爱真理和光明，忘我去追求真理和光明，成为时代的主旋律。"[②] 在这样的时代背景下产生了《梅花党案》等作品，高有鹏认为这些作品体现出："一种超俗脱凡的神话品格，人们在这里得到改天换地的希望和力量，表达出人们对飞扬跋扈的邪恶势力的憎恨，希望这种神奇的力量体现人民意志，维护人民的正义，去铲

① 参看电视纪录片"共和国的脚步"。

② 高有鹏：《"文化大革命"手抄本的种类、地位和意义》，《佳木斯师专学报》1996年第3期，第24页。

除邪恶。”[①] 反映同样主题的作品还包括《绿色的尸体》、《一只绣花鞋》、《一张发黄的旧报纸》、《神秘的教堂夜半歌声》、《塔里的女人》、《一缕金黄色的头发》、《地下堡垒的覆灭》[②]、《林强海峡》。这些故事通过讲述阶级敌人在一次又一次的自以为是中一次又一次地失败来证明无产阶级对资产阶级、共产党对美蒋特务的胜利的必然性。这些故事充满了神秘、恐怖色彩，与革命的“腥风血雨”相呼应，塑造出一批大无畏的“反敌特”英雄形象。

主题二：成功打击林彪反革命集团，保卫国家重要基础设施和领袖的安全

在“林彪反革命集团”败露之后，又出现了暴露林彪反革命罪行的“手抄本”故事。作品《于飞三下南京》（主人公有的叫叶飞）是流传最广，也是最早揭批林彪反革命行径的手抄本。其中许世友作为正面力量全力打击反革命集团。另一个版本是《叶飞三下江南》。故事中南京出现的秘密单位都是林彪反革命集团的据点，特务集团的目标或是要杀害毛泽东，或是要破坏重要的国家基础设施，但终究被一网打尽。

主题三：揭露资本主义社会的黑暗、资产阶级世界的惨无人道

此类故事有《恐怖的脚步声》[③]、《一百个美女的雕像》[④]、《303 号房间的秘密》[⑤]、《远东之花》[⑥] 等。《恐怖的脚步声》是一则“文化大革命”期间在上海等地区流传的故事。除手抄本外，还有各种口耳相

---

① 高有鹏：《“文化大革命”手抄本的种类、地位和意义》，《佳木斯师专学报》1996 年第 3 期，第 25 页。

② 梁秋兰抄录：《地下堡垒的覆灭》，选自白士弘《暗流——“文革”手抄文存》，文化艺术出版社 2001 年版，第 199—227 页。

③ 上海文艺出版社编：《恐怖的脚步声》，上海文艺出版社 1982 年版，第 9—22 页。

④ 田茂盛抄录：《一百个美女的雕像》，选自白士弘《暗流——“文革”手抄文存》，文化艺术出版社 2001 年版，第 229—249 页。

⑤ 梁秋兰、田茂盛抄录：《303 号房间的秘密》，选自白士弘《暗流——“文革”手抄文存》，文化艺术出版社 2001 年版，第 251—277 页。

⑥ 某木抄录：《远东之花》，见白士弘《暗流——“文革”手抄文存》，文化艺术出版社 2001 年版，第 279—335 页。

传的异文版本。这个故事讲的是富商克劳迪借仁孝的水手杰克之手残害黑人的故事，揭露了资本主义世界的无人性和金钱至上的劣根性。故事情节是富商克劳迪设奖金吸引人去三星岛住鬼屋杀鬼。水手杰克希望得到奖金去救治患病的母亲，愿意去闯鬼屋。在文中三次提到妈妈的病，第一次是杰克下决心去三星岛，目的是为了给妈妈看病还债。第二次是杰克在克劳迪家中，克劳迪让他思考到底要不要去，是对妈妈的关切让杰克打消了恐惧。第三次是杰克到了三星岛，在黑暗中恐惧感很浓烈的时候，第三次又想到了妈妈，这让他冷静下来，准备迎战。杰克最后终于胜出，杀掉了"鬼"。故事的情节本来至此就应该结束，但是故事却没有到此结束。故事补叙了克劳迪为什么要花重金让杰克闯鬼宅的原因，是为了使他的电影更有真实感，卖得好。被杀死的不是鬼，而是黑人兄弟和可怜的畸形人。这段补叙是悲剧性的，杰克所做的一切本来都是为了给妈妈治病，是妈妈给了他力量和勇气。但是得到的这笔钱是以黑人兄弟和畸形人的死为代价的，而这一切又是为资本家赚钱卖座服务的。无论是黑人还是杰克，统统都是牺牲品。纯朴的孝行就这样被资本家无情地毁掉，故事深刻地揭示了资本主义社会金钱至上的劣根性。

主题四：反映爱情主题的故事

《塔里的女人》是在1975—1976年间极少数反映爱情主题的"手抄本"故事中的一篇。"在传抄过程中，曾出现过不同版本和异名。小说由文字变成口头文学，在许多知青点及社会各层、部队、干校、工厂流传，后又由人整理再创作成文字。不同版本相距甚远。《塔里的女人》在南京改名为《塔里"木人"》，在西安改名《塔姬》。"① 故事的内容大体是一个中统特务的女儿爱上了一个化学家，结果遭到父亲的反对，被迫嫁给一个很有前途的军官，终因感情不和而离异。多年后化学家在大西北偏僻的地方发现一座高塔，塔中有一个形容枯槁的女人，就是他的爱人。女人的精神已经衰竭，对他说："你来得太迟了。"这类远离意识形态着重表现人性的故事在当时为数极少，是"地下文学"中民间性较强的主题。

---

① 杨健：《文化大革命中的地下文学》，朝华出版社1993年版，第335—336页。

从以上这四类主题来看，“文化大革命”期间无论是“革命故事”还是地下手抄本，“阶级斗争”故事都占了极大的份额。“阶级斗争”故事以鲜明的主观立场对“革命”进行合乎自己需要的想象和叙述，并为之赋予“神圣”的含义，表现出理想化、虚拟化、观念化的特点。革命话语的一个重要策略，就是通过文本重构一个仿真现实，来证明有关正义的逻辑公式的成立。通过乌托邦式的远景描述，使革命行为无可辩驳地成为至高无上的正义之举。“文化大革命”时期故事叙事通常把叙述设置为阶级斗争模式，社会阵营用阶级来界定。人们之间的关系不再是儒家伦理上的血缘亲情关系，而是各阶级的代表。无产阶级是被压迫的劳苦大众，现代中国革命的主体力量；所有的剥削阶级如地主、资本家、买办、官僚等则是革命的对象，这两个阶级之间的决绝斗争是变革社会的必然途径。这种革命、反革命二元对立思维形成了一种革命伦理。革命的结果体现为无产阶级当家作主。“革命故事”正是对“革命”合理化、合法性、道义性的建立和精神实质不断内化、泛化的过程。

三 拨乱反正：粉碎“四人帮”后新故事的主题

中国共产党第十届中央委员会第三次全体会议于 1977 年 7 月 16 日至 21 日在北京召开，华国锋同志继承毛主席遗志，领导全党粉碎了“四人帮”。在这以后的九个多月时间里，他又提出抓纲治国的战略决策，在政治、经济、文化各个领域清除“四人帮”流毒，在贯彻落实无产阶级革命路线的同时把运动的重点转到揭批“四人帮”在各方面的表现。这段时期国民经济迅速恢复和发展，学大庆、学大寨的高潮正在各条战线兴起，向科学技术现代化进军的群众运动正在发展，宣传、文化阵地出现了欣欣向荣的景象。群众文艺中的新故事追随发展趋势，停止了情节发展对阶级斗争的嵌套模式，创作了一大批热情洋溢、具有强烈革命乐观主义气息的新故事。并在故事中传达对“文化大革命”极“左”思潮的修正，着力恢复“党”和“党的政策”的新形象。新故事创作中恢复了对社会主义事业和社会主义人生观、价值观的审美追求，主要反映对“四人帮”的反抗和控诉，对新的“党”的形象的代表、毛主席的接班人——华国锋的热烈拥护。这一时期革命故事的主题基本上有三点：一是塑造毛主席、周总理、华国锋主席等领导者、革命者的光辉形象；二是从各条战线、各个方面揭批“四人帮”，肯定群众路线；三是倡导学习毛泽东思想。

主题一：怀念和赞颂老一辈无产阶级革命家的光辉业绩，树立华国锋等新领导人的高大形象

这个主题是在“四人帮”被打倒之后迅速涌现出来的。怀念毛主席、周总理的故事有《在毛主席身边的时候》[①]、《毛主席视察南泥湾》[②]、中篇故事《万水千山》[③]、“毛主席安源播火种”故事四则、“井冈山人民想念毛主席”故事四则、《丹心扶红旗》[④]、《周总理看望“假小子”》[⑤]、《难忘的时刻》[⑥]、《冬冬的愿望》[⑦]；反映周总理在革命斗争中始终以一个普通党员来严格要求自己的故事是《一个普通党员》；反映华国锋对工人阶级、祖国的花朵们亲切关怀的故事有“春风化雨壮新苗”[⑧]系列的六个故事、《幸福的回忆，巨大的鼓舞》[⑨]、《华主席，我们衷心爱戴您》[⑩]、《华主席同我们贫下中农心贴心》[⑪]、《拔桩》[⑫]、《英

① 李银桥：《在毛主席身边的时候》，《革命故事会》1977年第2期，第1—10页。

② 董延恒：《毛主席视察南泥湾》，《革命故事会》1977年第2期，第11—16页。原载于《光明日报》1976年12月25日。

③ 南歌：《万水千山》，《革命故事会》1977年第2期，第31—63页。

④ 申岚：《丹心扶红旗》，《革命故事会》1977年第5期，第1—6页。

⑤ 亭之：《周总理看望“假小子”》，《革命故事会》1977年第5期，第7—8页。

⑥ 曹文：《难忘的时刻》，《革命故事会》1977年第5期，第9—10页。

⑦ 潘与庆：《冬冬的愿望》，《革命故事会》1977年第5期，第11—18页。

⑧ 王道君整理：“春风化雨壮新苗”，《革命故事会》1977年第6期，第1—10页。

⑨ 上海玉石雕刻厂：《幸福的回忆，巨大的鼓舞》，《革命故事会》1977年第2期，第17—21页。

⑩ 上海地毯厂：《华主席，我们衷心爱戴您》，《革命故事会》1977年第2期，第22—26页。

⑪ 上海县马桥公社：《华主席同我们贫下中农心贴心》，《革命故事会》1977年第2期，第27—30页。

⑫ 湘潭市江南机器厂故事创作组彭湘英执笔：《拔桩》，《革命故事会》1977年第8期，第50—54页。

雄关》[①] 等；颂扬朱德同志革命事迹的故事[②]有《夜战七溪岭》、《一双草鞋》、《运粮》等；歌颂陈毅同志的故事有《牵“牛鼻子”》[③] 等。这些故事塑造了共产党高层干部有勇有谋，意志坚强；亲民爱民，和劳动人民心连心；吃苦在前，享受在后；厉行节约，艰苦朴素；全心全意为人民服务的新形象。

主题二：揭批“四人帮”

“四人帮”被打倒之后，新故事以大庆为背景创作了一批新作品，集中批判“四人帮”的种种言论，重塑大庆精神。如《雪夜追车》[④]和《火光闪闪》[⑤]，重点批判“要火烧一切制度、彻底解放工人”，倡导执行正确的工作制度。《小马认师》[⑥] 批判“白专路线”，倡导执行政治挂帅下，对技术精益求精的工作思路。《厂举大庆旗》[⑦]、《钢铁红旗》[⑧] 批判“唯生产力论”，大力努力促工业生产。同时，《革命故事会》以“新传说”为标题登载了一系列讽刺“四人帮”的短故事、小笑话，如《江青看信》[⑨]、《江青照相》[⑩]。笑话以冷幽默的笔法揭批“四人帮”的荒谬行径，笔法犀利，主题突出。

主题三：宣传社会主义新道德新风尚

“文化大革命”之后，新故事延续在“社会主义教育运动”中的传统，继续通过编写故事宣传社会主义新道德、新风尚。这个阶段“革

---

① 湘潭市江南机器厂故事创作组杨琦执笔：《英雄关》，《革命故事会》1977 年第 8 期，第 55—61 页。

② 姚原刚、徐力蒙根据凌峰著：《朱德同志的故事和传说》，《革命故事会》1977 年第 7 期，第 20—27 页。

③ 黄宣林编讲：《牵“牛鼻子”》，《革命故事会》1977 年第 7 期，第 28—38 页。

④ 季惠生：《雪夜追车》，《革命故事会》1977 年第 5 期，第 43—49 页。

⑤ 林林：《火光闪闪》，《革命故事会》1977 年第 5 期，第 57—60 页。

⑥ 宇清：《小马认师》，《革命故事会》1977 年第 5 期，第 36—42 页。

⑦ 赵振威：《厂举大庆旗》，《革命故事会》1977 年第 6 期，第 16—24 页。

⑧ 许逸周、李苗善：《钢铁红旗》，《革命故事会》1977 年第 6 期，第 59—90 页。

⑨ 延水波：《江青看信》，《革命故事会》1977 年第 7 期，第 52—53 页。

⑩ 延水波：《江青照相》，《革命故事会》1977 年第 7 期，第 53—54 页。

命故事”不仅塑造知名的革命英雄、各行业先进人物的新形象，如革命先辈，1977 年第 9 期《革命故事会》上登载了伟大领袖毛主席的故事、杨开慧烈士的故事。又如树立新典型，1977 年第 7 期《革命故事会》上发表一组“硬骨头六连故事”[①] 包括《休假不休战》、《真正的标准》、《采访记》等，表彰军队战士中的新精神。而且开始着力塑造普通工农兵的新形象，表现反映在他们身上的新道德、新风尚。如故事《推车》[②]、《贴心姑娘》[③]、《婚礼》[④] 等，可以说是雷锋助人为乐品德的民间化。又如《鸡毛大事》[⑤]、《接班》[⑥]、《雪夜上岗》[⑦]，塑造了普通工人对工作一丝不苟、不讲私情，严格执行“三老四严”的新形象、新面貌。

拨乱反正后革命故事不再以“阶级斗争”为中心主题。1977 年后《革命故事会》中的新故事不再僵化和公式化地以阶级斗争，两个阶级、两条路线、两种思想来安排故事人物、故事情节和故事主题。以前故事若写工作中出现异常情况，其原因必然是“阶级敌人”搞破坏。“文化大革命”后这种单一化的创作思路得到纠正。故事《鸡毛大事》中出现危险情况的原因是黄鼠狼把一只鸡藏到了输油管道中。类似的故事还有《赵师傅请客》，故事中年轻人不积极工作并不是因为成分不好，或者受阶级敌人牵制，而是在思想上认识不足。他的师傅老赵悉心体察年轻人的心理，通过耐心引导，忆苦思甜来教育不好好工作的大鹏，激发他积极参加技术革新的热情。这类故事相对“四人帮”时期的阶级斗争故事来说更具生活性和艺术的真实性。

另外，又出现了一些新的故事类型，如“科学故事”，有《探索雷电秘密的人》、《不准住人的新屋》、《“01 号”大闹水晶宫》等。在新

---

① 《硬骨头六连故事》:《革命故事会》1977 年第 7 期，第 39—51 页。共三个故事。

② 沈荣国:《推车》,《革命故事会》1977 年第 6 期，第 45—48 页。

③ 郑林森:《贴心姑娘》,《革命故事会》1977 年第 6 期，第 49—53 页。

④ 李绪良:《婚礼》,《革命故事会》1977 年第 6 期，第 53—58 页。

⑤ 陈圣来:《鸡毛大事》,《革命故事会》1977 年第 5 期，第 27—35 页。

⑥ 逊莱:《接班》,《革命故事会》1977 年第 5 期，第 53—56 页。

⑦ 南庆:《雪夜上岗》,《革命故事会》1977 年第 5 期，第 63—65 页。

编故事之外，从1978年开始《革命故事会》刊发了一批解放初期搜集整理的老一辈无产阶级革命家的“民间传说”，如《毛主席知道穷人的苦楚》、《草船鞋》、《叫群众坐在前头》等，还有一些革命历史斗争故事。“少数民族智慧人物故事”有巴拉根仓的故事等。此外，还有“动物故事”、“童话”、“外国故事”等栏目。这些形式活泼、内容多样的故事类型重新焕发了“革命故事”的生机，也标志着新故事转型期的开始。

小结 故事传统的异化与蛰伏：群众“言”、“文”合流的初兴（下）

与“文化大革命”前相比，“革命故事”的模式化更加严重，新故事创作中的“三结合”形式发展成对帮派政治命令的刻板执行，故事文体的群众性特征被异化。与主流“革命故事”相对的“手抄本”故事则在承继故事传统的基础上发展了新故事文体。“手抄本”故事的创作主体是“知识青年”，讲述和抄写在私人环境中进行，使得故事“口头—书面语”相结合的特征得到进一步发展，并发展出中、长篇故事形式。新故事的功能也不再是单一的思想教育的“轻武器”，而是加入了审美、娱乐的成分。

总的来说，这段时期是新故事文体在磕磕绊绊中逐渐摸索寻找自身在社会文艺中定位的时期。“革命故事”对文体的异化与“手抄本”故事的兴起给新故事的发展以启示，如果想得到群众的认可、接受，其落脚点还是应站在符合群众对故事文学审美的需求之上。因为：“我们的革命故事员，大部分来自工农兵斗争生活的第一线，革命故事的听众又大都是广大的工农兵群众。”① 1977年之后，“新故事”的发展开始回到群众的立场，在对民间文学、传统说唱文学等文艺形式进行继承的基础上走上了更明确的建设具有“民族性”特色

① 赵翔：《大讲革命样板戏故事，大力普及革命样板戏》，《革命故事会》1974年第2期，第36页。

的“新故事”文体的道路。

一 群众“言”、“文”合流的三种形式

“文化大革命”时期新故事的“言”、“文”合流表现在以下三个方面：一是在“文化大革命”时期，帮派政治和意识形态强制性地控制了“革命故事”的创作活动，使发表的新故事文体在语言、结构、主题几个层面都发生了异化。但是，在传播过程中，“革命故事”表现出作为“群众文学”的文体性要求，那就是对群众语言和群众生活的尊重。即使是在“主题先行”的前提下，如果故事内容不符合群众生活，语言不切近群众，群众就不接纳。对群众性的故事活动来说，接受才能产生影响，这是根本的一方面。因此，“革命故事”虽然在主题、形式结构上执行“文化大革命”文艺路线，但在具体内容的充实和表述方面强调源于“群众言语”、源于“群众生活”。二是“手抄本”故事的创作流传方式。在“手抄本”故事中，知识青年对于新故事这种群众性“言”、“文”合流文体的特征的形成作出了开拓性的贡献。由他们创作、流传的代表性类型“反敌特”故事不仅在形式上继承了新故事口头与书面相结合进行创作、传播的特征，在结构形式上融会西方侦探小说、中国古代公案类小说和民间故事的形式特征，而且在众多反映主流意识形态的内容中，突出了为保卫国家而战的主题思想。这是对20世纪80年代“新故事”文体大跨步向群众性靠拢所进行的先锋式探索。“手抄本”故事以其“口头—书面”结合型语体，情节性、故事性极强的结构形式和为主流意识形态、群众所普遍认可的主题思想，受到广大读者、听众的欢迎，较成功地使“反敌特”故事实现了文体意义上的群众“言”、“文”合流。在“新故事”文体发展史上有了明确的定位。三是1977年“四人帮”被打倒后新故事的“民族性”表现形式。这一时期“新故事”对民间文学和传统说唱艺术形式在言语、结构形式、主题内容等方面进行全方位学习、借鉴的意识逐渐明确，新故事的群众性明显得到增强。新故事经过二十多年的发展之后逐步开始明确地为自身定位，努力地向具有中国“民族性”文化特色的“口头—书面”结合型新故事文体迈进。

第一，“革命故事”文体的固化对群众“言”、“文”合流的阻滞

“文化大革命”时期“革命故事”在“三结合”创作方法的框定下，成了主题先行和实践“文艺创作的根本任务”、“三突出”的定型化作品。所谓“主题先行”是指，在创作故事的时候，主题是先由领导给定的。“从主题到人物，相对地说，也就是从内容到形式的关系。这个关系不能颠倒，进行调查研究不是去搜索故事、情节，然后加主题，而是首先确定主题。”[①] 在《加强政治学习是搞好创作的关键——〈新书记〉创作中的一点体会》一文中作者写道：“我是一个农村业余作者，这次组织上推荐我参加这期三结合创作学习班，收获很大。……我深深体会到：加强政治学习是搞好创作的关键。为了配合普及大寨县的群众运动，这次，学习班领导要我执笔写一篇反映党委是关键的故事。”[②] 从叙述中不难看出作者只是按照领导安排的主题进行创作。“革命故事”以“文艺创作的根本任务”和“三突出”为标准改编、创作了一批故事作品，其中，最典型的故事类型是“革命样板戏故事”。正如赵翔所说：“移植改编革命样板戏，可以直接学习革命样板戏塑造无产阶级英雄典型的经验和其他重要经验，逐步理解和掌握‘三突出’、‘三对头’的创作原则。……千方百计塑造好无产阶级英雄形象，……更好地普及革命样板戏，巩固和发展无产阶级文艺革命的成果。”[③] 这样的要求使“革命故事”的文体逐渐僵化。

“文化大革命”时期“革命故事”是由创作团队集体创作的。创作者不是一两个人，而是一个团体，常常被命名为“革命故事创作组”或“革命故事办公室”，作品以“创作组”的名义发表。团体创作并不代表作品具有群众性。《虹南作战史》是“上海县《虹南作战史》写作组”集体创作的典型，其写作方式完全按照“三结合”的要求进行，情节安排、人物刻画、结构和语言都紧紧围绕、服务于“两条路线斗争”的主题，重点塑造无产阶级英雄人物形象，作品模式化明显。大

---

① 《杜鹃山》创作排练经验介绍，1974 年 6 月。

② 陆金昌：《加强政治学习是搞好创作的关键——〈新书记〉创作中的一点体会》，《革命故事会》1976 年第 3 期，第 26—28 页。

③ 赵翔：《大讲革命样板戏故事，大力普及革命样板戏》，《革命故事会》1974 年第 2 期，第 35 页。

力推行的“革命样板戏故事”按照样板戏照猫画虎，出现了对话多、难讲演的情况。在以“与走资派斗争”为主题的故事中，“三突出”、“三陪衬”等公式化、概念化现象严重。而在“批林批孔”运动中的“问孔”、“故事新编”中，出现了无视群众对文言文的理解能力，生搬硬套创作、传讲故事的情况。这些表现都是对故事文体“言”、“文”合流特征的异化和阻滞。

从创作、传播过程来看，“革命故事”又必须考虑对群众的语言、生活、思想的学习。在“批林批孔”政治斗争时期编写了很多“批林批孔”小故事，当时提出：“参加编写、讲评小故事的成员，一定要坚持从群众中来、到群众中去的群众路线，才能从斗争实践中不断增长才干，锻炼成长。”① 有的还提出革命故事的编讲者，多半是工农兵故事员或工农兵业余写作者，是不是不必再深入生活，讨论讨论就可以写出革命故事来了呢？回答是不行，还须深入生活。“对所写的生产过程要熟悉，否则就会闹笑话，损害故事的战斗力。”② 这样的想法和作法，又使“革命故事”始终没有完全脱离群众。

特别是在金山县等地，群众性的故事活动还注重故事创作，讲说的地方性。截至1975年，上海金山县的群众故事活动已经坚持了十几年，其间先后编写出了七八百则革命故事，且“百分之九十以上都是取材于本地的‘土特产’，很受群众欢迎”。为了繁荣故事创作，他们还“适当地把小说、报告文学、电影等好的文学作品改编成革命故事”③。而“这些革命故事的内容来自群众斗争生活的土壤，根子扎得深，群众喜欢听”④。“革命故事”受到文体性质的制约，必须以实现故事群众化为根本，革命故事的创作“是把故事交给群众检验、依靠群众加工的过程。写写讲讲，讲讲改改，熔铸群众的智慧，反映群众的斗争，在讲的过程中不断修改和提高。这样，开展革命故事活动的路子

① 沪东造船厂动力车间机修工段青年评论组：《编讲〈问孔〉小故事，深入批林批孔》，《革命故事会》1974年第3期，第3页。

② 同上。

③ 上海市金山县文化馆编：《海滨新一代》，上海人民出版社1975年版，第122页。

④ 上海市金山县文化馆：《开展群众性的革命故事活动》，《革命故事会》1974年第1期，第72页。

就越走越广，有了取之不尽、用之不竭的源泉”①。注重群众语言、群众生活和故事的地方性体现了“革命故事”对群众生活的尊重，这几点也是“革命故事”所体现出来的群众“言”、“文”合流的主要内涵。

第二，“手抄本”故事文体的产生与群众“言”、“文”合流的实现

“手抄本”故事的创作、传播方式是口头与书面相结合的，既有书面传阅抄写，也有口头讲述流传。“手抄本”故事的创作群体是有一定文化程度的知识青年和工厂工人。在特殊的年代，往往是朋友或兄弟姐妹几个人一起抄，用复印纸一次写几份，一边抄一边看，一边创作，抄好了订在一起。因为不少作品在当时被列为禁书，所以手抄本流传范围有限，只在最亲密的亲友间传抄。相对于“手抄本”流传来说，口头讲说的安全系数更大，所以，“手抄本”故事的口头流传范围更大，口头性很强。由于创作群体是知识青年，他们有一定的文化程度和文学修养，因此，与口头讲述紧密结合的书面创作中，显示了他们在口头语基础上进行书面语讲述的拓展能力。“手抄本故事”大量引入了都市生活新词汇，作品用词活泼，隐喻性强，语言的丰富程度要远远高于“革命故事”。在结构形式方面，“手抄本”故事进行创作的自由度比公开出版发行作品的自由度更大一些。年轻的作者们使“手抄本”故事在文体上形成了中外文学、传统与现代文学的交流态势。在结构形式上由短篇发展成了分节、分回的小故事连续体，不仅促进了情节性小说的发展，同时推动了中、长篇故事形式的生成。而在主题方面，又选择了与主流意识形态相共鸣的保卫祖国安全的主题。

最后，我们需要注意的是，“手抄本”故事的创作者一个范围比较明确的群体——“知识青年和工厂工人”，这些人的创作没有被党组织领导，也没有被文化工作者帮助。他们自己有能力进行创作、传讲，可以自主创作、自由表达思想，是新故事创作历史上最早在文体意义上实现群众“言”、“文”合流的一个阶层。因此，“手抄本”故事的群众

---

① 上海市金山县文化馆：《开展群众性的革命故事活动》，《革命故事会》1974年第1期，第72页。

“言”、“文”不仅是在文本意义上的合流，更是在创作主体层面上的真正“合流”。

第三，1977年后，“革命故事”文体回归传统对群众“言”、“文”合流的促进

“文化大革命”时期的“革命故事”很大程度上偏离了“新故事”的群众性特征。而“地下”手抄本故事的口耳相传和一批政治笑话、故事等新民间传说故事的潜流“沉滓泛起”，引起了新故事工作者对自发的民间故事活动的广泛关注。1977年后，新故事的发展重温《讲话》精神，首先在“群众的语言”方面下功夫。《革命故事会》在1977年第7期发表了一系列突出新故事对方言口语运用的例子。陕西故事《见面》中方言色彩浓厚，口语性强。两个老妈妈的对话：“你看我高峰迷的外向，把他妈都忘咧！”凌云妈指着远处说：“你瞅！看外两个谈得多热火！他姨，这面见成咧！”高峰妈一拍凌云妈：“看你说的，人和脾气马合套么，对上号咧！”[①] 这段时期人们提倡讲故事用口头语，于是方言自然而然地直录进入故事，一些地方性非常强的方言在发表刊登时还要加注释予以说明。如《目标》[②] 中用方言“一手捽”（一人主管，说了算数），“瞎”（坏），“瞎好”就是“好坏”等，如果不是陕西、山西方言区的人，就看不懂。这样的做法是故事编辑人员为保持故事口语化特色而实行的，在这一组故事之后登有“附记”，“附记”中讲道：“为了保持它们口语化的特色，有的方言土语，也试予以保留，并加了注解，请故事员同志在讲演时，改用本地群众语言中相近而传神的语汇。伟大领袖和导师毛主席历来教导我们‘认真学习群众的语言’，让我们和广大故事作者、故事员同志们共同努力，在深入工农兵群众、深入实际斗争的过程中，学习人民群众丰富的、生动活泼的、表现实际生活的口头语言，使革命故事这枝鲜花更具特色。”[③] 这种现象是新故事语言发展过程中的一个阶段。随后，这种非大众化的语体倾向被修正。

---

① 沉洪：《见面》，《革命故事会》1977年第7期，第54页。

② 沉洪：《目标》，《革命故事会》1977年第7期，第71—77页。

③ 《附记》，《革命故事会》1977年第7期，第84页。

“文化大革命”结束后，对故事创作中的群众“言”、“文”合流的问题再次强调和重新定位，陈圣来写的《头脑里要有听众——听革命故事〈鸡毛大事〉后杂感》[①]，对比反思他写的《鸡毛大事》与故事员讲述的故事在口头性方面的差异，提出写故事要切忌文绉绉，应当切实贯彻《讲话》精神中的“认真学习群众语言”的问题，应向群众，向故事员学习语言。在艺术形式上，在继承民间文学的基础上推陈出新，兼收并蓄，在保持故事特点的基础上，广泛吸收各种文艺形式的特长，特别是各曲种、单口相声、说唱韵白，也可以吸取评弹的细腻刻画等，增加故事的战斗性和艺术性。在结构和篇幅方面“不管篇幅的长短，都要力求结构紧凑。特别要力戒那种空洞说教，无谓的拖沓”[②]。提出：“我们故事作者最好也学学讲故事，因为这样可以在讲演中直接和听众交流感情，增加感性认识，知道什么地方该怎样写，怎样写起来效果更好，那么，写出来的本子就能更适合演出。革命故事是群众文艺，它有广泛的群众基础，所以我们故事作者心目中要有群众，写故事的时候，头脑里要想到听众，这样我们写出的革命故事就一定能够更广泛地流传在群众嘴上，扎根在群众心里。”[③] 此外，还提出要从现实生活出发创作新故事。陕西高陵县县委在 1972 年之后成立了革命故事办公室，“组织业余作者学习毛主席《在延安文艺座谈会上的讲话》和鲁迅先生的《门外文谈》，不断清除对革命故事创作轻视和畏难的情绪，端正业余作者的创作思想，运用革命现实主义和革命浪漫主义相结合的创作方法；明确在构思作品和选择题材时，必须从现实生活出发，进行提炼、概括，而不是从概念出发。只有这样，作品才能具有浓厚的生活气息和时代特色”[④]。对新故事群众性探讨的深入体现出“新故事”对民间文学和相近的传统说唱艺术形式在言语、结构形式、主题内容等全方位的继承意识逐渐明确，为形成具有中国“民族性”文化特色的

① 陈圣来：《头脑里要有听众——听革命故事〈鸡毛大事〉后杂感》，《革命故事会》1977 年第 7 期，第 51、91—94 页。

② 同上书，第 94 页。

③ 同上书，第 51 页。

④ 高陵县革命故事办公室：《我们是怎样辅导革命故事编讲活动的》，《革命故事会》1977 年第 7 期，第 89 页。

"口头—书面"结合型故事文学奠定了良好的基础。

二 对"革命故事"、"地下文学"文体性质的探讨

关于"文化大革命"时期"革命故事"文体性质的研究论著及文章数量极少。新故事的文学研究注重思想性和艺术性，但"革命故事"的思想性受到质疑，其艺术价值又随着对"革命样板戏"等"文化大革命"文学的批判而遭到批判。本书之所以研究"革命故事"，正如何承伟所说："近三十年来，中间虽走过不少弯路，但对这种形式还是应该基本肯定。"[①] 本书将"革命故事"作为"新故事"文体确立过程中的一个阶段进行总结，梳理"新故事"作为一种文体的独立性，寻找它的立足点和定位，或许，这些材料能够提供一些反思的基础。

（一）"革命故事"的民间性

"民间"本是一个芜杂的整体，"文化大革命"期间，工农兵群众这个庞大的"民间"空间和"民间"话语形态被政治主流意识形态整合。这是一直以来"民间"被意识形态化的结果，这种状况也没有在1976年完全终止。"民间"为政治整合的问题在"文化大革命"时期发展到高潮，"民间"话语与主流意识形态的话语达到了空前的一致。在这样的社会大环境下，既便不是应主流意识形态的要求而创作、流传的"故事文学"，它们的性质也出现了"民间"与"主流"的汇合，这正是"手抄本"故事乐于表现社会主义一定会战胜资本主义的原因。也就是说，"革命故事"宣传的主流意识形态其实在一定程度上也是当时民间话语体系中的重要内容。

（二）革命故事的集体性

从创作者的角度来说，"革命故事"对群众性的异化表现在创作模式的"集体创作"方面。如上海《虹南作战史》创作组就是典型。"革

---

① 何承伟：《对现阶段故事创作与流传中几个问题的探讨》，选自中国民间文艺家协会辽宁分会、抚顺故事报社编《抚顺故事论辑》，内部资料，出版年不详，第1页。

命故事”基本都是由“革命故事创作组”集体创作的。每个单位都有一个专门的革命故事创作组，在新故事发表的时候，通常也会注明是某单位革命故事创作组全体或者成员，也有革命故事学习班的创作全体或者成员，如果没有注明单位，那么这个作者一定是公认的革命故事创作成员中的一员，实际上也是集体的代言。这些作者通常的身份都是可靠的无产阶级，他们当中很多人甚至在创作革命故事之前并没有过任何文学创作的经历，但是经过“集体”讨论和组织，创作了很多革命故事。这些故事严格按照帮派政治所指定的主题编写，本身缺乏个性，只能表现被要求表现的内容，作品中无论个人思想还是群众思想都是缺席的。“文化大革命”期间，这种“集体创作”的“革命故事”非常普遍。

（三）“革命故事”的创作、传播方式

“革命故事”的创作实践了当时文学艺术作品创作的“三突出”原则，反映出两个阶级、两条路线的斗争，塑造了英雄人物形象。而且在语体和形式上被严重地语录化、刻板化。这个时期的“革命故事”只能由故事员专门背记后，在公开、社会性正式场合讲演，为某一特定时期的政治思想宣传服务。尤其在“批林批孔”故事中还出现了引用古语，解释混乱的问题，这类作品连公开讲演都做不到，只能以书面文字配图进行传播。走向形式主义就是指这类新故事在主题意旨、语言、结构上失去群众性的状态。

关于“手抄本”故事的性质，本文认为“手抄本”在创作、传承过程中始终保持了“口头—书面”相结合的特征，创作中一方面采纳群众生活中的口语，另一方面借鉴了小说叙事的书面表达方式；在传承中，“手抄本”故事可以转化为口头讲述，也可以以书面形式补充增删进行再创作，言语方面基本保持了“口头—书面”结合型的语体特征；结构上承袭“情节性小说”的书写方式，情节复杂，结构紧凑，与普通民间故事形式结构有一定的区别。侦破故事所采用的写法和叙述手法不仅继承了传统故事的情节结构样式，同时也贯穿着欧化侦探小说的叙事模式，尤其是在视角方面。侦破故事的叙事模式在“文化大革命”结束后的“反敌特”和侦破小说中得到了继承和发展。在主题思想上，表现出群众被主流意识形态整合之后的民间性，一般是以光明战胜黑暗，社会主义战胜资本主义作为主题和基调。故事注重恐怖、惊险氛围的制造，突出故事中反敌特侦察英雄智、勇、武三全的形象；在表现敌人的阴险狡诈、特务手段高超方面进行了大胆的夸张和想象，充满了革命的浪漫主义色彩。

通过“文化大革命”时期“新故事”文体的曲折发展，引起人们对“新故事”和文学价值的重新思考。“四人帮”被打倒之后，流传在群众中的新民间传说故事被倡导整理并公开发表，这些作品在群众中产生了很大的影响。有的故事很快被转拍成电影、电视剧，这种现象引起了新故事研究者和编创者们的重视。“新故事”对民间文学、传统说唱艺术形式在言语、结构形式、主题内容等全方位继承的意识逐渐明确，新故事人明确提出在民间故事的基础上发展新故事的观点，研究者们希望通过这种途径将新故事的发展拉回到传统的民族性的艺术发展道路上来。具有中国“民族性”文化特色的群众性“口头—书面”结合型故事文体经过二十多年的发展之后开始有了明确的为自身定位的意识与实现的途径。

第四章

改革开放后民间叙事传统的回归与新故事文体的发展

“四人帮”的倒行逆施在“文化大革命”后期逐渐为群众所认识，一些像匕首一样的政治讽刺笑话和新民间传说故事在群众中迅速产生、流传开来。“四人帮”禁止、打压群众纪念周总理的集会活动的行为激起民愤，压抑的情感如洪水般暴发，群众自觉地使用政治讽刺笑话和新民间传说故事对“四人帮”的倒行逆施予以公开的揭露和批判。这些口头文学的影响力之大、传播范围之广引起新故事编创者们的重视，直接促进了在20世纪70年代后期新故事界有针对性地加强了“新民间故事”的搜集整理工作并对“新故事”将如何发展进行了深入思考。“拨乱反正”时期，新故事界搜集、整理、发表了一批“新民间故事”，受到群众的欢迎。毋庸置疑，这些作品为新故事注入了活力，不仅丰富了新故事讲演活动的内容，更密切了新故事同群众的关系。1979年在上海召开的八省市新故事工作者座谈会上形成了以“在民间故事基础上发展新故事”为指导思想，进一步发展新故事的共识，从此，新故事开始了在实践中向民间叙事传统回归的发展历程。

改革开放之后，文艺大环境发生了变化，邓小平发展了毛泽东“文艺为工农兵服务”的观点，提出我国社会主义建设新时期文艺运动的总方针“文艺为人民服务、为社会主义服务”，文艺要按照文艺自身规律发展等文艺政策。他在《目前的形势与任务》中说“我们坚持‘双百’方针和‘三不主义’，不继续提文艺从属于政治这样的口号，因为这个口号容易成为对文艺横加干涉的理论根据，长期的实践证明它对文艺的发展利少害多"[①]。此后，新故事不再是行政政策直接的传声筒，原来由党委、宣传部门直接抓的社会性、公开性的新故事讲演活动停了下来。在市场经济体制下，新故事刊物成为组织和发展新故事活动的中心。文本形式的新故事成为故事创作的主要形态，鼓励、引导、培训群众参与故事创作成为工作重心。这一时期，大批的新作者、讲述者参加到新故事活动中来，他们中大部分都有一定的文化水平和文学修养，更为可贵的是，他们熟悉民间文学，有的本身就是民间故事讲述家和新故事家的统一体。通过这些创作主体，不仅能够及时了解群众的需求和喜好，同时也可以将新故事迅速回流到群众中间，促进它的传播与生长。

新故事界开始强调重视作品的群众性与口头性。新时期的创作实践证明，只有真实地反映人民群众的生活，表现他们的思想、情感、愿望、利益的故事，才有流传散播的市场。因此，新故事的主流正是在追求与民间口承文学相一致的"群众性"过程中不断完善自身的。70年代末的新故事人在积累了将近三十年的活动经验之后，对新故事的发展方向有了更明确的思考，新故事界形成"新故事是社会主义时期的民间文学"，"口头性"为基本特征的共识，注重新故事从整体上向新民间传说故事学习。他们认识到"口语化"与"口头性"的不同，认识到适合在公开场合讲演的"口头表达"对新故事来说是不够的，提出不仅要适合"口头表达"，而且要做到"口头性"。既要在语言方面做到符合"口头性"，形成规范化的书面口语；还要从情节结构的组织和内容方面整体性地理解"口头性"，倡导多元化地融通古今中外的叙事文体，形成新故事在情节结构方面的线条单一、环环相扣、首尾完整、节奏感强等特征；又注重反映现实，及时从群众生活中提炼新主题。

在新的创作思想指导下，新故事事业蓬勃发展，到80年代中期新故事专业期刊以及刊发新故事的文学期刊已经出现三十多种，几乎每一个有新故事活动的省、市都有新故事刊物。80年代中期之后，一些出版社又组织出版了一些故事家的专集和不同主题、类型的新故事集。本

---

① 邓小平：《目前的形势和任务》（一九八〇年一月十六日），《邓小平文选》（一九七五—一九八二），人民出版社1983年版，第220页。

章研究所用文本资料均来源于这些期刊和专集。与此同时，有关新故事性质的理论探讨也不断深入。民间文学、新故事、文学理论等方面的研究者在70年代末80年代中期积极参与了新故事性质的讨论研究。通过新故事学会、故事刊物等交流平台还凝聚了许多关注新故事事业的故事人，他们在创作中积累经验，相互交流，陆续发表、出版了一批指导新故事创作的理论文章和专著，观点基本围绕新故事是社会主义时期的民间文学，口头性是基本特征立论，同时关注书面化的故事读本，从可阅读的功能层面加深了对新故事性质特征的认识。80年代中期新故事产生了良好的社会效应，得到了群众的普遍认可。本章探讨新故事在对民间文学“认祖归宗”之后，文体方面发展了的新特征，以及新故事在现代语体文形成过程中所作出的贡献。

第一节　故事传统的回归与“新故事”性质再讨论

一　十一届三中全会的召开与新故事文学的繁荣

1978年12月18日至22日，召开了党的十一届三中全会，会议批评了“两个凡是”的方针，高度评价了关于真理标准问题的讨论；决定停止使用“以阶级斗争为纲”这个口号。会议的召开标志着中国进入改革开放和社会主义现代化建设的新的历史时期。1979年10月召开了第四次文代会，邓小平同志在祝词中说：“人民是文艺工作者的母亲。一切进步文艺工作者的艺术生命，就在于他们同人民之间的血肉联系。”① 1980年1月，他又在《目前的形势与任务》讲话中明确指出：“我们坚持‘双百’方针和‘三不主义’。”② “双百”方针尊重文艺发

① 邓小平：《在中国文学艺术工作者第四次代表大会上的祝词》，《邓小平文选》（一九七五—一九八二），人民出版社1983年版，第183页。

② 邓小平：《目前的形式和任务》（一九八〇年一月十六日），《邓小平文选》一九七五—一九八二，人民出版社1983年版，第220页。

展内在规律，方针的确立和执行对发展、繁荣中国文艺事业起到重要作用。1977 年拨乱反正时期，新故事创作讲述活动非常活跃。何承伟曾对当时情况作过总结："去年（1978 年）四川组织全省近二百多个县进行故事汇讲，今年陕西省十个故事活动的先进县，辽宁省的抚顺，河北省的秦皇岛，江苏省的江阴、盐城，河南省的南阳，上海的金山县以及其他好多地方，都举行赛故事活动和故事汇讲会。此外，一些地方的业余故事团，上海市工人文化宫工人业余故事团，以及各地的故事队和故事讲述能手，更是经常地向群众讲述自己新编的故事，在这些活动中，涌现出一批受到群众好评，并广泛流传，脍炙人口的好故事。"① 汇讲故事中有很多是当时非常受欢迎的"新民间传说故事"，这些富有生命活力的流传故事也引起了新故事界对新故事性质问题的认真思考，随后，新故事界及时调整了新故事的发展方向。"1979 年 9 月，《故事会》编辑部在上海召开了有八个省、市新故事工作者代表出席的座谈会。这是自从有了新故事活动之后，二十年来第一次具有全国影响的聚会。在这次会议上，认真总结了新故事活动的经验教训，彻底清算了'左'的影响，普遍认识到新故事应当'认祖归宗'，第一次提出了'在民间故事的基础上发展新故事'的指导思想。"② 会后刊物和作者们加大了搜集整理新民间故事的力度，同时鼓励个人在学习民间故事的基础上书面创作新故事。新故事的编创队伍也发生了变化。一部分"文化大革命"前后培养的故事员成为新故事编创工作的主力军。同时，在新故事刊物的引导、组织、培训下，在地方政府、宣传单位的支持下，又有计划地培养了一批新的故事创作者。

80 年代文化部、中宣部等对新故事、故事员非常重视，"1981 年 9 月，在四川省召开故事经验交流会的时候，文化部的负责同志出席了会议。随后，文化部在北京召开了由陕西、四川、河南三省和上海、抚

---

① 何承伟：《对现阶段故事创作与流传中几个问题的探讨》，《抚顺故事》1979 年第 2 期。转引自中国民间文艺家协会辽宁分会、抚顺故事报社编《抚顺故事论辑》，内部资料，出版年不详，第 1—2 页。

② 金洪汉：《新故事活动的新局面和新观念——对故事活动历史的回顾及其发展趋向的探讨》，该文章是 1986 年中国新故事学会首届年会入选论文。转引自中国民间文艺家协会辽宁分会、抚顺故事报社编《抚顺故事论辑》，内部资料，出版年不详，第 103 页。

顺、秦皇岛三市出席的故事观摩经验交流会。山西省的故事员还被邀请到全国群众文化工作会议上讲了故事。1982 年 6 月，在中宣部等六个单位联合召开的全国职工思想政治工作会议上，通过一个《国营企业职工思想政治工作纲要（试行）》，在其中的第十七条里明文规定：‘工会、共青团可以在职工群众中组织宣传员、辅导员、故事员、评书员等，及时针对群众的思想实际，进行生动有力的宣传活动。’这是在党中央的红头文件里，对故事员的地位和作用，所给予的充分肯定。1983 年 12 月，胡乔木、邓力群同志再一次接见了故事员代表张功升，邓力群同志并亲笔题词：‘希望讲故事的队伍日益壮大’”[①]。1984 年 11 月，中国民间文艺研究会在石家庄组织召开了中国民间文艺家协会第四次代表大会，会议期间成立了“中国民间故事学会”，同时成立了“中国新故事学会”，并于 1986 年 7 月在上海成功召开了中国新故事学会首届年会，会长是马学良教授，副会长兼秘书长是任嘉禾、张功升和贺嘉。金洪汉说：“中国新故事学会的成立，及其活动的开展，意味着我国的新故事活动，已经步入一个新的历史阶段，呈现出一个崭新的局面。我认为，这个新局面的重要特征，就是有组织的故事活动与自发的故事活动日趋结合，口头的创作流传与书面的创作流传相结合。”并认为“这种日趋结合，是民间文学在社会主义新的历史时期里发展的必然结果”[②]。从上至下对新故事形式的认可，和“在民间故事基础上发展新故事”的指导思想的确立，有力地促进了全国范围内故事活动的健康发展。

金洪汉详细地整理了 80 年代新故事活动：“一九八〇年四月，抚顺召开了首届民间故事会；九月在陕西召开第五次故事调讲会期间，《故事会》编辑部又继上海会议之后，召开了第二次座谈会，总结了一年来拨乱反正的实践经验。出席这次西安会议的代表，已经扩大为十三个省、市。同年十二月，抚顺召开了第二次故事工作者代表大会。一九八一年四月，河南省南阳地区召开了第三次故事会；八月，河北省民研

① 金洪汉：《新故事活动的新局面和新观念——对故事活动历史的回顾及其发展趋向的探讨》，该文章是 1986 年中国新故事学会首届年会入选论文。转引自中国民间文艺家协会辽宁分会、抚顺故事报社编《抚顺故事论辑》，内部资料，出版年不详，第 97 页。

② 同上。

会在秦皇岛召开了全省首届故事会；九月四川省群众艺术馆在峨眉召开了故事活动经验交流会；十月，文化部在北京召开三省、三市故事观摩会。一九八二年六月，辽宁省文化厅等五个单位在抚顺联合召开了辽宁省第二次故事会；吉林省文化厅等四个单位联合召开了吉林省的首届故事会。同期，上海、浙江、广东、江苏、江西、甘肃等地也都连续召开了多次故事会。其中上海、浙江和江苏还发展为联合举办吴语区的故事大会串。这个大会串到一九八六年已经开过两次。今年的十一月下旬，还将在杭州召开有杭州、西安、抚顺、重庆、九江等市参加的全国部分城市新故事汇讲会。与此同时，各地还纷纷创办了许多以推动新故事活动为宗旨的故事报刊。不久前，于九月在杭州召开的全国民间文学报刊第二次会议（由中国民研会主持），有十四个省的二十六家包括故事在内的民间文学报刊社出席，会议一致通过第三次全国民间文学报刊将以讨论新故事为中心议题。”[①]

此后的十多年间，新故事进入了一个繁荣发展的时期。第一，创作出了大批群众喜闻乐见、传播性强的新故事。拨乱反正期间，新故事期刊将改编再创作“新民间传说故事”作为重点引入新故事创作活动，读者反映很好。民间传说故事促进新故事的形成，新故事又反过来推动“书面”故事转化为口承故事的流传。拨乱反正之后，许多新故事作者提高了向民间文学学习的主动性，重视新故事的口头性，把“易讲、易记、易传”作为创作的要求和最佳效果追求，极大地提高了书面创作新故事的流传率。具有代表性的故事流传事件是1980年吴伦创作发表在《故事会》上的《三百元的故事》，两年后又被其他创作者在民间重新搜集整理并发表在《中国通俗文艺》上。此外，还有许多故事已经在群众中自发形成，然后又被作者整理创作发表，发表后这些故事在更大的范围内受到欢迎并广泛流传。如赵和松的《藏金记》[②]，黄宣林的《“鬼”讨债》[③]，吴文昶、包朝赞的《张家媳妇

① 金洪汉：《新故事活动的新局面和新观念——对故事活动历史的回顾及其发展趋向的探讨》，该文章是1986年中国新故事学会首届年会入选论文。转引自中国民间文艺家协会辽宁分会、抚顺故事报社编《抚顺故事论辑》，内部资料，出版年不详，第103—104页。

② 赵和松改编：《藏金记》，《故事会》1981年第6期，第1—9页。

③ 黄宣林：《“鬼”讨债》，见《惊心的一夜》，中原农民出版社1985年版，第89—97页。

的苦恼》[1]，张功升的《惊心的一夜》[2]，肖士太的《蔷薇花案件》[3]，这些故事深受群众喜爱，它们的加入提高了新故事刊物的吸引力。

第二，创作队伍的充实和日益强大。改革开放之前，新故事活动是有领导、有组织的活动，故事员的选择也有条件。农村主要是成分好的社员，很多成分不好的民间故事讲述家是被排斥在外的。改革开放之后，新故事活动成为既包括有领导、有组织的创作、讲演，也包括群众自觉自愿创作、讲演相结合的活动。故事员队伍进一步壮大，不仅有新时期的高学历作者的加入，而且还有不少新故事爱好者、民间故事家被吸纳进新故事的创作队伍之中。高学历的作者、作家们的加入使新故事的文学性有了很大的提高；而民间故事家散布在农民中间，这些天然的民间故事篓子有很高的讲故事素养，只要告诉他们“新故事员”的使命，他们就会自觉地在讲故事过程中执行，是新故事创作、传播的重要力量。这些新故事爱好者们不断地加入到新故事创作队伍当中，看似游兵散将，总数却颇为可观，他们同样为新故事创作和传播活动注入了新鲜血液。同时，新故事刊物积极主动地扩充新故事活动队伍，采用灵活、方便的创作辅导机制提高新故事创作队伍的整体素质，通过组织故事赛奖、优秀故事交流评比等活动选拔优秀人才。在一些新故事活动组织得力的县区还形成了系统的辅导机制，如江苏省江阴县文化馆就形成了“门诊”辅导、退稿辅导、讲座辅导、评议辅导、会讲辅导、学习班辅导等多样灵活的辅导机制[4]，这些机制切实地促进故事创作队伍的成长。

第三，故事报刊阵地逐渐稳固。《故事会》在 1979 年发行量达到每期七十多万份，之后每年以大致一百万份的速度增长，到 1986 年前后，每期发行量最高可到七百多万份。上海《采风》1981 年创刊，每

① 吴文昶、包朝赞：《张家媳妇的苦恼》，《故事会》1979 年第 2 期，第 73—81 页。

② 张功升：《惊心的一夜》，见《惊心的一夜》（1979—1984 年全国新故事选），中原农民出版社 1985 年版，第 9—13 页。

③ 肖士太、黄宣林、欧阳德整理、改编：《蔷薇花案件》，《故事会》1983 年第 5 期，第 80—91 页。

④ 江西省江阴县文化馆创作组：《采用多种形式　辅导故事创作》，《故事会》1979 年第 1 期，第 83—85 页。

期只有五万份，到80年代中期每期可达到一百五十万份。抚顺《故事报》1982年创刊，每期只有五万份，到1983年左右每期的发行量可达到二百六十万份，1984年复刊以后发行量也在七十万份以上。故事作品不仅发行数量多，而且故事期刊也越来越多，几乎凡是有新故事活动的省、市都办起了故事报刊。面向全国公开发行的有浙江《杭州故事报》，上海《故事会》、《采风》、《故事大王》、《上海故事》，河南《故事家》，陕西《唐都故事报》，山西《故事精选》，河北《河北故事报》，广东《故事周报》，湖北《中国故事》，江苏《啃春泥》，福建《故事林》，吉林《民间故事》，山东《故事大观》，等等。这些故事刊物主要是由群众艺术馆、民研会、文艺出版社主办，是新故事作品发表的主要平台。还有一些通俗文学和民间文学报刊也发表新故事，比如《民间文学》、《山海经》、《山西民间文学》、《布谷鸟》、《楚风》，等等。此外，一些文学出版社还出版了一批新故事集，有上海文艺出版社出版的《建国以来新故事选1949—1979》、《恐怖的脚步声》，春风文艺出版社出版的《两个犟眼子》、《巧取九龙杯》、《故事大王张功升》，江苏人民出版社出版的《优秀故事选》，水电出版社出版的《张功升故事选》，中原农民出版社出版的《惊心的一夜》，海燕出版社出版的《全国新故事佳作选》等。1984年由中共辽宁省抚顺市委经济工作部和辽宁省职工思想政治工作研究会编选了内部刊物《张功升故事集》。1985年李凡、徐修良编著了《故事王张功升》，由辽宁人民出版社公开出版。1987年，上海文艺出版社出版了第一批新故事个人专辑《吴伦故事集》、《崔陟故事集》等。中国文联出版社出版了《狗尾巴的故事——吴文昶新故事》、《黄宣林故事选》、《肖士太故事集》、《夏元寿故事集》、《丰国需故事选》。80年代中后期，以《故事会》等杂志报刊为代表，发表了不少“文化大革命”时期在“地下”流传的民间故事。有些出版社还出版了系列作品，最有代表性的是张宝瑞的地下文学系列。

第四，新故事理论研究的不断深化。从1979年开始，出版了一批关于新故事创作和理论研究的专著，通过新故事刊物平台组织了专门的故事创作理论学习班，培养新故事作者。1979年上海文艺出版社出版了蒋成瑀的《故事创作漫谈》。1980年5月，长江文艺出版社出版了刘守华的《略谈故事创作》。1984 年陕西人民出版社出版了王寅明编著的《故事编讲新探》，此外，还印制了一些内部刊物，如王国全的《谈新故事创作》。1984 年、1985 年《故事会》组织“故事创作函授班”，系统地编辑了函授教材《故事基本理论及创作技法》。1989 年 8 月上海文艺出版社出版了蒋成瑀的《新故事理论概要》。1993 年 6 月大众文艺出版社出版了何承伟主编的《故事基本理论及其写作技巧》。此外，还有一些专门的新故事研究论文集，如金洪汉著《古今中外故事论》，抚顺故事报社、中国民间文艺家协会辽宁分会编的《抚顺故事论集》，辽宁省新故事学会、故事报社编的《辽宁新故事论集（1）》等。新故事理论研究的深化推动了新故事活动平稳的发展态势，对培养新故事作者和形成新故事文体起到重要作用。

第五，中国故事期刊协会的成立。1998 年 6 月，为了加强中国故事期刊的联系，促进故事期刊事业的发展，在河南信阳又宣告成立了中国故事期刊联谊会。1998 年 12 月 2 日至 5 日在青岛召开了“中国故事期刊走向 21 世纪研讨会暨中国故事期刊联谊会第一届理事会第一次会议”，这次会议的宗旨是在“总结过去、正视现实、展望未来的基础上，研究中国故事类报刊如何面向 21 世纪”①。联谊会的目的就是让故事期刊加强联系，共同发展新故事事业。1999 年 8 月 10 日至 15 日在青岛举办“中国故事作家培训中心（筹）首届学员培训班”。1999 年 12 月 29 日，经中国期刊协会批准，将其更名为中国故事期刊协会（英文译名 CSPA），会长为上海文艺出版社总社社长兼《故事会》杂志社主编何承伟，秘书长是故事家杂志社副编审习诏。协会拥有会员单位 30 个，包括《故事会》、《上海故事》、《故事大王》、《采风》、《故事家》、《故事世界》、《传奇故事》、《山海经》、《故事林》、《故事大观》、《新聊斋》、《故事报》、《民间故事》、《文学故事报》、《古今故事报》、《中国故事》、《今古传奇·故事版》、《中华传奇》、《中外故事》、《民间传奇故事》、《三月三·故事王中王》、《龙门阵》、《民间故事选刊》、《楚

---

① “中国故事期刊协会简介”、“中国故事期刊协会会员单位名录”、“中国故事期刊联谊会第一届理事会第一次会议纪要”，选自习诏主编，中国故事期刊协会秘书处编《中国故事期刊信息》，2001 年版，内部刊物。

风》、《天南》、《百姓故事》、《通俗文学选刊》等。在这一时期，协会着重考虑市场经济下，故事期刊如何发展的问题。2000年11月2日至4日，在广西南宁召开“中国故事期刊第一届理事会第二次会议暨故事期刊（报）新世纪走向研讨会”，其主题仍是面对新世纪故事期刊对现状和发展的思考研究。[①]

陈思和说：“当个人的主体性回复之后，政治权利话语对现实的权威解释模式必然发生动摇，代之而起的是独特的个人在与其血肉相关的生活经验的基础上对现实与未来的思考。”[②] 改革开放后，阶级和路线等政治主流话语在人们的生活中逐渐隐退，整个国家确定了以经济建设为中心的发展路线，人们的经济意识在这个时期逐渐产生。新故事的创作、出版、流通同样进入市场经济体系的范畴，大家开始意识到新故事只有占有最广大的读者群才能赢得最丰厚的经济利益。经济利益的驱动强化了新故事对群众性的强调，不仅体现在对民间故事叙事传统的全方位借鉴吸收，也体现在对民间叙事的发展和新探索。在之后的几十年间，新故事在文化与经济、主流意识形态和民间思想、书面与口头文本交互张力中逐渐定型和进一步地发展，并以强大的生命力迎接新媒体的介入和新一轮的转型。

二 新故事文体性质的第二次大讨论

“文化大革命”结束后，新故事面临着新的发展和机遇，对它性质和归属的讨论成为新故事保生存、求发展的关键性问题。理论界从20世纪70年代末开始对新故事的属性问题展开了热烈的讨论。

（一）关于新故事发展是否坚持沿着民间故事的轨道发展的论述

20世纪80年代初，参与新故事性质范畴讨论的人员多由民间文学研究者和新故事编创研究人员组成。新故事是新生事物，在创作、流传

---

① 资料来源：刁诏主编，中国故事期刊协会秘书处编《中国故事期刊信息》，2001年版，内部刊物。

② 陈思和：《中国当代文学史教程》，复旦大学出版社1999年版，第185—186页。

方式上表现出了多样性的特征。民间文学界以潜明滋等部分学者为代表，认为它是“介于民间故事和曲艺之间的边沿性的新型的口头艺术。对于这样一种不稳定的艺术品种，对于它的所去所从，究竟应属于哪个范畴，可以不必忙于下结论。……它既然根植于社会主义社会的土壤，就不能只用某一种传统艺术形式去局限它，它是沿着民间故事的轨道发展，还是沿着曲艺的轨道前进，还是另开辟一条前所未有的新路，让广大群众根据需要去选择”①。从新故事发展的实际情况来说，确实出现了多向性发展的问题，但是这个观点对新故事的发展来说却是不可取的。以何承伟为代表的新故事编创研究者们反思新故事发展历史，认为应该对新故事的属性和性质有一个判断。“文化大革命”后期在群众中流传的揭批“四人帮”罪行的新民间传说故事在“拨乱反正”期间大量涌现。这种有群众基础的新民间传说故事吸引了新故事人的眼球，以这些故事为蓝本整理编创的新故事在发表后受到群众的欢迎。这个经验引起故事理论家们的重视，在新故事界最终确立了“在民间故事的基础上发展新故事”的指导思想。1983 年，何承伟发表《应该明确新故事的属性》，提出：“我认为新故事的属性问题，是新故事讨论中的中心议题，而不赞成有些同志的观点，认为新故事还在发展，现在不必去研究它的属性，不必去管它是属于民间文学还是书面文学，关于属性问题可到将来去解决。”他提出新故事是社会主义时期的民间文学的概念。故事是口耳相传的文学样式，“新故事的‘新’字，严格地说，它是一个时间概念，是指当代人民群众创作的各种易讲、易记、易传的故事，而不是指与传统民间故事完全对立的，毫无血缘关系的故事”②。“社会主义民间文学主要是口头语言艺术，它靠口头语言进行传播，以起到它的社会效果；而书面文学主要是靠书面语言进行传播，以起到它的社会效果。尽管一些故事用文字固定下来后，也可供人阅读，但它主要还是供人讲述的，而阅读是第二位的，次要的。”③

---

① 潜明滋：《新故事的属性》，选自中国民间文艺研究会上海分会编《民间文艺集刊》1983 年第 4 辑，第 146 页。

② 何承伟：《应该明确新故事的属性》，选自中国民间文艺研究会上海分会编《民间文艺集刊》1983 年第 4 辑，第 147—151 页。

③ 同上。

这些论述明确指出新故事的基本特点是口耳相传，真正的新故事应该具有易讲、易记、易传的特点。王永生也认为新故事要坚持新时期新民间文学的发展方向，坚持和发扬民间文学的口头创作，将口头性与口头传播看作基本的特征与传播方式，还提出应通过讲述实践加强个人创作的新故事向口头转化的能力。他说："在新的情况下，书面传播条件虽然大大加强，但也不应割断民间文学口头流传的传统，而应正确处理书面传播与口头传播之间相辅相成的关系，使书面传播的优越物质条件，能更好地扩大口头传播渠道，充分发挥其现代化传播优势。"① 潜明滋则认为：新故事创作是"口头方式与书面方式并存"，流传方式以口头方式为主。"新故事的艺术功能主要不是通过阅读给人以美的享受，也不是靠故事讲述者的形体表演来取悦观众，主要是依靠听觉的功能来达到审美目的。"② 以上观点和对新故事文体性质的分析宏观地指出了新故事的发展方向，根据新故事在当时讲说实践活动的情况，研究者们仍继续关注它在创作和流传过程中作为口头文学的一面。

（二）从口头性特征出发将新故事纳入民间故事系统的研究

20 世纪 80 年代初的这次新故事性质的讨论，深化了 70 年代末确立的新故事"在民间故事的基础上发展"的指导方针，强调了新故事作为口头语言艺术应有的品质。我国在 1984 年成立了新故事学会，学会是一个交流的平台，它将关注新故事发展的研究人员和编创人员联系了起来，对新故事的发展和研究起到了推动作用。当时学术界对"新故事是立足于民间文艺的"和"新故事是继承民间故事传统而发展起来的一个品种"的论断基本上是一致的。1984 年，王国全的《谈新故事创作》作为内部刊物出版，全书围绕新故事如何"在民间故事基础上发展"，论述了新故事创作中要注意的各个方面，促进新故事实现

① 王永生：《民间文学的口传性与新故事的传播问题》，见中国民间文艺研究会上海分会编《民间文艺集刊》1983 年第 4 辑，第 153 页。

② 潜明滋：《新故事的属性》，见中国民间文艺研究会上海分会编《民间文艺集刊》1983 年第 4 辑，第 138 页。

“易记、易讲、易传”的文体目标。

从新故事讲演活动出发，认为新故事是口头文学的看法也是基本一致的。乌丙安认同新故事是口头文学，他在1987年6月12日辽宁省新故事学会成立大会上，作了题为《论新故事系统》的报告，从系统论的角度将新故事分为三个系统，第一个系统是新故事的文学系统。主要是指新故事的创作，属于这个系统的包括口头创作和笔头创作；第二个系统是新故事的表演系统，故事员属于这个系统；第三个系统是传通系统。新故事活动的组织工作者，编辑工作者，办刊人，电台和电视台属于这个系统。[①] 他在谈到新故事的书面创作时说：“文学系统最突出的特征就是语言，文学语言的创作，来源于说话的口语，现在是用笔来写成本子，这是语言的发展，或者说是语言的第二性，是由口语转化成文字。写故事实际是用笔头说故事。”[②] 金洪汉提出了“讲故事”的概念，他总结“讲故事”的两个系统，一个是以自发性为主的民间故事系统，另一个是以组织性为主的新故事系统，并说两大系统的讲故事活动都是口头文学，从广义来说，他们都属于民间文学范畴。就其血缘关系而论，新故事是在民间故事传统基础上发展起来的，只不过它是以反映现实生活为内容的口头文学。[③] 他将新故事的书面文本认为是在原有口头传播的渠道之外，又开辟了一条书面流传的渠道。

何承伟主编的《故事基本理论及其写作技巧》最初是新故事创作函授班的教材，后来结集出版，是20世纪80年代新故事理论研究的一次总结。何承伟认为新故事是社会主义时期的民间文学，“个人创作的新故事中一部分能够与人民群众中口头创作和口头流传的作品汇聚到一起，形成了整个新故事的主流”[④]。之前学者们论述新故事作为口头文学的特征时，多集中于故事语言的口语化。何承伟更进一步指出：

---

① 乌丙安：《论新故事系统》，见辽宁省新故事学会故事报社编《辽宁新故事论集》，1988年3月，第1—2页。

② 同上书，第4页。

③ 金洪汉：《新故事对民间故事的继承和发展》，见辽宁省新故事学会故事报社编《辽宁新故事论集》，1988年版，第67页。

④ 何承伟：《新故事的创作》，见《故事基本理论及其写作技巧》，大众文艺出版社1993年版，第47页。

"新故事这种文学体裁的口头性特征，具体地表现在它的艺术形式以及它所反映的内容上，从艺术形式上来看，它采用了一系列具有口头性特点的语言、结构和表现手法；从内容上看，它则选择了适合口耳相传的题材、主题和情节。"① 这一观点明确地对作为文本的新故事的文体特征进行了总结，为新故事文体的继续发展指明了方向。

（三）从流传方式改变的角度对新故事的书面性研究

20世纪80年代新故事创作、传播的主渠道逐渐发生了以书面文本为主的变化。基于新故事读物的大量发行，书面流传方式引起学术界的关注。他们在探讨新故事作为社会主义民间文学应具备口头性特点、探讨新故事与民间故事关系的同时，也开始关注新故事文本性的书面。潜明滋曾谈到新故事中出现了"各种文艺形式的相互渗透，文艺与科学技术的相互渗透，书面文学与口头文学的相互渗透，民族文化的迅速交流，等等"② 的变化。

20世纪80年代初期，中国学者对新故事文本的研究只涉及新故事流传过程中可阅读性问题的理解。王永生《民间文学的口传性与新故事的传播问题》一文对新故事的书面流传进行了分析，关注了在六七十年代一直被看作新故事传播的辅助载体③的脚本，并将新故事脚本的称谓改为"故事读物"。他说："书面流传的兴起，对口头流传来说既是个助手，也是对手。过去在劳动人民中间，故事几乎全凭口耳相传，文人著作一般难以流入民间。民间有一些唱本、时调、宝卷等读物，但

---

① 何承伟：《新故事的创作》，见大众文艺出版社《故事基本理论及其写作技巧》，1993年版，第58页。

② 潜明滋：《新故事的属性》，见中国民间文艺研究会上海分会编《民间文艺集刊》1983年第4辑，第144页。

③ "故事员讲故事，都先有脚本。这个脚本的作用，不是让故事员以此为依据，倒背如流，而是作为故事员和听众之间的桥梁或共同创造的基础。在讲述过程中，根据听众的反应，不断修改，精益求精。经过多次反复修改，才可能基本定型为比较完善的作品。一个优秀的新故事在产生和形成过程中，广大听众事实上都直接参与了修改和再创造。在这个过程中，广大听众的意见和要求，往往直接影响到故事情节的取舍和故事员讲述风格的形成。"摘自潜明滋《新故事的属性》，选自中国民间文艺研究会上海分会编《民间文艺集刊》1983年第4辑，第138页。

很少有故事书。‘五四’后出版的一些书刊，也大都停留在知识阶层。因而故事读物对于劳动人民来说，是件新鲜事。读物所提供的故事既丰富多样，又比较完整；读物可以随身携带，什么地方都可看；也不受时间的限制，灵活性很强；读物又可供选择、重读，主动权在读者手里，不像听故事要由讲述者作主。正因为读物有这些优越性，受到群众的极大欢迎，现在爱听故事的人都爱看故事，而且逐渐从听故事趋向看故事。因此，书面流传的增强，也意味着口头流传的缩小，带有书面排斥口传的性质。”① 当时其他学者也多是从流传方式的角度看待新故事的书面性，对创作过程中的书面性还未有太多关注。

在新故事创作书面性研究方面，日本学者走到了我国大多数研究者的前面。他们敏锐地观察到这个问题，并对未来发展进行大胆预测。20世纪80年代初期，出现了以《故事会》为代表的二十多种新故事刊物，人们对阅读故事文本需求大增。日本学者加藤千代从80年代开始关注中国新故事活动，针对新故事发展的状况，他认为“现在的新故事，已经远远超过了研究者讨论的界限，它面对着各种各样的可能性，在自由地发展。可能之一，就是‘文化大革命’以后的新故事，都是写出来供人阅读的大众读物，或者说是在这样发展着。这使我预感到，一种新的故事文学将要到来”②。加藤千代在文中将“故事文学”加了注释：“郑硕人《故事现状概述》、《民间文艺集刊》四，1983年第176页，以及关于‘故事文学’这一少有名词，目前尚未普遍应用，有关名词定义的论述文章还不多见。刘守华在《故事·小说·评书》（《故事会》1979年5月）中，虽然也用过这个名词，但是，它和郑的论文一样也不过是一个权宜的用法。”③ 加藤千代所反映的正是80年代由个人创作的新故事书面文本开始占据传通渠道主流的实际情况，80年代中期，新故事刊物的发行量达到高潮，故事也表现出多种品质，最突出的是出现了只能阅读不能传讲的故事。加藤千代将这部分列入大众读

---

① 王永生：《民间文学的口传性与新故事的传播问题》，选自中国民间文艺研究会上海分会编《民间文艺集刊》1983年第4辑，第153页。

② ［日］加藤千代：《中国现代的新故事——“民间”的创作空间》，贾海一、郭安平等译，选自辽宁省新故事学会、故事报社编《辽宁新故事论集（1）》，1988年，第217页。

③ 同上书，第249—250页。

物，预测是一种新的故事文学到来的前奏。我国学者郑硕人认为这部分故事是“语言通俗、供人阅读的书面文学”。于回在《也谈新故事》中针对《故事会》、《采风》等刊物发行情况，提出“我们对书面传播形式应该充分重视”[①]。

商鹏蓉和梁澄清是从新故事具有阅读性入手研究新故事特征的代表人物。商鹏蓉注意到了新故事与话本小说在结构、情节发展中塑造人物、语言以及创作主体的因素，并从新故事具有阅读性入手，分析了新故事在语言艺术上的书面性与口语化的结合性特征。他作了《试论新故事与话本小说的相同特征》一文，文章选题的角度在同时代中特色鲜明。话本小说是古代“说话”的底本，商鹏蓉研究了新故事与话本小说在艺术手法上的四个共同特点：一是“单一而曲折的结构线索”，二是在故事情节的发展中塑造人物，三是生动的口头语与精练的书面语的结合，四是个人创作为主、集体加工为辅。并且在比较的基础上提出新故事与小说话本语言特点的相似性：“新故事与话本小说都既是讲给人听的又是供人阅读的，因此，新故事与小说话本里的语言，又往往掺有一些书面语言，是口头语与书面语的艺术结合。这种语言形成了一种特殊风格：既有口语通俗、自然、泼辣、生动、清新活泼等特点，又有书面语言准确、鲜明、精练之特色。”[②] 将新故事中富有特色的语言定义为“普通话口头语与现代书面语的结合”[③]。文章从新故事作为书面创作和口头传讲相结合的文体特征入手来探讨新故事的性质对新故事文体性质研究来说是很有意义的。“目前对我们的新故事创作来说，深刻认识新故事中的‘话本性’是一个不容轻视而又未得到广泛承认的问题。提出这个问题以引起有关创作界和研究界的注意，正是本文主旨所在。”[④] 梁澄清也从语言的角度分析了新故事应坚持的文体特征，他在

---

① 于回：《也谈新故事》，选自中国民间文艺研究会上海分会编《民间文艺集刊》1983年第4辑，第182页。

② 商鹏蓉：《试论新故事与话本小说的相同特征》，选自商鹏蓉、余强主编《新故事研究文集》，华岳文艺出版社1987年版，第27页。

③ 同上书，第28页。

④ 同上书，第32页。

《故事反刍》[①]中从新故事需要注意阅读性入手适当强调“文学性”。他对故事文体的特征的理解是“故事以口语化特征而见长。尽管故事的发展，不应当以‘口耳相传’而画地为牢，但是，故事绝对不能背叛了口语化的特征。即使成为阅读品，它也只能从属于具有口语特色的印刷品。它只是能‘口耳相传’地发展，而不是对口头文学的决裂和背叛”[②]。相比其他学者他们对新故事文体性质的研究更为深入。

随后，金洪汉在20世纪90年代重新思考了新故事的独特性：“新故事不仅同样具有可读性，同时它还具有可讲性，既能读又能讲，比通俗小说多了一条口耳相传的流传渠道。”[③]新故事“不仅仅作为通俗文学作品，供读者阅读欣赏，同时它还具有付诸听觉的功能，活在人们的口头上，成为立体化的综合艺术”[④]。除民间文学和新故事界研究和探讨新故事性质和理论之外，俗文学界和个别文学理论书籍也谈到新故事的性质特征问题，具有代表性的是80年代末郑乃臧、唐再兴主编的《文学理论词典》中对新故事概念作了界定：

> 新故事：解放以后出的新编故事，它思想内容新，与传统故事不同，是新生活、新人物、新事物的反映，即使是历史题材，也赋予新的色彩和生命。艺术形式既对传统继承，又有所突破发展。其形式、结构、手法、语言、讲述方法等，保持民间故事的特色，也吸收小说、曲艺、戏剧、电影等艺术形式的某些因素来丰富自己。新故事是一种独立的艺术形式，既有口头创作，也有书面创作，趋于口头创作与书面创作相结合。时代生活变化，作者多有文化，创作方法和传统故事不同，不是纯口头文学。和小说也不同，不是纯书面文学。口头创作流传的，可属于民间文学；书面创作的，可属于通俗文学。新故事创作有两种类型，一是作者根据生活感受创作

① 梁澄清：《故事反刍》，选自商鹏蓉、余强主编《新故事研究文集》，华岳文艺出版社1987年版，第93页。

② 同上书，第95页。

③ 金洪汉：《新故事在通俗文学中的地位与作用》，选自《古今中外故事论》，香港新世纪出版社1993年版，第98页，文章写于1990年7月。

④ 同上书，第100页。

的，二是作者根据各种文艺体裁作品改编的。艺术概括也有两种类型：一是以真人真事为基础加工编出，二是想象虚构地创作。内容丰富多彩，具有鲜明的时代特征。

这一段时期新故事界对新故事性质研究方面，最大的贡献就是明确地提出“口头性”是新故事的基本特征，即使作为书面创作来说也要坚持故事的“口头性”。这对于纠正新故事创作中出现的既非故事又非小说的部分作出了正确的引导和规训，对于新故事的发展来说起到了推动作用，故事创作理论也根据新故事以“口头性”为基本特征发表了一批研究成果。而商鹏蓉的“普通话口头语与现代书面语的结合”、金洪汉“立体化的综合艺术”与郑乃臧、唐再兴主编的《文学理论词典》中对新故事作为一种独立艺术形式的“趋于口头创作与书面创作相结合”等看法成为进一步推动故事界对新故事文体独立性研究的理论基础。

第二节　回归民间：新故事文体特征的明确和发展

1980年，嘉禾发表题为《打回“老家”去》的文章，号召故事活动的重点要打回“老家”去。“‘老家’在哪里？‘老家’就在人们的日常生活之中，就在人们休息和余闲的时间里。”① 20世纪80年代开始的新故事与民间故事之关系研究和新故事性质的讨论有力地促进了新故事与传统民间故事言语、结构形式、内容情节、主题思想之间的交流。在明确的理论指导下，新故事开始向民间故事学习，所做的重要工作有：鼓励在搜集、整理民间故事的基础上进行创作，鼓励个人根据民间故事进行重新组合创作，认可能够转化为新民间故事的个人书面创作。新故事在确立“文体”主要特征的理论研究过程中，均以“新故事”作为“民间文学”、作为“口头故事”来要求。不仅在语言上要求“口

① 嘉禾：《打回“老家”去》，《故事会》1980年第3期，第95页。

语化”，而且在文体的总特征上要求达到“口头性”。

六七十年代新故事正式化、规范化的言语风格随着“公共讲演”的停止而发生转变。公开刊发的新故事虽然仍是一种“公共”行为，但新故事的传播却因此进入“私人对话”和日常交流的状态。这个时期新故事在语言上回归“民间语言”，口语化对新故事文体的语言影响较大，群众生活中一些新出现的和被赋予新含义的日常用语不断融入新故事的创作过程并被书面文本整合，在言语方面实现了规范化的书面口语的美学追求，丰富着新故事文学独特的“口头—书面”结合型语体的构成。书面化又使得新故事在结构情节过程中讲究适当的横向拓展。研究者在总结民间故事的基础上系统地阐述了它的情节结构方式，又介绍引进了国外情节性、故事性非常强的侦探、谜案等小说，大大地丰富和发展了新故事的情节结构方法，拓展了结构的表现能力。由于故事书面性的增强，在人物刻画、环境描写方面较传统民间故事而言更为丰满，形成了尊重传统口承叙事文学的纵向情节型叙事，同时适度扩充小说等书面文学横向描写型叙事的模式；在主题方面，“由于口头讲述的实践，使新故事的编讲者和人民群众之间有更为密切的联系，他们的创作经常受到听众的左右，并直接地受到群众的检验”[①]。因此，新故事刊物不断开掘群众最关心的、社会上最需要的、对于社会主义精神文明建设有益的、对群众来说能起到教育、娱乐作用的题材，引导作者创作群众喜闻乐见的新故事。

新故事在创作和流传的过程中，实践易记、易讲、易传的创作宗旨，以根据新的社会内容组织故事情节结构为主要特征。在中外文学传统交流日益频繁的新时代，新故事文体的民族性特征逐渐显露出来，在口头语书面化、“口头—书面”结合型语体口头化的双向互动过程中，实践着我国“白话”文学的发展理念；它的文化意义也不再单纯地表示对政治意识形态的传达，而是回归到反映社会生活的层面。

---

① 何承伟：《对现阶段故事创作与流传中几个问题的探讨》，《抚顺故事》，1979 年第 2 期。转引自中国民间文艺家协会辽宁分会、抚顺故事报社编《抚顺故事论辑》，内部资料，出版年不详，第 5 页。

一 语体特征：群众口语的学习与现代语言的引进

20世纪80年代初期和中期，故事作者积极地参与了新民间故事和传统民间故事的搜集整理和再创作工作。这是新故事文学发展过程中的重要阶段，是新故事创作群体以民间故事为摹本摸索、感受新故事口头与书面创作相结合的文体特征，积累经验，进而主动创作新型文体的初级阶段。嘉禾说："根据今天的现实情况，我们可以先口头创作，后写成文字；或者先写成文字，后口头讲述。总之，不管是先讲后写，还是先写后讲，都必须与口头讲述结合起来。只能阅读，不能讲述的故事，不是我们所指的故事范围。"① 这种创作方法对新故事的发展来说具有历史性的意义。在向民间、向群众口头文学学习的过程中，创作者和研究者们逐渐总结出了新故事在语言方面应具备的要素。王国全认为，作为口头文学的新故事，它主要是通过口耳相传的途径来发挥作用的，一般的情况下，大都是讲者讲一遍，听者听一遍，很少有回过头再重复一次的情况。而要想通过一次的讲述，就使听众明白故事所表现的"情景、性格和思想"，使他们的脑海中产生"鲜明的图画"，语言就必须准确、鲜明，不容许有丝毫含糊不清的叙述和描写。要想做到这一点，就必须在语言上精心寻求那些"准确、明朗和响亮动听"的言词，寻求能恰到好处地表现人物性格特征的个性化语言。在民间文学基础上发展新故事的理论在新故事文本创作中得到一定程度的落实。新故事的语体主要有以下几点特征。

第一，新故事的语言是通俗易懂，口语化、形象性很强的语言。蒋成瑀说："口语化的语言，就是群众日常生活和劳动中的口头语言，它明白如话，读来顺口，听来入耳。"② 比较典型的故事语言如："俗话说：'小麻雀，尾巴长，娶了媳妇忘了娘。'自从儿子在城里讨了媳妇，就变了。大娘孤单一人在农村，左等右等不见儿子回来，左盼右盼没有

① 嘉禾：《恢复优良传统，遵循艺术规律——漫谈故事创作为工作重点转移服务》，《故事会》（双月刊）1979年第2期（总第41期），第7页。

② 蒋成瑀：《故事创作漫谈》，上海文艺出版社1979年版，第148页。

一分钱捎回，一封一封信寄去，好似石沉大海。"[①] 这些语言就像大家坐着拉家常，这就是群众的口头语言，属于新故事的语言。它重视形象化，这种形象化是具体的、生动的，能使阅读者和听众一看、一听就能感受和捉摸到。《喜事》中有一段话写下暴雨的环境，"忽然天上'啪哒啪哒'地丢起了大雨点，河里、田里、一点一个泡，一会工夫，河对岸的人家都给雨遮住了！"只要是见过下暴雨的人都会知道这句话多么的生动，不需要过多的赘饰，典型环境就已经再现在读者的眼前了。还有《李阿龙卖杨梅》[②] 中，说李阿龙卖的杨梅之酸："酸，酸得不得了，放在口里一咬，喔哟！会酸得你嘴巴闭勿拢，眼睛睁勿开，眼泪鼻涕同时流下来！"这就是新故事的语言，精练、形象，充分体现出日常口语书面化之后的艺术性。小说中的语言模式，类似"站在田野里环顾四周，竟疑身在城围之中，牧歌式的生活早已结束"的语言，在群众的日常生活语言中绝对不会出现，也不可能是新故事语言的风格。

构成新故事语言通俗易懂、生动形象需要各种修辞手法，如比喻、夸张、设问、反问、重叠、重复、拟声、反语、双关、排比、对偶、拟人、拟物等。此外，方言和大实话在新故事中也能起到通俗易懂、形象生动、利于传播的作用。本文试举几例来说明：

1. 比喻。在故事《如此恋爱》[③] 中这样描述一位自作多情的男青年："这本来是很正常的工作关系，可是对这个男青年说来，女售票员这'一笑'，就像是一双纤细的小手，把他的心弦给拨动了：莫非她对我有意思？他心里美滋滋的。"故事《书记看相》中女主人公方芳的母亲"考察"了女儿的男友后非常喜欢，心里埋怨老头子走眼，故事用了这么一句话："我看，不是小李有病，大概是老男人生急性白内障了。"[④]

2. 设问和反问。这种修辞手法的运用能体现出口头文学讲述情境

① 文武搜集整理：《母亲的故事》，选自《恐怖的脚步声》，上海文艺出版社 1982 年版，第 28—42 页。

② 倪国萍：《李阿龙卖杨梅》，选自《杭州故事报》故事选《抢财神》，浙江人民出版社 1985 年版，第 199—205 页。

③ 萧金搜集整理：《如此恋爱》，《惊心的一夜——1979—1984 年全国新故事选》，责任编辑：王国全，中原农民出版社 1985 年版，第 23—27 页。

④ 黄宣林：《书记看相》，《故事会》1980 年第 2 期，第 8 页。

的“互动性”特征，是新故事注重体现故事与读者、听众交流的表现。如张功升在《团圆》[①] 中说道：“说起咱们厂工会委员孟秋芳，可真是热心肠的人。这方面的故事可多去了，怎么多法？没法说清。就象架上的葡萄，一串一串的。今儿个我先给大家讲一段。”“杨桂芝的儿子玉林和秀荣订亲后，老太太不敢为儿子操办喜事，为啥？孩子多，净张嘴吃饭的，家底儿挺薄，拿不出多少票子。”

3. 夸张和讽刺。新故事中有一些夸张的语言表现，如有非常夸张的“冗长”的句子。在《“工人”跑了》[②] 中张主任溜须拍马给领导送票，和局长秘书打电话的时候说了这样两句话“再说你看，局长家三口，他弟弟家、妹妹家、外甥家、亲家、还有你们家、你婆婆家、你妈家、你姐姐家、你姐夫他小舅子家、你姐夫他小舅子的老丈母娘家、你姐夫他小舅子的老丈母娘的外甥家……对对对，还有司机老王、收发小黄、打字的小郑、打水的小杨……”一句话用了97个字，非常夸张地表现了马屁精的形象，具有很强烈的讽刺效果。

4. 拟声。如《金老头摆书摊》[③] 中，形容金老头气喘使用“呼噜呼噜”，钱币丢在罐子里“当、当、当”，打算盘的声音“辟辟拍拍”；李大嫂打儿子左右开弓“拍、拍”，李大嫂气呼呼往老头家跑“蹬蹬蹬”。《一台彩色电视机》[④] 中当李立明拾金不昧，将钱包还给老运来的时候，老运来“‘嚓’的抽出十张十块头”；小李将好运来请回宿舍，给好运来取钱的时候“‘唰’的拉开钱包，拿出三刀十块头”；杨一飞把彩电提来，“‘哗啦’拉开旅行包，把一台崭新的十四英寸彩色电视机，放在房中的圆桌上……”等。

5. 叠词。如《金老头摆书摊》中，形容新钞票用“簇簇新”。形

① 张功升：《团圆》，选自石锋编《张功升故事集》，中共辽宁省抚顺市委经济工作部、辽宁省职工思想政治工作研究会内部刊物，第56—60页。

② 张功升：《“工人”跑了》，选自《张功升创作故事选》，水利电力出版社1984年版，第64—67页。

③ 周小祥、倪国萍：《金老头摆书摊》，选自《杭州故事报》故事选《抢财神》，浙江人民出版社1985年版，第177—183页。

④ 叶正祥：《一台彩色电视机》，选自《杭州故事报》故事选《抢财神》，浙江人民出版社1985年版，第118—123页。

容老爷子脾气好，即便别人骂他，他也能够“眼皮奄奄落，嘴唇闭闭拢”。李大嫂对老头不满意，说他有了钱以后“坐坐吃吃，吃吃嘻嘻”。《李阿龙卖杨梅》[①] 中形容挑了一路杨梅的阿福“汗水嗒嗒滴，肚皮咕噜噜，脚骨酸溜溜，身上软绵绵！”

6. 排比。如《三封怪信》[②] 中，“王家湾生产队长王顺德过去做过木匠，所以他抓工作就象木匠做生活一样，斧头开坯子，榔头吃凿子，推刨去雀丝，榫头对眼子。他上任三年，队里工作井井有条，社员生活步步提高”。

7. 选择性地使用民谣俗谚，加强语言形象化。如《陈阿毛碰壁》[③] 中，陈阿毛的女儿坚决要求父亲改正错误，制止他人用和稀泥的方式处理问题时说：“侬勿要刀切豆腐两面光，猫同老鼠两勿伤。对我阿爹这种损人利己的做法，就是要触痛触痛他。”再如《粮站风波》[④] 中，“我吴七九活了五十多岁，还没有看到过这种稀奇事，跷脚雄鸡想把黄鼠狼来骑”。周围的社员说：“小伙，算啦，你何必在太岁头上动土呢！”新故事中讲述人的语言和人物语言一样选择使用生动的、经过提炼的口语。张道余的故事《两亲家上吊记》[⑤] 中，“张阿三靠平时手指头上做，牙齿缝里刮，三年前银行存款就有四千八。了解情况的人都说他象秋八九月的大闸蟹——壮得没骨！那么他为啥不吃不用？难道等老死时带进棺材里去！不，用他自己的话讲，养儿防老，积谷防饥，手头没有三头五千，碰到要紧事体就会手脚忙乱，这真是，勤为摇钱树，俭为聚宝盆”[⑥]。这些话都是经过精练的口语，为群众所熟知，是本文所

---

① 倪国萍：《李阿龙卖杨梅》，选自《杭州故事报》故事选《抢财神》，浙江人民出版社 1985 年版，第 199—205 页。

② 夏林：《三封怪信》，选自《上海演唱》编辑部编辑《新故事专辑——上海第二届故事会串作品选》，上海群众艺术馆编印（内部资料无年月，但确定为改革开放之后的作品集），第 20—24 页。

③ 赵和松：《陈阿毛碰壁》，见《杭州故事报》故事选《抢财神》，浙江人民出版社 1985 年版，第 192—198 页。

④ 王炳铨：《粮站风波》，见《杭州故事报》故事选《抢财神》，浙江人民出版社 1985 年版，第 206—214 页。

⑤ 张道余、胡林森：《两亲家上吊记》，《故事会》1982 年第 2 期，第 1—12 页。

⑥ 同上书，第 1 页。

说的“口头—书面”结合型语言特征的表现形式之一。选择这些生动形象的炼语，经常能够起到画龙点睛的作用。

8. 方言土语。新故事编创者常常使用自己熟悉的方言土语进行创作。方言土语如果运用得好能够起到丰富语言的作用。全国各地的方言有着各自独特的风味和乡土气息，对这些方言的吸收和采用可以促进故事语言风格的多样化，同时，也满足了读者们了解外地风土人情、语言特点的需求，如南方人用“三个指头捏田螺——稳拿”，北方人就不会用，因为生活中田螺见得太少了。南方人讲“十条水牛也莫想拉动”，北方人说“十头牛也拉不回来”。新故事的语言吸收了具有独特个性和生命力的方言土语，这种方言土语不仅具有代表性，同时也是丰富普通话的重要途径之一。通过故事刊物的阅读，也能加强各地间风土人情的了解和交流。

第二，现代语言的引入。“随着社会的发展，文化生活的日益丰富多彩和人民群众文化知识水平的提高，他们的语言也在不断地丰富、发展。因而，一些政治、经济、专业术语和一些书面文学词语甚至于外国词汇，也被群众所接受、熟悉，并应用到了日常生活口语中。前者如‘共产主义’、‘科学种田’、‘原子弹’、‘火箭’、‘电影镜头’、‘驾驶员’、‘文物’，等等。后者如‘调查研究’、‘表扬’、‘批评’、‘美金’、‘别墅’，等等。这些词语运用到故事作品中，并不影响其语言的特色。”① 通俗读物作为传播媒介为外来语大众化铺平了道路。外来语不仅是语言现象同时也是一种文化现象，如列宁装、涤纶、霹雳舞。随着社会的发展，外来语系统也在不断变化。另外，社会生活水平不断提高，新的物质产品、精神产品不断涌现，语言也在不断地更替。“四人帮”被打倒的时候，社会上的流行词汇是“平反”。新故事《三个带大口罩的人》② 中的张大爷与公安局长产生了误会，当张大爷知道真相后，他擦了一把泪水：“姜局长，我把您冤枉了，明儿个给您‘平反’去！”③ 群众创造的一些词语本身形象性很强，如20世纪80年代流行

① 王国全：《谈新故事创作》，内部资料，1984年4月，第250页。

② 焦维贵搜集整理：《三个戴大口罩的人》，《故事会》1980年第3期，第18—21页。

③ 同上书，第21页。

的“高价姑娘”、“业余华侨”等很快就反映在故事当中，然后再通过口头流传把这些具有时代性的词语流传出去。

20世纪70年代末产生的科学故事更是寓知识于故事的新型题材，这一题材将不少科学词汇通过故事自然、形象地传达给了群众。比如在《神奇的“天鹅”》[①] 中使用了“反台风试验”、“激光全息照相机”、“无人驾驶飞升机”、“大型客机”、“锚穴”、“玻璃钢”、“电解水”、“防爆压缩机”、“氢气”等词语，这些词语对群众来说都是比较生疏的，有的在日常生活中根本接触不到。虽然“科学故事”刚刚起步，书面化倾向严重，但这种题材的故事类型是输入科技词汇的主要类型之一。

第三，个人语言风格的形成。新故事家的出现产生了独具特色的个人语言风格，这是新故事作为一种较成熟的文体形式的标志之一。新故事有总的文体特征，优秀的故事家在总特征基础上将他们独特的性格、气质、爱好、经历、情感融入了故事创作，从而形成个性化的言语特点和风格。正如巴赫金曾经说过的：“我在形式中发现自己，发现自己能动的、从价值角度进行形式加工的积极性，我活生生地感觉到自己正在创造对象，而且不仅在第一性的创作、即亲自动手进行的过程中如此，在观赏艺术作品时也是如此：为了实现具有艺术内涵的形式本身，我必须在一定程度上以形式的创造者自居。”[②] 这正是我们所说的文体具有自由话语权的个性。如吴文昶的文体清澈、明丽，看似不经意却是妙手勾连；崔陟的言语幽怨、沉重，总有些含悲带泪；张功升的文体大气、洒脱、不拘一格；吴伦的文体风格谨严、细致。故事的形式既具有稳定性，是文体学意义上的“规范语体”，又有在个体意义上的开拓创造性，也就是文体学意义上的“自由语体”。这种自由语体具有丰富的艺术性，它短小精悍，从群众中来，又容易回到群众中去。用这样的语体创作的故事是一个非常好的沟通平台，在这个平台上，口语与书面语进行了充分地交流。不仅大量吸收采用群众的日常用语，同时又综合了有

① 马天白：《神奇的“天鹅”》，《故事会》1979年第1期，第49—55页。

② ［俄］M. 巴赫金：《语言艺术创作中的内容、材料和形式问题》，选自《巴赫金文论选》，佟景韩译，中国社会科学出版社1996年版，第302页。

生命力和表现力的外来语和书面用语，这对新故事“口头—书面”相结合型文体的发展有重要的意义。

值得注意的是，在20世纪80年代中期前后，新故事的语言出现了过分书面化的问题。八九十年代，白话语言在世界文化交流中被激活，停顿了许多年的翻译工作又将欧化语言源源不断地输入白话，输入叙事文学。这种趋势影响到了以“声音中心”的叙事文学——新故事，使它出现了明显的书面化倾向。这引起了新故事刊物编辑者和领头人的担忧。这是一个多元喧哗的时代，同时也是语言资源意义和价值迷失的时代。王国全说：“近年来的新故事创作中，常常出现这样一种情况：作品的情节曲折动人，也具有口头流传的因素，可就是讲不成。即便死记硬背讲出去，也会给人们造成一种‘不是讲故事，是在念小说’的感觉。”他分析原因是“我们的一些故事作者，还没有把握住新故事的语言特色，把口头文学语言和书面文学语言混同了起来；更有甚者，则干脆用小说的语言去写故事”[①]。形成了一种故事性文学与新故事并存的发展局面。

二 结构形式：传统故事的继承与现代手法的借鉴

新故事在结构形式方面比较突出的特点是对传统民间故事结构形式的沿用与拓展，我们以三段式的运用为例谈谈这个问题。

第一，新故事的情节结构既继承了传统民间故事的情节结构形式，如三段式、对比式，同时也有发展。

1. 三段式。新故事常常使用传统三段式结构，如《“账，以后算嘛!”》[②]。故事中林龙和巧凤结婚需要分配房子，但房管所副所长却总是推托没有房子。于是两个年轻人三次到房管所副所长家送礼，三次推动故事情节发展，构成故事的三段式结构。《彩蝶》[③] 的作者运用三段式结构，塑造了丧尽天良的父亲和准后母的形象。第一个情节是当华铁

---

① 王国全：《谈新故事创作》，内部资料，1984年4月，第246页。

② 陈复观：《“账，以后算嘛!”》，《故事会》1980年第1期，第42—44页。

③ 陈希元：《彩蝶》，《故事会》1984年第1期，第2—13页。

成（男主人公）的新女友要求他除掉两个亲生女儿，第一次他下不了手；第二个情节是他狠心在饭菜中下毒要毒死两个幼小的孩子，但孩子对父亲的爱救了孩子自己；第三个情节是父亲终于丧尽天良，把两个孩子送到野外。结局是其中一个孩子被冻死。

20世纪70年代末80年代初，学习传统民间故事的三段式结构，并成功地运用这种结构的作品很多，如《三请周文增》[①]、《“00路”》[②]等，故事情节三次重复三次各不相同，层层递进，使故事主干突出，枝叶繁茂。

2. 组合型三段式。《还麦记》[③] 故事在传统故事中也有，传统的“还粮”型故事只讲老丈人是劳动能手，眼力高，能迅速、准确地判断女婿送来的粮食的颗粒是否饱满，看出他种粮所付出的辛苦是否足够。主要情节是老人让粮食车三次过横木，看碾痕判断粮食的饱满程度。其主题是对勤劳肯干的传统美德的肯定，对一分辛苦一分收获的价值观的认同。在新故事《还麦记》中，组合套用两个类型的传统故事，一个是“还粮”型，一个是“丈人与三个女婿”型故事，丰富了传统故事的情节结构。

3. 省略式三段式。代表作品《李科长三难炊事班》[④]，李科长第一次检查炊事班的战备工作，考察了三项，结果三项都有问题。第一难的三项考察用的是略写。第二难是详写。经过四个月的训练准备之后，李科长再难炊事班，又检查三项，结果最后一项被检查住了。这次检查让炊事班更加积极上进，找差距练本领。最后作者以留疑问的方式提出第三段“要知道李科长以后又给炊事班出了些什么难题，请听第三回：《李科长三难炊事班》”。第三难略而不写，但人们已经尽知其意。三段

---

① 王慧芹：《三请周文增》，选自《建国以来新故事选（1949—1979》，上海文艺出版社1980年版，第136—144页。

② 上海市卢湾区业余故事团：《“00路”》，选自同上书，第157—163页。

③ 刘志华：《还麦记》，选自《杭州故事报》故事选《抢财神》，浙江人民出版社1985年版，第31—39页。

④ 李久香：《李科长三难炊事班》，选自同上书，第145—151页。

式有略有详，重点明确，是对传统三段式的灵活应用。[①]

4. 扩充式三段式。《三彩双龙瓶》[②] 中，故事中四次使用“要不知道，我还能吃这碗饭?”这句话，分别是县城文物商店收购员、地区文物商店收购员、省城文物商店收购员和文物贩子说出来的。每说一次，都将情节向高潮推动一次，前两次憨老六两次使用“好吧，我回去把另外一只也拿来卖给你”，“另一只还在家里，等我回去拿来卖给你们!”然后脱身。第三次在省城，省文物店收购员说他违反法令要无偿上缴国家，他吓得跑掉。结果被文物贩子盯上了。文物贩子先恐吓后利诱，将老爷子的文物骗到手。最后，老爷子突然发现贩子要将宝贝卖给外国人，他别的不懂，倒明白把文物卖给外国是不行的，所以，用智谋抓住了文物贩子，还将文物上缴了国家。

5. 对比型与三段式的嵌套结构。在20世纪五六十年代，对比型故事主要表现的主题是忆苦思甜。“文化大革命”结束后，对比型结构用于反映社会上思想、行为的善恶、好坏的对比，同样具有教育功能。如吴文昶、包朝赞整理的《会做媒的自行车》[③]，故事讲了两个青年人，一个青年出于激动偷了别人自行车，但他主动归还自行车，坦白向丢车人承认错误，得到谅解和鼓励。另一个青年偷了别人自行车，人家已经发现了，他非但不愿意退还自行车，而且死皮赖脸不承认。通过对比，让人们明白善恶，分清好坏。《李阿龙卖杨梅》[④] 故事，前一段讲李阿龙要骗子手段高价卖掉酸杨梅，后一段讲1981年全国开展了“文明礼貌”活动，倡导“五讲四美”之后，李阿龙实事求是卖掉酸杨梅的经过。最后一段还补充讲李阿龙将好杨梅的价钱卖成酸杨梅以补救自己之前的过失行为。故事在三段式里又套上了前后对比式，增强了故事的表现力。

---

① 参考蒋成瑀《故事的“三迭式”结构及其发展》，《故事会》1979年第4期，第92—94页。

② 赵铁：《三彩双龙瓶》，选自《杭州故事报》故事选《抢财神》，浙江人民出版社1985年版，第184—191页。

③ 吴文昶、包朝赞：《会做媒的自行车》，《故事会》1980年第1期，第45—49页。

④ 倪国萍：《李阿龙卖杨梅》，选自《杭州故事报》故事选《抢财神》，浙江人民出版社1985年版，第199—205页。

三段式是传统民间口头文学中惯用的结构形式，历经千百年的发展人们还是非常喜欢这样的结构。民间故事是口头文学，新故事是“口头—书面”结合型文学，那么，它们有着共同的“口头性”。一方面是因为这样的结构容易记忆。另一方面，这种段落式的重复还能起到强化故事节奏感的功能。这样的感觉与连着说出三个排比句所起到的效果非常相似。新故事不仅继承了传统故事的情节结构方式，同时又巧妙地组合安排传统故事的结构形式，积极吸收其他叙事艺术的情节结构形式，利用书面文本可反复琢磨、仔细推敲的特点，发展了与传统故事相比更为灵活的情节结构。同时，由于新故事的作者对其作品有知识产权，作品的创作往往更追求符合创作者本人的审美习惯和审美趣味的结构形式。

第二，民间故事结构的重组。利用传统民间故事的结构形式并加以重组安排的典型范例是吴伦创作的《三百元的故事》。《三百元的故事》是吴伦的成名之作，发表在《故事会》1976 年第 5 期。这则故事的梗概是一个公认为老实温顺的男人在外受到恶棍的讹诈，老实男人的妻子知道情况后巧用反击策略，不仅替丈夫挽回了声誉、追回了无端被讹的钱财，而且使无耻的讹诈者缄口受罚。故事发表之前在实验讲说的范围内受到好评，发表之后，更得到了各地的认可并广泛地流传开来。这则故事与巧女故事的结构有相似之处。

仔细分析《三百元的故事》的故事结构，我们不仅可以清晰地看到这则故事与传统巧女故事的相似之处，也可以看到这则故事在新的社会环境和文学发展阶段的新发展。下文使用普罗普功能理论总结“巧计惩恶型”生活故事的功能项，分析二者在结构上的相似之处。

（一）家庭中的男性成员被恶人设计讹诈（定义：被讹诈；代码：a）

1. 恶人想夺走女子，便出难题讹诈女子的丈夫。

2. 男性成员说大话引起别人反感，被有权势者出难题刁难。

（二）男性成员无法解决问题，陷入恐慌无助的状态（定义：无助；代码：b）

1. 想不出解决问题的办法，只能唉声叹气。

2. 由于憨傻甚至不知道被人讹诈。

（三）家庭中的女性成员想出解决问题的办法（定义：想出办法；

代码：c）

1. 想出以其人之道还制其人之身，难倒对方的办法。

2. 想出难题的答案。

（四）男性成员按照女性成员的安排行动，终于摆脱了恶人的讹诈（定义：脱险；代码：d）

1. 男性成员不出面，由女性成员为他解难。

2. 男性成员按照女性成员的吩咐行事而脱险。

这是传统故事的讲述结构，《三百元的故事》的故事结构也基本相同。

1. 丈夫做好人好事却被无端讹诈。

2. 丈夫无法解决问题，陷入恐慌。

3. 妻子了解情况后想出解决办法。

4. 妻子巧治恶人，使其缄口受罚。

这两则故事在情节和内容上的不同之处是，传统故事套路反着用。

1. 在第一个功能项中，故事套用了（1725A）“箱中愚僧”的传统故事情节，但反其功能而用之。传统故事中是不安分的僧人为霸占人家妻子而讹诈。但在《三百元的故事》中，却是老实人助人为乐反被恶人讹诈。

2. 在第三个功能项中，故事套用了（1642A. 1）“暗作记号，冒认财物”的传统故事情节，但也是反着用。传统故事是讲在别人的东西上作记号，老爷审问的时候就冒领了财物，有时候还要反使物主再次受责罚。《三百元的故事》中是在自己的东西上作记号，通过公断领回了属于自己的财物，而使恶人缄口接受惩罚。

这则故事综合重组了三组传统民间故事的情节，成功塑造了新时期扬善惩恶的新巧女形象。

第三，适应纸质传媒及现代文学思潮对新故事创作、传承的影响。改革开放前，文学界受到恩格斯“塑造典型环境中的典型人物”的小说创作思想的影响，这一点在《革命故事会》中也有显示。进入新时期之后，关于是否一定要在创作中强调“典型环境中塑造典型人物性格”的文艺思想文艺界展开了论争。在小说创作上，王蒙率先吸取西方“意识流”手法进行创作。在故事创作上，也同样受到这种思想的影响。《三百元的故事》是不符合文艺创作要塑造“正面形象”的要求的作品，所以当时在《故事会》内部有过讨论，刊物负责人决定用实践去检验，看这个故事在民众中是否有影响力和传播的实力。刊物以此为标准决定刊载这篇故事。刊载后不久，这篇故事受到了众多群众的喜爱，成为当时新故事中的经典作品。

第四，新故事情节设置与叙事视角的开拓。这里以《抢财神》和《新郎为什么要死》为例进行分析。《抢财神》[①] 故事先以叙事者的全知视角切入，介绍了乡农科员张瑞银利用科学技术引导农民发家致富的情况，并引出故事主体部分“抢财神”各路人马齐行动。第一路人马是他的妻子巧英。故事先将视角切换给当事人小方。由小方的视角引出抢财神的第二路人马——东山村的村长宝根，宝根见到小方之后请他到东山村作辅导，小方接妻子的事情也由宝根派人处理。小方的视角切给了与他同时出现的宝根。宝根锁好小方的门，安排秀娟去接巧英。这里就造成一个限知视角，小方的活动不在宝根的视野之内，留了一个盲点。于是，宝根接走了乔装打扮者。

随后故事又将视角转给了去接巧英的秀娟，秀娟见到巧英后，巧英又设计脱离了秀娟，造成秀娟视角的盲点。但这个盲点又通过全知视角的补叙将所发生的事情交代给了读者（听众），让巧英与团支部书记阿林联系上，为随后阿林堵截乔装改扮者作了铺垫。

紧接着又从全知视角自然转回宝根的限知视角，“且说宝根他们抬着‘财神爷’一路小跑，路上不少人问他……”当他们遇到阿林带着的堵截队伍的时候，二者对话形成了阿林和宝根的视角对流。随后又从他二人的视角推向当时在场众人的视角，发现乔装改扮者逃跑。

逃跑中对面迎上来的是追赶乔装改扮者的巧英和秀娟，于是视角又自然转给了迎面而来的巧英和追赶上来的阿林，当把乔装改扮者的眼镜、帽子、围巾拿下来之后，大家才发现请来的是个假财神爷。于是又顺理成章地将视角转给假财神爷，从他的限知视角来补叙“财神爷”被掉包的前前后后。这样就把最前面的宝根视觉盲点又呈现给了大家。

---

① 赵和松：《抢财神》，见《杭州故事报》故事选《抢财神》，浙江人民出版社 1985 年版，第 1—6 页。

这短短一则故事使用视角转换达八次以上，视角的转换带动着情节的发展，视角的盲点设置形成故事的“扣子”。从这篇故事我们能够看到，我国的新故事在运用视角流动、由流动限知视角最后形成全知视角的叙事特点。新故事往往依靠限知视角的流动制造视角盲点，造成故事情节的戏剧性发展，这逐渐成为我国新故事在情节方面的叙事特征之一。

《新郎为什么要死》[①] 采用的模式是电影厂编剧老李和小朱最近准备写一部反映青年道德风尚题材的剧本，他们二人来到公安局深入生活。刑侦科科长老徐帮了忙。有一次，市里发生了奇案，老徐打电话通知他们，由派出所一位女民警介绍案情，于是引出故事情节。也就是说故事是托女民警讲出来的，这样的叙述制造了一种隐含的真实性。除了讲述新郎案件使用第三人称之外，其余使用第一人称，“老徐听到这里，似乎若有所悟，便对女民警说：‘请你先领我们看一下新郎的住房吧。’于是他们就来到了梁炳生的住处。”这样，文章中的视角便通过这样的结构一分为三，有老徐的视角（老侦探），女民警视角（办案人），老李和小朱的视角（非专业），当然还有隐藏着的叙述人视角。比如最后一句“于是他们就来到了梁炳生的住处。这是一条幽静的里弄，因为刚出了人命案子，显得比平时热闹得多了，人们三五成群，交头接耳地在议论。女民警领着他们三人，穿过人群，登上二楼，来到新房门前……”便是叙述人的全知视角。随后，全知视角马上转为老徐、老李和小朱的视角，由他们来看新房的布置。先切换为小朱的视角，让他看到富丽堂皇的现代化家电，这为他判断新郎的姑妈和新娘家人为什么争夺遗产作了铺垫。同时又提出了这么好的条件怎么在大喜的日子新郎却自杀的问题。紧接着，故事又切换到老徐的视角，老徐要找新郎的姑妈了解新郎的情况。故事开始介绍新郎姑妈的情况，老徐成为破案的引导者。新郎的姑妈开始介绍侄儿的情况。然后又切换回全知视角，对小朱、新郎姑妈和老徐之间的问答对话进行了全面叙述。小朱的出场是为了诱导读者走向错误的案情理解，是叙事策略。紧接着镜头又聚焦准

---

① 程志达、何俊：《新郎为什么要死》，见《恐怖的脚步声》，上海文艺出版社 1982 年版，第 28—42 页。

新娘，在新娘叙述她与新郎之间的情况之后，小朱忍不住说“真是一场足球赛!”怀疑新娘好像不对，怀疑姑妈好像也不对，又开始怀疑新娘的前男友汪海林，引出前男友汪海林，从三人的视角看汪海林。汪海林走了之后，小朱不发表意见了，大家等着老徐来判断。老徐说三者都有责任，但最终还要问问新郎才知道。最后，新郎终于出面了。新郎认为这样的结果是自作自受。老徐作出了这样的总结：“这件事，小梁同志本人要深刻吸取教训，但是，造成这个悲剧的真正凶手，就是那种金钱万能的腐朽的资产阶级思想，这不是我们所能借助法律条文给它判决的！……这方面的审判权，就落在你们的手里了。”结尾又是一个开放结局“案子看来已经真相大白，但是两位编剧的剧本构思，还仅仅是个开始。他们以后到底准备写一个什么样的剧本呢？请大家密切注意新片的预告吧!”这时，视角又回到了全知视角。这种视角的运用当时在新故事中是一种创新。

第五，对传统小说叙事结构的借鉴与突破。在《故事会》“一千零一夜栏目”中有“看花生分遗产”的故事。这个故事是一个大故事套讲三个小故事的类型。“一千零一夜”式故事结构在叙事学中被称为元叙事，元叙事的基本特征是作者站在外围或听或看别人讲故事。西方小说中很多使用元叙事，我国古代小说中也不乏其例。清代艾衲居士的《豆棚闲话》[①] 讲了十二个故事，“凡十二则，暗合着十二地支或十二宫的神秘数字。它以豆棚作为说故事的统一空间，以豆苗引蔓、开花、结果作为时间顺序，联结十二个系列短篇成为一个完整的中篇；而每篇之内，均由说故事人和听故事人问答言笑的叙事层面，转向被讲述的故事层面。换言之，它的每一篇都以一个叙述者行为的层面为外壳，包含着一个被叙述者行为的内核，类乎西方所谓‘元叙事’结构；而篇与篇之间又以时间和空间的方式加以贯穿，就像豆蔓联结众豆荚形成一个统一的生命体。这是很有意思的：豆棚之下连日讲故事，形成了与豆蔓豆荚可以相参照的视角层面和叙事结构，真所谓天作之合了”[②]。《故事会》“一千零一夜栏目”的“看花生分遗产”也适用了类似手法，故

① 艾衲居士编：《豆棚闲话》，上海古籍出版社 1983 年版，第 1—11 页。

② 杨义：《中国叙事学》，人民出版社 1997 年版，第 236 页。

事使用一个大故事套讲了三个小故事，作者站在外围观看品评。这三个小故事起始的原因都是一致的，老人要去世了，打算把遗产分给三个儿子。然后用分拣判别花生品种来考察三个儿子，考察之后往往是一个儿子憨厚老实，肯下笨功夫；一个儿子爱图轻省，喜欢取巧；一个儿子有策略，能举一反三。但老人们给三个孩子分遗产的思维却完全不同，不同的老人根据自己的意愿给孩子分遗产，分配标准大相径庭。编者最后写了一段话：不同的情况总是存在，大家要宽容地对待。这个故事绝不是单纯的直线性因果关系，而加入了作者对生活的新感受和真实理解。在这种反映人性的真实性的故事中，模式化的因果关系在被不断解构。随着群众创作群体对新生活理解能力的加强，新故事的艺术表现力逐渐增强。这种元叙事的手法在沉寂了多年之后，以“一千零一夜”的标题重见《故事会》，这种故事结构往往能够出色地运用视角层面的变化，使故事内容所反映出来的结构之间的逻辑关系突破传统的因果关系，表现出更富有人性化的内涵。

总的来说，20世纪70年代末80年代初，“新故事非常重视讲写结合，能不能口传成为当时作品能不能公开发表的最基本、最公开的标准”[①]。新故事文体本身在情节结构上的特点是：符合记忆习惯，利于作品口耳相传。80年代中期以后涌现出来的新故事的创作者们大多没有“讲演”故事的经历，文化修养和书面创作的起点较高，所以，这一段时期，新故事出现了偏向书面性的特征，一定程度上讲这对于新故事书面性、文学性的增强起到积极的促进作用。具体表现在三个方面，第一是促进了新故事语言的发展，尤其是对口头语言的规范化作出了贡献；第二是突破了传统口承故事的程式化特征，有力地促进了小说等书面叙事文体结构故事的方法、形式的融入，加强了新故事的表现能力；第三，推动了新故事题材的多样化发展。90年代后，新故事在对“传统口承故事”的继承与书面性开拓方面，出现了以“开拓”为主，“继承”为辅的状况。新故事继续学习借鉴曲艺、戏剧、中外小说等文学艺术的叙事手法，用以丰富新故事的表现形式。

---

① 杨初、黄宣林：《新故事十论》，中国文史出版社2004年版，第22页。

第三节　麦田守望：新故事的主题与类型研究

新故事回归生活的历程从理论到实践大概经过了十多年的时间，拨乱反正期间和之后的很长一段时间内，新故事作品从各个角度、各个行业、各个方面揭批了“四人帮”影响的流毒，同时故事刊物围绕新时期总任务开始组织稿源陆续刊发。《故事会》等刊物一方面发表个人创作的新故事，另一方面还刊登了一大批传统民间文学的体裁样式，包括民间传说、童话、寓言、笑话等。这个时期个人编创的新故事主要是揭批“四人帮”和反映新时期总任务的作品，同时还包括老一辈革命家的传说故事和中篇戏曲故事。进入80年代后期至90年代，随着社会大环境的改变，新故事的内容、主题方面得到更进一步地拓展，新故事主题、题材的日常化成为新的主旋律。故事类型则坚持一方面继承传统，一方面引进、改编国外情节性、故事性强的叙事文学类型和作品，另一方面还根据主题和题材灵活的结构故事，创作新的故事类型。这三个方面或者表现出独立性，或者表现出融合性，共同发展了具有时代性、民族性的新故事文体。

一　回归生活：新故事主题的多元拓展

第一，歌颂老一辈革命家的主题。20世纪70年代末80年代初，新故事按照“为新时期总任务服务”的思想指导方针继续发展。蒋成瑀曾谈到，“故事要为党在一定时期的政治斗争服务。文艺从属于政治，不能离开政治斗争的中心，去另搞一套。对我国人民来说，‘四个现代化’的建设是当前最大的政治，一切工作，都要围绕现代化建设这个中心”①。1979年第1期《故事会》开辟了“故事创作与活动笔谈

① 蒋成瑀：《人民性和故事性——〈抚顺故事〉漫笔》，中国民间文艺家协会辽宁分会、抚顺故事报社编《抚顺故事论辑》，内部资料，出版年不详，第23页。

会”，在“编者按”[①] 中讲道：“本刊从这一期开始，开辟‘故事创作与活动笔谈会’专栏，着重探讨故事创作如何保持和发展群众喜闻乐见的独特风格和形式特点，更好地为实现新时期总任务服务的问题。”《故事会》最初被提倡恢复并有所丰富的是“塑造老一辈无产阶级革命家”的故事类型。正如费秉勋在《写好老一辈无产阶级革命家是故事创作的光荣任务》中所说：“半个多世纪以来的中国革命，是人类历史上翻天覆地的大斗争和大变革，而老一辈无产阶级革命家直接领导和参加了这个过程复杂的变革和斗争。文学作品如果只选取小题材，只写小事件，就不能很好地反映这段波澜壮阔的伟大历史，也不能更本质地、更坚实地塑造老一辈无产阶级革命家的崇高形象”[②]，并提出要将无产阶级革命家作为中心任务作正面描写，题材选择要进一步开拓，刻画的故事要进一步增多。代表作品有《黄桥保卫战》[③] 等。

第二，反思社会的主题。拨乱反正时期，与文学界的“伤痕文学”相对应，在故事界还涌现出一批以控诉“四人帮”、反思社会现实为主题的新民间传说故事，如反映造成上山下乡青年恋爱悲剧的《婚礼上的花圈》，控诉“四人帮”爪牙迫害老革命企图隐瞒犯罪真相，但终被揭露的《追悼活人》，揭露“四人帮”疯狂镇压天安门事件罪行的《最后决定》。控诉“四人帮”恶行的故事中影响较大的是《我究竟应该怎么办》，讲述了一个悲情的伦理故事。丈夫被“四人帮”抓走之后，妻子带着孩子生活非常艰难，一个好心男人帮助了他们。后来，妻子听说丈夫被迫害致死，便与好心男人结了婚。“四人帮”被打倒之后，前夫得到平反竟活着回来了，妻子面对两个丈夫，喊出“我究竟应该怎么办?”这个故事后来还被改编成电影《不是为了爱情》。此外，广泛流传的新故事还有《崩爆米花的出国》、《恐怖的脚步声》，等等。这些故事基本都是在群众中自发创作，已经流传开来的基础上，被搜集整理“引进”到新故事刊物中来的。这些流传故事在群众中有较强的影响

---

① “故事创作与活动笔谈会·编者按”:《故事会》1979年第1期，第78页。

② 费秉勋:《写好老一辈无产阶级革命家是故事创作的光荣任务》,《故事会》1979年第1期，第80页。

③ 《黄桥保卫战》,《革命故事会》1978年第5期，第8—15页。

力，引进工作正如金洪汉所说："既有利于克服创作故事不易流传和传统民间故事距离现实较远的短处，又一身兼有创作故事内容较新和民间故事易于流传的长处，正可谓扬其两者之所长，又避其两者之所短，这就极大地增强了新故事的优势。此外，实践还使我们注意到，由于这些新民间故事是群众集体自发创作的，在形成过程中，就难免被各种不同的世界观与民间意识，打上不同色彩的烙印，呈现出良莠混杂的状态。面对这种实际情形，只有通过有组织的故事活动，才能使它们从比较粗糙的原始状态，走向成熟，这不仅是社会主义精神文明建设的需要，也具体地体现了有组织活动对自发活动的积极影响。"①

第三，伦理道德的主题。道德题材是故事中的重要题材，乌丙安对新时期新故事创作的主题进行过系统的思考，他说："现在我们国家处于过渡时期，就是由旧的意识，旧的家庭结构，旧的传统道德向现代化转变，适应这个转变，我想有四个方面应当考虑：一是对传统习俗这个背景的思考。……社会向前发展，每个人，每个家庭，每一个地区社会里面都会碰到传统习俗的很多压力和制约，这里面是有矛盾的。这个矛盾就是故事可写的②。……第二方面就是道德方面的思考。……当前的道德题材发生危机，新的道德的出现，都要作为一些题材来搞。这是第二个问题，就是婚姻、恋爱、家庭关系的道德问题。第三个就是法律规范的思考。现在写侦破故事都属于这一类，这就包括各种形式的，民事的、刑事的、国际争端的，触犯法律的，包括我们现在不正之风的，贪污受贿、走私的这些东西，都是题材，当然写好了也不容易的。……第四就是宗教信仰的思考。"③

这一时期新故事中出现了以男女恋爱婚姻题材来反映维护社会秩序、家庭伦理、职业道德等内容的作品。围绕人们的社会、生活环境建立新的道德秩序和道德规范是新社会的新要求，同时也是新故事要反映

① 金洪汉：《新故事活动的新局面和新观念——对故事活动历史的回顾及其发展趋向的探讨》，该文章是1986年中国新故事学会首届年会入选论文。转引自中国民间文艺家协会辽宁分会、抚顺故事报社编《抚顺故事论辑》，内部资料，出版年不详，第105—106页。

② 乌丙安：《故事创作的宏观思考》，辽宁省新故事学会故事报社编《辽宁新故事论集》，1988年版，第29页。

③ 同上书，第31页。

的内容。道德在上层建筑领域里具有比法律更广泛的作用，它的内容十分丰富，在社会各阶层中都有着相当复杂的影响。道德秩序的形成需要文化的维护，在新的社会建设时期，一些道德标准和道德理想都在建立和重塑的过程中，好故事可以促进新道德的形成，可以用它的感染力影响群众。

第四，针砭时弊的故事。这类故事的主题多是讽刺生活中不合情理的、不公正的社会现象，为群众代言。故事认为爱占便宜的人，不为群众利益考虑的人，就是不能让他们捞到好处。警示那些好逸恶劳的人当心贪小便宜吃大亏，不要妄想天上掉馅饼的代表性故事有《“金连锁”传奇》[①]、《小钱套大钱》[②]、《帮帮忙》[③] 等。其中故事《帮帮忙》讲“上面”评先进要考核死老鼠尾巴的数量，但县城已经没有什么老鼠可抓。为了凑数，有人便开起了“吓死人”公司，专门养老鼠卖尾巴。故事有针对性地讽刺了社会上的形式主义工作作风。故事的结尾是“吓死人”公司让大家花钱买了教训，用赚的钱办了“办实事基金会”，起到扶正祛邪的作用。还有一批故事专门批判父母包办儿女婚事、索要彩礼、奢侈浪费的旧婚俗，倡导自由恋爱、互相尊重、尚勤爱俭的新婚俗。改革开放之初，群众生活水平不高，经济困难，但在很多地方，青年人结婚索要彩礼的现象却非常严重，这给人们的生活带来极大的负担。新故事在“真心相爱，自力更生”主题方面大力开掘，创作了不少优秀作品。1984 年《故事会》编辑部举办“全国优秀故事大奖赛”，对建设社会主义精神文明作出贡献的故事作者实行奖励。[④] 有针对性地鼓励此类故事的创作活动。

总的来说，从 70 年代末到 1987 年前后，新故事的题材内容有所丰富，有的故事讽刺了社会上的一些不正之风如贪污、以权谋私，有的故事赞扬社会上正义、道德的行为，也有的故事倡导新的社会风尚。中篇故事以揭批“四人帮”破坏社会风气、反敌特、法制故事居多，都是

---

① 吴伦：《“金连锁”传奇》，《故事会》1984 年第 8 期，第 9—14 页。

② 郑永君：《小钱套大钱》，《故事会》1985 年第 1 期，第 40—45 页。

③ 吴伦：《帮帮忙》，《故事会》1986 年第 9 期，第 14—21 页。

④ 《故事会》1985 年第 5 期，第 60 页。

从不同侧面赞颂新社会对旧社会、光明对黑暗的胜利。从 80 年代后期开始，新故事着重在思想容量和人物形象的塑造等方面指导、鼓励故事作者进行创作。在依法治国、富民政策逐渐深入人心的过程中，故事的主题更加丰富。80 年代中期偶然出现的“个体户”素材在 90 年代前后开始大量出现。又新增加了“依法办事”的主题。1987 年后，新故事还开始有计划地介绍“世界各侦探文学中最有代表性的案件侦破事例”，设“奇闻怪谈”专门介绍国外有情节的奇闻怪事。

90 年代后至新世纪初，新故事开始走向现实，走进生活。这一时期在新故事的代表刊物《故事会》上出现了“讲述老百姓自己的故事”栏目，1997 年的 12 期故事中最引人注目的就是出现了名称为“我的故事”的新栏目。在这个栏目下，登载了十二篇以第一人称书写的新故事。这些故事的特色是写真诚、写真情，以真诚来解剖“我”的行为与心理，人情和人性逐渐成为新故事的新主题。传统故事中人物之间善恶对比型情节开始转化为在同一个体内部的种种情感纠结，这十二篇故事是《奇异的效应》、《黄牛泪》、《在成功的背后》、《大山里的根》、《救人》、《难忘的异国行》、《难解的血缘》、《棉袄里的秘密》、《失去的真诚》、《风雨中的柔情》、《这是秘密》、《闯祸以后》。文学作品的思想含量显示着几代人对人本身的一种反省，人们越来越勇于直面复杂的人性和思想，而不是简单的对与错、善与恶的评述。故事作为和人们日常生活接触最紧密的文学艺术形式，成功地利用传统的故事形式开始表述更有哲理和思想的社会人生。《在成功的背后》、《难忘的异国行》两则故事讲到的“我”敢于直面人性之纠结，痛陈愧疚，通过故事将“我”从心理监狱刑满释放。《这是秘密》中的“我”虽然发现楼下单亲家庭孩子小飞到家里行窃，但是“我”为他隐瞒了这个“秘密”。小飞搬走后又回来，专门找到“我”，谢谢“我”替他保守秘密。现实生活中无论是孩子还是成人，都可能有过内心的种种纠结，阴错阳差，或者善恶之间的犹豫，也许在自己看来是玩笑，在别人看来却是“诺言”，带给对方伤害的同时自己内心的自责也是久久不能平静。人总是在反省自己，也总是在努力地完善自己，给自己警示的同时，也给所有的人提个醒。故事通过对群众的广泛性的辐射力不断地传播、更新着人们对生活的理解和对人本身的认识。新故事在不断地追求着“现代”，也在不断追求着“讲述老百姓自己的故事”。在《奇异的效应》中讲了“故事”作为群众文学所起到的社会效应和影响力。当故事中“我”的朋友告诉陪客女服务员“我”是作家的时候，她有一种你高高在上与我何干的不屑一顾的态度；但是当大家告诉她“我”是“写故事”的作家的时候，她却非常恭敬，因为她喜欢《故事会》，喜欢“故事作家”，认为《故事会》的作家是神圣的。故事中的陪客小姐在被“我”教育要好好做人做事之后，听说晚上痛哭了一次，之后就辞职走了。这是“新故事”真实的魅力。讲做人的道理是新故事的重要主题之一。在现代社会这些主题又被赋予了新的内涵和新的表现形式，这是新故事之新的一个含义。

新故事的主题反映每一个历史时期人们迫切关注的问题，“主题”研究是“文体独立”的重要部分。吴伦曾说：“要选择能够提炼出有积极意义的主题的素材，这一点是故事创作成败的关键。我们是社会主义国家，写作必须为人民服务，为社会主义服务，作品的主题自然要与人民群众的喜怒哀乐，和人民群众的愿望相适应，符合党中央提出的四项基本原则。一篇能引起群众共鸣的故事，不需宣传部门动员，群众会自然而然地传开去。……当然含有积极意义的主题，应该是从生活素材本身中提炼出来的，而不应是强加上去的，否则就会沦为‘概念化’。”① 新故事在主题的提炼方面，追求“众人公认正确的看法或道理”，“注重普遍性。换句话来说，故事所阐明的观点或道理，不同民族、不同地域、不同行业的人基本都能够理解”②。此外还要“能让大多数人欣赏和接受”。强调新故事主题具有普遍社会意义又并非一概排斥深刻、新颖的见解，只要能够被群众理解、欣赏、接受的都是适合于新故事的主题。现代社会人们的思想能力在逐步地提高，他们创作的新故事的思想含量同样也在不断提高。人们在故事中希望看到自身已有思想的反映，同时也希望能够汲取到他们还未曾想到的有价值的思想。新故事为群众思想交流提供了一个良好的平台。

① 吴伦：《帮帮忙》，《故事会》1986年第9期，第14—21页。

② 王国全：《新故事主题的发掘与提炼》，选自何承伟主编《故事基本理论及其写作技巧》，大众文艺出版社1993年版，第162—163页。

二　融通中外：新故事类型的继承与发展

美国学者斯蒂·汤普森认为“一个类型是一个独立存在的传统故事，可以把它作为完整的叙事作品来讲述，其意义不依赖于其他任何故事”[①]。依据这一标准所制定的“AT分类法”成为研究传统民间故事的重要方法。这些故事“类型”在人们的口耳之间流传，拥有诸种不同的异文，将这些异文搜集整理之后发现，一种类型可以包容有多种不同的异文，有的甚至可以形成一个立体的、有流变特征的、内涵丰富的“类型”集合，从而确证民间故事在“类型”研究上的民俗学、文化学意义。传统故事的类型结构（套子）多达上千种，就是常用的也有几十种之多。[②] 故事的民俗文化研究正是针对“类型”背后丰富的文化内涵进行的研究。但本章所论述的新故事“类型”与传统民间故事的“类型”已经无法对等。如果说五六十年代的“新故事”由于结构套路的相同还可以“借用”类型学的方法进行总结和分析的话，到八九十年代之后新故事的丰富性和发展的程度已经远远不可能用一定的类型来概括。“新故事”在注重口传性的同时，具有了个人创作、书面发表等“版权”，因此，强调“个性”已经成为一种方向。这使得新故事无论是内容、形式还是情节结构都尽力追求“独特性”。即便是同样使用“三段式”，也是根据不同的主题，内容进行了丰富和发展。

这里，我们以具有传统故事类型性的新故事为例，讨论这些传统“类型”在新的社会生活背景下的改变，包括被赋予了新的内涵，故事的结构、主题发生了相应的变化。如：

第一，敬老爱老型。如新故事《新娘子补瓢》[③] 是对传统民间故事“劝婆孝奶型”故事的继承和发展。传统故事类型的基本情节是：新进门的媳妇看不惯婆婆虐待爷爷奶奶，便暗示在婆婆年老之后，媳妇也

---

① ［美］斯蒂·汤普森：《世界民间故事分类学》，郑海等译，上海文艺出版社1991年版，第499页。

② “故事创作函授班”函授教材。

③ 吴兆洛：《新娘子补瓢》，《故事会》1979年第5期，第28—34页。

会对她采取同样的措施，以其人之道还治其人之身。婆婆反思自己的行为，主动改过。新故事《新娘子补瓢》加入了新的社会生活背景，粉碎“四人帮”之后社会道德的重建。新故事在传统故事的前面加了一段对比材料，情节是“文化大革命”时期，婆婆虐待爷爷奶奶，公爹和丈夫对婆婆的行为愤怒但没有办法；别人批评婆婆，婆婆还说“什么尊老呀，爱幼呀！我看你是孔老二的思想！”大家带婆婆到大队评理，革委会的委员还表扬她是女法家。这个情节结束后，开始套用传统故事类型，新媳妇刚过门便和丈夫、公爹一起孝顺奶奶。晚上新媳妇“专心”补破瓢，声言要给年老之后的婆婆使用。婆婆听后开始反省并孝顺奶奶，家庭中的不孝风气得到扭转。新故事从时代背景、思想意义、情节扩充、心理描写等方面丰富了传统故事类型。

第二，新型家庭关系型。这是社会主义社会建立之后出现的家庭生活故事的新类型、新主题，故事与社会主义新型价值观相契合，情节简单，表意真诚，很能感动人。

1. 未过门的媳妇、未成婚的准女婿在未婚夫（妻）去世之后依然孝养失去子女的老人的故事类型。

《特别家庭》[①] 讲的是东河公社郑家洼，有位大妈叫梅桂花。结婚后一直不生子挨了公婆不少骂。公婆去世后，三十八岁才得了儿子郑得宝。半年后丈夫又不幸去世，梅桂花的精神几近崩溃。解放后她得到互助组的帮助，好不容易养大了儿子。儿子成年后找了个学雷锋标兵向菊梅做对象，老人很高兴。没想到老人突然双目失明了，公社正要通知她儿子，结果她儿子的工地打电报说郑得宝牺牲了。公社不敢把这个不幸的消息告诉梅桂花。想通过向菊梅给老人点安慰。菊梅主动上门服侍老人，后来又想办法找了一个和得宝身材声音特别像的对象记者王少华，二人一起照顾梅桂花的故事。故事结尾处讲二人结婚后生子叫郑学宝，四个人组成了特殊的家庭。老人后来虽然知道儿子牺牲了，但有菊梅、少华的帮助，她还是挺住了。《特别家庭》与高英华《新家》[②]

---

① 丁楚章：《特别家庭》，《故事会》1981 年第 3 期，第 10—16 页。

② 高英华口述，周春霆整理：《新家》，《故事会》1979 年第 6 期，第 46—49 页。后又选载在上海文艺出版社 1982 年版的《恐怖的脚步声》上。

的主题和类型基本一致。《新家》讲的是张大娘有个姑娘叫秀兰，秀兰找了个女婿叫玉琳，本来打算“嫁”到他们家，但还没有结婚秀兰却出车祸去世了。当大家都说大娘鸡也飞了，蛋也打了的时候，玉琳主动搬过来和大娘住在一起了。这份情意无论领导还是庄上的人知道后都很称道。后来外庄有个女青年叫梁秀英，听说玉琳的事迹后非常感动，便嫁给了玉琳。他们决定结婚后仍和张大娘一起住，秀英做大娘的姑娘，玉琳做女婿，三个人又组成了一个新家庭。

2. 亲生子女不孝顺，路人孝敬老人的类型。

《母亲的故事》① 的情节是，一对年轻夫妇带着孩子在公园玩，碰到了一位老太太。老人找不到儿子家，也没有去处。于是年轻夫妇带老人回家，帮助老人找儿子。但儿子在城里娶了媳妇不愿意再认乡下的穷老娘。得知情况后，年轻夫妇就把老人留在自己家里，老人帮助他们看孩子管家务。老人非常感谢这对夫妇，硬要把自己卖房子的钱拿出来给年轻夫妇，夫妇俩坚决不要。但老人执意给，他们就只好花钱买了一块表，把剩下的钱又给老人存了起来。于是老人有钱的舆论就传了出来。

老人的亲儿子听说老人有钱，便来年轻夫妇家接老人。老人识破他们的假心意，无论如何不和他们走。没想到，老人的亲生儿子把年轻夫妇告上法庭，说他们骗自己的母亲。经过法院调查了解，案情明了之后，法院同意让老人和年轻夫妇生活，并且通知老人亲生儿子的厂领导，对他进行了严肃的批评教育。

在传统民间故事中，有类似的故事类型。笔者整理的 80 年代山陕家庭生活故事中也有亲生子女不孝顺父母的“九子不如石子”型故事。故事讲儿子媳妇们开始对老人很不孝顺，但是，当子女们发现老人有钱（实际是石子）之后，便一改常态，变得十分孝顺。直到老人辞世他们看到老人留下的石头和遗言之后，才有所反思。也有认“义子”，由“义子”赡养老人的故事类型。故事中赡养与被赡养双方是亲属和拟亲属关系，是家庭故事。而现代敬老爱老的观念是作为社会道德来提倡的，体现了一种新型的社会关系，近乎“老吾老以及人之老”的道德

---

① 文武搜集整理：《母亲的故事》，见《恐怖的脚步声》，上海文艺出版社 1982 年版，第 28—42 页。

标准。这是对新社会的精神文明的阐释，是对传统的继承与发展。

3. 准继母要求男人除掉她认为累赘的老人或前生子的故事类型。

新故事《彩蝶》中的男人为讨新老婆，便答应新妇先除掉两个亲生女儿。《彩蝶》中男人第一次良心未泯，没有杀害女儿。第二次男人给自己女儿饭食中下毒。但女儿却想起那天是父亲的生日，宁愿自己饿着也要把香喷喷的米饭留给父亲吃，因此没有中毒。第三次男人良心泯灭，把孩子扔到山中，当他后悔，返回山中找女儿时，一个孩子已经死去。大家对他的行为义愤填膺，纷纷指责。准继母见风使舵当场悔婚，并说看错了人。最后男人揭发了她的恶劣本质。传统民间故事中，也有男人为讨新老婆，答应女人要先杀掉自己的老母亲的故事类型。男人用车子把瞎眼老母拉到深山准备扔掉，而母亲一路为孩子做记号，生怕儿子回家时迷路。男人感到杀害母亲天理难容，悔恨万分，最后又把老母亲拉回家好好地奉养。也有“畜牲”执意把母亲扔掉或杀死，在这种情况下，老天也不能相容，或者让驴踢死不孝之子，或者让五雷轰顶惩戒不孝之子。与传统故事相比，《彩蝶》的结构方式加入了现代小说创作的因素，故事中细致的心理描写，悲剧性的结尾留给人深刻的印象。在主题方面新故事体现了新社会的道德要求和法律规约，传统民间故事则体现出更浓厚的宗教教训意味。

此外，从国外翻译介绍的“侦探谜案”故事也是新故事中类型性较强的一种。短篇侦探谜案故事篇幅短小，往往以单一的情节完成故事，其手法主要是第一步案发，第二步报案，第三步侦探发现破绽但不露声色，第四步，引导作案者自己露出马脚，案件告破。这个故事类型是侦探与企图明目张胆地逃脱法律制裁的罪犯斗智斗勇的一种类型。这种类型在80年代中期以后不断被整理发表，还出版了专辑《谜案故事》。

新故事相对于异文丰富的传统口头故事来说类型性明显减弱。事实上，这是一种并不准确的表述。新民间故事的类型性是存在的，一个故事类型是由多种异文组成。这种现象可以从群众投给杂志、出版社的新故事稿件中得到证实。出版社往往会收到同一类型故事的多种“异文”。但由于新故事是作为公开出版和发表的拥有版权的产品，必须坚持独创性的原则。杂志、出版社在发表、发行故事的时候，首先要整体地在故事刊物上过滤，看是否有过大致相同的类型出现，如果出现过，目前作品又没有明显的特色，那么这个故事就无疑会被去掉，而优先选择一些没有出现过，能够引起人们新鲜感的故事类型。也就是说，新故事是具有类型的，但发表的故事类型要求有差异性，尽量避免雷同，甚至不同内容但同一主题、不同主题但同一素材等类似情况也在尽量避免，除非有鲜明的“独特性”。因此，新故事的类型性在书面刊物上表现得不明显。虽然新故事的“类型性”在文本上表现得较弱，但这并不影响它转化为新民间故事在群众的口头流传。新故事仍然是新民间故事“类型”形成的重要平台，它在对“独特性”和形式结构“个性”的追求中不断丰富着“故事类型”的新含义。

小结 新故事文体的成熟：群众之“言”与群众之“文”的合流

中国在20世纪六七十年代经历了一个史无前例的“群众运动”时期。在运动期间，作为中心和主体的群众培养起了自己创作“群众文学”的信心和能力。他们使用新民歌、新故事尝试着表达自己，用他们习惯的抒情、叙事文学样式，淳朴、率真地诉说着他们对新社会的感受，表达着他们对新生活的认识和理解。群众在经历了“民间”的政治意识形态主流化和“文化大革命”时期主流化的被亵渎之后，从70年代后期开始，群众立足自身的“民间”思想和意识逐渐复苏，反映他们富有“个性”的文艺作品在“艺术创作有自身的规律”等文艺思想的指导下逐渐增多。群众能自主地编创、发表新故事作品，标志着群众为自己立言的设想的实现，再不必纠缠于作家、知识分子能不能够真正为群众立言等种种问题。同时，在新时期有组织、有领导、经济化的出版机制为新故事文体的发展提供了宽广的平台。新故事正是在这样的社会文化背景下回归群众，回归“民间”，使群众的“言”更加真实地与他们的“文”沟通一致。群众不仅有了自己的故事家，同时这些故事还能够以文字形式公开发表，从语言、形式到思想内涵等诸方面最终促成了新故事作为群众性的独立文体的形成。

一 新故事创作群体与新故事家的出现

20世纪七十年代后，新故事编创、讲演活动的组织权逐渐转移到新故事期刊杂志社。当时故事创作者们“对流传故事的改编，摆脱了新故事早期缺乏‘讲演脚本’时的集体编创模式，虽说是改编，但它却为新故事走上‘个人创作’道路鸣了锣，开了道”①。新故事期刊通过组稿刊发等运行机制，很快就将优秀的新故事编创者通过期刊平台联系了起来，并开始鼓励和培训群众个人投稿。20世纪八九十年代国内陆续创办了二十多家新故事类刊物，从刊物发表故事的数量可以大致看出新故事创作人群的规模。新的故事创作者来自不同地域、不同行业，有着截然不同的生活经历、学历背景。他们通过投稿参与新型故事创作、传播，使新故事的创作和传播体现出较各级行政机构组织的新故事创作、传播机制来说更广泛的“群众性”。尤其是在文艺应该按照自身规律发展的指导原则被确立之后，创作者们主动地去寻找创作故事的素材，摸索故事的结构方法，致力于新故事的创作。

新故事刊物通过面授、函授、来稿修改、开办定期与不定期的故事会讲等形式来组成配套的作者培养机制，并通过具有明确文体特征的创作理论的传授加深了故事创作者对文体的理解。在二十年间各报纸、杂志发表了大量具有鲜明的个人风格的新故事作品，受到广大群众的喜爱。那些能够引起读者自愿阅读、主动传讲的新故事成为其中的典范。与此同时，涌现出了一批故事创作者中的精英——新故事家。这批新故事家很多曾跻身六七十年代的新故事活动，是第一代故事人中的精英。他们迥然相异的风格和各自的群体代表性推动了这一时期新故事“文体”的独立。故事家们有着自己独特的讲述风格和语言、结构安排的特点、艺术思维的角度，有某些故事家甚至可以说初步形成了流派的特征。

---

① 杨初、黄宣林：《新故事十论》，中国文史出版社2004年版，第18页。

《故事会》等新故事刊物为故事创作者们提供了学习和交流的平台，培养了一批优秀的新故事家，这些新故事家还形成了基于个人风格的故事“品格”。清人薛雪在《一瓢诗话》[①] 中曾说：“诗有品格之体，体格之格。体格一定之章程，品格自然之高迈。”这里的“品格”是从文体层面讲的。一个故事创作者，一个故事家，他在把握故事“体格”的基础上还有一个自由的活用和创造性运用的问题。如果能够在遵守一定“体格”的同时凭着自己的灵性获得属于故事家自身的独特的语感、语调和语势，从而创造出的独具一格的语体，在文体学上被称为“自由语体”[②]。这种“自由语体”的不断出现对于新故事创作来说，是文体成熟的表现。

改革开放后，新故事创作群体在持续性的理论培训和创作激励策略的支持下，呈现出较为稳定的增长态势。其中既有已形成独特创作风格的故事家，也有很多初学者。这些作家往往出身于不同的环境、形成各自独特的创作风格，如工人中故事家的代表张功升、黄宣林，村镇故事家的代表吴文昶、张道余，知识分子故事家的代表崔陟，等等。他们就是在熟练运用“体格”的基础上创作形成了自身独特审美“品格”的杰出代表。

自由语体是故事家个性的自然流露。个性作为一种心理，是指一个人的精神面貌及其倾向性。个性对创作的制约表现在“写什么”和“怎么写”两个方面。语言格调比语言内容更能流露作家的个性。故事家创造的自由语体真正融通了他的个性世界与外在世界的边界，是具有独特的音调、笔致和生命的个性化语体。故事家的个性融化在作品里，又在成功的自由语体中获得重生。“大体须有，定体则无”，自由语体成为文体系统中最活跃的因素，如果说文体中的体裁因素、规范语体是一种成规，那么自由语体则是文体进一步裂变更新的增长点。

工人阶级新故事家的代表是张功升。他在1965年的时候就以擅长讲演新故事闻名，他出席了在北京召开的全国青年作者座谈会。“文化大革命”开始后不久，张功升因在“中南海”给贺龙、陆定一、周扬

① 薛雪：《一瓢诗话》，上海古籍出版社1995年版。

② 童庆炳：《文体与文体的创造》，云南人民出版社1994年版，第150页。

等同志讲过故事而被打成“牛鬼蛇神”。“四人帮”被打倒后，张功升又回到故事讲坛。张功升基本围绕党的中心工作选题创作，他创作的故事具有浓郁的时代气息和鲜明的政治色彩。他编讲了70年代末80年初播布相当广泛的故事《选“驸马”》后整理出版，改名为《沧海恨》)[①]，揭批“林彪反革命集团”的罪行；“为了落实党的十一届三中全会的精神，平反冤假错案，他编讲了《没有编号的骨灰盒》；为了落实知识分子政策，他编讲了《蒋祝英与罗健夫》”[②]。

张功升创作的故事常常取材于他的亲身经历，取材于身边同志的真实生活，如《沧海恨》就是取材于他们厂老顾问于某某的儿子于波克的真实经历。林彪选“驸马”选中于波克，于波克知道实情之后，毅然拒绝与林彪的女儿结婚。于波克深知大祸临头，便给父母写好遗书在海边自杀。《沧海恨》就是在这个素材的基础上创作而成的。由于生活环境的缘故，张功升尤为擅长创作反映工人生活的故事，故事《两个“犟眼子”》[③]是他根据厂里一位老工人的事迹创作而成的。这位老工人在退休前将自己的技术毫无保留地传授给年轻一代。张功升在真实素材的基础上进行了故事化的加工。此外还有《救命的邮票》，进述了一家集体纺织厂起死回生的故事。《补漏》[④]讲的是发生在化工厂里年轻人注重学习带动老主任一起学习的故事。张功升阅历丰富，他到过中南海，见过周总理等老一辈无产阶级革命家，对老革命家们的敬重使他积极创作了《草药寄深情》[⑤]等，赞颂周总理促进中日友好所做的工作。他的这些故事情真意切，爱憎分明，生活气息浓厚，有很强的感染力。

在语言方面，张功升特别注意时代性，能够敏锐地抓住时代的脉

---

① 张功升:《故事王张功升》，辽宁人民出版社1985年版，第104—144页。后改名《沧海恨》。

② 石锋编:《张功升故事集》，中共辽宁省抚顺市委经济工作部、辽宁省职工思想政治工作研究会内部读物，第3页。

③ 《两个“犟眼子”》，选自《张功升创作故事选》，水利电力出版社1984年版，第9—18页。

④ 《补漏》，选自同上书，第19—21页。

⑤ 《草药寄深情》，选自同上书，第1—8页。

搏。他在《借新娘》中提到的“欧米格坤表”、“小西马”，还有新娘孙彩霞的一番话“怎么的？就凭我这模样，还是‘全民的’，一千八就嫌多了？后楼那个‘大集体’还两千五呢！”[①] 故事注重使用具有鲜明时代特色的民间话语，透露出浓厚的生活气息。张功升的故事在全国性的刊物《故事会》上刊登过，在辽宁本地的《群众文艺》上刊登过，在《工人日报》上也刊登过，还由单位和上级工会组织出过专集。他的故事在社会上有一定的影响力。

作为新故事家，他人品刚正，具有强烈的个人魅力。他讲故事，干工作尽职尽责。他的小儿子去世不久，一个学校到单位请他去讲故事，单位领导对学校领导说张功升的小儿子死了，他正难过，替他婉言谢绝了。后来，张功升听说了这个事情，就立刻赶到学校去给孩子们讲故事。有一次他在工作中腿骨骨折，由于工作忙他没有顾得上去治疗，以致最后恶化为“肌肉骨化症”。在生命受到严重威胁的时候，张功升仍坚持工作，坚持为人们讲故事。文如其人，张功升的文体风格刚健清新，反映出新社会的精神风貌。

村镇故事家吴文昶，被称为“江南故事大王”。吴文昶出身农民，当过学徒，跑过单帮，被抓过壮丁，当过解放军，复员后回乡做了民办教师，生活阅历十分丰富。吴文昶的故事总的来说是立足于他熟悉的村镇生活，还包括村镇与城市交流的题材。故事中的人物大致有以下几类，村镇上的妇女、男人、孩子和官员（基本都是队长、村长、镇长，级别最高的是县长）。他在故事中始终诚挚地赞扬人性的正直、善良。他每每把这样的品质附加在老人、孩子、山里的年轻人，甚至大家都看不起的穷光棍、小偷小摸的贼的身上，而那些行为不端，品质低劣的官员们却一再被揶揄讽刺。吴文昶特别擅长提炼“意象”。如在《乡政府里养老虎》[②] 故事中人们一直津津乐道的“老虎”；《蓝色冲击波》[③] 里除了吃过村长家几顿饭，什么也没有得到，什么也没有失去的小人

---

① 《借新娘》，石锋编《张功升故事集》，中共辽宁省抚顺市委经济工作部、辽宁省职工思想政治工作研究会内部读物，第5页。

② 吴永昶：《乡政府里养老虎》，选自《狗尾巴的故事》，中国文联出版社2002年版，第67—83页。

③ 吴永昶：《蓝色冲击波》，选自同上书，第30—33页。

物——光棍；《梁上君子》[①] 中对“偷”和“拿”越来越分辨不清楚的“梁上君子”。他在故事中对清静的农村生活，有人情味的乡村人际关系，保持了自然淳朴状态的林区、山村生活的向往常常引起人们的反思。文人用意象作诗，从意象出发表现种种诗情画意；吴文昶用意象作故事，同样把他关注的意象赋予深情厚意，他的作品是诗性的作品，他的故事具有质朴灵动的诗意美。故事利用别致的“意象”不断推动情节的发展，在赋予这些日常事物新意义的同时，用故事编织了一个意象群。

吴文昶的故事写得有“意思”，既让人可笑，又让人笑不起来，引人慢慢思索。他往往是艺术化地将现实中不合理的现象撕开来让人看。故事常常警示贪污受贿行为不轨的官员，如《蓝色冲击波》[②]；警示丧失伦理道德的人，如《张家媳妇的苦恼》[③]；讽刺自以为有钱就了不起的精神贫穷者，如《三个巴掌》[④]；提醒官员如果搞形式主义、不坚持实事求是就会出问题，如《王老太闹离婚》[⑤]；提醒人们人情送礼太误事，如《财神菩萨钻衣柜》[⑥]；揭示改革中新生力量不能战胜守旧力量的闹剧，如《一把火》[⑦]；用正义、善良的毁灭来痛诉腐败、丑恶的社会现实，如《大火冲天》[⑧]。吴文昶的故事源于现实生活，具有很强的现实性，又构思巧妙，往往能够让人们回味反思有所收获。故事以冷幽默的笔法对社会上歪风邪气进行叙述，大家看了既觉得好笑又觉得可悲，同时一种责任感和正义感充溢心头。故事的字里行间充满真情，而对什么是真好什么是真坏，什么是真道义，什么是假道德则是一针见血地指出。故事界将吴文昶的故事风格总结为“拉家常”式。他正是在“拉家常”中反映着社会现实，故事让罪恶、丑陋、虚伪在正义、善

---

① 吴永昶：《梁上君子》，选自同上书，第194—201页。

② 吴永昶：《蓝色冲击波》，见《狗尾巴的故事》，中国文联出版社2002年版，第30—33页。

③ 吴永昶：《张家媳妇的苦恼》，见同上书，第94—102页。

④ 吴永昶：《三个巴掌》，见同上书，第202—205页。

⑤ 吴永昶：《王老太闹离婚》，见同上书，第15—18页。

⑥ 吴永昶：《财神菩萨钻衣橱》，见同上书，第103—109页。

⑦ 吴永昶：《一把火》，见同上书，第177—185页。

⑧ 吴永昶：《大火冲天》，见同上书，第186—193页。

良、无辜面前袒露无疑。

吴文昶的故事生涯有四十年之久，是新故事人中的老资历者。“四人帮”疯狂的时候，他讲八路军与日本鬼子斗争的故事，帮派势力说他是“文艺黑线回潮”，把他打成特务，上台被斗，可下了台大家伙儿继续让他讲故事。后来摘了帽子，他又在现实生活中选材编故事，开始了新故事的创作道路。吴文昶是桐庐人，他这个故事大王对当地新故事的发展起到了带动作用。吴文昶对新故事创作有着很深的研究，“树立起了‘新故事创作必须坚持口头性’的理论”，影响了一代又一代的故事作者。他 65 岁退休之后积极地搞起了“故事沙龙”，“想从中‘沙’出一些作品和人才来，还在自己县里搞小故事员培训”[①]。他的学生丰国需、方赛群说：“《故事会》每年举办的作者培训班，雷打不动地聘请他为任课教师，他的授课，使全国各地的作者受益匪浅。几十年来，他培养的故事员和故事作者数以百计。”吴文昶兼“故事员、故事作者、故事编辑、故事理论研究者为一身，成了故事界的一代宗师”[②]。

村镇新故事家张道余，1940 年 12 月 24 日出生于上海市金山区山阳镇新江村。张道余的母亲很会讲故事，他自幼受母亲熏陶，对很多传统民间故事耳熟能详。五六岁时跟随母亲在茶馆里喝茶，对茶馆里的说书很着迷，后来他常去听书。张道余 14 岁考取松江二中，因家穷而放弃求学，回村务农并担任会计。1958 年，山阳公社办起农业中学免费招生，他去中学读了两年书，毕业后回乡继续参加生产劳动。张道余所在生产队的队长是“故事篓子”，张道余经常听他讲故事。队里还组织过民兵训练，民兵集中在一起住宿，晚上常在一起讲故事，搞故事接龙。可以说张道余从小就受到了良好的传统故事艺术的熏陶。

60 年代初，上海评剧团著名演员张如君和刘韵若夫妇下乡演出《李双双》，到了山阳乡，乡里派张道余做向导，同时要求张道余向他们学习讲故事。在与张如君和刘韵若夫妇一起生活的近半个月时间里，

① 吴文昶：《风风雨雨四十年》，见《狗尾巴的故事——吴永昶新故事》，中国文联出版社 2002 年版，第 264—265 页。

② 丰国需、方赛群：整理者后记，见吴文昶《狗尾巴的故事——吴永昶新故事》，中国文联出版社 2002 年版，第 267 页。

张如君和刘韵若夫妇指导了张道余讲述故事的技巧。这一段经历使张道余学到了很多知识，同时让他萌发出创作故事的念头。60 年代初，他根据村里真人真事创作出第一篇新故事作品《说嘴媒人》，在当地引起极大的反响。自此以后，他接连创作出《种子迷》、《范龙进队》等非常有影响的作品。

"文化大革命"开始以后，《故事会》停刊，张道余的故事创作也停顿了下来。粉碎"四人帮"以后，张道余又创作出《新茶客》[①]、《巧姑娘招亲》[②]、《活包公》[③]、《田县长求仙》[④] 等众多精彩的故事，他的故事创作一直持续到现在。张道余选取的故事题材主要以农村生活为主，由于他从小受到传统民间故事艺术的浸染，因此，他的故事即使是在"配合中心任务"的时期，依然透露着泥土的芳香。他的处女作《说嘴媒人》就是典型的例子。《巧姑娘招亲》巧用传统民间故事中"才女招亲出难题"型故事，以现实生活为素材，创作了新时代的不爱官、不爱财，只爱懂技术、全心全意为人民服务的司机小伙子的"才女"故事。张道余创作的故事是与群众紧密联系的，他常去被人们称之为"百口衙门"的茶馆去听事情，听完后编成较完善的故事再回茶馆讲。以这种形式创作了《新茶客》等优秀的作品。因此，他创作的故事口头性很强，故事能够反映人民的思想愿望，敢于针砭时弊，干预生活；不仅歌颂光明，而且暴露黑暗。

张道余作为新故事家，他在茶馆中的生动讲演还起到培训故事员的作用。何承伟说："一下子像'培训'了几百个故事员，原来那些茶客听了他的故事以后，马上把这则故事传开了。并按照自己的想法又发展了它。"[⑤] 张道余一直是《故事会》的特约编辑，2009 年 6 月本文作者拜访《故事会》时，吴伦副主编介绍说七十多岁的张道余每个月都要

① 张道余：《新茶客》，见《故事会》1979 年第 1 期，第 10—18 页。

② 张道余：《巧姑娘招亲》，见《故事会》1979 年第 3 期，第 47—60 页。

③ 张道余：《活包公》，见《故事会》1979 年第 6 期，第 1—12 页。

④ 张道余、胡林森：《田县长求仙》，见《故事会》1981 年第 6 期，第 10—26 页。

⑤ 何承伟：《对现阶段故事创作与流传中几个问题的探讨》，《抚顺故事》1979 年第 2 期。转引自中国民间文艺家协会辽宁分会、抚顺故事报社编《抚顺故事论辑》，内部资料，出版年不详，第 8 页。

来《故事会》讨论稿件。

周兢[①]是中国作家协会会员，先后出版过十三部小说散文作品，同时他又是中国民间文艺研究会会员，人称“故事大王”。党的十一届三中全会以后，他讲出的故事已突破一千场，听众人数已突破100万人（不包括在广播电台讲出）。他讲的故事全是自己创作和改编的。六七年间，他创作了故事一百多个，代表作品是《王奶奶的枕头》[②]、《公主墓失盗传奇》等，出版系列故事集《古城护宝传奇》。他是由专业小说家到业余故事家的代表。他擅长护宝传奇、儿童故事和侦破故事。故事创作除了注意主题健康之外，还在结构上学习传统故事的表现技巧，注重情节和悬念；在语言上发挥了作为专业作家的优势，认为故事的语言比其他形式要求高，应做到个性化、口语化。他的作品在语言方面十分见长。[③] 知识分子群体中产生出来的新故事家还有浙江吴伦、北京崔陟等，这其中很多作者既是小说作家又是故事家。此外，新故事界在八九十年代陆续涌现出夏元寿、夏友梅、肖士太、赵和松、丰国需等新的故事家。

这些故事家有着各自不同的生活经历，他们从不同的视角切入演绎着多彩的故事人生。我们常说美就是整体和谐，不同的审美主体要求与它的审美客体合二为一，主体的心理情感体验必须具有不脱离现实的社会性。故事创作者往往能够表达社会上某个、某几个群体的感受，他们擅长将主观情绪与生活客体在故事中融为一体。在情节建构方面，他们忠实于情感对真、善、美的追求，着力于人性善恶在故事中的对立与冲突，随着情节冲突的化解、转化，最终完成了社会人格的完善与道德理性的审美表现。叙事作品不仅蕴含着文化密码，而且蕴含着作者个人心灵的密码。在新故事中，作者永远与它的作品共同成为解读和感受的对象。

---

① 周兢，笔名周竟。

② 周竟：《王奶奶的枕头》，《故事会》1980年第6期，第18—21页。

③ 资料来源：王寅明：《周兢的故事创作道路简析》，选自商鹏蓉、余强主编《新故事研究文集》，华岳文艺出版社1987年版，第126—132页。

二 在艺术传统上对民族形式的追求

第一，新故事“民族性”的形成体现在创作主体的群众性方面。新故事文体的形成是在实现了群众“言”与“文”合流的基础上实现的。从历史渊源来说，是“五四”时期知识分子所倡导的“言文一致”与“平民文学”主张的具体实践和创造。20 世纪，新故事经历了由知识分子为群众代言的通俗小说、通俗故事的创作阶段；由群众与知识分子相结合，对书面文学口语化改造的阶段；群众的意志被帮派政治掌控，文体形式被异化的阶段；群众自己为自己立言，回归群众“言”、“文”合流的阶段。它的发展历程充分体现了创作主体不断回归民族的主体——群众的过程，是能够代表群众对社会、生活和自身理解的文体样式。

第二，新故事对民族形式的追求还表现在对我国以“声音中心”的叙事文学的继承与发展方面。我国传统叙事文学如话本、拟话本、评话等建立了以“声音为中心”的创作机制，新故事正是对其的继承与发展。坚持口头性是新故事创作的基本要求，但故事文本在实现口头性方面问题重重，因此，受到理论研究者们更多的关注。新故事在创作中不断推动口头与书面的结合不仅规范和提高了“口头性”言语的表达能力，而且在书面表达方面进行了实验。也就是说，理论界在研究如何使新故事“口头化”的同时，根据它作为书面承载形式的要求进一步对“口头性”进行了书面性充实和规范。随着新故事口头与书面相结合的文体特征地不断追求，新故事在作品创作方面会更明确地显示出新的语言风格，它所能表现的思想深度也会得到深化和拓展。总的来说，新故事人将强调口头性作为保持新故事文体独立性的基础。从新故事创作者的方面来说，越是对口头语言艺术特点把握得好，就越能从容地遵循故事文学创作的艺术规律。

第三，新故事文体对民族形式的追求还表现在对古今中外艺术传统的容纳，不断实践并形成着“平民文学”的诉求。1979 年，新故事如何发展引起了新故事人的重点思考。这段时期，虽然大家对新故事出现的各种各样的新类型有不同的看法，对其文体的独立性有的肯定，有的否定，也有的认为还没有定型，但大家仍以宽容的态度关注新故事发展，“在新故事这个花园里，只要具备口头文学基本要求，应提倡百花齐放，允许万紫千红竞相吐艳。人民群众是最好的检验员和评判员，还是让群众去评判为好”①。在以新故事刊物为主体的领导、组织编创机构中，针对能够受到群众欢迎的新故事，研究其创作和流传上的规律：“最近我们通过一些座谈会，并利用《故事会》刊物搞了一次书面征求意见。根据大家的反映，以及我们自己掌握的情况来分析，这些个人创作的故事之所以能够被群众接受，并乐于传诵，虽然有各种原因，但最根本的一点，那就是批判地继承和发展了我国传统故事反映生活表现生活的方法，以群众喜闻乐道的民族形式，反映现在丰富多彩的人民生活。使这些故事在思想内容上有比较强烈的人民性，在艺术上具有鲜明的口头性。”② 新故事作品的目标定位是“充分利用社会主义的优越条件，在党的领导下，采取多种方式，集思广益，促使创作故事尽快具备民间故事能讲能传等特征，使之更受‘老家’乡亲们的普遍欢迎和喜爱”③。并确立了发展指导思想：“新故事创作，只有在传统民间故事的基础上加以发展，和有选择地吸取其他文学样式中适合自己的那部分艺术手法来丰富自己。”④

这一系列的认识和理论在新故事刊物的组织实施下得到了贯彻，首先是对“新民间传说故事”搜集整理工作的重视。1979 年，何承伟介绍了当时的情况，“社会主义时期除了个人创作的新故事外，在人民群众还口头创作和流传着许多各种类型的新的笑话、传说和故事。但由于种种原因，我们以前对这部分作品是不重视的。然而，它确实口耳相传，客观存在着。今年上半年我们在组织笑话、讽刺故事稿件时，发现

---

① 顾诗：《让故事之花开得更加艳丽——部分省市故事工作者座谈会侧记》，《故事会》1980 年第 1 期总第 46 期，第 87—88 页。

② 何承伟：《对现阶段故事创作与流传中几个问题的探讨》，《抚顺故事》1979 年第 2 期。转引自中国民间文艺家协会辽宁分会、抚顺故事报社编《抚顺故事论辑》，内部资料，出版年不详，第 6 页。

③ 嘉禾：《打回“老家”去》，《故事会》1980 年第 3 期，第 96 页。

④ 何承伟：《新故事创作要着眼于在人民中流传》，《抚顺故事》1980 年第 4 期。转引自中国民间文艺家协会辽宁分会、抚顺故事报社编《抚顺故事论辑》，内部资料，出版年不详，第 40 页。

在初选的一百四十多则作品中，约有五分之一的作品，是根据人民中间传说整理的。这些作品，往往同时从祖国的四面八方寄到我们这儿，除了细节、角度有所不同外，基本情节是一致的。例如《冒名顶“酒”的故事》、《找舅舅》、《改姓》、《你的头大》、《胡群看对联》、《如此恋爱》等，都有各种异文。”① 故事整理的过程，同时也是一个在思想性和艺术性上适当“书面化”的过程，这一段时期的搜集整理工作有力地促进了新故事回归人民的过程。

新故事创作者和故事家们闻“风”而动，搜集整理了一批流传着的已成型与未成型的新民间传说故事。同时他们在流传故事的基础上进行了改编再创作，经过整合和完善后的新故事不仅在口头性上具有天然的优势，同时在人文气息和思想内涵方面得到了净化与升华。这个过程无疑是对文体艺术表现力的升华。同时新故事在内容和主题的层面继承了传统民间故事的“文化传承”功能，它是民众生活“经验”的记录，是他们对生活“艺术化”的表达，它不仅携带着群众对生活的真实感受，同时也交织着对政治意识形态的理解。正是在对传统民间故事搜集、整理、再创作的实践和理论研究中，新故事文体实现了对传统的继承和发展。这些都成为新故事文体本身“民族化”特征形成的源泉和途径。

总之，新故事在继承传统、吸取西方叙事文学的过程中，始终围绕“中国作风和中国气派”促进新故事文体特色的形成，努力构建着民族文学的独特气质和文艺新形象。目前，新故事作为一种独立的“口头—书面”结合型文体样式，作为极具民族特色的语言文学的重要组成部分，与传统民间故事和新民间故事一起构成具有中国民族特色的故事文学体系。

---

① 何承伟：《对现阶段故事创作与流传中几个问题的探讨》，《抚顺故事》1979 年第 2 期。转引自中国民间文艺家协会辽宁分会、抚顺故事报社编《抚顺故事论辑》，内部资料，出版年不详，第 14—15 页。

第五章

聆听历史　走向未来

——新故事文体特征的总结与余论

历史就是结构过程的客体，这些过程如果不先确立模式是无法加以研究的。但反过来，结构只是暂时性的，是处于特定具体情境中的人类行为的结果，这些情景自身在特定的结构中发生了转化，并以这种方式创造了新的结果。

——戈德曼

曾有人向王若虚讨教："文章有无体乎？"对此，王若虚作了如下回答："或问文章有体乎？曰：'无。'又问无体乎？曰：'有。'然则果如何？曰：'定体则无，大体则有。'"① 事实上，正是那不同历史时期形态各异的口头故事的书面化促成了"新故事"文体特征的一步步成型。新故事作为"口头—书面"结合型文体，它的"口头性"特征是百变而不能丢弃的根本。正是"口头性"，才能够及时地、源源不断地将不同时代群众中最新鲜的语言、文学材料汇聚起来，使新故事充满生机和活力；也正因为它的"口头性"，使新故事在沟通"民间"与官方、整合社会思想和精神方面拥有了特殊的地位和价值。

20 世纪三四十年代的中国遭遇了内忧外患，通俗故事坚持从群众中来，到群众中去的原则，开始尝试担当起启蒙群众抗日救国、争取新

① 《滹南遗志集》卷三十七，《文辨》。

民民主主义革命胜利的任务；五六十年代新中国刚刚成立，除旧布新之际，新故事又尝试着担当起向群众传达党和国家的政策的任务，在国家贫弱起步的时刻起到了加强整体凝聚力，促进国家和民族统一、发展的作用。“文化大革命”时期帮派政治虽然掌控了公开发表的报纸刊物，但无法控制“地下”手抄本故事的传播。新故事在“地上”和“地下”两种途径发展，不仅满足了群众对文艺的需求，而且为新故事文体的发展提供了宝贵的蓝本。改革开放之后，文艺不再是政治的传声筒，开始按照自己的规律发展。新故事在民间故事的基础上，沿着群众性、口头性的基本特征继续前进，形成了时代性、群众性很强的新型“口头—书面”结合型文体。随着社会历史的发展，进入21世纪，国家和人民的精神面貌随着国力稳步增强为之一新。这是一个宽容的时代，也是一个反思的时代，更是重视创新、尊重个性、不失自我的人性化时代。在新世纪新故事也开始了它在精神内涵上的时代性转变。

故事具有涵盖生活面广，渗透力强的文体优势，“由于故事结构本身是一种时空框架，它可以唤醒并激活人们潜在的文化心理和审美想象。自从故事成了人类形影不离的伴侣之后，不论是什么年代，也不论是什么地方，故事总是热烈而多情地陪伴着人们走过无数的时空隧道和漫漫的人生旅途，终成为一种不朽的文化积淀而长生常在”。[①] 进入21世纪之后，新故事文体继续在实践中发展。网络等新传媒的出现给新故事注入了活力，在充满互动的网络世界中，新故事加强了与群众的交流，强化了其文体本身的转化性特质。

文艺是时代的先驱，文艺是时代的反映，文艺是时代未来的希望。为群众代言，在今日看来已不是“小传统”的问题。当我们回顾这一段历史，蓦然发现，在这段历史时期，创作、发行了数量如此众多的新故事。并且新故事文体的发展始终以追求群众性、口头性为宗旨，因而拥有着广大的接受群体。本章将对这一文体样式的特征进行总结并讨论新故事与民间故事的关系。

---

① 杨初、黄宣林：《新故事十论》，中国文史出版社2004年版，第3页。

结　语

新故事文体的特征与定位

文类文体，就是某一文学类型区别于其他文学类型的文体特征的概括。研究一种文体，首先要清楚它在文学类型上的独特性。刘守华在参加新时期民间文学十年笔谈时，特别就新故事所取得的成就写道："以上海为中心的新故事活动十年来持续不断，表现出巨大活力。它是社会主义时期群众文艺创作与民间文学传统的结合，是适应现代文化潮流，保持和发展口头叙事文学传统的一项伟大试验。"① 二十多年过去了，新故事作为群众喜闻乐见的文学样式已经融入我国人民群众的生活之中，它的繁荣发展使我们有充足的资源和条件来深入考察其文体特征。聆听历史或许能够给现在多元化的发展提供一些启示。本节追溯新故事文体发展历史，从它的发展历程来揭示新故事文体的特征和发展规律，明确它在现当代文学史上的定位与价值。

一　新故事文体特征的总结

通过前四章对处于不同发展阶段的新故事文体特征的具体分析，使我们对新故事文体的形成过程有了初步的认识，在本书的结尾，我们从它的形成进程出发进一步系统性地归纳新故事的文体特征。首先从新故事的创作主体与接受主体的群众性谈起。从新故事文体的萌芽、初兴、异化和蛰伏、形成四个发展阶段来看，新故事的创作主体也分别经历了

① 刘守华：《故事学的春天》，《民间文学论坛》1986 年第 5 期。

萌芽阶段知识分子为群众代言；初兴阶段群众与知识分子结合为群众代言；“文化大革命”时期，在“地上”群众被政治捆绑，在“地下”群众开始自我表达；改革开放后，在国家保留文化主导权的前提下，群众成为创作主体的四个阶段。

从接受主体来说，20 世纪三四十年代通俗故事的接受群体较小，某种程度上说还停留在知识分子阶层，只有少数能够在群众中得到流传。五六十年代，通过有领导、有组织地听故事的形式扩大了新故事的接受群体。“文化大革命”时期，被异化的“革命故事”群众基础薄弱，但群众口头创作与“手抄本”创作相结合的地下流传故事却有着深厚广泛的群众基础。拨乱反正时期和改革开放之后，新故事刊物组织、培养了一批群众故事作者，他们遵循“在民间文学的基础上发展”的指导方针，创作了一批脍炙人口的好作品。这为新故事的发展打下了良好的基础。这些作品吸引了为数众多的普通群众，培养了一大批故事读者。受到群众欢迎的新故事刊物发行量逐渐增大，新故事刊物的种类也在不断增多，时至今日，新故事仍拥有着相当广泛的接受群体。

其次，从文体方面来看，萌芽时期，通俗故事从一开始就是针对全部叙事文学的开放性的接纳，不仅注重对中国传统说唱叙事艺术形式的吸收与运用，而且注重对西方小说叙事艺术形式的借鉴。在抗战形势紧迫的时期，大后方文艺界对通俗文体的要求非常明确，就是俗而不土，好而易解，故事要做到“上口”，形式可用旧瓶装新酒的办法。知识分子积极向群众学习，讲求通俗易懂和口语化。在叙述部分，通俗故事坚持对群众语言的借鉴和与欧化语体的结合；在对话语言方面，它注重吸收群众口语，有时甚至是对口语秉笔直书，包括方言土语、民谣俗谚和简单韵白。《在延安文艺座谈会上的讲话》发表之后，解放区知识分子的文学观念发生变革，开始重视文艺创作在语言方面向群众学习，在结构形式方面对传统和民间叙事文学的借鉴。这对新故事形成具有民族特色的新型叙事文体样式起到了极大的促进作用。这一时期出现了讲演文学、通俗故事、新民间故事的整理创作等多种试验形式。通俗故事遵从群众欣赏习惯，其功能集中于宣传抗日、启蒙群众，正是这几点标志着“口头与书面”结合型新故事文体的萌芽。

新中国成立后，新故事文体随着群众性新故事运动的开展逐步发展。1963年专门刊载新故事的刊物《故事会》创刊，新故事作为故事讲演的脚本和读物，被要求以“口头讲述的要求整理出来”，创作指导理论是“讲讲写写，写写讲讲”[①]。新故事创作活动有力地推动了群众和知识分子的结合，形成文本与口头创作讲演相互促进的新格局。文体方面广泛地借鉴评书、评话、相声等口头艺术的语言、结构形式和讲演方法，尤其是对“评话”这种被赵树理称为“读和写”差不多的形式非常欢迎，有了主动追求口头与书面相结合的意识。这一时期，新故事讲述活动具有公开性和社会性的特征，语言和结构形式以满足“口头表达”为要求，是适合群众性场合讲演用的“口语体”。要求语言表达通畅而无累赘感，不允许存在很多语气词、停顿。一些在群众中受欢迎的故事往往符合故事员容易上口、群众容易入耳的标准。在结构组织和情节安排方面，新故事基本做到了主题集中、故事性强、人物集中、矛盾集中、情节贯串、逻辑清晰。毕竟这一时期新故事文体处于尝试制作阶段，作者们对文体特征把握还不够准确，根据其他叙事艺术题材改编创作的新故事很多不够成功，新故事文体形式处于很不稳定的探索阶段。

“文化大革命”时期，被帮派政治掌控的故事创作出现了主题先行，人物塑造符合“三突出”，故事语体语录化、口号化等异化现象。虽然创作、传播在表面形式上是通过“口头—书面”相结合来进行的，但故事的群众基础较差。不过，只要让故事回到群众之中，被异化的新故事又会在一定程度上回归生活、保留生机。在基层，讲故事要想得到群众的欢迎，就必须在符合群众生活的基础上创作和讲演，坚持学习群众的语言，注重口语化、形象化。因此，新故事被异化的只是公开发表的一部分。群众对宣传和建设社会主义思想道德体系的新故事并不排斥，对工农兵各行业英雄模范故事也很欢迎，这部分故事并没有完全异化。总的来说，这一阶段公开的、社会性的讲演型新故事也只能做到故事员上口，群众入耳的程度。同一时期“地下文学”中的“手抄本”故事则显示了更强的生命力，这些新故事具有口头性、集体性、流传性和变异性等特征，写作方式接近口语化，是对群众性“口头—书面”

① 任嘉禾提倡新故事创作要“讲讲写写，写写讲讲”。

结合型故事文体的发展。当时这部分手抄本的传通处于“地下”状态，所以本文称这段时期为新故事文体的“蛰伏”期。

随着拨乱反正的开展，群众创作了一大批揭批“四人帮”的新民间传说故事。这批故事具有广泛的群众性，其中不少作品被个人搜集整理再加以创作后发表。这些发表的新故事继承了民间文学传统，在语言和结构形式方面体现出口头与书面相结合的基本特征，不仅书面阅读形式受到群众欢迎，同时在口头上还达到“易讲、易记、易传”的程度。这些故事的出现为新故事文体的发展提供了新的视角和思路。随后，新故事确立了“在民间故事基础上发展”的指导方针，在理论上明确提出以“口头性”为新故事文体总特征的文体追求。这一时期比较成功的新故事往往语言通俗易懂，口语化、形象化特征明显。能够做到读来顺口，明白如话；听来入耳，听后易传的程度。故事还很注重吸收、采用全国各地保持着地方特点和透着浓厚的乡土气息的方言，促进了故事语言风格多样化的发展趋势，满足了读者了解外地风土人情、语言特点的需求。在结构形式和情节安排方面，提倡借用、重组传统民间故事的情节结构方式，并积极吸收其他叙事艺术的情节结构形式发展自身。从传播层面上看，新故事与传统口承故事相比有可以利用书面文本反复琢磨、仔细推敲的特点，因此，它的结构形式比传统民间故事更为灵活多样。同时，新故事的作者追求符合创作者本人审美习惯和审美趣味的结构方式，形成一批充满个人风格的自由语体，标志着新故事文体的成熟。

总的来说，在70年代末80年代初，“新故事非常重视讲写结合，能不能口传成为当时作品能不能公开发表的最基本、最公开的标准”[①]。新故事创作倡导在语言方面应是保持生动形象、时代性强的口语与具有独特生命力的方言土语、民谣俗谚以及一些富含思想性的科学用语的交流态势；在结构形式与情节组织方面应是对中国传统叙事艺术、民间叙事艺术和西方小说叙事艺术的多向度交流、借鉴与融合。通过“口头—书面”的结合，新文体本身显示出了很强的群众性和形成具有民族性特色文体的巨大潜力。但是，新故事创作理论本身还没有完善，创

---

① 杨初、黄宣林：《新故事十论》，中国文史出版社2004年版，第22页。

作者不能清晰地把握其根本特征，出现了大量能看不能讲的非主流故事。

从新故事要表达的主题意旨方面来看，三四十年代的通俗故事是在拯救国家民族危亡过程中产生的，当时国家民族的主要矛盾是敌我矛盾，通俗故事中“抗战”主题也最为集中。在《讲话》精神贯彻之后，解放区的文艺遵照文艺为工农兵群众服务的指导方针发展，歌颂光明、暴露黑暗，塑造革命英雄成为新的主题。同时颂扬无产阶级革命、憧憬新生活、倡导新道德等也成为群众普遍认可的主题。对这些主题的打造体现了主流意识形态对全社会，包括知识分子、群众等各阶层意识形态的改造、提升与整合的积极态势。

新中国成立初期，新故事是有组织、有领导的群众性活动，用以配合党在各个不同时期中心任务的宣传和贯彻，树立社会主义各行业英雄模范和典型，促进全民社会主义道德的养成。因此，新故事的主题多反映党和国家在不同历史阶段的中心任务。新中国的建立、新社会的构建给人们带来新的希望。群众对党的政策非常关注，配合政治宣传的新故事受到群众欢迎。大讲新故事的活动较成功地实现了政治主流意识形态对民间意识形态的整合，在社会主义教育运动中收到了良好的效果。

“文化大革命”时期，新故事被帮派政治掌控，制造了一批新主题，如批林批孔、与走资派做斗争等。但这批故事很快就退出了历史舞台，“文化大革命”后期，新故事主题转为集中揭批“林彪反革命集团”和“四人帮”，颂扬老一辈无产阶级革命家，继续宣传社会主义思想道德，护卫国家安全、新社会的稳定等方面。在反敌特故事中，还蕴涵了战争铁血逻辑与情感逻辑的尖锐冲突，孕育着新价值观的胚胎。拨乱反正时期，文艺仍从属于政治，新故事按照“为新时期总任务服务”的思想指导方针继续发展。建设“四个现代化”是当时最大的政治，新故事多是反映这方面的主题。

改革开放之后，新故事遵循写作为人民服务，为社会主义服务的文艺路线，在符合四项基本原则的框架下，作品的主题开始回归现实、回归生活，反映出与人民群众的情感体验，与他们的理想愿望相适应的总趋势。创作中重视选择有积极意义的素材，要求适合群众的思想和审美水平，尽可能地为广大群众所理解，使广大群众感兴趣，与他们的感情产生共鸣。

通观这一发展过程，新故事的主题基本反映了每个历史时期人们迫切关注的问题。随着社会的发展，群众对新故事思想含量的要求也在不断提高，人们希望在得到他们已经知道的思想的同时能够汲取到他们还未曾想到的，但却对他们的生活有启发的东西。要达到这样的要求，一方面故事创作必须“群众化”，故事作者应该永远是群众中的一员。另一方面故事作者需要学习先进的社会理论，走在群众的前面，群众生活与先进理论结合后产生的新故事的主题直接或间接地反映政治主流意识形态，这些故事成为群众日常生活文化与国家主流文化沟通的桥梁。

第三，从新故事群众性的实现程度来看，三四十年代新故事萌芽时期的这批作品是现代新文学史上作家们学习民间文学和其他传统叙事艺术的基础上创作出的最早的故事文学样式，他们反复实践从群众中来，到群众中去，在群众的基础上提高的文艺创作路线，汲取群众的语言和艺术形式进行创作，同时接受政治意识形态的规训，将含有新的政治思想的作品传播下去。当时的通俗故事没有真正用来“讲演”，而只是选取尽量符合群众习惯的艺术形式、结构形式和口语进行创作。通俗故事只是当时实现文学通俗化、大众化的一种形式，主要用来阅读，在群众中影响力十分有限。但是在知识分子的“文”与群众的“言”交流的过程中，“民间”开始被唤醒，民间文化价值系统开始了与主流意识形态的博弈融合，并在融合中影响着新文体功能的生成。

新中国成立初期，通过几次全国性的群众文艺运动，在党和政府的大力鼓励和宣传下，群众创作开始为全社会所认可。新故事创作是群众有意识地在公开发行的刊物上为自己立言的开端。新故事是在群众口头文艺的基础上，学习传统说唱艺术的叙事艺术；结合书面创作，借鉴现实主义小说等结构故事的写作手法，摸索创作的新型文体。新故事是属于群众的，由群众参与创作又由群众消费，通过讲演活动又为群众立言拓展了空间。伴随着这批“口头—书面”结合型的新故事逐渐被群众接受，这种文体形式也就慢慢地定型下来。

“文化大革命”时期，被帮派政治所掌控的“革命故事”在整体上出现异化倾向，语言结构形式严重背离群众的审美心理和审美习惯，这使文体本身的群众性大打折扣。与此同时，符合群众思想和艺术形式的新民间故事和“手抄本”故事在民间继续实现着为群众代言、立言的文体功能。“文化大革命”之后，这批流传故事被搜集整理或再创作，成为成功实现群众以自己的语言、文体形式为自己立言的第一批作品。

改革开放之后，“新故事”以民间文学为轴心，借鉴相近的传统说唱艺术、西方小说艺术发展自身独特文体特征的意识逐渐明确。新故事坚持在民间故事的基础上发展，准确为自身定位，越来越受到广大群众的欢迎。新故事刊物作为刊发“口头—书面”结合型新故事作品的平台，它的期发量是其他文学刊物总期发量的 7 倍，群众性作为新故事文体的主要特征越来越明确地得到彰显。

综上所述，新故事通过几个阶段的发展形成了“口头—书面”结合型的新型故事文体。新故事在语言方面以群众口语为蓝本，吸取方言土语、民谣俗谚，同时引入与群众生活密切相关的部分外来语、科学用语等，形成了精练通俗、明白如话、形象生动、具有时代感和一定思想性的“口头—书面”结合型语体。结构方面，在传统民间故事、现代民间故事的基础上，新故事借鉴我国古代小说艺术、传统说唱艺术、西方小说叙事艺术，形成了既能够满足群众的阅读需求，同时满足向口头文学的可转化性，也就是以“易讲、易记、易传”为目标的“一过性”结构特征。在主题方面，新故事始终反映着每个历史时期人们迫切关注的、与群众生活最为密切的社会生活内容。为他们所理解并认同的群众性特征已经成为新故事文体生命力的源泉。新故事主要作为书面文学样式进行公开发行，它的主题又直接或间接地受到政治主流意识形态的规训和整合，成为处在群众日常生活文化建构与国家文化主导权实现之间的重要桥梁。

二　新故事文体的定位与价值

20 世纪是一个改天换地、破旧立新的时代，中国的文艺传统也发生了一系列历史性的变更。国家、民族、大众成为时代的关键词。其间古典文艺、欧化文艺与民间文艺相遇，构成这一段历史时期思潮此起彼伏、文艺风格迥然相异的独特气象。这段历史留给我们的不仅仅是时间意义上的古今之变，空间意义上的中西交流，还有不同文化群体间壁垒融通后的多向度之美。新故事作为“口头—书面”结合型文体，考察它在语言和结构形式方面的来源，判定其文体的价值，可以为我们在更开阔的视野下研究新故事、展望新故事的发展提供参照。

新故事文体的定位：新故事从何而来

从语言方面来说，“通俗故事”属于语体文的范畴。语体文是新故事发展的重要源头。语体文是指按照人们日常说话的语言、句式和结构做出的文章。中国的白话文学一直致力于书面语与口语相结合的发展路线，古代以“声音中心”为特征的话本、宝卷等叙事文体的发展构成古代语体文的发展史。现代意义上的语体文始于“五四”前后“言文一致”和“国语的文学，文学的国语”中对文学语言和文学的新追求。这一追求的背景是平民大众在国家中的主体地位被认识。平民在社会中的主体地位随着中国民主主义革命进程的深化逐渐凸显出来。他们作为建构理想社会的主体需要被唤醒，在平民的基础上设计新的语言和文学成为革命的重要组成部分。

语言改革是新文艺建设的工具和要素，现代语言改革运动中知识分子对语言文字的现代性想象，实质上是关系到民族复兴与民族、国家建构的宏大叙事。统一的国语系统和对群众语言的重视并非只是语言学内部的问题，同时也是为大众立言的新文艺产生的基础。晚清末年，在文化领域兴起了旨在让普通国民迅速识字以普及教育，启发民智，强盛国家的“言文一致”思潮。“言文一致”的现代语言发展理念是以追求使书面文字话语符合日常生活中活的口语为主旨的思潮。伴随着 20 年代新文学建构对民间语言资源的发现，30 年代的大众化运动，“中国普通话”的论争，大众语论战，承载了社会政治理想的“言文一致”与“国语运动”的现代汉语书面语改革成为促进我国现代意义上新文学发生的重要资源。新型语体文逐渐形成了与欧化文和文言白话文不同的特征。

1938 年毛主席在谈学习和应用国际马克思主义真理问题的时候，郑重地指出应当与中国的实际密切结合，使之成为老百姓喜闻乐见的中国作风和中国气派。这个关于政治问题上的指示迅速影响了文艺界和学术界，在文艺工作者中展开了关于民族形式问题的讨论和实践的热潮。

1942 年 5 月毛泽东发表了著名的《在延安文艺座谈会上的讲话》，在这次讲话中，强调要坚定不移地推行文艺大众化，号召广大知识分子和作家们到群众中去，了解群众，学习群众的语言，爱他们萌芽状态的文学，并在普及的基础上提高，创作既为群众所喜爱又能起到宣传革命、号召革命的大众文艺作品。整个三四十年代的社会政治形势不仅推动了中国对传统民间文艺的搜集整理工作，同时也强有力地促进了对民间文艺的革新和创造工作。钟敬文曾说，这个指示对人民口头文艺学运动来说是开辟了一个新时期。解放区的文艺理论家、教育家批评了过去不够重视人民艺术的错误，许多作家开始努力学习人民艺术，亲自搜集民谣、谚语和故事，认真加以研究和利用。大后方的进步文艺工作者也响应这一号召，使自己的作品和传统文艺形式结合起来。

从结构形式方面来说，自 1937 年至 1945 年间，灾难深重的中国经历了长达八年的抗日战争。国难当头，知识分子主动自觉地参与到发动群众，保家卫国的宣传工作中来。抗战初期无论解放区还是大后方都积极利用“旧形式”，以求最快捷、最通畅地向农民宣传团结抗日的主张，使更多的人能够投身革命。知识分子正是在这样的背景下，参与了群众文学的创作活动，开始了将小说等叙事艺术通俗化的过程，实践了“口头—书面”相结合的、通俗的、群众性的叙事文学创作路径。从主题和内容方面来说，新故事以民族、国家主义为精神主旨，集中反映了中国人民争取民族独立，民族解放，反对帝国主义的内容。

总之，新故事是在建构以工农兵群众为主体的理想社会的大语境下，对文学的语言、结构形式、主题意旨等进行重新建构的产物。新故事在语言上对“言文一致”的追求，在形式上对“口头—书面”结合型叙事文学的发展，在主题上对现当代政治、社会生活的及时反映正是现代意义上新故事之“新”。新故事不仅在动员和鼓舞广大军民争取战争的胜利过程中起过作用，而且参与了新中国民族性文艺构建的伟大工程。在半个世纪的发展中，新故事形成了“通俗故事”、英雄传奇故事、新民间故事等类型，是具有深厚民族文化特色与新文化内涵的通俗艺术种类之一。它的创作实践、理论建设以及相关的文化论争是新中国试验、实践、形成民族特色的群众性文艺的重要组成部分。

新故事文体的价值：新故事走向何方

一个民族在一个世纪中语言发生了重大变革，文学也随之发生着前所未有的变革。口语对书面语的渗透是一个漫长的历史过程，词义系统中口语成分与书面语成分往往长期共存。徐时仪认为："在书面语的共时平面里往往还杂糅着口语的多层历史累积，各个层次的成分又互相影响、互相作用。因而在书面语文白系统中既有不同层次的同义异构的竞争，又有同一层次里同义异构的演变关系。也就是说，文白系统中有些差异也可能是不同的语言相互渗透和融合而形成的。"[①] 按照现代解释学派的看法，传统是被不断诠释的过程。中国特色的新故事就是在中国叙事文学传统被不断诠释的过程中形成的，它的继承性和创造性不言而喻。

法国社会语言学家布尔迪厄认为"语言本身就是社会历史现象，语言交流即包含利益和权力关系的实践行为。一般的语言学家通常将语言行为简化为对共同语言规则的执行，他们忽视了使某种特定的语言成为不同群体共同使用的语言的社会历史过程，忽视了使一种语言成为合法的、支配的语言所必然包含的直接蔓生的、结构复杂的权力关系"[②]。新故事文体中的文学语言，结构形式与主题选择作为一个整体受到处于主导地位的社会价值观的影响同时，也积极地影响着社会价值观的形成。就当下追求多元化发展、尊重个性、尊重群体利益的社会来说，新的传媒体制使故事的形式和性质发生了变化。传媒体制本身的政治属性、书面出版形式和文化审美传播力对新故事的发展产生了重大影响，使新故事在传统与现代、政治与经济、书面与口头等张力关系中不断地调整，在继承传统和自我创造过程中形成了独立的文学样式。

从整个新故事文体发展阶段来看，第一个阶段是文体复合体的聚集阶段，也就是新故事在萌芽期和初兴时期多方借鉴摸索发展道路的时期；第二个阶段是明确发展摹本的阶段，也就是新故事在"文化大革

---

① 徐时仪：《汉语白话发展史》，北京大学出版社2007年版，第252页。

② Pierre Bourdieu, *Language and Symbolic Power*, Cambridge Massachusetts, Harvard University Press, 1991, pp. 46 - 49.

命”后期受到一批经过搜集整理再创作后发表的新民间传说故事的启发，将民间文学作为新故事文体发展的基础摹本，精心模仿的时期。这一阶段，还出现了明确的文类名称，一系列关于性质、文体创作的理论研究成果。第三个阶段是创造性转化的阶段。也就是经过前面两个阶段的积累，新故事人对文体本身有了一定的认识，在认识的基础上寻求创造性的继起形式的时期。它可能是对原有文体规范的转换甚至背离。新故事是新型的“口头—书面”转化型文体，是语体文的当代形态。它的功能主要是通过文体的“口头性”来实现。在 20 世纪 80 年代之后新故事语体上出现了能看不能讲的情况，这是用一般文学理论指导新故事创作而出现的情况。我们只有加强对新故事文体性质与特征的研究，才能进一步推广新型文体的创作理论，建构适合于新文体的文学批评与鉴赏的理论体系，促进群众对新文体的理解与认识。

口头讲述与书面书写是人类的两种不同的创造、传承、播布文化的方式，两种方式各有其显著的特征和功能，最突出的便是演讲与阅读的区别。口头讲述是人与人面对面交流的方式，交流就必须有交流时应有的灵活、策略和功能，而且口头讲述主要是依靠听觉来完成的行为，因此，口头文学要实现其功能必然要求符合听觉习惯，注重安排情节发展的结构。书面书写是一个人面对文本的阅读和思索，由于书面依靠视觉可以不断地回味、反复地思索，因此，它突出的特征是写作一些更为细致的心理和情感能够让人琢磨回味。口头与书面的结合产生了既用于口头讲述又适合阅读的新型文体。这样的文体是我国文学艺术通俗化过程中的产物。由于两种言语方式不相同，书面化之后的故事作品容易出现不好讲，不好说的情况。至今，新故事人仍然在新故事创作中默默地解决着两种方式的沟通问题，同时，不断地提高和促进文体表达能力，继续实践着与“五四”时期“言文一致”的语言学追求相联系的新型“白话”文学发展线路。

余论　论新故事与民间故事的关系

刘守华先生在 20 世纪 80 年代曾提出：以《故事会》为标志，遍及中国城乡的新故事，是推进古老故事传统的一项伟大的文化试验。鉴于新故事与传统民间故事之间的关系始终贯穿于20世纪新故事的发展历程，这里我们再对新故事与民间故事的关系进行讨论。

从新故事与民间故事文体来看，二者有区别有联系。传统民间故事是口头文学。民间故事直接参与日常生活，是劳动人民文化、民俗、宗教信仰、文艺等活动的具体组成部分，它是口头文学，被学术界称为“永不凝冻的优质载体”[①]。新故事是“口头—书面”结合型的文体形式，是具有“口头性”的书面故事文学样式，对传统民间故事来说它是一种继承和发展。这种发展伴随着文体裂变的过程。70年代末以来，它首先作为文学读物出现，但它的创作与流传过程都是口头与书面相结合的，对口头性的追求使作为文学读物的新故事具有转化为口头故事的基础和可能性。它一旦实现转化，并在群众中口耳相传，得到群众的认可并直接参与他们的日常生活之后，就可以说是成功的转化，结果是产生了新民间故事。也有的新故事并不能完全地实现这一过程，可能其中的部分元素会得到群众的认可，成为被民间故事重新组合、整理的对象。因此，新故事与民间故事之间是继承和发展，相互促进的关系，而不是等同的关系。

一种特定的文学类型是以特定的文体规范为其根本特征的，必须随着人类的感情生活与心理结构，随着历史的发展而变化。作为情感的载体、心理结构之对应物的文体，如果不能随之改变，那么，等待它的只能是被取代的命运。从人类思想发展史来看，口头表述与书面书写是两种相互影响相互促进的表达方式，正是在这两种叙说机制的结合下，促进并加快了全民族思想水平的提高。新故事所用的语言是通过提取、精练之后的“口头—书面”结合型语言，它来源于群众的口语，按照群众讲述的习惯进行叙写，但又不同于口语，是书面化之后的口语。这一点通过新故事与采录写定的民间故事的书面文本进行对比就可以明了。《耿村一千零一夜》“新故事”部分是当代有代表性的按照忠实记录的原则整理而成的“新民间传说故事”的文本。它的语言质量总体来说不能与《故事会》、《故事报》等刊物上的新故事的语言质量相比，生

① 李惠芳：《中国民间文学》，武汉大学出版社1999年版，第30页。

活中讲述故事所用的口头语言的凝练度、准确度和丰富程度都不及后者。而且，这种语言的来源，我们通过语体的探源也可以确定，新故事所用的语体承继了“五四”时期“言文一致”的语言观和“国语的文学、文学的国语”的文学观，是新的结合型语言的实验，绝不是简单的口语的翻版。

任何创造性的转化都有其结构的相似性，否则我们就无法解释创造何以会发生。新故事文体的产生在很大程度上是对民间故事文体的创造性转化。这种转化并不是原有结构的机械延续，也不是原有结构在被转化过程中的消失，而是原有结构有机地融入了新的结构之中。由于语言和结构形式的转化，文体产生了新的特征。新故事继承并发展了民间故事的“口头性”特征。注重在情节结构叙事的纵向发展的基础上，加强了人物塑造的功能，横向扩展了能够丰富情感的描写功能。其中，对描写功能的扩展是建立在“书面性”性质特征基础上的丰富，是以“口头性”为基本特征的“书面性”的丰富。在这一点上，金洪汉对新故事的发展和研究提出“根据讲述的要求将二者（新故事和民间故事）统一起来”的思想是正确的。由于新故事拓展了“书面性”，所以它在文学性和思想性的表述上得到比传统民间故事更丰富的表达途径。“文字写作”已成为“新故事”创作的语言特征的重要体现，形式结构发展的基本条件。而且，文字创作所带来的美感成为新故事作品区别于民间故事的重要特征。通过口头讲述和文字凝练，往往使结构更加紧凑，主题更加清晰和突出。

就当下的发展来看，民间故事与新故事处于交流状态，一方面民间故事被有意识地关注，另一方面“新故事”反过来为“新民间故事”的产生、流传提供了转化资源。新故事对新民间传说故事、社会逸闻还能起到“整风”作用。纯粹“民间”的口头文学由于具有不稳定性，很难对社会的发展和人的思想起到普遍性的影响和作用，加之“民间文学”本身确实是一个相当“芜杂”的混融体，站在不同利益角度的言论并不一定都能够对社会的发展和人类的幸福起到好的作用，有时候甚至还被别有用心的个人、团体所利用，比如在城市中绵绵不绝的“恐怖故事”。在我国一些都市流传着的“杀人狂喜欢杀害穿红衣服的女孩”等类型的故事，在口头讲述中异文众多，情节离奇、荒诞恐怖。

虽然在一定程度上能起到提醒大家注意儿童安全的作用，但是造成的“恐怖”气氛，有“谣言”惑众的倾向。“新故事”与这样的都市传说不同，它拥有刊物作为传播载体，发表的作品在意义层面上注重益于人们身心健康的发展。新故事非常敏感地扣着时代的脉搏，及时反映群众的心声，依托新故事的整合功能，可以部分地净化民间故事本身的芜杂性。随着言论自由度的提高，通过新故事尽可以提出对社会不合理现象的反思、对不公平现象的追问，传达一些先进的理念。这样经过一定“净化”处理的新故事文学不仅在文体方面会得到充分发展，而且，其思想内容的丰富性也会不断深化。这样的作品对提高全民族思想素质能够产生积极效能。从这几个角度来看，正如加藤千代所说，“它（新故事）实际上将作为通俗读物，在民间文学内部起着推进的作用”①。

在促进新故事和民间故事的结合转化过程中，故事报刊与现代化的传播手段发挥了重要的媒介作用。当下新故事和民间故事之间的关系具体表现在：第一，刊物鼓励新故事作者搜集、整理、发表群众自发创作、传讲的新民间故事、新传说和新笑话。第二，一些个人署名创作的新故事作品，不断传入民间，变成了新民间故事。第三，新故事作家构成成分发生变化，大量民间故事讲述家被吸收到新故事的创作队伍中来。鉴于二者文体之间密不可分的关系，无论对新故事的发展来说，还是对民间故事的学科建设来说，加强新故事与民间故事的关系研究都十分重要。我们一方面要对新故事各发展阶段中新故事与民间故事关系进行研究，另一方面也应从当下构成新故事系统的各要素进行研究，如：

第一，加强故事员、新故事家的研究。故事员、新故事创作者、新故事家可以说是集民间故事传统的继承与发展、新故事艺术手法的探索与发展、新故事传播三位一体的综合性人物。近年来，他们的作品相继以故事家专辑形式出版。他们对新故事文体的理解和创造是具有典型性和代表性的。一些优秀的故事家已经形成了风格性语体，古

① ［日］加藤千代：《中国现代的新故事——“民间”的创作空间》，转引自辽宁省新故事学会、故事报社编《辽宁新故事论集》1988年3月，内部刊物，第217页。

人做文章有“死法”和“活法”的说法，“死法”是最基本的常识性规矩。那些具有生命感、具有神韵的东西，并不存在于约定俗成的常识性“死法”之中。创造性是“活法”，是作者“独具匠心”的创造。正如杨义所说：“结构的动词性，它的道技贯通，它的要素和态势，它的历史发展中所面临的主题，都证明了结构是有许多必须留心的法则和经验，却不应该指定一个定于一尊的偶像。结构从动词转化为名词的过程，并非一个守株待兔或刻舟求剑的‘过程’，而是一个博采众长、融会贯通而进行创造的过程。”对于已有结构“尊重之、又奴役之，遵循之、又突破之，得众结构之奥妙，出众结构之巢臼”①。我们只有加强对这些典型的故事家的研究，才能够得到新故事与传统民间叙事文学继承与发展的前沿信息。现在我们应抓紧时间对新故事家们立体性调查，从故事员、新故事家的角度切入新故事与民间文学的关系研究。

第二，`加大新故事文体性质研究力度，参考建立民间故事的文体研究系统。针对新故事创作理论的深入探讨加强了新故事文体研究的力度。相对来说，民间故事在这方面所作的工作较为薄弱，在已经比较成形的新故事创作理论的基础上，反过来研究民间故事的文体特征是比较好的途径。钟敬文曾经在对学科整体规划时说过，“我们要建立真正的民间文艺学，就必须针对民间文学的特点，它本身独具的性质去进行探索，找出规律。在科学的民间文学的建立上，这是至关重要的问题。……民间文学既是一种文学，我们当然应该研究它的‘文学性’，但那不是一般的文学性，而是跟一般作家创作的文学性一定差别的东西。而且我们今天所谓‘民间文学’，主要是指我们国内诸民族所产生和传播的。在这种特定的对象上探索出来的理论，才能具有自己的特点，才是道道地地的中国式的理论”②。民间故事的文体研究是民间故事文学性研究的重要方面，但目前关于民间故事文学性的研究比较薄

① 杨义：《中国叙事学》，人民出版社 1997 年版，第 105 页。

② 钟敬文：《建立具有中国特点的民间文艺学——在昆明〈思想战线〉编辑部召开的座谈会上的发言》，选自《民间文艺谈薮》，湖南人民出版社 1981 年版，第 58 页。（1980 年 7 月 5 日）

弱，主要是对体裁史和模式化、程式化的文体结构形式的研究，李扬在90年代中期作的《中国民间故事形态研究》，是对长期以来学术界重视思想意义探究，轻视民间故事叙事体本体的内在结构形态的研究的补充。因此，加强民间故事在语体及形态结构等本体研究对于新故事的发展来说是必要的。

第三，加强新故事在社会意识形态建构与日常生活文化中的功能研究。陈思和在对“民间”特征总结时提出民间形态的特征之一是“藏污纳垢”。“民间”有着在社会主流意识形态规约下被认可的一面，也有在社会主流意识形态不被认可甚至坚决反对的一面，“民间”更接近于没有规约的思想状态下产生的文艺。一种彻底的自由也就是一种彻底的危险。民间故事正是携带着这种芜杂思想的民间形式，其弊端显而易见。新故事与民间故事一样，是群众喜闻乐见的文学形式，传播面广，传播途径畅达，不仅有书面传播形式，同时还可以转化为口头文学进行传播。但它作为大众文化的一部分，在出版和编辑机制上以喜闻乐见为基础，同时尽量做到对社会意识形态的引导和整合，因此，产生的作品既能满足大众精神需求又能传达社会意识形态建设的内涵。新故事刊物既发表新故事，也发表民间故事；既发表现代故事，也发表古代故事；既发表中国的故事，也发表外国的故事，形成了一个思想、文化交流的宽广平台。通过这个平台，社会主流意识形态的导向和群众的思想、文化、意识之间不断交流、沟通和融合。可以说，新故事这种群众文学形式是可以在大众传媒的层面构建社会主义意识形态的途径之一。因此，加强新故事在社会意识形态建构与日常生活文化中的功能研究在当下文化大发展、文化大繁荣的语境下显得尤为重要。事实上，新故事“书面—口头”结合型的文体特征不断地丰富着整个群众性故事文学的内涵和意义。

新故事与民间故事的关系是不可割舍的，新故事与新的民间传说故事等口承叙事艺术互为资源，相互转化，互相影响。因此，正如法国著名诗人波德莱尔所说的那样“应当是把现代性与永恒性放在一起来考虑”[1]。新故事是社会主义时期群众文艺创作与民间故事文学传统的结合，到目前看来，它适应了现代文化潮流，保持和发展了口头叙事文学传统，已经成长为有着独立文体特征的，具有旺盛生命力的、群众性的新型故事文学样式。

① ［法］伊夫·瓦岱：《文学与现代性》，田庆生译，北京大学出版社2001年版，第113页。

参考文献

一 新故事资料类

（一）新故事刊物、报纸

1942—1945 年《解放日报》，解放日报社。（人民大学馆藏复制件。）

1963—1966 年《故事会》（丛书），上海文艺出版社。

1974—1978 年《革命故事会》（双月刊），上海文艺出版社。

1979—2000 年《故事会》（双月刊、月刊、半月刊）上海文艺出版社。

另参考《上海故事》、《故事大王》、《采风》、《故事家》、《故事世界》、《传奇故事》、《山海经》、《故事林》、《故事大观》、《新聊斋》、《故事报》、《民间故事》、《文学故事报》、《古今故事报》、《中国故事》、《今古传奇·故事版》、《中外故事》、《三月三·故事王中王》、《龙门阵》、《民间故事选刊》、《楚风》等刊物部分作品。

（二）新故事专辑

1. 《民众文库》（丛书），教育部民众读物编审委员会 1940 年版。

2. 董均伦：《半弯镰刀》（民间故事），大连大众书店 1948 年版。

3. 董均伦：《小小故事》（民间故事），大连大众书店 1948 年版。

4. 李亚如、王鸿、汪复昌、谈暄：《夺印》，上海文化出版社 1965 年版。

5. 刘厚明：《四幕话剧〈箭杆河边〉》，中国戏剧出版社 1965 年版。

6. 昔阳县革命故事编写组：《昔阳新故事》，人民文学出版社 1976 年版。

7. 马烽、西戎：《吕梁英雄传》，人民文学出版社 1978 年版。

8. 董均伦：《刘志丹的故事》，陕西人民出版社 1979 年版。

9. 中国社会科学院文学研究所民族民间文学室编：《建国以来新故事选》，上海文艺出版社 1980 年版。

10. 河南省文化局、中国民间文艺家协会河南分会编：《河南省故事会讲大会资料汇编》，1982 年。

11. 上海文艺出版社编：《恐怖的脚步声》，上海文艺出版社 1982 年版。

12. 艾衲居士编：《豆棚闲话》，上海古籍出版社 1983 年版。

13. 胡嘉廷编：《故事大王的故事》，山西人民出版社 1983 年版。

14.《延安文艺丛书》编委会编：《延安文艺丛书·第二卷小说卷》（上），湖南人民出版社 1984 年版。

15.《延安文艺丛书》编委会编：《延安文艺丛书·第二卷小说卷》（下），湖南人民出版社 1984 年版。

16. 李凡、徐修良编著：《故事大王张功升》，辽宁人民出版社 1985 年版。

17.《杭州故事报》故事选：《抢财神》，浙江人民出版社 1985 年版。

18. 王国全编：《惊心的一夜——1979—1984 年全国新故事选》，中原农民出版社 1985 年版。

19. 徐国良、张功升：《沧海恨》，春风文艺出版社 1985 年版。

20.《故事报》编辑部编：《〈故事报〉选萃》（1982—1987），春风文艺出版社 1987 年版。

21. 橙实等：《文革笑料集》，西南财经大学出版社 1988 年版。

22. 胡孟祥主编：《解放区说唱文学作品选》（下），中国民间文艺出版社 1989 年版。

23. 钟敬文主编：《中国抗日战争时期大后方书系·第九编·通俗文学》，重庆出版社 1989 年版。

24. 赵树理：《赵树理全集》（第 4 卷），北岳文艺出版社 1990

年版。

25. 王玉凤、李叔和选编：《全国新故事佳作选》，海燕出版社 1991 年版。

26. 杨香保、梁挺爱主编：《山城新故事》，内部资料，1991 年。

27. 杨健：《文化大革命中的地下文学》，朝华出版社 1993 年版。

28. 故事会编辑部编：《崔陟故事集》，上海文艺出版社 1993 年版。

29. 张宝瑞：《梅花党》，中国戏剧出版社 1996 年版。

30. 张宝瑞：《一只绣花鞋》，大众文艺出版社 2000 年版。

31. 白士弘：《暗流——“文革”手抄文存》，文化艺术出版社 2001 年版。

32. 丰国需：《丰国需故事选》，中国文联出版社 2001 年版。

33. 吴文昶：《狗尾巴的故事——吴文昶新故事》，中国文联出版社 2002 年版。

34. 陈惠芳：《2004 中国年度故事·山海经编选》，漓江出版社 2005 年版。

35. 张宝瑞：《绿色尸体》，大众文艺出版社 2005 年版。

36. 陈惠芳：《2005 中国年度故事·山海经编选》，漓江出版社 2006 年版。

37. 袁学骏、刘寒主编：《耿村一千零一夜》（第五、第六卷），花山文艺出版社 2006 年版。

38. 陈惠芳：《2006 中国年度故事·山海经编选》，漓江出版社 2007 年版。

39. 陈惠芳：《2007 中国年度故事·山海经编选》，漓江出版社 2008 年版。

40. 何承伟主编：《故事中国——30 年来流传在老百姓心中的 99 则故事》，上海故事会文化传媒有限公司、上海锦绣文章出版社 2008 年版。

二 理论著述

1. 陈荒煤：《为创造新的英雄典型而努力》，人民文学出版社 1952

年版。

2. 陈建宪：《神祇与英雄——中国古代神话的母题》，生活·读书·新知三联书店 1994 年版。

3. 陈思和：《陈思和自选集》，广西师范大学出版社 1997 年版。

4. 陈思和：《中国当代文学史教程》，复旦大学出版社 1999 年版。

5. 陈平原：《中国小说叙事模式的转变》，北京大学出版社 2003 年版。

6. 邓小平：《邓小平文选》（一九七五—一九八二），人民出版社 1983 年版。

7. 董乃斌：《中国古典小说的文体独立》，中国社会科学出版社 1994 年版。

8. 冯明之：《中国民间文学讲话》，香港上海书局印行 1978 年版。

9. 复旦大学中文系编：《中国当代文学研究资料赵树理专集》（上、下），内部书刊，1979 年。

10. 高丙中：《民俗文化与民俗生活》，中国社会科学出版社 1994 年版。

11. 高有鹏：《中国民间文学史》，河南大学出版社 2001 年版。

12. 高有鹏：《文化视野》，中国文联出版社 2004 年版。

13. 何承伟：《故事基本理论及其写作技巧》，大众文艺出版社 1993 年版。

14. 黄永林：《郑振铎与民间文艺》，南京大学出版社 1996 年版。

15. 黄永林：《20 世纪中国大众文学的现代转型及其品格》，珠海出版社 2003 年版。

16. 户晓辉：《现代性与民间文学》，社会科学文献出版社 2004 年版。

17. 黄永林：《大众视野与民间立场》，新华出版社 2005 年版。

18. 黄遵宪：《日本国志》，天津人民出版社 2005 年版。

19. 黄永林：《中国民间文化与新时期小说》，人民出版社 2007 年版。

20. 蒋成瑀：《故事创作漫谈》，上海文艺出版社 1979 年版。

21. 贾芝：《新园集》，中国民间文学出版社 1981 年版。

22. 蒋成瑀：《新故事理论概要》，上海文艺出版社 1989 年版。

23. 金洪汉：《古今中外故事论》，香港新世纪出版社 1993 年版。

24. 贾芝：《播谷集》，人民文学出版社 1994 年版。

25. 蒋原伦、潘凯雄：《历史描述与逻辑演绎——文学批评文体论》，云南人民出版社 1994 年版。

26. 晋夫：《文革前十年的中国》，中共党史出版社 1998 年版。

27. 今古传奇杂志社：第二届国家期刊奖、第三届全国百种重点社科期刊参评报告，2002 年。

28. 季桂起：《中国小说体式的现代转型与流变》，山东大学出版社 2003 年版。

29. 孔庆东：《超越雅俗——抗战时期的通俗小说》，北京大学出版社 1998 年版。

30. 刘守华：《谈革命故事的写作》，湖北人民出版社 1974 年版。

31. 刘守华：《略谈故事创作》，长江文艺出版社 1980 年版。

32. 蓝海（田仲济）：《中国抗战文艺史》，山东文艺出版社 1984 年版。

33. 刘守华：《故事学纲要》，华中师范大学出版社 1988 年版。

34. 辽宁省新故事学会、故事报社编：《辽宁新故事论集》（1），1988 年。

35. 辽宁省新故事学会、故事报社编：《辽宁新故事论集》内部刊物，1988 年。

36. 刘海涛：《微型小说的理论与技巧》，中国人民大学出版社 1990 年版。

37. 罗刚：《叙事学导论》，云南人民出版社 1994 年版。

38. 李扬：《中国民间故事形态研究》，汕头大学出版社 1996 年版。

39. 李惠芳：《中国民间文学》，武汉大学出版社 1999 年版。

40. 刘守华：《中国民间故事史》，湖北教育出版社 1999 年版。

41. 李泽厚：《美的历程》，广西师范大学出版社 2001 年版。

42. 罗岗、陈春艳编：《梅光迪文集》，辽宁教育出版社 2001 年版。

43. 刘守华等主编：《中国民间故事类型研究》，华中师范大学，2002 年。

44. 李建军：《小说修辞研究》，中国人民大学出版社 2003 年版。

45. 鲁迅：《中国小说史略》，上海古籍出版社 2004 年版。

46. 刘世生、朱瑞青：《文体学概论》，北京大学出版社 2006 年版。

47. 刘守华：《故事学纲要》（修订本），华中师范大学出版社 2006 年版。

48. 刘锡诚：《20 世纪中国民间文学学术史》，河南大学出版社 2006 年版。

49. 刘勇强：《中国古代小说史叙论》，北京大学出版社 2007 年版。

50. 林继富：《民间叙事传统与故事传承》，中国社会科学出版社 2007 年版。

51. 刘进才：《语言运动与中国现代文学》，中华书局 2007 年版。

52. 毛学镛：《怎样讲革命故事》，上海文化出版社 1965 年版。

53. 毛泽东：《毛泽东选集》第 2 卷，人民文学出版社 1991 年版。

54. 毛泽东：《毛泽东论文艺》，人民文学出版社 1992 年版。

55. 毛巧辉：《涵化与归化——论延安时期解放区的“民间文学”》，上海辞书出版社 2006 年版。

56. 瞿秋白：《瞿秋白文集》，人民文学出版社 1953 年版。

57. 钱舜娟：《江南民间叙事诗及故事》，上海文艺出版社 1997 年版。

58. 任孚先、赵耀棠、武鹰：《山东解放区文学概观》，山东人民出版社 1983 年版。

59. 石韵、辛夷编：《〈新儿女英雄传〉评论集》，海燕书店 1950 年版。

60. 石韵、辛夷编：《〈新儿女英雄传〉评论集》，海燕书店 1950 年版。

61. 陕西省文学艺术工作者联合会：《关于民间文艺》（内部参考资料），1954 年。

62. 商鹏蓉、余强主编：《新故事研究文集》，华岳文艺出版社 1987 年版。

63. 孙敬修：《孙敬修全集》，天津教育出版社 1997 年版。

64. 申丹：《叙述学与小说文体学研究》，北京大学出版社 1998

年版。

65. 苏春生：《中国解放区文学思潮流派论》，中国社会科学出版社 2000 年版。

66. 孙兰、周建江：《“文化大革命”文学综论》，远方出版社 2001 年版。

67. 沈国凡：《解读故事会：一本中国期刊的神话》，上海文艺出版社 2003 年版。

68. 《上海演唱》编辑部编辑：新故事专辑——上海第二届故事会串作品选，上海群众艺术馆编印。（内部资料，改革开放后的作品集。）

69. 石锋编：《张功升故事集》，中共辽宁省抚顺市委经济工作部、辽宁省职工思想政治工作研究会内部读物。

70. 童庆炳：《文体与文体的创造》，云南人民出版社 1994 年版。

71. 陶东风：《文体演变及其文化意味》，云南人民出版社 1994 年版。

72. 王国全：《谈新故事创作》，内部资料，1984 年。

73. 王寅明：《故事编讲初探》，陕西人民出版社 1984 年版。

74. 汪木兰、邓家琪编：《苏区文艺运动资料》，上海文艺出版社 1985 年版。

75. 文振庭：《文艺大众化问题讨论资料》，上海文艺出版社 1987 年版。

76. 吴蓉章编著：《民间文学理论基础》，四川大学出版社 1987 年版。

77. 王国全：《新故事创作技法谈》，上海文艺出版社 1988 年版。

78. 王剑青、冯健男主编：《晋察冀文艺史》，中国文联出版公司 1989 年版。

79. 吴士余：《中国小说思维的文化机制》，华东师范大学出版社 1990 年版。

80. 王文宝：《中国俗文学发展史》，燕山出版社 1997 年版。

81. 吴同瑞、王文宝、段宝林编：《中国俗文学概论》，北京大学出版社 1997 年版。

82. 王敬主编：《延安解放日报史》，新华出版社 1998 年版。

83. 吴光正：《中国古代小说的原型与母题》，社会科学文献出版社2002年版。

84. 王光东：《民间理念与当代情感》，广西师范大学出版社2003年版。

85. 万国庆：《凝眸黄土地——延安文学史论》，湖北人民出版社2003年版。

86. 万建中：《民间文学引论》，北京大学出版社2006年版。

87. 王光东：《20世纪中国文学与民间文化》，复旦大学出版社2006年版。

88. 西南师范学院中文系编写：《说唱文艺》，1977年。

89. 《辛亥革命前十年间时论选集》第1卷，生活·读书·新知三联书店1978年版。

90. 许钰：《口承故事论》，北京师范大学出版社1999年版。

91. 习诏主编，中国故事期刊协会秘书处编写：中国故事期刊信息，内部资料，2001年。

92. 许力生：《文体风格的现代透视》，浙江大学出版社2006年版。

93. 徐时仪：《汉语白话发展史》，北京大学出版社2007年版。

94. 叶以群：《以群文艺论文集》，上海文艺出版社1983年版。

95. 杨中：《大后方的通俗文艺》，四川教育出版社1990年版。

96. 颜剑飞：《推理小说技巧散论》，海峡文艺出版社1991年版。

97. 杨健：《文化大革命中的地下文学》，朝华出版社1993年版。

98. 杨义：《中国叙事学》，人民出版社1997年版。

99. 杨初、黄宣林：《新故事十论》，中国文史出版社2004年版。

100. 钟纪明：《向民间文艺学习》，新华书店东华总分店1950年版。

101. 钟敬文编：《民间文艺新论集》，北京师范大学出版社1951年版。

102. 郑振铎：《中国俗文学史》，作家出版社1954年版。

103. 中国民间文艺研究会研究部编：《民间文学参考资料》第二辑，1962年。

104. 张紫晨：《民间文学知识讲话》，吉林人民出版社1963年版。

105. 张紫晨：《民间文学基本知识》，上海文艺出版社1979年版。

106. 中国民间文艺研究会上海分会、上海文艺出版社编：《中国民间文学论文选》（1949—1979），上海文艺出版社1980年版。

107. 钟敬文：《民间文学概论》，上海文艺出版社1980年版。

108. 钟敬文：《民间文艺谈薮》，湖南人民出版社1981年版。

109. 钟敬文：《钟敬文民间文学论集》（上），上海文艺出版社1982年版。

110. 中国民间文艺研究会上海分会编：《民间文艺集刊》第四辑，1983年。

111. 周扬：《马克思主义与文艺》，作家出版社1984年版。

112. 朱子南：《报告文学创作谈》，山西人民出版社1987年版。

113. 张弘：《民间文学改旧编新论》，时代文艺出版社1991年版。

114. 张毅：《文学文体概论》，中国人民大学出版社1993年版。

115. 章绍嗣：《抗战文艺散论》，湖北人民出版社1996年版。

116. 钟敬文主编：《民间文化讲演集》，广西民族出版社1998年版。

117. 张昕：《现代文学的发生及其叙述特质》，黑龙江人民出版社2005年版。

118. 张邦卫：《媒介诗学——传媒视野下的文学与文学理论》，社会科学文献出版社2006年版。

119. 朱鸿召：《延安日常生活中的历史：1937—1947》，广西人民出版社2007年版。

120. 中国民间文艺家协会辽宁分会、抚顺故事报社编：抚顺故事论辑，内部资料。

121. ［苏］克拉耶夫斯基：《苏联口头文学概论》，连树声译，东方书店1954年版。

122. ［美］E. M. 福斯特：《小说面面观》，苏炳文译，花城出版社1984年版。

123. ［苏］莫·卡冈著：《艺术形态学》，凌继尧、金亚娜译，生活·读书·新知三联书店1986年版。

124. ［美］阿兰·邓迪斯：《世界民俗学》，陈建宪、彭海斌译，上海文艺出版社1990年版。

125. ［美］E·希尔斯、傅铿：《论传统》，吕乐译，上海人民出版社 1991 年版。

126. ［美］斯蒂·汤普森：《世界民间故事分类学》，郑海等译，上海文艺出版社 1991 年版。

127. ［日］日本口承文藝学會编集：口承文藝研究（第十四号），日本口承文藝学會发行，1991 年。

128. ［美］洪长泰：《到民间去——1918—1937 年的中国知识分子与民间文学运动》，董晓萍译，上海文艺出版社 1993 年版。

129. ［荷］米克·巴尔：《叙述学：叙事理论导论》，谭君强译，中国社会科学出版社 1995 年版。

130. ［法］米歇尔·福柯：《知识考古学》，谢强、马月译，生活·读书·新知三联书店 1998 年版。

131. ［德］艾伯华：《中国民间故事类型》，王燕生等译，商务印书馆 1999 年版。

132. ［美］约翰·迈尔斯·弗里：《口头诗学：帕里——洛德理论》，朝戈金译，社会科学文献出版社 2000 年版。

133. ［美］阿瑟·阿萨·伯杰：《通俗文化、媒介和日常生活中的叙事》，南京大学出版社 2002 年版。

134. ［英］阿兰·斯威伍德：《大众文化的神话》，冯建三译，生活·读书·新知三联出版社 2003 年版。

135. ［英］约翰·B. 汤普森：《意识形态与现代文化》，译林出版社 2005 年版。

136. ［美］海登·怀特：《形式的内容：叙事话语与历史再现》，董立河译，文津出版社 2005 年版。

137. ［美］约翰·费斯克：《解读大众文化》，杨全强译，南京大学出版社 2006 年版。

138. ［俄］普罗普：《故事形态学》，贾放译，中华书局 2006 年版。

139. ［美］丁乃通：《中国民间故事类型索引》，郑建威等译，华中师范大学出版社 2008 年版。

140. Richard Bauman, *Verbal Art as Performance*, Waveland Press, INC. 1977.

三 学术论文

1. 阿英:《再论抗战的通俗文学》,《救亡日报》1937年10月12日。

2. 艾芜:《从文艺通俗化说到战时文艺》(续),《救亡日报》1937年11月5日。

3. 艾思奇:《旧形式运用的基本原则》,《文艺战线》第1卷3号。

4. 长虹:《民间语言,民族形式的真正的中心源泉》,《新蜀报》副刊《蜀道》1940年9月14日。

5. 陈子展:《文言—白话—大众语》,《申报·自由谈》1934年6月18日。

6. 陈祖君、潘成菊:《文化大革命中的重庆小说简论》,《长江师范学院学报》2007年第6期。

7. 郭绍虞:《新文艺运动应走的新路径》,《文学月报》1939年第5期。

8. 高有鹏:《"文化大革命"10年文学探微纲要》,《郑州大学学报》1995年第4期。

9. 高有鹏:《关于"文化大革命"时期的民间文学问题》,《河南大学学报》1999年第2期。

10. 高有鹏:《"文化大革命"手抄本的种类、地位和意义》,《佳木斯师专学报》1996年第3期。

11. 胡考:《写在〈陈二石头〉前面》,《文艺战线》,总第1卷第2号。

12. 胡适:《建设的文学革命论》,《新青年》第4卷第4号,1918年4月15日。

13. 胡愈之:《关于大众语文》,《申报·自由谈》1934年6月23日。

14. 黄芝冈:《一九四一年文学趋向的展望》汇报座谈会,《抗战文艺》1941年第7卷第1期。

15. 刘守华:《故事学的春天》,《民间文学论坛》1986年第5期。

16. 刘守华:《新故事与新民间故事》,《高等函授学报》1998年第3期。

17. 茅盾：《论赵树理的小说》，《文萃》第2卷第10期，1946年12月。

18. 毛星：《从调查研究说起》，《民间文学》1961年4月号。

19. 钱玄同：《通信》，《国语周刊》第4期，1925年7月5日。

20. 钱舜娟：《〈故事会〉创刊的前前后后》，《编辑学刊》1987年第1期。

21. 钱文亮：《关于新故事的理论思考》，《社会科学动态》1998年第12期。

22. 捷锦：《用革命故事教育人的人——记模范故事员张功升》，《企业管理》1983年第3期。

23. 《宣传共产主义思想的先锋战士——张功升》，《思想政治工作研究》1984年第5期。

24. 吕洪年：《吴文昶新故事道路的现实意义》，《浙江社会科学》1992年第2期。

25. 瞿秋白（宋阳）：《大众文艺的问题》，《文学月报》1932年第1期。

26. 隋倩：《革命的民间化和民间的革命化——关于1963年7月至1966年3月〈故事会〉的思考》，《上海文学》2001年第4期。

27. 衣俊卿：《日常生活批判与深层文化启蒙》，《求是学刊》1996年第5期。

28. 杨健：《文革时期的民间文学》，《上海文学》2001年7月号。

29. 周恩来：《全国文艺界空前大团结》，《新华日报》1938年3月28日。

30. 周扬：《表现新的群众的时代》，《解放日报》1944年3月21日。

31. 周扬：《对旧形式利用在文学上的一个看法》，《中国文化》创刊号，1940年2月15日。

32. 周扬：《论赵树理的创作》，《解放日报》1946年8月26日。

33. 张英铎：《新故事史略》，《信阳师范学院学报》1995年第4期。

34. 《中华全国文艺界抗敌协会简章》，《文艺月刊》第9期，1938年4月1日。

35. ［日］加藤千代：《新故事与当代传说》，见《中国俗文学七十年》，北京大学出版社1994年版，第251页。

36.《〈故事会〉何以赢得读者400万》，《光明日报》1995年12月3日。

37. 游自荧：《1963至1966年的〈故事会〉研究》，北京大学硕士论文。

38. 任嘉禾：《都市口头文学的崛起——集体创作新故事评述》，《民间文艺集刊》第3集。

39. 加藤千代：中国の“都市新伝说”——男と女の話を読む，口承文藝研究（第十四号），日本口承文藝学會发行，1991年。

后　记

《20 世纪新故事文体的衍变及其特征研究》是我在华中师范大学攻读中国民间文学专业博士学位期间完成的毕业论文。在山西大学 110 周年校庆之际，我得到学校资助将它交由中国社会科学出版社付梓出版，幸甚至哉。

现代性是建立在传统之上的新特质，是传统历久弥新之内质的体现，新故事对传统民间故事来说就是现代性发展模式的探索和实践。新故事和新故事编创、刊发群体是在 20 世纪中国文化、文学蓬勃发展的大背景下顽强奋斗着的，弘扬传统文化、发展民族文学阵营中的一支劲旅。经过半个多世纪的发展，新故事已经显示出了文体的优势。它拥有了数量庞大的受众人群，影响力之广是目前其他文学样式所不能相比的。能够有条件开展对新故事发展历史的研究与探索对我来说是幸运和欣喜的，同时也是惴惴不安的。一方面，新故事的发展历史与新中国现代文艺的发展是紧密结合在一起的，研究新故事意味着要纵观 20 世纪中国现代文艺的发展历程；另一方面，对新故事之所以为新的拷问又需要让故事不断地进行历史与现实的对话。这样的课题对于我这样一个在学术研究上刚刚起步的人来讲有相当的难度，写作过程中常常感到学养不足。尝试这一研究现在想来还是非常自不量力的，文中如有错惘之处敬请前辈批评指导，也请友人指出不足。

故事，对人们来说总是那么亲切。我的童年和许许多多孩子的童年一样是浸润在故事里长大的。而我因为专业的缘故能够畅游古今故事之长河更是一大乐事。大学期间我与民间文学专业结缘。当时，段友文老师在山西师范大学执教，为我们系统讲授了民间文学课程。在课堂上，老师热情洋溢地将我自幼熟知的神话传说讲解分析出许多我从未知晓的深意，使我深深感悟到故事和生活原来如此水乳交融。本科毕业后我开始在黄河民俗文化研究所跟随段老师攻读硕士学位。这期间我热情地做着山陕传统民间家庭生活故事中的家庭关系研究。在故事与生活、社会关系的研究中，传统与现代、民间故事与新故事这些概念开始进入我的视野。硕士阶段学习结束后，因为工作的原因，我不得不将专业暂时搁置下来。这种情况直到 2006 年 9 月我考取了华中师范大学中国民间文学专业的博士研究生才有了转变。

华中师范大学是我国故事学研究的重镇，是我理想之所在。我能够在桂子山读书，是恩师黄永林教授对我的厚爱所致。黄老师的研究方向是俗文学与民间文学，这样的交叉研究给了我更加宽广的研究视野，使我能够在中国现当代文化、文学发展的整体视野下反观新故事与传统民间故事的承继。老师虽然工作特别繁忙，但对我的指导却一丝不苟。从选题、切入角度的选取、框架结构的把握、进展中一步步困难的解决，到论文的完成都倾注着他的心血。黄老师不仅是我学业的导师，更是我人生道路上的导师。以平静之心待生活，以宽容诚恳待他人，以锐意进取对待学习工作，是老师给我的更加宝贵的财富。论文书成出版之际谨向我的老师表示衷心的感谢！

在书稿出版之际，我要特别感谢刘守华先生。这篇论文从选题阶段开始，先生就一直予以鼓励和支持，多次就主要论点给予建议，斧正思路，而且本课题研究资料近半皆由先生提供。先生毕生研究中国民间故事，从六七十年代开始发表与新故事相关的论文和著作，论著中的观点至今仍闪耀着熠熠的学术光芒，本文从选题、选材、切入角度到研究方法都深受启迪和影响。2009 年，在上海召开中国民俗学会学术委员会第三次代表大会期间，先生又不辞辛劳，带我拜访了《故事会》主编何承伟、副主编吴伦、新故事家张道余、《故事会》早期参与者徐华龙等前辈，鼓励我进一步作好新故事研究。先生虽已年过古稀，但对学术的追求，对人生的参悟却无丝毫懈怠，“桃李不言，下自成蹊”，出版之际唯衷心祝愿先生身体健康！

在完成学业与论文撰写期间，还得到教研室陈建宪教授、林继富教授及山西省文联张余老师的教诲与指点，感谢老师们耐心地审阅全稿，提出了宝贵的修改建议，为论文成稿提供了帮助。感谢李惠芳老师、高丙中老师、何红一老师、戴建业老师参加我的博士论文答辩，他们的建议对论文修改起到了促进作用。

老师们一步步地带我跨入民间文学的大门，又无时无刻不在关心我的学习、工作，使我能够有幸将自己的爱好，同职业、事业相结合这样走下去，有这样的机遇对我来说是可遇而不可求的。总之，在论文出版之际，衷心地感谢一直以来关心、爱护我成长的各位师长，他们对后辈的栽培、提携之恩将铭记在心！

三年的华师生活我还收获了珍贵的友谊，感谢和我一起走过美好学习时光的师兄肖远平、刘旭平，师姐程秀丽、桑俊、李丽丹、张晓舒、纪军，师弟徐金龙，师妹韩成艳、刘丽丽等诸位同窗，他们的关爱和帮助是我永远的惦念。

本书出版前后，我的母亲遭遇了疾病，而我的孩子又非常幼小，我之所以能有时间完成日常工作和论文的修改都有赖于家人的关爱和支持。论文修改琐碎费时，期间家务等多由爱人和公公承担，母亲又由父亲和亲人们照顾，本书出版之际，衷心地感谢他们一直以来对我的关爱和支持，祝愿他们永远健康快乐！我能在学业上有一点进步，都是大家帮助的结果。

我最想将此书献给我受难的母亲，希望她坚强、开心，祝愿她早日安康！

最后，我要感谢山西大学，感谢我工作的文学院对本书出版所给予的大力支持！感谢中国社会科学出版社为本书的出版提供了难得的机会，感谢责编刘艳为本书付出的大量劳动！

侯姝慧

2013 年 4 月于山西大学民俗文化与俗文学研究所